有爱的青春陪伴者

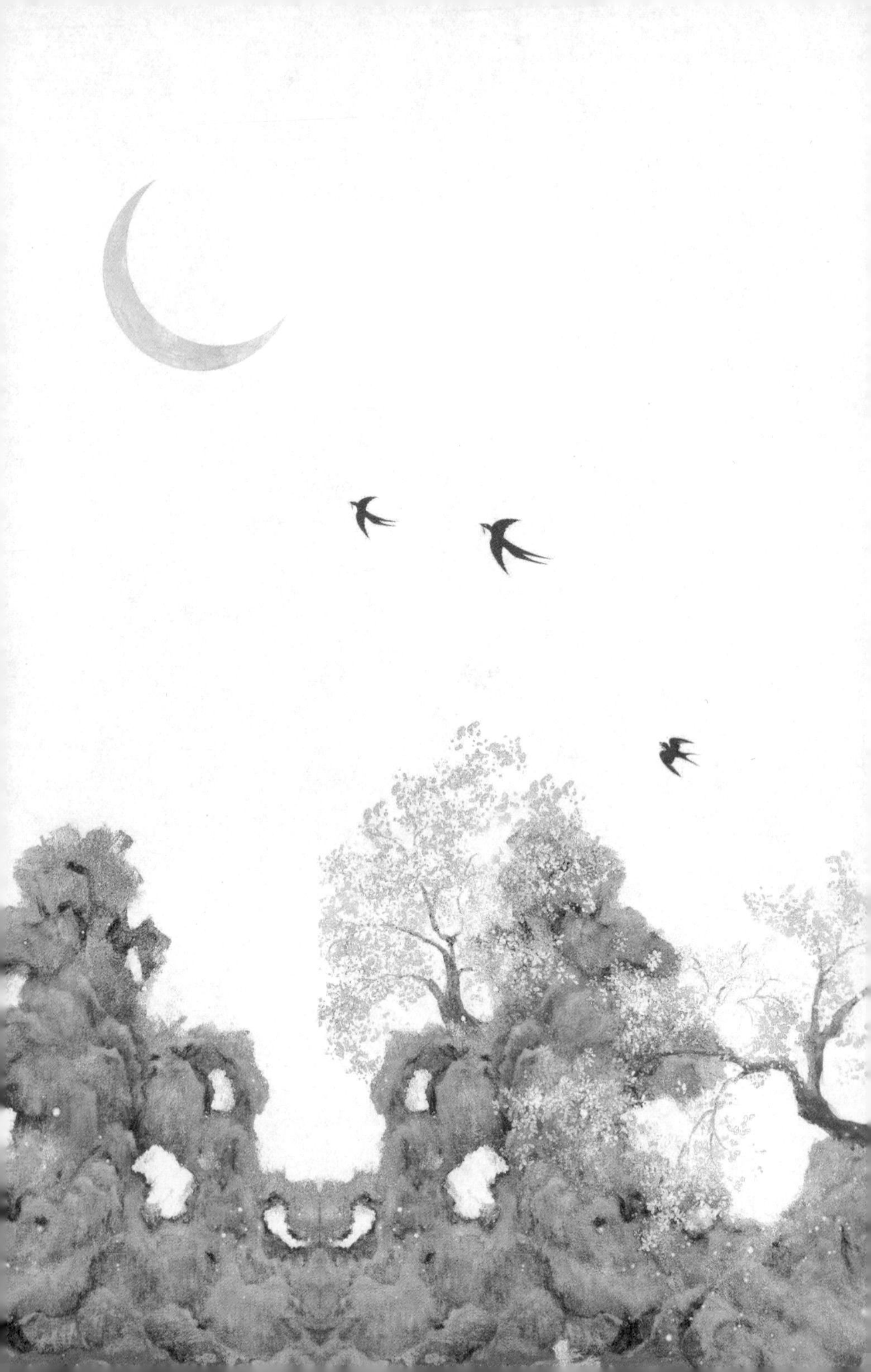

情锁

藤萍 著

江苏凤凰文艺出版社

图书在版编目（CIP）数据

情锁 / 藤萍著. -- 南京：江苏凤凰文艺出版社，
2024.7
ISBN 978-7-5594-8685-1

Ⅰ.①情… Ⅱ.①藤… Ⅲ.①长篇小说 – 中国 – 当代
Ⅳ.①I247.5

中国国家版本馆CIP数据核字(2024)第105735号

情锁
藤萍 著

责任编辑	王昕宁
特约编辑	廖　妍
出版发行	江苏凤凰文艺出版社
	南京市中央路165号，邮编：210009
网　　址	http://www.jswenyi.com
印　　刷	天津睿和印艺科技有限公司
开　　本	880mm×1230mm　1/32
印　　张	11
字　　数	338千字
版　　次	2024年7月第1版
印　　次	2024年7月第1次印刷
书　　号	ISBN 978-7-5594-8685-1
定　　价	46.80元

江苏凤凰文艺版图书凡印刷、装订错误，可向出版社调换，联系电话025-83280257

二十余年如一梦
——三锁三序

·2005年自序

距离"三锁"的出版,倏忽之间也已经四年。回头看当年的秦倦,不可避免看到"三锁"存在的种种问题,包括文笔的幼稚,以及情节和人物都存在的任性和夸张。

秦倦是我一直都很喜欢的角色。即使时间过去了四年,即使他显然存在许多缺点,但毕竟是我年少时令人愉快的幻想。我至今仍然感激这个人物,让我度过了并不寂寞的大学一年级,也感激因为这个人物而认识了许多好朋友。

虽然是稚嫩之作,但我仍旧希望能给年轻的朋友们带来如我当年那般愉快的幻想。当年十九岁,如今藤萍二十三岁,仍旧在写些自娱自乐的小文字,兴趣广泛,有一份不错的工作,一些温柔的或者奇怪的朋友,生活过得很愉快。人生幸福,别无所望,只望看书的人,有如我当年那般愉快的幻想,以及,如我般幸福,或者比我更幸福。

2005年10月13日夜

· 2016年再版的二序

距离2005年的再版,也已经过去十一年了。十一年约也是人生的六七分之一,发生过很多意料之外与意料之中的事,悲欢离合,是是非非,难以计数。

回头看自己十九二十岁那些年写的稿子,傻气的激情、稚嫩与过度的文笔、不知所谓的情节,实在让人哑然失笑。当时年少,一霎花开;十六年后,不过如此。

再版之前,我对三篇文都做了简单的修订,删去了一些矫情得令人难以忍受的段落,替换了少数词语,但绝大多数仍然保留着当年的傻气。一则,这几篇文是我年少的青春,也是不少人的回忆。它当年是什么面目,现在也应该是什么面目。二则,若要当真修改,这三篇基本上是要全部重写了。我也不想让它面目全非,以更熟练和收敛的文字写出三个相同的故事并没有什么意义,有些东西虽然幼稚,却留着那些年代的印记和情怀,不可重复。

如今年轻的读者可能不能体会到,与我同龄的读者则可能还能分辨出,"三锁"的文风带着当年席绢时期的言情和金庸、古龙、温瑞安老派武侠的印记,也有琼瑶式咆哮派的影子。这是我年轻时所能接触到的休闲娱乐小说的全部。傻则傻矣,却也是八十年代生人共有的青春。

当年十九岁,今年"藤条"三十五岁,仍然做着和十二年前一样的工作,仍旧写着一些自娱自乐的小文字,种花种菜、养鱼养蠹,平安健康,人生幸福。生活没有什么不好,心态或者也比当年更为安静。三十五岁,我在码字的道路上一直走着。在写"三锁"和《九功舞》的时候,我在用力过猛地刷文笔和诗词;在写《狐魅天下》的时候我在用力过猛地刷所谓的情节;在写"夜行"的时候,我在用力过猛地收敛文笔和长句;在写"莲花"的时候,我在小心谨慎地搞笑……我并不清楚这些练习是不是总是矫枉过正,但码字写文在我心中从一种生活方式,逐渐成了我的"道"。也许会有很多失败的尝试,但我正在向心中的"道"慢慢地走着。我不属于天赋惊人的幸运儿,所以只能缓慢地练习着,当失败累积得够多,被迫走上的大概就是正确的那条路吧？

塑造过近百个人物之后，要在人物中全然付出百分百的真心并不容易。我总是小心翼翼地保存着自己好不容易积淀下来的一点点领悟，以期望能放在我最喜欢的某个人物身上。有时候保存太过，笔下许多人物都只是一个空壳。这当然不是进步，我仍然在想这个问题，这大概不是靠顿悟能够解决的问题。它应该需要某种平衡，而我还没有找到那个平衡的尺度。

码字是一条热闹又寂寞的道路，十六年后，"藤条"仍然在努力。我庆幸我生活的态度并没有变，回望十年前或十六年前的自己也从未陌生或后悔。我们总是在岁月中沉淀着、丰富着自己，以期在老时成为最喜欢的那个自己。

少时拔剑心茫然，更斩梅花未入门。
误入红尘多少事，回首停云满故人。

于 2016 年 3 月 27 日午后

·2024 年自序

今年已经是 2024 年 4 月了，看在这书是二十四年前写的份上，看完骂作者幼稚荒唐离谱的时候可以把门关上吗？某藤给大家跪了。

2024 年 4 月 4 日星期四

锁琴卷·001

千凰楼是本本分分做生意的珠宝行,藏品之珍,可谓天下无双,但千凰楼出名的却不是价值连城的珠宝,而是目前的主事——七公子秦倦。

卷一·倾城之祸——002

- 003 第一节 千凰楼主
- 007 第二节 锁心夺命
- 015 第三节 祸起萧墙
- 019 第四节 内忧外患
- 020 第五节 大局为重
- 027 第六节 舍身挡灾
- 039 第七节 巧计回天
- 042 第八节 身世之谜
- 061 第九节 助兄脱困
- 070 第十节 诈死成真

卷二 · 天妒红颜 —— 075

- 076 楔子
- 077 第一节 再入红尘
- 080 第二节 绝地情障
- 102 第三节 镜花水月
- 115 第四节 莫蹈前辙
- 119 第五节 美梦成真

锁檀经·123

她知道自己今生今世都无法成为侠女,她并非英姿飒爽的女子,亦没有俏丽的容貌、称雄江湖的野心——她只是一个淡然女子,淡得几乎没有颜色。

她爱他,如果他会死,那么她与他同死,就如此简单而已。

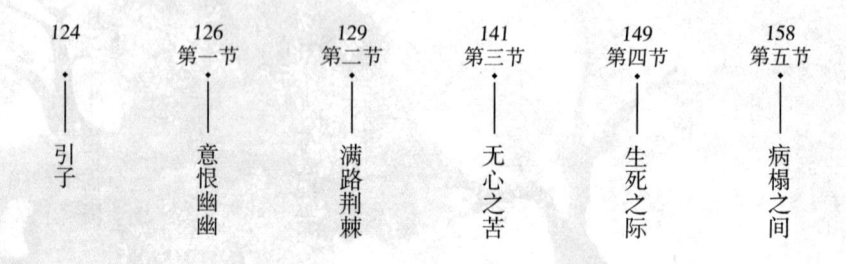

- 124 引子
- 126 第一节 意恨幽幽
- 129 第二节 满路荆棘
- 141 第三节 无心之苦
- 149 第四节 生死之际
- 158 第五节 病榻之间
- 170 第六节 永生不死
- 178 第七节 前世之约
- 186 第八节 心归何处
- 207 第九节 君情我意
- 216 第十节 与子偕老

锁玉心·221

如果留在人间要经历这样的冷，我要那一团妖火！妖火也好，毒火也好，
无射无射，我的坚强是假的，我的冷漠是假的，
自始至终，我从来不曾是冰，只是水，只是水而已。
没有你这一把妖火毒火，在这样冷的天气，我不会沸腾，只会结冰。

222	230	244	260	273
第一节	第二节	第三节	第四节	第五节
愿生	愿同生	失魂	灭教	芦花

288	294	302	312	318
第六节	第七节	第八节	第九节	第十节
旧伤	回家	充官	冰释	服众

目录

番外 / 无诗·327

今年春天,依旧梨花满地,冷雨深院,依然无诗。
她是个不再有诗的女人。
也许只会在苍老的时候,一个人坐着藤椅看天的时候,才会抚摸着鬓上的一只蝴蝶想起,曾经听一个人说过"我会折寿"。
而她说过"我替你折",他却并没有听见。

·锁琴卷·

卷一——倾城之祸

第一节 千凰楼主

"七公子！七公子饶命，七公子——我梅山为你做牛做马这么多年，你不能这样对我！七公子……"一串凄厉的长号自远处传来，叫声在整个五凤阁内回响。

"你为我做牛做马这么多年，便私吞了千凰楼的银子这么多年！梅山啊梅山，你还想我怎样对你？"五凤阁数进重门之后，一个柔软而低弱的语音慢慢地说道。接着一阵喘息，那声音才又道，"废了他的武功，让他行乞二十年，否则，"那声音虚弱无力，像一缕幽魂在夜里滑过，"……死！"

五凤阁的正殿立着几个蓝袍劲装的中年人，闻言之后，左首的一位微微躬身，沉声应道："尊公子令。"他站直身子之前身体似是晃动了一下，倏忽之间，人已消失。

如此身手，竟甘为人奴仆，更让人好奇重门深处那位是什么人物。从蓝衫人的言语神态看来，他们极其尊敬这位"七公子"，尊敬得近乎崇拜。

千凰楼是本本分分做生意的珠宝行，藏品之珍，可谓天下无双，但千凰楼出名的却不是价值连城的珠宝，而是千凰楼的主事："一尊"肖肃，"二威"单折，"三台""四殿""五阁""六院""七公子"。

"一尊"和"二威"是十年前江湖闻名的独脚大盗，收山之后创千凰楼，此时早已隐世。他们的奇行怪僻，依旧为江湖中人津津乐道："一尊"好劫珠宝，经他过手的珍宝不知凡几；而"二威"则无所不劫，兴之所至，随兴而劫。他劫过最有名的一件"物事"，便是"七公子"。"三台""四殿""五阁""六院"是千凰楼各分楼主事，这十八人来历各自不同，皆曾是江湖上显赫一时的人物，不知为何，竟居于这个充满铜臭的商行，并且似乎心甘情愿。

但千凰楼最有名的，是目前的主事——"七公子"秦倦。他是单折自路上劫来的一项"赃物"。那一年，秦倦十一岁，经此一劫，便已名扬天下。原因无他，皆因单折所劫，必是极品，之所以会劫秦倦，便是因为秦倦正是人间极品。此非美名，而是令人讪笑之名。但秦倦却以另一项才能再度名扬天下，令江湖为之敬仰畏惧，那便是他的理事之能。

七年前，江湖有一伙"蓝衫十三杀"，收钱杀人，武功绝伦，且不入黑白两道，但与秦倦一夕长谈之后，竟入了千凰楼，为秦倦所用。那一年，秦倦十四岁。他十五岁掌管千凰楼，十六岁时千凰楼名列天下第一宝斋，为江湖第一富。十年间，千凰楼树大招风，经历大事小事、风波无数，但只要七公子几句话，顷刻便能风平浪静。江湖由敬而畏，由畏生尊崇之心，"凡有疑难事，先找七公子"成了惯例。

七公子之能，已被传成了一种神话。

五凤阁数重门户后，是一间静室，软榻一具，矮几一只，此外别无他物。

静室中药香袅然。

雪白的床榻，白纱为幔，白玉为钩，轻软如梦。

榻上半倚半卧着一个白衣人，容颜丰姿如清风白玉，清灵秀雅到了极处，像一不留神便会生生化去的微雪，清湛而苍白。他低垂着眼，唇角似笑非笑，但唇色苍白，令他看起来带着七分病态，眉间略显困倦之色。

"公子？"榻边一个青衣小童小心翼翼地唤道。他是秦倦的贴身侍童，已服侍了秦倦五年，叫作书砚。"你累了吗？我让三阁主他们明日再来，好吗？"书砚自是最清楚不过，自家公子的身子荏弱，真真是风吹得倒，偏生又才智纵横，劳碌不已。

"明天还有明天的事……"秦倦闭上了眼睛，言语之间十分地不经心，"他们……也等了我许久了，叫他们进来……"他的语音低柔，少了一股生气。

书砚不敢拂逆他的意思,轻轻退了出去。

葛金戈已不是第一次见七公子了,但每次踏入五凤阁,依旧敬畏得手脚生寒。那股药香、那个坐在烟气里床幔中的人、那道低柔无力的声音,总有着一种莫名的震慑力。那种洞悉一切的大智慧、精湛的分析指点,实在具有令人信服的魄力,七公子不是任何言语可以形容的。

跨过天凤居,进入凤台,葛金戈有些神思恍惚。忆起第一次入千凰楼,是为了一颗名为"红玉"的珍珠。那时他还不是千凰楼红间阁的阁主,在九龙寨占江为王,吃尽九龙一条江。当时他与人打赌,立誓要得到那颗举世罕有的红珍珠。只因一时兴起,便夜入千凰楼,一入千凰楼,便看到了七公子。

那时秦倦十八岁。

他从未见过这样的美男子,一见之下,呆了一呆,但立刻便看到了秦倦手上的珍珠——红珍珠。

那时灯火迷蒙黯淡,秦倦以一柄银勺舀着那颗红珍珠在灯下细细地瞧。灯火流黄,珠光流动,人美如玉,斯情斯景,令人几疑入梦。

便在那时,秦倦用他低柔的语音慢慢地问:"葛金戈?"

葛金戈陡然升起警觉:"你是谁?"

秦倦似是瞧不清那珍珠,把银勺缓缓向灯火移近,慢慢地说道:"葛金戈,九龙寨寨主,与江北河坝帮作赌,一颗红玉换一帮。你得了红玉,吞并河坝帮;不得红玉,便把九龙寨双手奉送。"他似在自言自语,又似诵读,漫不经心地说着,"你好大的豪气。"

葛金戈有些骇然,这样病恹恹的一个公子哥,对他竟了如指掌。他不禁冷哼一声:"千凰楼偌大名气,区区一颗红玉不过九牛一毛,我既已来了,便不会空手回去。莫忘了,你们千凰楼的东西,可也不是干干净净买来的。"

秦倦充耳不闻,依旧细细看那珍珠,低柔地问:"你有兄弟吗?"

葛金戈一呆,豪气顿生:"自然有!九龙寨二百三十三名兄弟,血脉相通。"

秦倦又低低地问:"你有母亲吗?"

葛金戈怒火上扬:"谁没有母亲,谁不是父母生养的!你脑袋有病吗？亏你生得人模人样……"他突然呆了，定睛看着秦倦，整个人像被抽干了血。

秦倦依旧一脸漫不经心，漫不经心地把银勺移到了烛火上。珍珠本是易碎之物，如何经得起火炙？火光一闪，红珍珠已发白发黑，千万价值化为乌有，连石头都不如了。

在那一瞬之间，一些从未以为能够发生的事掠过脑海，葛金戈突然想通了许多他从未想过的问题——他自恃武功高强，从未想过会失手，万一九龙寨这占江为王之事像今日这般出现意外，那该如何是好？他自以为夺珠之事轻而易举，不惜以寨作赌，如今事败，他该如何对兄弟交代？他如此自大轻率，怎能对得起二百三十三名信任他的兄弟？他算是真的为兄弟着想吗？他真的把他们当兄弟吗？秦倦这一问，问得他惭愧得无地自容。他闯荡江湖，做的是强抢豪夺的勾当，刀头舔血，这可是人人希望的生活？他有母亲，母亲孤身一人仍在他出生的小山村里过活，他没有一份安稳的生活来奉养母亲，他也从未替母亲想过，这样，算是对得起母亲吗？秦倦这二问，直刺他十多年来连想也未想过的世故，到底要如何做才对兄弟、对母亲最好？

就这样，七公子三句话，江湖少了九龙寨，千凰楼多了红间阁。三年来，葛金戈奉养母亲，娶了一房媳妇，日子过得和乐融融；而他手下一干兄弟花的是安心钱，也人人笑容满面。这样简单的幸福，是他以前连想也没想过的，而这种幸福，却是七公子给的。

葛金戈永远感激。

回过神来，他已跨入了凤居，他知道七公子人在里面。

室内永远药香袅袅、烟气缭绕，永远床幔低垂。他往往看不清七公子的容色，连神色都分辨不出，只听得到那同样音调的声音。

"三阁主吗？"秦倦的声音向来底气不足。

"是。"葛金戈定了定神，"今年珍珠行的情形全都不好，但本楼经营尚可，结余下来十万八千两银子。其中十万两依公子嘱托给了本楼下设的永春药堂以供赠药之需，五千两用于装点门面，还余三千两交与总阁。不知公子还有什么吩咐？"

"你去总阁领一万两银子分与阁下兄弟，作为年资。"秦倦的声音听来毫无气力，"少林觉慧大师要寻一种性冷珍珠合药，你查查红间阁里有没有。若有，就给他送去。"

"是。"葛金戈知七公子交游广阔，这种事甚是寻常。

"还有，"秦倦语音极低，"你阁里的杨万封，我要你留意小心。"

葛金戈心头一凛："是。"

书砚这时站到了床边，眉头深蹙。

"你……"床幔里话音一顿，微微喘息之声传来。

"公子！"书砚一跺脚，"该死！"他狠狠瞪了葛金戈一眼，挑开床幔，扶秦倦坐起来。

葛金戈心头一凉，惊惶担忧到了极处，反倒怔在那里。

只见秦倦右手按着心口，眉头微蹙，脸色灰白，但神色尚好。他摇头拒绝书砚递给他的药，看了葛金戈一眼，神色之间依旧那般漫不经心："你回去之后，告诉铁木阁，近来千凰楼正逢多事之秋，要他为楼中各阁的安全多多留意。"

葛金戈看着秦倦苍白若死的脸色，忍不住道："还请公子为千凰楼保重。"

秦倦笑笑。

葛金戈退下，不知怎的，有一种不祥的预感在心头，总觉得秦倦那笑，很有几分凄凉的意味。

第二节 锁心夺命

夜已深。

秦倦还没有睡，他拥被而坐，坐在黑暗之中。

四下寂静无声，一人孤坐，实在是很寂寞凄凉的景象。对他来说，不仅是身境凄凉，心境又何尝不是？他已达到了人生的极境，功成名就，有千凰楼这样的家业，还有什么可求的？寂寞？何止是寂寞那么简单；清冷？也清冷得令人无话可说。

"呃……"秦倦按着心口，以一方白帕掩口，不住作呕。白帕之上沾满鲜血，看起来惊心可怖。

他以白帕拭尽了嘴边的血迹，将白帕握成一团，丢入屋角。手势是那么熟练，可见他这样呕血不是第一次了。什么病会令人虚弱成这样？他从未向任何人说过，也没人知道他的身体不堪成这样，几乎到了油尽灯枯的地步。他还年轻，但生命之火游弋如丝，随时都有可能熄灭。

"你再不吃药,随时都可能会死。"黑暗之中,突然有人冷冷地道。声音从梁上传来,是个很年轻的少年。

"我不能吃药。"秦倦拿着另一块白帕掩口,极力压抑着胃里的不适,欲呕的感觉一直泛上来,一呕,便又一时半刻止不了,"我再吃那个药,就永生永世摆脱不了。楼里大变将起,我不可以留着个把柄任人宰割……"

听两人的言语,像是极熟的朋友。

"我也明白,"梁上的少年嘲笑道,"天下尽知七公子为肖肃器重,一夕掌握珍宝无数,却不知那肖老头的恶毒心眼。他明知你太聪明,生怕自己有朝一日制不了你,便喂你吃了十年的锁心丸,弄坏了你的身体,让你不能练武。又让你赖着那个药,越吃它身体越差,死又死不了;不吃它心痛难忍,呕血不止。结果肖老头拍拍屁股去了,你却要麻烦一辈子,这要是让人知道了,你可就麻烦大了。"

"所以我不能再吃锁心丸,我不能受制于人……"秦倦再度呕血,额上尽是冷汗。

"你不吃?我很怀疑你能不能撑得过去。你莫要忘了,你已吃了它十年,不是十天。你的身体已彻底地被肖老头弄坏了,你有没有那个本事撑过去你自己清楚。而且,像你这样呕血,我看撑不过三两天。不能想想别的办法?"梁上少年不以为然。

"我已经在很尽力地调养我的身体了。"秦倦轻笑。

"我没看到任何成果,任什么被人胡吹得能起死回生的灵丹妙药,在你身上好像都不见效果。"梁上人转变话题,声音变得关切,"你到底想怎么样?我真的很想对三台四殿翻脸,肖老头一死,他们便想着分楼里的宝,若不是锁心丸在他们手中,哪里容得他们来气你!"

"葛金戈倒未变节,他像什么也不知道,其他二台四殿恐怕是稳不住了。人家看上葛金戈的珍珠行,他太耿直,不懂变通,也不大会弄钱。"秦倦轻笑,"他是个老实人。"

"一个葛金戈是不够的,六院态度未明,他危险得很。"梁上人讥诮道,"钱果然不是好东西,想当年你指挥他们打江山时还不是一个个乖乖听话?现在你成功了,楼里像个聚宝盆,他们便想着你一个药坛子霸着这许多钱不公平,想拉你下来。人心啊人心,真是让人心寒!"

"人之常情。但楼里干系着太多人的生计,上下大小店铺数百,伙计成千上万,我不为着自己,却要为着他们。楼里的银子其实不是一个人的,可惜有些人却想不通。"秦倦神气甚好,神态也颇愉悦。

"你到底怎么样了?要是像这样一直呕血下去那怎么得了!你几天没吃那个药了?"梁上人满怀担忧。

"七天。心口痛我能忍,但一直想呕,什么也吃不下去。"秦倦拭去额上的冷汗,还是轻描淡写地微笑着,"其实那些千年人参万年雪莲什么的还是有些功效的,否则我也没有精神在这里和你胡扯。"

梁上人嘿嘿冷笑了两声:"这样才糟!等着灵药药性一过,我看你还笑不笑得出来!你若改成赖着这些什么灵药,一样不是长久之计。"

"你就不能说两句好听的吗?"秦倦着实心悸,又失血过多,有点神思飘忽,夜色又黑,看出去尽是昏花的一片,他闭上眼睛,轻抚着额际。

"不要逞强了,你已经一只半脚踏进棺材,还不好好休息!我在这里守着,你放心睡吧。"梁上人分明极是关怀,却仍是恶狠狠的口气。

秦倦依言卧倒,脸上带笑。

左凤堂与秦倦相交十年了。秦倦被劫之后,貌美之名远扬。左凤堂因为好奇,偷偷溜入千凰楼看所谓的"美人儿",一看之下,便跑不了地成了秦倦的私人护卫,暗地里保护了秦倦十年。

他的来历甚奇,师承不详,但武功极高,十年未尝一败。对于秦倦的才智谋略,他也私心钦佩,但口头上却死不承认。

左凤堂坐在梁上看了秦倦很久了,越看越觉得不对。秦倦是极浅眠的,往往天光未亮就醒,没道理日上三竿还不醒。

他自梁上一跃而下,落地无声,矫若灵猫,凑近了去探秦倦的鼻息,又去搭秦倦的脉门,只觉呼吸之气若有若无,心跳之力也若有若无,不禁脸色大变,暗暗骂道,该死!如今也无法可想,他自床头拿起个青玉小瓶,倒出一颗雪白的药丹,塞入秦倦口中,右手撑住秦倦的背后风府穴,传入一股真力,助药力速行。

一炷香之后,秦倦吁出一口气,缓缓睁开眼睛,只觉数日来没有一天像此刻这般舒泰,他皱起了眉:"你……"

"你什么你!"左凤堂瞪着他,"我知道这是饮鸩止渴,但叫我眼睁睁看着你死吗?"

秦倨微扬了眉，叹了一声："那我这七日的苦，岂不是白受了？"

左凤堂哼了一声："你还有多少锁心丸？"他心知秦倨是真摆脱不了这个药，十年的病根，真的不是说不吃就能不吃的。若要秦倨真的好起来，定要辅以他药，要有良医指点。但此时此刻，却绝不是延医养病的好时机。

"十五颗。"秦倨自己何尝不明白，此刻他只要有一丝示弱，二台四殿去了敬畏之心，楼中必定大乱。无论如何，他绝不能倒。但他自己也清楚，这个对常人而言再简单不过的要求，对他而言却是奢求。

"一颗能保你多久无事？"左凤堂眉头紧锁，心下另有打算。

"约莫四个时辰。"秦倨眉间有淡淡的苦涩之意，"十五颗，只能保我六十个时辰无事，也就是五天。二台四殿在等，若我自己倒，那是最好；若是我示弱，他们立刻便反。我近日为自己调研了不少药丸，辅以锁心丸，约莫可以撑个月余，一月之后……一月之后……"他摇了摇头，不再说下去。

"那行，你还有一月可活。走！"左凤堂一把将他抱起，往外便走。

秦倨吃了一惊："做什么？"

"你不是有不少忘年交吗？我带你去找，什么觉慧大师、金斗神针，什么道士尼姑，我不信没人治得了你！"左凤堂冷冷地道。

秦倨挣开他的手，站到一边："你疯了吗？我走了，千凰楼怎么办？多少人靠着它吃饭过活，你忍心看它被那群野心之辈生吞活剥？这是多少人身家性命的事，岂是让我说走就走的？"

左凤堂怒道："你不要尽想着别人好不好？我看你的身体，一半是被锁心丸害的，一半是被千凰楼害的。你有多少精神力气让你自己这样滥用？更不用说那些江湖上莫名其妙的事，你就有那么多善心帮着这个那个？你是个病人，病得快要死了，你到底明不明白？你若死了，千凰楼一样完蛋，什么都完蛋，你懂不懂？"他真的很气，秦倨是聪明人，但对自己太过漫不经心，他又不能代秦倨病，看着秦倨随意糟蹋自己，他生气，却无可奈何。

"是，我明白，我懂。"秦倨哑然失笑，他知道左凤堂是好意，"我们不谈这个好吗？我不能走，你莫孩子气。"他谈到正事，眸子便深邃起来，语音也淡淡透出了"七公子"的魄力，"你想岔了，我说一月之期，不是让我有一月可逃，而是……"他唇边带出似笑非笑的神色，

"让你看着，我在一月之内，如何收拾这帮野心之辈。"

左凤堂看看秦倦那个笑容，渐渐定下了心："你真的行？"他知道一旦这位美人露出杀气，世上极少有人能逃脱。十年来，一个也没有。

"我行。"秦倦淡然地垂目去看自己的手指，"只不过，要你帮忙。"

铁木阁阁主木铁生。

他正在盘算着七公子让葛金戈传话究竟是什么用意，七公子又知道了多少，又暗自揣测着七公子究竟几时才会死。这个已病得只剩下一口气的人，竟像无论如何都死不了似的，空自占着楼里如山的珠宝，却又不肯拿出来让大家平分。当年他入千凰楼是一时被意气所激，现在人也老了，也不在江湖道上混了，有什么比钱更实在的？秦倦莫非是想一个人独吞不成，还是想把钱带到棺材里去？

他正自胡思乱想，突地有所惊觉："谁？"他还未回身，一记劈空掌已先劈了出去，掌风阴柔，点尘不惊。

有人在他肩上拍了一下："你好狠！来的若是什么阿猫阿狗、不起眼的人物，岂不是被你无端打死？"

木铁生倒退两步，眼前是青衣宽袍的一位少年，英姿飒爽，带三分讥诮不驯之态，约莫二十三四岁年纪。

"左护法？"木铁生心头微凛。大伙不敢动秦倦，有一半也是因为摸不准左凤堂的底。一个智一个勇，这两个人极不好斗，一个不小心，说不定就会阴沟里翻船。他知道左凤堂向来不离秦倦左右，现在单身至此，必有所图。

"不要叫我左护法，"左凤堂不耐地道，"难道还有右护法不成？叫左凤堂。"

木铁生僵硬地打了个哈哈，心里却道，还不是你自己的姓不好，怎能怪我？但他惮忌左凤堂武功了得，却又不能发作。

他心神一分，只觉右腰一麻，左凤堂不知用什么手法封了他右腰一处奇穴，出手无声无息。木铁生大惊失色，又惊又怒："左凤堂你疯了！你在我身上动了什么手脚？突施暗算算什么英雄好汉？"本来论真刀真枪动手，左凤堂最多胜他一筹，要制住他只怕要打上两百招，但左凤堂完全不按江湖规矩，一指暗算了他。

左凤堂退后两步，抱胸看了他两眼，淡淡地道："我本来就不是什么英雄好汉，你几时听过江湖上有左凤堂这个人？我只替你家公子办事，谁对你家公子不好，我便对他不客气！放心，点个穴道死不了，最多废了你的武功而已，急什么！"

木铁生骇然，他确是真力受阻，浑身动弹不得："你想怎么样？我也替公子办事，既然我们都替公子办事，你干吗暗算我？"

"是吗？"左凤堂扬了扬眉，很感兴趣地弹弹手指，"那我们来证明一下如何？"他自怀里拿出那个青玉小瓶，夹出一颗雪白的药丸，在木铁生面前晃了一下，"这个，想必你很清楚。"

木铁生定了定神："那是公子的药。"

左凤堂拍了下他的头，像在拍自家的小狗，赞道："聪明。"

木铁生气得脸色发白。

"这个，是你家公子的保命仙丹，有百利无一害你也清楚，为了证明你对公子的忠心，吃一颗如何？"左凤堂兴致勃勃地把那药丸往木铁生嘴里塞。

木铁生吓得魂飞魄散，连想也未想，脱口而出："不行！"他当然知道锁心丸不是什么好东西，吃了一颗便要第二颗、有第二颗便要第三颗，越服越伤身，秦倦便是最好的例子。他哪里敢吃这个东西？吃下去，不要说荣华富贵，连身家性命都完了！

左凤堂自是不会真的让木铁生吃下锁心丸，他一把抓起木铁生的领子，一字一句冷冷地问："说，你怎么知道这个药是吃不得的？谁告诉你的？"

木铁生气息一滞，知道逃无可逃。他虽掌管楼中防卫，其实胆子很小，沉吟了一阵，终于还是说了："是四殿主。"

四殿为虎、豹、龙、蛇四殿，四殿主便是蛇殿上官青。上官青向来以龙殿肖飞马首是瞻，他若知道，肖飞必然也知道。左凤堂眉头紧皱："那四殿主又是怎么知道的？"

"是三殿主。"木铁生索性全说了——他知道左凤堂性子古怪、喜怒无常，一个不乐意，一掌下来打破他的天灵盖也难讲。为保性命，他索性全说了，"三殿主投入千凤楼，是肖尊主授的意，三殿主是肖尊主的侄子，那个……药丸的事，是尊主告诉他的，说是……一旦公子违背千凤楼的利益，有私心独霸、不听劝阻的行为，便……便可以拿药制他。药方子和楼中存药都在三殿主那里。"

"嘿嘿！"左凤堂冷笑，"肖老头好厉害的心思！可惜他防错人了，又托错了人，是非不分、好坏错辨，枉费他活了一大把年纪！不用说，肖飞自觉他是肖老头的侄子，比公子更有权继承千凰楼，因而心下不满、妄图造反，是不是？"

木铁生哼了一声："虽不中亦不远，差不多就是这个意思。"

左凤堂冷冷看了木铁生几眼："你也不是什么好东西！"他侧头想了想，拂了拂衣袖，"蓝衫河。"他叫了一声。

一名蓝衫人登时如幽灵般出现。

木铁生暗暗叫苦，这蓝衫十三杀对秦倦死心塌地，落入他们手中后果堪虞。

左凤堂学着秦倦慢条斯理的语气："拖下去，废他三成武功，赶出千凰楼。"

"是。"蓝衫人应了一声，但语音带笑，显然对他不若对秦倦那般敬若神明。

左凤堂回到五凤楼，把详情细细告诉了秦倦。

秦倦听着，神色甚好地微微一笑："看来他是要名正言顺地入主千凰楼了。"

左凤堂奇道："肖飞是肖肃的侄子，你不惊奇吗？还笑！"

"不惊奇。"秦倦伸指轻点着额际，"其实肖飞前来加入千凰楼之时，我便知他另有目的。他岂是甘心屈居人下的等闲之辈？尊主要他掌管药房，这哪是他的用武之地？我早知必有蹊跷，再瞧瞧两个人的言谈样貌，很容易猜得出不是兄父便是子侄。"

"你就这样放一个心腹大患在身边，一放十年？"左凤堂瞪着他，"连我也不知道。"

"我不是存心瞒你，只是时机未到。"秦倦笑笑。

左凤堂哼了一声："头又晕了？看你半死不活的样子，全是那肖老头该死，我看了肖飞就气不打一处来。肖老头是阴险，肖飞却是阴毒，更可恶！"左凤堂口中说得恶毒，但手上运力，以一股真力为秦倦舒通经脉，助他一点元气。

"话不能这么说。千凰楼真的是肖家的产业，我不过代为管事而已。我的精神素来不好，你怎么可以随意迁怒到他人身上？"秦倦失笑。

左凤堂明知他嘴里说的与心里想的全不是一回事，又扬了扬眉："那你又为何不干脆把千凰楼直接送给他了事？"

"肖飞要的不是千凰楼，"秦倦慢慢地道，"他只是要我死而已。我压住他十年，对一个不甘居人下的人来说，这理由足够了。要千凰楼的其实不是肖飞，是其他二台三殿，你懂了吗？我可以把千凰楼还给肖飞，但不能还给二台三殿好财之人；而我又不想死，这才是问题所在，你要弄清楚。"

左凤堂被他驳得哑口无言，呆了一呆："你既不反对肖飞，为什么又疑心他给的药？我知道你从未疑心过你的药，毕竟你也吃了十年。"

"我不是疑心肖飞，也不是疑心药，否则我也不会吃。我是疑心尊主。"秦倦对肖肃并无记恨之意，依旧称他为"尊主"。

"啊？"左凤堂糊涂之极。

秦倦伸指点着额际："肖飞何等傲气，在药中做手脚他不屑为之，我不疑他；药我已吃了十年，自是不会疑心。但我知道尊主为人谨慎，平白把家中子侄引入楼中，分明大将之才又不委以重任，所图者何？我本来心中存疑，却未曾深思。直到三月之前，肖飞突然不再给我送药，我不免想到了此节，立刻知晓药中有诈。"

"然后呢？"左凤堂听得心惊。

"然后，"秦倦淡淡苦笑，"我派人送了一颗去少林，觉慧大师费时月余才识出这是一种上古奇方。它并非毒药，却是数种功效不同的大暑大寒之药所制，吃了元气大伤，五脏渐损，并使人依赖它的药性，一日不吃，受损的脏腑便伤发致人于死。我十年拿它当饭吃，竟然未死，也算天下奇闻。觉慧辨得出它是锁心丸，却无法得知药方，因而解救无门。"

他用指尖轻揉着额际，又道："我收到消息，着实有些害怕，想了半月有余，便凭一时意气，决意不吃这个药。"

"然后差点弄出人命？"左凤堂不知他瞒了自己这么多事，心下着恼，语气甚冲。

秦倦轻笑："放心，我现在不会和自己的身体过不去，你还未来之前，我吃了一碗鱼粥。"要知他自从决意不吃药以来，已三四日几乎滴水未沾，吃什么便呕什么，这才会体力衰竭，几乎丧命。如今他已想开了，心情甚好，自然不同。

"吃了一碗鱼粥很了不起吗？我哪一天不吃个十碗八碗！"左凤堂自是知道一碗鱼粥对秦倦的意义，但依旧恶声恶气，"我知道早上那药已过了时效，你现在很不舒服，吃了鱼粥不呕出来才作数，看你的本事了。"说着说着实在有些心酸：好端端一个年轻男子，被要求吃了东西不要呕出来，像是件多了不起的事，实在……令人扼腕。

秦倦知道自己需要体力，也知道左凤堂心中难过，闻言，只是笑笑："你点了我穴道吧，到明日午时三刻，再让我吃那木瓶中的药物。"他指指几上的一只乌木小瓶。

左凤堂把木瓶收入怀中，看秦倦闭目，他伸指轻点了秦倦心口数处大穴，让秦倦沉睡，以抵抗锁心丸药力过后的痛苦。把秦倦放入床中，左凤堂摇了摇头，身形一起，又栖回梁上。

第三节　祸起萧墙

龙殿。

乌木所筑的一间小殿，里面藏着常见的数百种药材，以供千凰楼中人偶尔病痛之需。

这样一个小地方，如何养得下大菩萨？

肖飞负手而立，望着窗外。

他是个三十岁左右的男子，身材修长，面貌露着种罕有的孤傲卓绝之气，也算得上极为杰出的人才。与他相比，左凤堂显然轻浮许多，而秦倦又失之阴柔，都不如他来得孤傲出尘。

肖飞一身黑袍，水般的黑缎映着乌木殿宇，有一种阴沉的侵略感，像一只展翅欲飞的狂鹰，天空也容不下它的羽翼，风雨未来，其势先起。

他自入主龙殿以来，很少和秦倦见面。对于一个凭着容颜之美入主千凰楼的人，他不仅不屑，而且鄙夷。虽然千凰楼在秦倦主事之下权倾一方、富甲一时，但肖飞知道，假如当年主事之人是他，今日千凰楼的局面绝不会至此而止，而将是更大的场面。因为秦倦没有野心，也不够心狠手辣。他很好奇，当所谓无所不能的"七公子"受困于区区药物时，将会如何应对？那一个始终坐在药香烟气里的人，肖飞除了记得他相貌极美，便再无其他印象。肖飞并不了解秦倦，但他看不起秦倦，这样倚仗美貌来撷取别人成果的人，如果不死，还有何用？

既然秦倦是如此美，那不如用来当作他重掌千凰楼的祭品，他会接受这份大礼的。

窗外山雨潇潇，似乎隐隐夹杂着马蹄之音，肖飞眉头一皱，凝神静听。

左凤堂的听力在千凰楼所有人之上，当肖飞在殿宇深处刚听到马蹄之时，他早已从梁上被惊醒了。自五凤阁的楼顶天窗望去，只见远处天际烟尘滚滚，像一条黄线在迅速扩大，由线成带，最后成山成海，冲天而起。

左凤堂震惊之下，穿窗而出，一掠上了五凤阁最高的一棵榛树。由高处望去，形势更为骇人：不知哪里的马队，至少有数千人马，正自远处奔来，看架势竟是要将千凰楼这深楼重户层层围住！

是谁这么大胆？左凤堂心中惊怒交加。千凰楼生意做遍天下，但本楼却在洛阳郊野，四下居人甚少，才有宽大地皮广建楼宇，有如皇宫别院。但如此一来，也势单力微，无处求援。为什么？来者何人？他一声厉啸，啸声震得楼中四下轰然回响，惊起了所有人的注意。

正当他发出啸声之时，黑影一闪，肖飞负手站到了他身边，冷冷地道："这里交给我。去叫起你家公子，让他集中楼里老弱妇孺和不会武功的人去大殿，让蓝衫十三杀上来。"他下令如山，完全不容人反驳。

左凤堂心知现在是非常时刻，不能与他计较，一点头便向下扑去。

肖飞扬声道："铁木阁形同虚设，你去找葛金戈，他那边可能还有点人手。"好歹红间阁也曾是江湖帮派，和其他只会做生意的阁不同。

肖飞阴沉着脸，看着如山的马队，喃喃道："该死！"他虽不知来者何人，却知千凰楼财多显眼，早已是许多江湖黑道眼中的肥羊。如今看来，竟像是千军万马，不知来的是哪几个帮派，又共有多少人手！

一转眼，十多名蓝衫人掠上树梢，一拱手："尊殿主令。"他们本来是绝不会听其余各殿调配的，但左凤堂的命令与秦倦无异，他们绝对服从自己的公子。

肖飞挥手，道："你们尽快召集楼中会拳脚的兄弟，一个去通知各阁各殿，一个把人手全部调入六院，放空各阁，我们缩小范围，只在六院之中防卫；三个人陪同妇孺老弱守在大殿。"他眼光精准，令下得又快又准。

"是。"

左凤堂窜入凤院,一指点醒秦倦,不管三七二十一,把那乌木瓶中的药物一口给他全灌了下去,一边以内力助他清醒。

秦倦一惊而醒,立刻惊觉异样:"出了什么事?"他见左凤堂如此,便知事态严重。外头奔走惊呼之声隐隐可闻,像天下大乱。

左凤堂快手快脚地把外裳丢给他,并用最快的速度把事情告诉他。

秦倦自床榻上一跃而下,他本来没这个体力,但大难当前,多少潜力都被激了出来,匆匆套上外裳:"楼中妇孺……"他连想也未想,脱口便问。

"都迁往大殿了。外头有肖飞在主事,葛金戈帮忙守卫。你莫着急,慢慢来。"左凤堂见他如此,不禁连忙安抚,"情况也不是很糟,你别急。"

秦倦一时间转了无数个念头,急急喘了两口气让自己定定神,开始下令:"你去通知虎殿程飞虎,银子带不走的可以不要,重要的是把食粮食水迁入六院;柴火衣帛、一切生活所需,能带的多带,这一对上,不知会僵持多久。要上官青护好尊主留下来的那几件珍品,那是尊主的心血,不能落入他人之手。天院守大殿正门,地院守侧门,其余四院随肖殿主调度。快去!"他一口气说了这许多话,气息不调,倚在床柱上摇摇欲坠。

左凤堂放心不下,迟疑地道:"我走了,你……"

"我没事,你快去,帮着众人迁入大殿。敌人既来势汹汹,必有所恃,我们不能冲其锋芒,先退再说,人命要紧。"秦倦脸色一沉,"快去!"

左凤堂也知事态紧急,不敢耽误,穿门而去。

秦倦见他离去,心中稍安,一口气一松,跌坐在地,眼前昏花一片,耳边"嗡嗡"作响,一时之间,连声音也发不出来,只是倚着床柱不住地喘息。

一只手将他从地上拖了起来,有人冷冷地道:"大名鼎鼎的七公子,大敌当前只会吓得缩在地上发抖吗?你就没有别的事可做?枉费楼中那么多人对你忠心耿耿,你不惭愧吗?"

秦倦从声音听出是肖飞,但眼前发黑却看不到人,只是点了点头,依旧说不出话来。

肖飞只觉秦倦手掌冰冷,一张脸煞白到了极处,不禁有些惊异。他虽想要秦倦死,但此刻秦倦是万万死不得的,大敌当前,死了主事之人,大损人心。因而他输了真力,助秦倦顺一口气。

秦倦得他真力相助,心口一暖,缓过一口气来:"肖殿主应变之佳,天下无双,千凰楼有肖殿主在,是千凰楼的福气。"却不称谢。

肖飞哼了一声,并不回话。

此刻,"轰"的一声巨响,像天地为之崩裂,暗日无光。四处墙椽晃动,粉尘四下,尖叫之声此起彼伏。

两人为之色变,秦倦倏然抬起了头:"火药!"

"该死!"肖飞低低地咒骂,知道来敌已用火药炸毁了千凰楼的正门。若不是多数人已经迁走,必定死伤无数。

秦倦深吸一口气,疾声道:"来敌要的是楼中珍藏,入楼之后想必不敢乱用火药。肖殿主!"他这样低低一斥,竟有一种犀利的锐气迫人眉睫。

肖飞抬起了头。

"我方退入大殿之后,不能束手而缚,千凰楼岂是可以任人宰割的地方!"秦倦目光幽冷,吐字如冰,"他们有火药,咱们何尝没有?你去与豹殿丘火封会合,带蓝衫十三杀拦在楼中一十三处入口,等敌方鱼贯而入时,炸!是他们欺人太甚,莫怪咱们辣手无情!他们马匹众多,火药炸过之后,你派人纵火惊马,打乱敌方阵势——千凰楼可以再建,但千凰楼不可任人欺侮,他们以为这是什么地方!"

肖飞眉梢上扬,唇边竟带了点奇特的笑意,低低地道:"你就这么信我?"

"我不是信你,"秦倦似笑非笑,慢慢转变腔调,"我是在命令你。"

肖飞目中光芒暴涨:"好!"他转身而去,行到门口,突然顿了一下,淡淡地道,"我一直都识错了你!"

秦倦目光一沉:"快去!"

肖飞竟忍下了他的呼喝,快步而去。

秦倦吁了口气,此刻他才微微放了点心。望了一眼天色,听着马蹄声,他知道敌人和他只隔着几重门,现在他应该到大殿去,和众人会合,受严密保护。但他更清楚的是,他只能待在这屋里,等死,或者,等左凤堂回来。一日之中,脱力、昏睡、惊惶、紧张,加上锁心药的药性已退，早已耗尽了他仅有的元气，再加上刚才用神过度，秦倦退了两步，他能做的只是让自己跌到床榻上，便失去知觉。

第四节 内忧外患

外面一片混乱，人马齐奔，蹄声惊天动地。

左凤堂满头大汗，交代了秦倦吩咐的事，便四下找人，把一间房子里什么耳聋的扫地老妇、什么娇滴滴的绣花小姑娘、什么被丢在房里的孩子，都一一赶出来，拖着他们往大殿走。此时已有不少赤衣大汉冲了进来，见人便抢。左凤堂一个人护着十多个老弱妇孺，匆匆赶往大殿，而一些会武的楼中侍仆便替他开路。一时间刀光剑影，哀号满天。左凤堂也搞不清现在究竟是什么局面，放眼看去，处处有人在动手，处处血肉横飞，拳脚交加，劲风四射。

他护着人往前赶，冷不防一刀劈来，几乎劈中他鼻梁。左凤堂大怒，夹手夺刀，一脚把来人踢了出去。而此时后头一名小姑娘尖叫一声，已落在后面。左凤堂倏然倒跃，提起那个小姑娘，右手刀起，一声惨叫，冲过来的一名赤衣大汉肩上被划开一道血痕。左凤堂目光一掠那赤衣人，喝道："红衣鬼窟？跳梁小丑也敢到千凰楼动手！"

"千凰楼好大名气，不过尔尔！除了阁下，我还未见有什么了不得的人物！"有人在他身后阴恻恻地说道。话音未毕，一条长鞭唰地扫了过来，劲风如哨，直扫左凤堂双腿，

左凤堂一个旋身，纵起回避，心头微凛：来人并非等闲之辈，只怕不是三招两式解决得了的。他分身乏术，只怕形势不妙。

来人对他倒弹回旋的身法喝一声彩，"啪"的一声，鞭扬成线，点向左凤堂前胸紫宫穴。鞭还未至，一股劲风已令左凤堂呼吸不畅。

左凤堂不欲缠斗，右掌一压，一记劈空掌把来人阻在后面，提起一个七旬老妇，赶着众人往前跑。

他已忙得焦头烂额，虽然武功甚高并无性命之险，但也绝无闲暇再去想其他事。

肖飞在外主持大局，迁入大殿的人越来越多，他暗自估计，约莫一千之众，他低声问葛金戈："可有粮水？"

葛金戈点头："有。公子已经吩咐过了，楼中存粮存水多已迁入六院，连床被衣裳大多搬了过来。"

肖飞微微一怔，他不知秦倦何时下的令，但此令极端重要却是毋庸置疑，可见秦倦心思细密。"你家公子呢？"他受令而去，也有两个时辰了，大殿中犹未见秦倦的身影。

葛金戈仍未知楼内暗潮汹涌，闻言不悦道："难道公子不是你家的？说话不知分寸。公子大约与左护法一道，可能快来了吧？"

肖飞不与他计较，葛金戈为人耿直，不擅钩心斗角，因而肖飞并不把他放在眼中，遂默然不语。

葛金戈只当他一时失言，正在懊恼，倒也未放在心上。

此时殿门被人一脚踹开，左凤堂左右各挟一人，身后又紧随十来人，破门而入。他满身尘屑，直喘大气。好歹护着的人都没事，只是累得他像老狗一样。他还未喘过气来，目光一扫，先脱口而出："公子呢？"

肖飞眉梢陡扬："他没和你一路？"

左凤堂破口大骂："该死的！他赶了我出来救人，他自己呢？他到哪里去了？"他在一霎之间，殿前殿后如风似火地转了一圈，只转得殿中烛影乱摇，却没看到人。

肖飞脸色阴沉，喃喃道："他只怕还在五凤阁里。"他未料到秦倦重病之身可能走不出五凤阁，这下糟了。

"什么？"左凤堂张大嘴巴，"可是五凤阁已经……"

肖飞纵身而起，跃到大殿屋脊之上向五凤阁远眺。只见浓烟冲天而起，五凤阁已经起火，而且看样子起火有一段时间了。他脸色郑重，自殿上跃下："我过去看看。"

左凤堂抢道："我去！"

"你留下，殿中众人还要你守护；你留下调息，恢复体力，我未回来不许轻举妄动！"肖飞说走便走，一句话说完，人已去得远了。

左凤堂瞠目结舌，肖飞不是很想秦倦死吗，什么时候这么关心秦倦了，竟显得比他这个护卫还急？他敲敲自己的头，迷惑不解。

第五节 大局为重

烟……

好浓的烟……

好呛……

秦倦侧卧于床,被烟呛得醒了过来,趴在床上不住咳嗽。他踉跄着下了床,打开了窗,窗外火舌蹿动,热得炙人。

"呃……"秦倦一手以手背捂鼻,一手支在窗前几上。锁心丸遗祸发作,他开始呕血,身子不住地颤抖。

秦倦以白帕掩口,心中淡淡苦笑,这一回,不知是火烧而死,还是呕血而死?他自知受锁心丸之害十年,命在旦夕,因而此刻竟也不如何惊恐,嘴边犹自带笑。

正当他以为必死无疑的时候,一道人影自门口闯了进来。来人衣发着火,着地一滚,扑灭火星,站了起来。

秦倦连声急咳,屋内烟气太浓,他已经承受不住,但还是带着笑:"肖殿主?"

肖飞默不作声,以指点了秦倦胸口四处穴道,把一颗红色的药物塞入秦倦口中。

秦倦只觉心头一热,止住了反胃欲呕的感觉。他抬起头来,疑惑道:"这是……"

"解药。"肖飞不欲多谈,一把将秦倦背在背上,"闭上眼睛!"

秦倦依言闭目。

肖飞以一床轻被盖住两人头脸,一提气,又自火中蹿了出去。他动作极快,一出阁即揭去着火的轻被,两人皆安然无恙。

"你中毒太深,区区一颗解药救不了你的命。"肖飞背着他往大殿赶去,一边淡淡地说道,"你的元气也伤得太厉害,若无人渡气给你,再加上针药齐施,你撑不过明日此时。"

秦倦低声道:"我还不能死。"

肖飞冷笑:"你自然还不能死。现在你若死了,左凤堂第一个稳不住,更莫说什么蓝衫十三杀、什么葛金戈之流,哪里还有心思抗敌?若可以让你死,我何必救你!"他嘴里说话,脚下不停。

秦倦渐渐合上眼睛,他着实太累。

肖飞背着他,也知道他是半昏半睡了过去。秦倦实在单薄得可怜,肖飞在心中摇头,叔叔的锁心丸果然害人不浅。愧疚之心一晃而过,他刻意忽略造成秦倦此时奄奄一息的祸首其实是他自己。他掠过数重屋脊，大殿在望。

冷不防"唰唰唰"数枚金钱镖袭来，肖飞陡然警觉，倒跃相避："什么人？"

一位红衣灰脸的老者阴恻恻地坐在丹枫阁的飞檐之上，阴恻恻地笑："留下你后面的人来！"他不认得肖飞，千凰楼并非江湖帮派，虽然楼中多是江湖中人，但楼中各人也并非全都享有盛名，因而他只要秦倦，却不识得肖飞。

肖飞站定，冷冷地道："红衣鬼王？"红衣鬼窟是一伙专以打劫为生的劫帮，在江湖上恶名远扬。

红衣鬼王微觉意外，这个乌衣小子竟能一眼认出他的身份？这虽不算什么难事，但也算得上是眼光犀利，这人不是个简单的人物。

"让路！"肖飞不欲与他多话，往前便闯。

红衣鬼王四枚金钱镖飞出，打往肖飞上下四处大穴，冷笑道："留下你家公子，我便让你走。"

肖飞背着秦倦行动不便，不欲与红衣鬼王动手，一口气吹去，前边打上盘的两枚金钱镖微微一顿，倏然下袭，"铮铮"两声响，四枚金钱镖互撞落地。他一口气不停，已蹿出去十丈有余。

红衣鬼王大为意外，肖飞真力之强、武功之高，俨然江湖一流高手，他这一轻敌，几乎就让肖飞闯了过去。红衣鬼王不禁恼羞成怒，脸上挂不住，呼地一掌往肖飞肩上劈去。

肖飞猛提一口气，向前疾扑。他本已与鬼王有一段距离，这一扑，又把距离拉开了四五丈。没有人的劈空掌力可达十五丈，因而肖飞并不理会这一掌。

但他惊觉劲风，一股劲风直袭他肩上肩井穴，来势极快，夹着微微破空之声。原来红衣鬼王掌中夹镖，那一掌只是虚张声势，掌风掩去了飞镖的破空之声。

红衣鬼王见肖飞不接招，便知这乌衣小子打的是能溜则溜的主意。他是多年的老江湖，肖飞人再警醒，却从未在江湖上闯过，自然少了临敌经验，因而红衣鬼王便设了圈套等着肖飞上钩。

眼见这一镖非中不可，红衣鬼王不禁脸露微笑。肩井穴一伤，肖飞便无力再背着秦倦，自己不费吹灰之力便可将千凰楼的主事人拿住，拿住了他，还怕找不到金银珠宝？

肖飞连眉头也未皱一下,微微将背上的秦倦一侧,"噗"的一声,这一镖插入了秦倦的肩头,鲜血霎时渗透白衫。肖飞脚下未停,一晃,两晃,三晃,倏地幻出千重人影,消失在楼宇深处。

红衣鬼王再次感到意外,这乌衣小子轻功之佳甚是罕见不必说,他惊愕的是这小子竟然不顾秦倦死活!一惊之下,他追之莫及,只能跺足兴叹。

秦倦被一镖扎醒了过来,他的意识其实并未到全然不清的地步,隐隐约约知道发生了什么事。中镖之痛,反而令他振起了精神。伏在肖飞肩上,他低低地浅笑:"肖殿主果然是肖殿主。"

肖飞不答,只是冷哼了一声。

秦倦轻笑。

他们都是聪明人,自然懂得计算如何才会得到最好的结果。这一镖若是伤了肖飞,秦倦落入敌手一样难以保命,又伤了楼中第二号人物,后果不堪设想;而若伤了秦倦,虽则让他病上加伤,但秦倦本就无动手之力,就目前情势来说,其实是无甚损伤的。这一点,秦倦自己也很清楚,因而他并不生气,反而有赞赏之意。

"不要说话。"肖飞冷冷道。秦倦一条命已去了十之八九,最后一点元气一散,大罗金仙也救不了他。

说话之间,两人已到了大殿。

左凤堂心焦得像热锅上的蚂蚁,绕着大殿已走了十七八圈。殿门一开,他心中一喜:"公子!"

肖飞把秦倦轻轻放在一块软垫之上。殿中葛金戈赶了过来,而丘火封、上官青之流,却都站得远远的,冷眼旁观。

左凤堂一看秦倦,不由得由喜变惊:"公子!"他轻轻地让秦倦侧过身来,那一枚飞镖入肉甚深,血流不止。

秦倦本已是垂死之身,此刻更苍白得像随时会咽气,但他还带着笑,用几不可闻的声音低低地道:"不要怪肖殿主……我……我……是好不了了,一切……一切交给他……你……他……"他望着左凤堂,一口气转不过来,只是喘息。

左凤堂此刻纵有千般不甘愿也不能说什么,狠狠一甩头:"你不准死!我不准你死!你若死了,我便杀了肖飞给你陪葬。你要我听话,你就别死！"他跟了秦倦十年，但没有一次像现在这般惊恐，因为他知道秦倦这一次不比平常，是真正命在顷刻！

"让开！"肖飞冷冷地把左凤堂推到一边去，俯下身对着秦倦。

"你想干什么？"左凤堂惊疑不定，拦在秦倦面前。

肖飞不去理他，反而凝视着秦倦，冷冷地道："叫你不要说话，没有听到吗？"

秦倦只是笑笑。

左凤堂退开两步，肖飞单膝蹲地，把长袍撩到一边，对秦倦冷冷地道："这镖非拔不可，你撑着点。"

秦倦点头。

左凤堂已知肖飞要为秦倦疗伤，虽然心中存疑，但却知肖飞掌管楼中药房，医术甚佳。此刻临危之际，不由他不信肖飞。

"你看着殿门，葛阁主照常巡视，二殿主带上火药依计行事。"肖飞低头之前犹是语调平静地一一吩咐，同时手上用劲，猛地一抽。秦倦全身一颤，三寸来长的飞镖已被取了出来，顿时血如泉涌！而秦倦竟未晕过去，仍睁大眼睛看着肖飞，一声未哼。

此刻肖飞不得不暗赞秦倦毅力惊人，如此荏弱之躯，竟忍得下这种疼痛，其精神毅力甚是惊人。他手上不停，点了伤口周围数处穴道，阻住血流，头也不抬："冷水！"

一位蓝衫人迅速递上一壶食水。

肖飞以冷水洗净伤口，动作极快地把一种白色粉末撒入伤口，又极快地用白布紧紧扎住。

秦倦冷汗盈额，却咬着牙未曾晕过去，他自知此时一口气松了，只怕便再也醒不过来。

肖飞在转瞬之间处理好了秦倦的肩伤，看了秦倦一眼，目中有赞赏之意。他把秦倦缓缓扶起，略一迟疑，环顾了殿内诸人一眼，终还是低头看着秦倦，复又侧头向蓝衫人道："刀。"

蓝衫人递上一把短刀。

肖飞下刀如电，一刀划开了自己的左腕，鲜血泉涌而出。

这骇了大殿中众人一跳。左凤堂头一个冲了过来，变色道："你干什么？"

上官青也面露诧异之色。

众人均想，肖飞是何等孤高的人物，会为秦倦自残，简直不可思议！

肖飞谁也不理，再一刀划开秦倦的右腕，将伤口相对，用白布将两只手牢牢缚在一起。

他动作又快，又是默不作声，谁也来不及阻拦，只看得众人惊疑不定。

秦倦眉头陡扬，还未开口便被肖飞冷冷地截住："不要说话，闭上眼睛，什么也别想。"

秦倦看了他一眼，微微一叹，依言闭目。

肖飞闭上眼睛，提一口气，把本身真元随同鲜血，自两人交叠的伤口迫了过去，直压入秦倦体内。

一时之间，殿内千余人寂静无声，只有两人伤口之处不知是谁的鲜血"嗒——嗒——嗒"，一滴一滴，不住地滴落到地上，染红了秦倦的白衫。

约莫过了一顿饭的时间，秦倦的脸上微微泛上了些许血色，而肖飞脸上却显出了苍白。他缓缓睁目，解开了缚手的白布，又道："不要说话！"他的声音显得有些中气不足，却依旧镇静如恒。他看着秦倦的反应，似是很是满意。为两人包扎好腕上的伤口，肖飞又自袖中摸出一支银针，刹那间连刺秦倦十六处大穴。银针拔出之时，针头已微微变色，可见秦倦中毒之深。肖飞看了一眼针头，将银针弃去不用，又摸出一个朱红小瓶，倾出一颗血红的药丸，塞入秦倦口中，那是锁心丸的解药。

秦倦服药之后略略休养，气色已好了许多，不再像个濒死的病人。他睁开眼睛，向肖飞微微一笑，示意他已好转。

肖飞把朱红小瓶丢给了左凤堂，语调不改冷漠："他中毒太深，虽有解药却救不回已经受损的内脏。自此以后，要多加调养，或许十年八年之后，还可以如常人一般，但想康健如旧，却是妄想。"他话已说完，自己服下一颗药丸，往后一移，闭目调息。

上官青无声无息地移到肖飞身后，为他护法，一双眼阴恻恻地盯着左凤堂，唇带冷笑。他是个干枯瘦小的青脸人，约莫四十岁，这一笑，笑得好不阴沉。

左凤堂根本不去理上官青，他只看着秦倦，满面的担忧之色。

秦倦闭目养神，眉间略略显出一种深思的神色，而唇边带着的一丝不经意的浅笑却始终未曾敛起。

此刻殿内鸦雀无声，人人皆呆呆地看看他，又看看肖飞，震惊之色未敛，又升起满腹疑团。

上官青心里着实不解，肖飞要救秦倦，那是大敌当前、形势所迫，他懂，但何苦如此耗力伤神，竟用自己的鲜血换秦倦一条命？他不信除此之外别无他法，肖飞到底在想些什么？

上官青在心中冷笑：不知肖飞自己有无发现，当他惊觉秦倦人在五凤阁，而五凤阁已经起火时，他脸上的神色竟和左凤堂一个模样！秦倦究竟有何魔力，累得这些人物皆愿为其拼命？

便在此时，远处一阵爆响，马嘶之声四起，蹄声散乱，人声鼎沸，丘火封已开始动手了。

殿内诸人茫然四顾，两个主事之人都倒了下去，竟无人知晓接下去应该如何是好，是战是退？

上官青看着肖飞，知道肖飞运功正值紧要关头，一时半刻醒不过来。他哼了一声，袖子一拂，自殿中抢了出去："我去帮丘火封。"

"回来！"秦倦闭目低斥，虽无甚气力，但他一斥之威，还是令上官青止步。

"干什么？你不知道他们现在很危险吗？我们楼中有多少人手能用，你比我清楚，难道你眼睁睁看他们送死？"上官青冷冷地道。

"你留下，凤堂去。"秦倦闭着眼睛，一字一句幽幽冷冷，"叫他们即中即走，不要和人缠斗。敌人若要撤出，不要追击，放他们走；若他们仍往里闯，叫二殿主准备下一次火药。二殿主与蓝衫十三杀武功不弱，想必不会出事，让他们一炸之后，无论成功与否，立求脱身。敌人若仍旧攻进来，我们隔一段距离炸一次，直到他们攻到大殿之前！无论如何，不要与人动手，否则我们必定吃亏。"他这样低低幽幽地道，令人感觉仿佛入了幽冥，隐隐透出了他天生的幽冷犀利。

上官青站定，左凤堂闪身出去。

殿内起了一阵低微的议论之声，自肖飞拔刀过血的震惊中缓缓回过神来，开始议论现在的处境。

"想知道肖飞为什么救我？"秦倦闭着眼，却似是知道上官青就站在他身边，也似是知道上官青心里不解，低低柔柔地道，"你可知楼中可以真正动手的有几人？葛金戈负责大殿防卫，不能分身；一殿主负责粮水,一样分身乏术。六院院主、左凤堂、你、蓝衫十三杀,一共二十一人,其中十三人去施放火药,殿中只余八人。一旦敌方突破防卫,八人可挡得住敌方残余的众人吗?肖飞武功甚高,在蓝衫十三杀之上,假若他能分身动手,或许可以收到起死回生之效。你要知道,一百人加上一人,无关紧要;八人加上一人,形势却大大不同。肖飞若要加入防备,那必无法兼顾主持大局,而我——"秦倦低低笑了笑,"他应该很清楚论计筹谋略,他不如我。他救我,并非认我为主,而是委曲求全,以大局为重。若无千凰楼,什么楼主、什么地位都是毫无意义的。他很清楚,此刻以保千凰楼为第一要务,其他的,都可以往后再议,你懂吗?肖殿主之所以是肖殿主,便是因为他比你们更有眼光、更有见地,你不如他。"

上官青眉扬如竖,似是怒火上冲,但终还是忍了下来。

他们极低极低地交谈,并没有惊动到任何人。而殿外沉闷的爆炸之声,一阵一阵,渐渐由远而近,殿中诸人亦渐渐安静下来,静听着声响。

第六节 舍身挡灾

左凤堂出了大殿四下一望,这才惊觉战况的惨烈。千凰楼美轮美奂的连绵楼宇倒了大半,土木崩坏,火光四起。头上浓烟四起,脚下尽是碎石碎屑,被炸伤炸死的人横了一地,到处都是斑斑血迹,满耳尽是呻吟之声。

他心里有些发毛,毕竟他也不算什么江湖人物,从未见过这么多死人。站在这里,便有一种强烈的震撼,人命的轻贱、人命的金贵,在这里都被蛮横地一笔抹去,好人也好,坏人也罢,都是一般血肉模糊。

"左护法。"

左凤堂目光一掠,二殿主丘火封正站在五丈之外,神色甚是疲惫:"来人是红衣鬼窟、九刀会、铁马十九帮,还有……"他深吸一口气,"蛮龙岭的金龙朴戾。"

左凤堂心头一跳,他虽少历江湖,但对金龙朴戾却是闻名已久。朴戾是自肖肃与单折之后最具盛名的黑道高手,享名十余载,以狠辣闻名,隐隐有黑道之尊的味道。他若在敌方,千凰楼麻烦可就更大了。

左凤堂烦躁地破口大骂:"他不在蛮龙岭做他的山大王,跑到这里来干什么?根本就是存心想把千凰楼连骨头都吞下去。"

"为钱。"丘火封凉凉地道,"大尊主已死,二尊主隐世,千凰楼空有万贯家财,落入公子之手,公子一介书生又是病根病骨,谁不打你落水狗?朴戾眼光素精,他怎能不来?"

左凤堂瞪了他一眼,大敌当前不能与他算账,心中暗骂"你也不是什么好东西",嘴里却道:"目前战况如何?"

"不好。"丘火封摇了摇头,"我方十三人已有四人负伤,虽然炸伤了敌方多数人马,但你也知道,对于朴戾这等高手,火药对其如同儿戏,他又机警,只怕很快就要直扑大殿去了。"他嘿嘿一笑,"其他就不必说了,单凭他一个,已令千凰楼要吃不了兜着走。"

左凤堂冷冷地看着他:"你回大殿,把详情告诉公子,火药给我。"

丘火封根本就不想在外头玩命,乐得遵令行事。他把身上剩余的火药给了左凤堂,忍不住问:"殿中主事不是三殿主吗?"

左凤堂闪身而去,学着他的口气凉凉地道:"楼中主事何时不是公子?你发昏了吗?"

丘火封微微一怔,左凤堂已去得无影了。

大殿之中,寂静如故。

秦倦倚墙而坐,肖飞盘膝坐在他右手边,调息未醒。秦倦敛眉闭目,不言不动,殿中也似感染了他沉静如水、沉稳如山的情绪,大敌在即,竟也不见如何惊慌。

殿门微开,一人闪身而入,是丘火封。

丘火封环顾了一下四周,似乎对殿中的形势甚为不解,略一迟疑,还是走到秦倦身边,低声把外面的形势告诉了他。

秦倦闭着眼,掠起一抹淡笑,轻轻挥手,示意丘火封退下。

丘火封心里甚是不满,但秦倦多年积威,令他敢怒不敢言,只得退下。

只听殿梁四下"吱呀"作响,外头的爆破声一阵一阵,正向大殿靠拢。

秦倦沉静依旧,一动不动。

肖飞长吸了一口气,倏然睁开了眼睛。他缓缓站了起来,背挺得笔直,一双眼睛冷冷地看殿门。所有人都知道他看的不是殿门,而是殿门之外！

葛金戈与上官青同时一惊，丘火封本来已退至墙角，却骤然止步。他们同时感受到了杀气！练武之人，具有极度敏锐的感觉，他们都未听到声响，却惊于这种杀气。

暴戾的杀气！

肖飞身形一动。

"稳住！回来！"秦倦低斥。

肖飞回顾了他一眼，冷冷站定。

秦倦缓缓睁目，目光清澄，如冰如水。他一直未曾睁目，便是为了稳一点元气，以应付危机。他也缓缓站了起来，竟然整了整衣裳，心平气和地道："朴岭主，进来吧！"

肖飞瞳孔收缩，缓缓退了一步，立于秦倦身后。

殿内形势清清楚楚：以秦倦为首，肖飞为辅，其余诸人皆在其下。

殿外有人慢吞吞地轻笑了一声，声音清雅："七公子果是聪明人，在下就不客气了。"

殿门缓缓开了，一位金袍中年人推门而入。此人眉目端正，还算得上一个文质彬彬的美男子，丝毫看不出是个杀人如麻的黑道高手。但，那一双眼睛魔魅得令人毛骨悚然——那是一双带血的鬼眼！

秦倦缓缓迎了上去，浅笑微微，虽然遍身血迹，亦掩不住他天生秀雅的容色。他平视着朴戾的眼睛，神色宁定。

朴戾是第一次见到这位被传得神乎其神的七公子。看到秦倦的容貌，不禁微微有些惊讶。他似乎在什么地方看到过这样一张如玉如冰的脸，但那张脸、那个人在哪里见到过，几乎不存任何印象，一定是个无关紧要的人。朴戾非常清楚自己的记性，若有一面之交，他过多少年后再见，也一定认得出来，但现在问题是秦倦显然并非当年那人，令他一时想不起来。

秦倦本就用的是缓兵之计，见他如此，便问道："朴岭主认得在下吗？"

朴戾不知为何突然收起了那一脸笑意，冷冷道："我一定见过你这张脸。"他一字一字地吐出来，"而且是在很受威胁的情况下。"

殿内一阵错愕——很明显，朴戾是为了千凰楼的珍藏而来，但破门而入之后，却对秦倦的容貌感兴趣了，竟如临大敌。殿内千余目光，一下子转到秦倦的脸上。

秦倦的脸色一下子变得煞白，千凰楼的人可以打赌从未见过这位笑面公子露出这种近似震惊的神色。他极快地吸一口气："朴岭主，可是为千魔之眼而来？"他所说的"千魔之眼"，是肃肃拥有的最珍贵的一件珠宝，乃是一颗雕琢精细、冷光四射的黑水晶，为人眼状，灯下灿灿生辉，如一只鬼眼。黑水晶之中血丝隐隐，随光影转动，血光也似在隐隐流动，端的是价值万千的一件异物。此物名扬天下已久，但世上真正见过它的却没有几人。朴戾对它向往已久，如今既有此机缘，怎可放过？

果然，此言一出，朴戾立即被转移了注意力，笑了笑："你楼中还有其他蛮龙岭看得上的东西吗？"

秦倦淡淡一笑："为区区一件珠宝，草菅数千人命，你说值是不值？"

"那是你们不愿投降，若有死伤，也该怪千凰楼。又何况那一波波的炸药并非我所施放，七公子你要清楚，数千人命是丧在谁的手下。"朴戾能言善辩，颠倒黑白却面不改色。

"千凰楼并非岭主掌中之物，亦非乞怜之犬。"秦倦低眉，语气轻忽而漫不经心，"恶犬来袭，如若不打，岂非显得千凰楼气量过高而不切实际？既有恶犬，便该打上一顿，丧其恶胆、杀其犬性，以彰正气。朴岭主你说是也不是？"

他指桑骂槐，句句见血，只听得殿下诸人眉飞色舞，再加上最后又低低柔柔地问了一句"朴岭主你说是也不是"，直问得朴戾脸上一阵发黑，而众人却是心中大乐，无一刻像此刻这般齐心拥戴公子。

只听秦倦用极其淡定平静的口气，低低地道："难道在蛮龙岭，外敌来袭，朴岭主是绝不抵抗的？在下极其钦佩朴岭主的容忍气度，为保人命，忍耐至此，如今我楼绝无朴岭主的气量，一旦冲突，动起手来难免死伤。为免伤亡，朴岭主不如先行退去，如何？"他明知朴戾适才强言狡辩，此刻便拿了朴戾的话依理类推，只说得朴戾心如刺扎，双目渐红。

而殿中众人皆是心中大乐，均想，要同公子较量口舌之利，朴戾再练十年也不是对手，受气受辱均是自找，气得七窍生烟、神智全失，那也是活该。

上官青心下暗笑，葛金戈不禁莞尔，丘火封也是满脸似笑非笑。

肖飞却没有笑,他知秦倦是存心激怒朴戾,朴戾理智若失,应付起来便容易得多;其次谈话之间亦可拖延时间,等左凤堂回来。千凰楼中,除了左凤堂,再无一人堪与朴戾动手,这一点肖飞也很清楚。但他留心的不是秦倦现在的舌辩,而是刚才朴戾说起"我一定见过你这一张脸"时,秦倦那一刹那的变色——那表明什么?朴戾说这句话是什么意思?莫非……世上还有第二张和秦倦一般世上罕有的绝美容颜?秦倦还有其他兄弟姐妹吗?为何他听见那另一张相似的脸时会失色?那另一个人与秦倦是什么关系,其中包藏了多少秘密?究竟这位"七公子"还有什么是他们不知道的?肖飞心中隐隐警醒,秦倦激怒朴戾,是否亦是为了转移其注意,好逃避刚才的话题?

肖飞目光深沉,打量着秦倦的身影。说实在的,他此刻必须承认秦倦并非当初他所想象的美貌书生——懦弱无能的那一种;相反,秦倦是太"能"了——他的才智、胆魄、谋略,往往让人忘了他那一张秀雅绝美的脸,也忽略了他满身的病,而只会径自臣服于他。左凤堂一身武功、满目不驯,竟屈身千凰楼十年,图的不是财、不是利,更不会为了看一张如花容颜,而是十成十折服在秦倦的才气之下,甘为奴仆。蓝衫十三杀又何尝不是?秦倦以国士待之,他们以国士相报,知遇之恩、服才之情,造就出秦倦的一帮死士,也造就出七公子的声名威望。

秦倦是一位难得的智士,肖飞承认,但秦倦并不是千凰楼合适的楼主。原因很实际也很简单。其一,以秦倦的身体,决计支撑不了楼内繁重的事务。力不能及,便须委诸于他人;事不能亲理,太容易委权于人,结果容易导致争权夺利,不可遏止。其二,一楼之主,却无楼主之威,也太易招人轻视,引起贪念,今日之事就是力证。秦倦给人病弱无能的错觉,肖飞与之相处十年,犹未知他犀利幽冷之处,外人又如何知晓?要知盛名是盛名,百闻不如一见,一见之后,秦倦难免会给人"不过尔尔,江湖谬传"之类感觉,这对楼中安全影响不小。其三,秦倦十一岁入千凰楼,十一岁之前呢,为何他从未提及?故作神秘,是有不可告人之事吗?相处十年,不能坦诚以对,如此楼主,又怎能让人信任?肖飞消去了对秦倦的恶感,也救他过一命,但决计没有打消争做千凰楼楼主之意,此刻暂时的合作,是为了大局,而非由衷之举。疑窦既生,肖飞更定下心,事了之后,且看谁王谁寇,他并不服输。

肖飞回过神来,秦倦不知又说了些什么,朴戾脸色难看之极,突然大吼一声，疾向秦倦扑来。

朴戾这一扑，疾若鹰隼，五指一张，笔直地往秦倦头顶插来，竟是要用手指在他头上戳出五个洞来，手犹未至，五道劲风破空有声，已"噗噗"震裂了秦倦的衣襟！

蓝衫十三杀早已有备，登时有两人左右抢上，双双出手拦截，各出一掌。双掌与五指交锋，只听"噗"的一声脆响，鲜血溅起半天之高，朴戾的指风洞穿了左边一名蓝衫人的掌心，但右边一人还以颜色，一掌拍出，亦在朴戾的衣袖上撕落一块衣角！

人影一合即分，却已血溅当场！蓝衫人中一人伤得颇重，再无动手之力，但依旧面上冷漠，一声不哼；而另一人手持一角金袖，也并无骄色，仿佛他一招扯下金龙的衣袖只是件稀松平常的事。

"好！"朴戾看看拦在秦倦面前的两人，"你们若入我蛮龙岭，必是一等一的座上之宾，何苦跟着一个不会武功的药罐子屈身为奴？能接我一招，以你们的年纪，亦属难得。"

蓝衫人充耳不闻，有两名小童把左边那人扶了下去，右边那人弃去朴戾的衣袖，面无表情，连看也未多看朴戾一眼。他依旧站在秦倦的右边，而另一名蓝衫人踏上一步，顶替了伤者的位置。

这一举动连肖飞看来也不禁动容，有这样的死士，实是秦倦之幸。蓝衫十三杀虽未必是什么好人，但秉节忠义，亦是铁铮铮的男儿！

朴戾嘿嘿一笑："如此节义，等会儿动起手来，我饶你们不死。"他袖子一拂，倏然在殿内东转西转，身形如电，一身金袍越转越快，如金光流动，直耀花了人眼，不知他要如何。

只见人影一闪，朴戾在疾转了几圈之后，一声长啸，五指屈起，掌运"擒龙爪"，凌空摄物，竟是准备一爪把秦倦抓出来。他在盛怒之下，未免神智蒙蔽，竟忘却了应等己方的人到齐之后才动手，此刻动手，实属不智。

眼看风吹得倒的秦倦就将被他一爪抓过去，一只手倏然拦在朴戾与秦倦之间，轻而易举地把一件物事塞入朴戾的掌劲之中。

朴戾的擒龙爪一抓即收，那件事物替代秦倦被他凌空攫去。朴戾低头一眼，不禁又是怒火上冲——那物竟是一枚女子的发钗，钗头珍珠犹自颤动。他抬头一看，一个乌袍人负手拦在秦倦面前，目光清冷，有孤绝出尘之态。

那人自然是肖飞,他自知这一爪无人可挡,便顺手自一名女子头上拔下发钗,送入朴戾擒拿的抓劲之中,为秦倦挡下一击,又将其拉到身后。

朴戾二话不说,三拳七脚踢出,取肖飞头胸五处大穴,拳起足飞,金光闪动,带起的衣袂之风竟发出尖锐的急哨之声,可见其来势之快。

肖飞默不作声,三拳六腿一一闪过,最后一腿着实不能闪过,闪过便要伤了身后的秦倦,无可奈何之下,肖飞以掌对腿,"砰"的一声,烟尘四起,朴戾倒窜出五丈之外,而肖飞站定未动。

朴戾落地之后,上下打量了肖飞一眼,面有诧异之色。蓝衫人能接他一招已是不易,这人竟接了他十招,还与他对了一掌,似乎丝毫无损,这人是谁?要知掌劲终是弱于腿劲,肖飞以掌对腿,一掌逼退了朴戾,这功力着实令人震惊。

朴戾是面上诧异,肖飞却是心中苦笑。他本身功力已不是朴戾之敌,又何况刚过血为秦倦续命,早已元气大伤。如今以六七成的功力与朴戾交手,岂有赢面?刚才掌腿相交,他心头一热,强忍着一口血没有吐出来;左手脉门伤口震裂,鲜血再度涌出,幸而他一身乌袍,谁也看不出来。他站在当地未动,只因他全身僵直,一动也动不了。

这道理众人不懂,朴戾一时也瞧不出来,但秦倦如何看不出来?朴戾入殿以来一出手便有伤亡,他如何不急?此刻火烧眉毛,他若无计可施,只怕顷刻便要尸身遍地,伤亡无数。此祸因他而起,他不能眼睁睁看着众人为自己而死。

秦倦一咬牙,抢上两步,脸色平淡,语气也是淡淡的:"朴岭主看见了吗?蛮龙岭高手如云,岭主虽是不凡,千凰楼也非易与之地。这位是本楼三殿主,你们大可亲热亲热。"说着退开两步,竟似等着他们动手。

朴戾心中着实估不出肖飞的深浅,听秦倦如此一说,不禁一怔,如此人物,仅是楼中"三殿主",连六院都算不上?如此说来,千凰楼岂非卧虎藏龙?再加上刚才蓝衫十三杀显露的武功,竟可以一招撕下自己的衣角,虽说自己是分了心神,但若非他们要护着秦倦,估计也可打上三五招不败。这样的人物,也只是奴仆而已。环顾殿中,人人神色如常,可见秦倦之言并非欺人之谈。一时之间,朴戾竟呆了一呆,不知是进是退,满面狐疑,立在当场。

肖飞知秦倦以恐吓之辞，施缓兵之计，此刻实已无计可施，朴戾一旦发威，场中无人能挡。奇怪的是左凤堂去了哪里，为何许久不见回来？

此刻殿外一声长啸，秦倦眼中一亮，左凤堂拖着一个青衣女子，自殿外快步走了进来。

朴戾目光一凝，错愕道："彤儿？你……你不是在家里吗？怎么会在这里？"

看样子，这青衣女子是他女儿，但奇怪的是，她怎会落入左凤堂手里？蛮龙岭距此有千里之遥，莫非左凤堂会飞？

众人均看向那青衣女子，只见她长发披散，低垂着头，但也隐约可见其容颜甚美，左唇之旁有一颗小小的美人痣，更增妩媚之态。她被左凤堂拖在手中，毫无反抗之态，显是受制于人。

"小子！你把我女儿怎么样了？"朴戾爱女心切，大喝一声，出掌便是成名绝技"唳鬼十七式"之"鬼哭"，抖手十七掌，对着左凤堂当头而下。

左凤堂一一闪过，非但闪过，还回了一掌，喝道："你还要不要你女儿性命？"

朴戾也顾不上惊异，喝道："你把她怎么样了？"

左凤堂把青衣女子用力一扯，那女子一声娇呼，几乎扑倒在地，被左凤堂一把拉到胸前。左凤堂斜着眼睛看着朴戾："我没有把她怎么样，你只要乖乖离开这里回你的蛮龙岭去，她就不会怎么样。"

朴戾名震江湖数十年，如何咽得下这口气？闻言，他冷笑："凭你一句话，就想打发我金龙回岭？小子，你不觉你也太狂妄了吗？你不知金龙出手，永不落空吗？"

左凤堂闲闲地左顾右盼："你女儿在此，听不听随你。"

朴戾低斥："鬼王和铁马呢？"

"被我炸跑了。"左凤堂嘿嘿一笑，"五颗雷火弹当头炸来，你说他们还能怎么样？若还不走，我加上一拳一脚，你说他们跑不跑？说不定正等着你回去替他们压惊壮胆呢！"

朴戾阴沉着一张脸，狠狠瞪了左凤堂一眼。

左凤堂并不看他，看天看地，眼珠子四处乱转，就是不看他。

朴戾一拂袖子，陡然扬长而去，冷冷丢话："我当先救女儿，再杀你泄恨！你给我记着，伤了我女儿一根头发，让你求生不得，求死不能！"

他要走便走，一转眼去得无影无踪。

左凤堂这才长长吐了一口气，急急忙忙关上了殿门，像做贼一样东张西望了一下，又长长地吐了第二口气，喃喃道："好险，好险！"

肖飞整个人都软了，秦倦站在他身后早已有备，伸手扶住他，但他却未料到自己撑不住肖飞的体重，两个人都晃了一下。眼看都要跌倒，幸而上官青一把将两个人稳住，回头问左凤堂："怎么会擒到朴戾的女儿？"

左凤堂大步过来看肖飞的伤，一边漫不经心地"哦"了一声，也不知说的是什么。

秦倦把肖飞缓缓放在他自己的软榻上，笑了笑："我看那位姑娘只怕不是朴戾的女儿吧？"

左凤堂为肖飞点了几处穴道，以真力搓揉他的胸口，助他顺过气来，笑道："还是公子了得！朴老头的女儿远在蛮龙岭，我哪里抓得到她，她又怎么会来这里？我只骗得了朴老头一时，等他头脑一清醒，立刻就会知道被骗了。"

那青衣女子嫣然一笑，抬起头来，拨开披落的长发，抹去易容药物。只见这女子已年过二十，眉目娇艳，有一种媚态，哪里是刚才那个清秀可怜的小姑娘？只听她语音柔媚道："左护法，我已按你说的做了，你也该解开我穴道了吧？"

左凤堂甚是不耐："你也不是什么好东西！放了你？做梦！"

他助肖飞顺过气来，让肖飞自行调息，边向秦倦解释："这妖女是铁马十九帮的第十七匹铁马，叫什么'千面美人'乔艳，精于易容。我抓住她时本来要一刀砍了，是她自己出此下策，说可以救千凰楼一时，要我饶了她性命。她在蛮龙岭见过朴彤，因而可以扮作朴彤的样子。"

秦倦向乔艳点了点头。

乔艳伸手掠了一下颊边的散发，嫣然而笑："久闻七公子丰神如玉，今日一见，果然名不虚传。"她话中有话，听似赞美，实是暗讽。

秦倦不去理她，望了殿中众人一眼，目光转到肖飞身上，微微出神。片刻之后，他低柔道："朴戾片刻之后便会知受人之欺，我们千余之众，逃是逃不了了，况且不战而逃，传出去千凰楼声名扫地。殿中有粮有水，可以支持一时,但困守于此,一旦朴戾带人来攻,亦不是长久之计。"他深吸一口气,眉头微蹙,"朴戾约莫一个时辰便可找到鬼王诸人,一问之下便知朴彤并未下过蛮龙岭,是乔姑娘假扮朴彤。届时,他定会挟怨而来,而且带有帮手!"他低低柔柔地道,一字一句把局势分析得清清楚楚,却令人听不出他是喜是忧。

只听他顿了一顿,又道:"如今,我们二十一人已有六人受伤,肖殿主伤势尤重。剩余一十五人,要如何保这千余人的周全?"他低低地问,目光如水,自殿内诸人面上一一掠过,最后留驻在左凤堂身上。

左凤堂叹了口气:"说吧,有什么想问的?"

"你能与朴戾对上几招?"秦倦低声问。

"两三百招勉强可以。朴老头功力既深,临敌经验又丰富,我练到他那个年纪或许能胜过他,目前还差那么二三十年。"左凤堂沮丧地一摊手,"而且朴老头招招狠辣,若是漏接一招,非死即伤。"

秦倦并未抬头,又问:"那一十五人一拥而上呢?"

"群战?"左凤堂显是怔了一下,"以朴老头的身份地位,我们一拥而上也不算过分。但我们师承不同,彼此不熟对方招式,又从未习练过合搏,只怕缚手缚脚,还不如我一个人和他动手的效果好。"

"也就是说,打是打不过了。"秦倦淡淡吁了口气,"只能智取了?"他的语调显得慵懒,那是七公子一贯处事的语气,一种似有若无的犀利之气隐隐透了出来,"千凰楼终非江湖帮派,仍是商行,莫忘了做生意才是我们的得意之处。"

他这样说,谁也估不透他的意思。

秦倦并不理会众人的错愕,有些惘然地环顾了周围一眼,低低自语:"我本想打这一仗的,假如没有朴戾,我们不会输。只可惜人算不如天算,撞上了这个魔头……"他叹了口气,看着肖飞。

肖飞已运功完毕,只不过仍很虚弱。他也不懂秦倦在想些什么,冷冷的目光透着微微的不解。

"你可以说话吗?"秦倦问。

肖飞点头。

秦倦挥手示意众人后退,神色淡定:"我要和朴戾做一笔大生意。"

肖飞微皱了眉:"什么意思?"

秦倦摇了摇头:"我有一件事要和你商量。"

肖飞仍是不解。

然后秦倦便低低说了很长的一段话。

所有人都看见肖飞突然睁大了眼睛，无比诧异地看着秦倦，极其不以为然地摇了摇头："不行！"

秦倦顿了一下，目光变得幽冷，冷冷地道："若你有更好的方法，那便算了；若是没有，肖殿主，你没有资格说不行。"他一字一句，幽幽冷冷，"我不是问你，我是在命令你，你莫忘了！"

肖飞像是怔住了，没有反应。

秦倦不再理他，站了起来，缓步走向大殿门口，负手而立，抬头自窗中望天，那背影竟是卓然决然得令人心痛。

不出秦倦所料，一个时辰之后，朴戾卷土重来，这一次他带了红衣鬼王和剩余几个铁马十九帮的首领，面露冷笑："小子，你骗得我好苦！今日不把你挫骨扬灰，我誓不回蛮龙岭！"

他身形如电，第一个字出口，人犹在百丈之外，一句话说完，已到了殿口，正准备一举击破殿门冲进来。

左凤堂全身绷紧，亦是一触即发。

但此刻却出了一件天大的意外——

秦倦本来站在殿门口，下一瞬却抢上两步，竟跨出了大殿，回手"砰"的一声关上了殿门！

这一声震住了殿内所有人的心神！大殿之门隔绝了殿内众人的视线，完全不知秦倦此去是死是活，那门一关，简直令殿内众人急得要发疯！

"公子！"左凤堂大吃一惊，跳了起来，正欲冲出殿去，一只手极快地伸过来，点了他的穴道。

左凤堂全身僵直，却瞪着点他穴道的人："肖飞，你疯了？你干什么！公子待你不薄，在这种时候落井下石，你还算不算人？你……"他还未说完，肖飞又一指点了他的哑穴，神色慎重，轻轻对殿内众人摆了摆手，凝神静听。

殿内原本一阵大哗，见肖飞如此，又渐渐静了下来。

只听秦倦的声音清清楚楚地传了进来："朴岭主，你们兴师动众，不过为财，而非为伤人命而来，是不是？"他语调是一贯的漫不经心，但显得他还安好，至少目前并无损伤。

"那又怎么样？"朴戾语调极其不耐，显是恨不得一掌立刻把秦倦拍成十块八块。

"那很容易，"秦倦幽幽冷冷地道，"我给你钱财，你放了殿内众人的性命。"

朴戾仰天而笑："哈哈！天大的笑话！我为何要放过殿内众人？杀了你们，我一样能拿钱取宝；留着你们，等日后你们来向我报仇吗？七公子，你未免太天真了！"

听他这样一说，殿内众人俱是心头一寒，均暗想：这话也有道理，公子莫非昏了头？

秦倦低低幽幽的声音丝毫不受朴戾狂笑的影响："朴岭主，并非我太天真，是岭主你太莽撞。"

朴戾活了五十多岁，只有人说他狠、说他狡诈，这"莽撞"二字倒是平生第一次听说！他怒极反笑："怎么说？"

"子不闻杀鸡取卵，千古讪笑，朴岭主是聪明人，你该知道，千凰楼并非藏宝窟，而是聚宝盆。"秦倦语气淡淡的，"你可知千凰楼一年可有多少收入？七千万两银子！你可知七千万两是什么数目？朝廷一年税贡也不过如此！楼中多数是江湖买卖，价钱自与一般商行不同。我可以清清楚楚地告诉你，千凰楼包括楼内的珠宝在内，共计有上亿两银子的财物。但你若毁了千凰楼，实际上你是拿不到什么的，因为珠宝要换成银子需要变卖，没有人可以同一时间脱手价值几千万两的珠宝，千凰楼也不能。楼内向来很少存钱，千凰楼名义下有一百来家不要钱的药铺与粮店，一年药费也很惊人，加上伙计师傅的薪金，楼中结余并不多。"

朴戾开始听懂了他的意思："若我留下了千凰楼呢？"

"一年我可以给你一千万两银子。"秦倦答道。

朴戾目中开始露出笑意："那便是进贡了。"他打了个哈哈，"一年一千万，买你这一千多蠢牛呆马的性命，也算值得了！"

说实话，他还未听过有谁计算银子算的是"几千万"两，蛮龙岭也算地方一霸，但上上下下加在一起，也不过几百万两的家身，如今一听一年居然有一千万两的进账，不免怦然心动。

秦倦只是笑笑。

朴戾又问："千魔之眼呢？"

秦倦吁了口气，听他这样问，便知他已接受了这笔交易："不在我身上。"

"那么说你知晓它在哪里？"朴戾似笑非笑。

秦倦不答，显是默认了。

"好！"朴戾深思道，"七公子不愧是生意人，我和你做这笔买卖！不过，"朴戾一跃前扑，一把将秦倦扣在手中，冷笑道，"口说无凭，你随我上蛮龙岭，我不信千凰楼不乖乖听话！"

秦倦并不反抗，只是提高声音："肖殿主，你听清楚条件了吗？"

肖飞在殿内冷冷地应道："清楚。"

"我随你走。"秦倦望向天际，目中闪过一丝奇异的笑意，轻轻地叹了一声。

朴戾说走便走，带了秦倦，一样矫若灵龙，一行人倏来倏去，宛若鬼魅。

第七节 巧计回天

千凰楼算是保住了，而且近乎奇迹地未死一人。

葛金戈许久才自震惊中回神："公子他……"

"公子……嘿嘿。"肖飞不知是冷笑还是自嘲，"好狠的七公子！千凰楼有了七公子，果真永远不会倒的。"

别人听不懂他的言中之意，只有肖飞自己心中明白，也震动无比。

秦倦——果然是如传说中一般智计绝伦的人物。肖飞深深知晓，这一笔看似荒唐的交易，其中包含了秦倦多少才智心机，又会有怎样惊人惨烈的结局。

秦倦会让千凰楼臣伏于蛮龙岭吗？

不会！

肖飞面上冷笑：秦倦是什么样的人，他会甘心让蛮龙岭来吸千凰楼的血？朴戾真是太天真了，或者说，太蠢了！

肖飞负手而立，抬头望着殿梁，心中冷笑：千凰楼又不是钱庄，哪里来这许多银子？楼中一年得利七百万银，放眼天下，已无一处有此收益。秦倦一加就加了十倍，果然利令智昏，朴戾一下便昏了头，竟不辨真伪，一口便答应了秦倦，放过了千凰楼。是朴戾太笨，还是秦倦太聪明？

秦倦此去，实有壮士断腕的味道，再想到之前秦倦说的那一段话，肖飞皱起了眉，心中不知是喜是忧。

秦倦被朴戾关在一辆马车里。
他的第一要事，便是求死。
他要不动声色地求死，还要死得合情合理。
他在等一个契机。
一个他亲手预备的契机。
马车走了五天。
第五天。
江湖震动，千凰楼生变！龙殿肖飞推翻秦倦千凰楼楼主的地位，自立为千凰楼楼主，并传言江湖，不再承认秦倦对蛮龙岭的承诺。

同时，少林觉慧大师收到秦倦一封亲笔信，信里详述了千凰楼近日遭逢大变，要他以武林名义，保住千凰楼。信中强调：无论千凰楼发生什么事，希望觉慧大师对千凰楼的承诺不改。自信中看来，似乎秦倦已隐隐察觉了千凰楼即将生变。

以秦倦与觉慧的交情，觉慧自是不会拒绝。他立刻修书一封，飞鸽传书，传往蛮龙岭。朴戾再如何猖狂，也不敢拿蛮龙岭与少林相抗，何况千凰楼本身实力亦是不弱。

朴戾对千凰楼的索求自此彻彻底底被打得粉碎，一时间竟然是风云变色，什么都得不到了！他非但得不到丝毫好处，而且损兵折将，除了抓到了秦倦，他什么也没有得到！

朴戾冷冷地看着秦倦。

秦倦似笑非笑，手中犹自持着茶杯浅呷，一双眸子竟幽幽地透着讥诮的笑意，白衣如雪，卓然有犀利之气。

"你——"朴戾本来还心中存疑，见他如此神色，登时恍然，一时间惊诧、愤怒、愤恨、不甘统统涌上心来，怒极冷笑，"七公子果然是七公子。"

"这句话我已听过很多次了。"秦倦轻笑地一口一口浅呷着杯里的茶，漫不经心地道。

"都是你安排的？"朴戾冷冷地问。

秦倦只是笑笑，并不回答。

"你不怕我把你挫骨扬灰？你莫忘了，我若抓了你去千凰楼，我不信千凰楼不低头！"朴戾冷笑。

"是吗？"秦倦浅笑，"你打听清楚了吗？"

朴戾其实心中清楚，肖飞是肖肃的侄子，对秦倦独占千凰楼十年早有怨愤之意，要拿秦倦去威胁他，岂非天大的笑话？

朴戾一时间对秦倦恨入骨髓，当头一掌，便要拍裂秦倦的脑袋。

秦倦不闪不避，浅浅一笑，把茶杯放在桌上。

朴戾心念电转，仓促间把那一掌向旁一偏，"噗"的一声，掌力震断了秦倦的发带，一头长发披落了下来。

朴戾见了他浅笑的样子已是心中存疑，此刻他一头长发披落下来，一时间更无怀疑，不禁仰天大笑："哈哈哈！我当在哪里见过你这一张脸，原来——"朴戾一手托起秦倦的脸，冷笑道，"如此貌美，果然倾国倾城、我见犹怜，难怪——哈哈！也不必我说，说了脏了我的口！他是你什么人？秦倦啊秦倦，我若把这件事传扬出去，你猜那些对你推崇备至的和尚尼姑会是什么嘴脸？"

秦倦整张脸都苍白了，他本是等死的，却突然显得万分疲累："不要！"他缓缓抬头去看朴戾，"你好歹也是江湖上有头有脸的人物，不要如此卑鄙。你传扬出去，不是伤了我，而是……"他幽幽地道，"伤了他。"

朴戾与秦倦敌对以来，第一次感觉占了优势，心中不禁得意之极："堂堂千凰楼七公子，哈哈，你不说我也猜得出，那人是你哥哥！"

秦倦闭上眼睛，摇了摇头。

"不必否认了！"朴戾冷笑，"三年前，我夜入敬王府，几乎失手遭擒。我看得很清楚，那天和敬王爷共处一室的是谁，是堂堂千凰楼七公子的哥哥！"

"不准这样说他！"秦倦陡然提高声音，他似是想说什么，但面对着朴戾，终是没有说出口，只是苍白着一张脸，"与你有怨的是我，与他何干？你枉为武林宗师，行事卑鄙下流，没有一点宗师的气度！你败在我的手上，便想牵连他人，算什么了不起的大人物？"

"卑鄙下流？"朴戾越是见他动怒越是幸灾乐祸，"不知是谁卑鄙下流？依附于敬王爷，你哥比我更卑鄙下流！简直是令天下人耻笑！"

秦倦很清楚，朴戾是喜欢看自己痛苦，才能稍释心里的不甘与狂怒，但他不是神，无法无心无怒，听朴戾口出恶言，辱及亲生哥哥，他仍是忍不住失控："住嘴！"

"你已不是名震天下的千凰楼楼主，凭什么要我住嘴？"朴戾本可以一掌打死秦倦，但他偏偏喜欢慢慢折磨秦倦，"哦，我想明白了。当年假若单折没有把你劫走，以你的容貌，只怕如今你会和你哥一样，沦为王公贵族的玩物！尊贵的七公子，原来你真正的身份，竟是一个娈童！"他斜着眼看秦倦，心中无比畅快。

秦倦听朴戾这样说自己，反倒并不生气，而是深深呼出一口气，一字一句地道："朴戾，以这种方式胜过自己的对手，是一种耻辱。"他看着朴戾目露凶光，反倒淡淡一笑，"你以为你可以借此报复到什么？我不给敌人留机会的，从不！千凰楼始终是千凰楼，你不必妄想平白得到一分一毫，那是别人的血汗钱，你不配！"

他缓缓说完，一口鲜血呕了出来，竟不可遏止。朴戾愣在当场，看着他不住地呕血，以至于最后伏在桌上，不再动弹。

他死了吗？朴戾心中一阵空空荡荡，竟只会发愣——不给机会！七公子果然够狠，他是拿自己的命，来和千凰楼交换啊！

朴戾没有去看秦倦是否真的死了，心中莫名对秦倦生出一种敬意，隐约令他有些轻微的不安，不知是救好，还是不救好。朴戾呆了一呆，走出马车，不再回头。

他若再过一顿饭的时间回来，便会发现秦倦已不见了踪影，但他没有回来。

第八节 身世之谜

秦倦在被擒的第一天便服下了锁心丸，他身上有十五颗锁心丸。他在求死，而且从未想过自己能够活着再回千凰楼。

他神智清醒时，便听到左凤堂与肖飞在低低地谈话。

"这回很严重吗？"左凤堂问。

"不清楚。"肖飞冷冷地答，"没有人疯狂到解了锁心丸的毒再服的。我保了他的命，却不知道他会落下什么病根。"

秦倦眩晕得不想睁眼，但他心中记挂着一件事，强烈的牵挂令他有足够气力抬起了手，一把拉住左凤堂："送我……回……家……"他没有说完。

"回家？"左凤堂与肖飞同声问道，面面相觑。千凰楼共处十年，从未听闻过秦倦有什么家。怎么寻死的人一活转过来，竟吵着要回家，这是什么道理？

肖飞冷冷看着秦倦，他心中清楚，秦倦撑不过今年冬天了。本来过血之后，秦倦大有机会可以慢慢调养，再活个五六十年。但经过这一折腾，目前看起来无事，其实已生生断送了他多半条命，任什么灵丹妙药也救不了他。他元气散尽，天下无药可治，能撑到暮秋已是不错了。

肖飞抬起头来，觉得窗外的阳光分外地冷，直如那天秦倦的语气般幽冷。他至今才知道，在大殿受困那一天，秦倦说出"做一笔大买卖"时，是下了多大的决心，又有着多大的勇气。无论交易成与不成，代价都是他的性命。区别，只不过是一个人死还是一千余人一同陪葬。

"肖殿主，"那天秦倦的神情语气，他到现在还清清楚楚地记得，"我托付你一件事。"

"你不必回答，听我说。"秦倦的语调一贯轻忽而不经心，但那天听来，却分外寒冷，"我会随朴戾走。要救千凰楼，一定要有比目前千凰楼更高的利益来交换。我会让朴戾带我走，承诺以十倍的钱财相抵押。"

当时他是不懂的，只听着秦倦往下说："你不必理会我承诺了什么。我走之后，你把此信飞鸽传往少林。"秦倦交给他一个信笺，封口上蜡，他并不知道里面写的什么。

"朴戾武功太高，我们人数虽众，动起手来，纵使稍有赢面，也必定伤亡惨重。我不愿死人，你懂吗？我不愿死人，不愿有人受伤。"当时他只觉那是妇人之仁、书生之见。

"死一个人，必有十个人伤痛；伤一个人，必有十个人受苦。我愿以我身，换千凰楼众人之生。"秦倦说这句话时在自语，神色有些出神，"今日火药之计，实也……那定是会有报应的。"

肖飞完全不懂当时秦倦在想些什么，只是错愕地看着他，只听他轻轻地说出了一句足以惊动江湖的话："你不必理会我的承诺，没有一个君主会遵守前朝皇帝的御旨，你也一样。你懂吗？"

秦倦在暗示他自立为王！肖飞心中无比惊诧，只听着秦倦又往下说："只有这样，千凰楼才可以名正言顺地重建，才可以甩掉蛮龙岭强加于我们的耻辱、反将一军，你懂吗？同时，也可以……甩掉我。"秦倦讥讽地笑了笑，"千凰楼的主子，是该换一换了。我不愿楼中内斗，伤了兄弟们的心。"顿了一顿，他又道，"我不是让你，我只是在算计，如何对千凰楼最好。你已拥有千凰楼十之七八的实力，六院依旧让它自理自立；葛金戈不会服你，那是他义烈，你可放了他。至于凤堂，他会留下的，我很明白他的为人，不弄清楚真相他不会走，你可挑个时机告诉他。"

"至于我，"秦倦笑了笑，"你就不必再理会了。"

"不行！"肖飞想也未想，脱口便道。

"若你有更好的方法，那便算了；若是没有，肖殿主，你没有资格说不行。"秦倦一句话堵得他无话可说，"我不是问你，我是在命令你，你莫忘了。"

"哥……我……"秦倦再度自昏迷中醒来，首先入目的便是肖飞的一张脸。

他重重喘了两口气，伸手压住额头："这是什么时候了？"

肖飞摇了摇头："你一直在呓语。"

"喔？"秦倦吁了口气，显得很是疲累，"我说了什么？"

"你一直在道歉。"肖飞又摇了摇头，"你很担心你哥。"

"哥——"秦倦深吸了口气，"我要去京城！"他猛地从床上坐起来，但一阵头昏，令他几乎跌回床上去。

肖飞一把扶住他，冷冷地道："你到不了京城。"

"为什么？"秦倦着实无力细想，他很少这么激动，此刻显得无比失常。

"你要留在这里休养，千凰楼我会还给你，它不需要换主子。"肖飞淡淡地道。

好半晌，秦倦才似听懂了肖飞在说什么，也似从刚才的昏乱之中清醒了过来，他低低地道："肖殿主，你不该为难我。"

肖飞皱眉。

"我很清楚，我没有多少时间了。"秦倦低低地道，音调中有难以言喻的苦涩,也有无法开解的凄凉,"让我走吧。强留我,是希望我死不瞑目吗?"

肖飞默然,良久才道:"千凰楼不能没有你。"

"但我终究不只是千凰楼的。"秦倦有着轻淡的自嘲,脱不去那凄苦的韵味,"你不懂,我有我的家,为了千凰楼、为了我自己,我已逃避它太久太久了。你不懂的,我所欠的债,那么多无辜的牺牲,始终都等着我回去承担、回去补偿。即使是死,我也要死在家里,这是我欠的。"

肖飞的确是不懂秦倦在说什么,他也未曾体会过如此复杂而脆弱的感情。他不明白秦倦深沉的凄苦,但他至少选择了沉默。

良久良久,他轻轻叹了一声,肖飞从未用如此无力的声音叹息:"让左凤堂送你。"

一路上,秦倦没有说过一句话。

左凤堂从未见这个笑面公子如此消沉过,这令他无端端担心起来。他还不知道他家公子已经剩不了几个月的性命了。

时已初夏,一路上娇花细叶、嫩绿轻红,蜂飞蝶舞,尽是一种娇俏的生命之气。

但这与赶路的两个人无关,他们一个沉寂如死,另一个忧心忡忡,都是心不在焉。

在官道上赶了半个月,到了京城。

秦倦毫不迟疑,指挥着马车,直奔九竹弄一座僻静的山庄。

山庄!

是的,山庄!

左凤堂没有见过这么配称山庄的地方!

一座朱门大宅。

乌木雕栏,精细的镂花自这边墙角直镂到那边墙角,一串开着娇黄花的不知名的藤蔓绕墙而生,几只粉蝶盈盈而飞。

抬起头来,只见门匾上四个大字,"紫泉宫殿"!

左凤堂呆了一呆,他再不学无术,也知道"紫泉宫殿锁烟霞,欲取寒城到帝家"。这题匾的人好大的口气!

回过头来,秦倦像个幽灵般苍白地盯着那门,那神气根本就像一个死人!

"公子?"左凤堂吃了一惊。

"敲门。"秦倦低低地说出了他十多天来的第一句话,一双眼睛死寂得像鬼魅——他根本就像个正在认罪的鬼,而且是个满身罪孽的鬼!

左凤堂不懂,秦倦明明可以自己敲门,为什么不敲?但他还是敲了门。

门过了很久才开,门内一片死寂,与秦倦的脸色一般诡异。

开门的不是奴仆,是一个白衣女子。

她穿着很华丽的衣裳,白衣之上以白线作绣,大花成团;头上玉钗金簪,满头珠翠。

她也是个很美丽的女子,虽然一身华丽,但并不流于俗媚。

她也很年轻,约莫十八九岁。

但她脸上的神色,竟和秦倦一模一样,像个苍白的幽灵,根本就是一只活鬼,惨淡的活鬼!

门开了,结果却是一只鬼开门见到了另一只鬼,结果发现大家一模一样,都是鬼。

左凤堂只觉得莫名其妙,这女子的表情惨淡得像个幽灵,再加上那一身白衣,更觉鬼气森森。尤其她看秦倦的眼神,那种寒到极点的恨——恨到了极处反归于平淡麻木的恨——是血淋淋的恨啊!

为什么?正在他疑惑不解的时候,秦倦开口了,他从未听过秦倦用这样死寂的语气说话:"大哥呢?"

白衣女子慢慢抿起嘴角,慢慢抿成一丝冷笑。她用出奇动听的声音慢慢地道:"你以为,他还能上哪里去?"

秦倦脸上那幽灵般的神色丝毫未变,他用早已失去生气的语调,疲倦地道:"我回来了。"

白衣女子没有丝毫欢迎之意,只淡淡应了一声:"你还知道要回来?"

秦倦不答,又问:"大哥他好吗?"

白衣女子显出极其诧异的表情,像见了鬼一般看着秦倦,不可置信地问:"你问他好吗?"她柔软的声音在秦倦耳中就像开了齿的锯刀,一字一字都锯在他心上,"他还会好吗?他永远不会好!难道你忘了,他为何会这么不好?是你这个亲生弟弟亲手推他下的火坑。才十年,难道你已忘了？"

秦倦失去神采的眼缓缓眨动了一下："我……"

白衣女子根本不听他说什么，袖子一拂，当先走了回去，头也不回："进来吧，站在门口成什么样子？给人家看见了，还当我亏待了你。"

好刁蛮的小丫头！左凤堂看她冷言冷语的样子，恨不得一巴掌打得她满地找牙。从来没有一个人敢这样对秦倦讲话，她以为她是谁？

在他心里窝火时，秦倦已缓步走了进去。

过了好半天，左凤堂才知道那小丫头叫秦筝，是秦倦的义妹，秦倦还有个大哥叫秦遥。此外，他依旧什么也不知道。

然后他便听到争吵声，秦倦的声音！

秦倦也会和人争吵？

左凤堂像一支箭一样冲了出去。

只见秦倦和秦筝面对面站在花圃之中，花海缤纷，周围一片娇黄雪白，两人在花中一站，便如一对璧人，风采如画。只可惜，两人的脸色都太过苍白。

"我不会让你见他的！"秦筝动听的声音提得很高，几乎是在尖叫，"你莫忘了，十年前，你本来可以救他的，但你没有，你只想着保住你自己！你莫忘了，当年的祸是谁闯出来的、当初的灾难本是该谁承担的？结果你逃了。你走了不再回来，你做了千凰楼楼主，你有钱有能耐，结果你还是没有救他！我怎么能让你见他，他怎么肯见你？"她说到最后，几乎是咬牙切齿。

"筝，你不能这样不公平！"秦倦脸上泛了红晕，"就因为今天受伤害的是他，所以你一心袒护他、你一心一意为他想？那我呢？如果今天去王府的是我，你……"

"啪"的一声，秦筝给了他一个耳光，咬牙道："没有如果，实际上今天去王府的不是你！我不会忘记，当初我们相依为命，大哥是多么温柔的一个人，他把你宠得无微不至，什么事他都帮你担、什么难他都帮你顶，你今天竟说得出这种话？你以为他受这样的耻辱，是为了谁？他到现在还没有一头撞死，又是为了谁？你竟说得出这种话！"她气得全身发抖，如单薄的梨花在风中颤抖。

"我知道之所以会落得今天这种结局，都是因为我，我没有否认过。大哥为了我毁了他自己，一辈子万劫不复，都是我的错！"秦倦捂着脸颊，退了一步，"我知道我这样说话，是该下地狱、是该死！难道连你也不明白，我宁愿去王府的那个人是我啊！哪一个才是最痛苦的我不知道，但我……我……"他放下了手，脸色黯然，"我理解大哥的心情，我愿意为他牺牲和他愿意为我牺牲，那是一样的，区别只是在于，他牺牲了，而我没有。你若因此而恨我，那是不公平的！"

"公平？你'宁愿'？"秦筝冷笑，"这世上没有公平，你的'宁愿'与事实是两码事！你知道这十年你风光得意时，他是怎么过的吗？他每次听到你的消息，却仍会为你微笑。我就不懂，有这样一个大哥，你怎么忍心让他跳入火坑、你怎么忍心不救他？你怎么忍心把他搁在这里一搁十年？你还有没有人性！"

"你的意思是说，当年……"秦倦的语气出奇低弱，"我……活该被王爷看中、活该入王府，而大哥是无辜的，我是活该的、应该的？"

秦筝似是呆了一下，随即冷笑："难道不是？莫忘了当初王爷看上的是你，为什么要他担你的罪？你若不逃，他今天就不是这个样子！"她也知自己蛮不讲理，但正当盛怒之下，她丝毫不考虑后果，冲口便说。

秦倦失神地看着她，那神色惨白得根本不像一个活人："你是这么想的？"他摇了摇头，又退了一步，"我无话可说。"他像是疲惫得很，缓步往回走，走向花海的另一边。

秦筝同样失神地望着他。她心里清楚，她不是存心的，她并不是不明白秦倦的苦，也不是不知道一切不是他的错。但十年了，看到秦遥十年的屈辱和痛苦，她怎能释怀？心里清楚是一回事，她在情感上却完全无法接受。她恨了秦倦十年了。十年了，凭什么牺牲的是秦遥而不是秦倦？她愤愤不平，因为她了解秦遥，却并不了解秦倦。

秦遥一直没有回来。

秦倦和秦筝在冷战。

左凤堂依旧丈二金刚摸不着头脑，完全搞不清楚究竟是怎么回事。

最奇怪的是，这宅子里没有下人，一个也没有。一切家务操持，全是秦筝一人经手，而她也着实了得，一个人整理这么大的花园亭宇，井井有条而且游刃有余。

若不是多年的经验，她不可能如此娴熟自如。

左凤堂不知道这是个什么样稀奇古怪的家，整个气氛古古怪怪的，活像整个世间都生生欠了他们兄妹俩一样，而秦倦却恨不得能够补偿他们兄妹整条命。可惜人家并不领情。左凤堂知道，那小丫头是真的伤了秦倦的心，但她显然毫无悔意。

时近黄昏。

秦筝在整理院中的一片花海。

蔷薇如海、花叶缤纷，浅黄粉白的落瓣漫天飞舞，像极了仙子的庭院。阳光淡淡地斜照着，晶莹的水珠反射着残阳的光。

秦筝背着水桶，持着瓜瓢，细细地浇着那蔷薇。一缕发丝散落下来，映得她半边脸颊晶莹如雪；淡淡的阳光，又显出她娇艳如花、艳若朝霞！

左凤堂本来对她一肚子恼火，如今远远一瞧，竟也有些看得发愣。这是个什么家？尽收着人间绝色吗？

秦倦依旧凭窗远眺，眉头深蹙，不知道在想着什么。

"公子，"左凤堂忍不住多嘴，"可不可以告诉我，究竟是怎么回事？"

秦倦答非所问："她很美。"

"是，她很美，可是……"左凤堂莫名其妙，但秦倦已转过了身，不再理他。

左凤堂追上几步，本想叫住他的，但目光一扫，突然看到一个人向这边走来。然后他又呆住了。

"我一定见过你这张脸。"刹那间，左凤堂突然明白了朴戾说的那句话的意思——来人着一身绿衫，微微有些衣发散乱。但那张脸和秦倦的脸一般的秀雅精致、一般的苍白俊秀。他不如秦倦那般天生有隐隐的卓然犀利之气，他更近于妩媚倩丽之美——他若是个女子，必是个倾国倾城的绝色，但他不是。

他便是秦遥。

这一家三人，无一不是倾城之色，左凤堂明知自己这样想很不妥当，但仍忍不住胡思乱想。

他不知道秦遥是个这么亲切的人，完全不像秦筝那般伶牙俐齿、偏激冷漠。秦遥微笑起来时，他浑身上下无一处不舒服，所谓"如沐春风"亦不过如此。

秦遥坐在厅中上首，秦倦、秦筝坐在他两旁。但三个人中，只有秦遥面带微笑。秦倦没有笑，一脸苍白；秦筝满面漠然，仍用那冷冷的目光看着秦倦。

秦遥并没有把左凤堂当成秦倦的下人,他把左凤堂当成客人,称呼其"左先生"。

"左先生一定很是困惑。"秦遥浅呷着清茶,神气和秦倦很像,他微笑道,"二弟一定不肯把事情告诉你。"

"那是十年前的事。"秦遥的声音没有秦倦那种压迫感,显得很是轻松亲切,"我和二弟是无父无母的弃儿。二弟自小聪明伶俐,我们虽然自小无依,但因为二弟的才智,我们并不曾受人欺侮。"他目光微微有些惘然,"有时候,大家说是我护着他,其实,我很清楚,自小便是我在依赖他,是他在护着我。"

秦筝别过头去,以示她的不以为然。

秦遥看了她一眼,微微一笑:"但两个孩子生活总是没有着落,我们因为形貌出众,被戏班子选中,去了潇林徽班,学起了戏曲。便在那时,遇到了筝。"他们兄弟俩都不称秦筝为妹,而直呼其名,显得极是亲密。

潇林徽班是至今仍是名头很响的戏班子,出入于王公贵族的府宇,以花调出名,连左凤堂也略有耳闻。

"那一年,二弟十岁,我十三岁,筝九岁。"秦遥的语气显得很是伤感,但神色却显得很是幸福,"我们过得很好,有过一段很开心的日子,虽然……"他似是无奈地看着秦筝和秦倦,"他们常常争吵,有一点小事就吵。二弟脾气并不是不好,筝也不是无理取闹的孩子,我不明白他们为什么那么容易对彼此动怒,但总还是玩得很开心。直到有一天——"他顿了一下,改了话题,"我们是不是很美?"

这句话由别人来问,必定被人当成疯子,但由秦遥来问,却是再自然不过的事。左凤堂已听得一愣一愣,突然听他这一问,连想也未想:"当然,你们都很美。"左凤堂在心里加了一句:老天造其他人,根本就是在替你们三个做垫脚石。

"你若看得再久些,就会发现,虽然我和二弟长着相似的一张脸,但他瞧起来和我完全不同:他是个有神韵的孩子,而我,只是一个美丽的躯壳。"秦遥的语音带着伤感,"十年前,他便是个美丽得无与伦比的孩子。"他把目光移向左凤堂,"我不知道该用什么言语来形容他,若是你瞧见了,也一定会非常怜爱他的。"他的语气和用词都非常奇怪,用了"怜爱"两字。

秦筝脸上现鄙夷之色。

"那一天，我们去了敬王府，唱了一曲《麻姑献寿》。"秦遥缓缓摇头，"那一天，敬王爷从头到尾都没在看戏，从头至尾，他看的，只是二弟。"他的语气开始变得奇怪，"我也不想讳饰什么，敬王爷素来好色，不仅喜好女色，也喜好娈童。"

"啊？"左凤堂吃了一惊，自椅子上跳了起来，瞠目结舌，"你……你……"他自然知道秦倦跟敬王府一点关系也没有，那秦遥刚刚自王府回来，不就是……

秦遥像早已习惯了这种惊讶，并未变色，只是淡淡一笑："这对我们来说，根本就是一场灾难……"

秦筝哼了一声："对你来说，才是一场灾难；对他来说，根本就因祸得福，飞上枝头变凤凰。"她冷言冷语，特意加重了那"凤凰"二字。

"筝。"秦遥温言道，"这里有许多事连你也不清楚。我不仅要告诉左先生，也是要告诉你。"他微微叹了一声，"第二天，王爷便派人向戏班子要人。我们别无选择，被敬王爷安置在这里。门口的字是敬王爷题的，房子很大，花园很漂亮，为了二弟，他花了许多心思。"

左凤堂不禁看了秦倦一眼：千凰楼的七公子，江湖中人估计做梦也想不到，这位七公子竟有这样惨淡的身世。

秦倦依旧是一脸苍白，没有任何表情。

"但是，"秦遥苦笑，"二弟是什么样的人左先生应该很清楚，他不可能坐在这房里束手待毙，他岂是像我一样懦弱的人……"

他还未说完，秦筝冷冷地道："你不必尽往自己身上抹黑，把他赞上天去也改变不了他害了你的事实——他逃了，而你顶替了他，事情就是这么简单。"

"他没有害我。"秦遥的语调严肃了起来，但声音改不了他温雅的本性。他没有秦倦那种幽冷的侵略性，再如何严肃，声音仍是亲切动听的，"筝，他没有害我，他本是应该逃的！他错的，只是没有带了我们一起逃而已。"

秦倦的脸色更加苍白。

秦筝的脸色在一刹那间也苍白起来："是，他没有带我们一起走，这就是我永远不能原谅他的原因！他本是可以救你的，但他没有！"

"筝，你太偏激了！"秦遥低斥了一声，"你太苛求他了。"他抬起头来，看着秦筝，"当年他才几岁？十岁多的孩子，他能想到走、他有勇气走，我便以他为傲，而我——我始终没有这个勇气！之所以落到今天这个下场，"他惨然而笑，"不是因为他没有带我走，筝，我是他大哥啊！是因为我这个大哥没有勇气走、我不敢逃，你懂吗？二弟他……也是明白的，所以他没有要求我走，是不是？"他看着秦倦，而秦倦却没有看他。

秦筝厉声道："那他更应该强迫你走，但他没有！"

秦遥目光奇异地看着她："筝，你把二弟当成什么了，当成神了吗？你为什么会这么想？"

秦筝呆了一下，俏脸一片苍白："我没有。我只是知道，他本来可以救你的，但他没有！"

"筝！"秦遥放缓了声音，"你把二弟看得太重要了。他不能带我们走，因而你恨他，是不是？因为他让你失望了。"

"我没有！"秦筝自椅上站了起来，"我没有！我不要听，我没有！"她退了一步又一步，准备转身就跑。

"筝！"秦遥站了起来，"不要走，听我说。二弟没有害我，他也没有抛弃我们，我知道他走了之后，是曾经试图回来找我们的——不，应该说，他曾经试图回来，去敬王府！"他的脸色苍白。

秦筝睁大了眼睛，直直地盯着秦遥，像突然僵成了石头。

"他没有抛弃我们，他没有回来，是因为他在那时被人劫走了。"秦遥闭上了眼睛，"他不是一去不复返、不是逃了之后便忘记了我们，只是因为他身不由己，他不能回来。你不知道我多么庆幸他没有回来，你不知道我多么感激上天的垂怜，让他去了他该去的地方。他成了千凰楼的楼主，那才是我二弟该去的地方，因为，他天生就是那样的人啊！"秦遥目中有泪，"你不知道，每当我一想到，万一当年他真的回来、真的去了敬王府，我——我会有多恐惧、多害怕。我的二弟，是不可以玷污的，他天生就是该像明珠般闪耀的人，而我——"秦遥再度闭上眼睛，眼中有泪，"是不应该拖累他的。"

"所以你顶替我去了敬王府，所以你为我免掉了王府的追查，所以我有了十年安稳的日子？所以你葬送了你自己，来成全我？"秦倦终于开了口，声音苍白得像鬼，人也苍白得像鬼，但他却遏制不住地轻笑了起来，"可是你有没有想过，没有谁是天生要闪光的，也没有谁是天生要被牺牲的。你和我，不同的只是我好胜，而你温顺。难道因为我好胜，你便不顾一切地让我赢；难道因为你温顺，所以你便可以被用来牺牲？"他笑得无比苍凉，睫毛上有物闪闪发光，"可是你从没有想过，我是不是愿意闪光？你有没有问过我，我是不是真的一定要赢？你有没有体会过，那种因为亲人的牺牲而非成功不可的心情？你知不知道，这十年我的努力，只是因为一个已经牺牲了，所以不可以牺牲第二个！只是因为我要让你知道，你的牺牲是有价值的，你的弟弟，他活得很好……很好……"说到这里，他的泪已滑了下来，但他还带着笑，"只是因为你，因为你啊！因为你的牺牲，所以我没有了我自己，我这一生一世，都必须为了你而活，你懂不懂？"

秦倦从来没说过这样的话，左凤堂整个人都痴了、呆了、傻了！他从不知道他这个安安静静、总是笑脸迎人的公子，心里压抑着这样的痛苦。这样彻骨的伤痛、这样不堪回首的往事、骤然中断了亲人的音信，他怎能忍得下来？他怎么还能笑，他怎么还能处理千凰楼那么多的事务？

左凤堂终于理解秦倦对肖飞说出"让我走吧"时的心情——那是怎样的凄凉、怎样的苦楚、怎样的疲倦！也理解了他为什么会定下那样的计策，让自己去送死！

因为那根本不是一个"人"能负荷得起的痛苦啊！

秦遥看着秦倦，两个人一般的脸色苍白。秦遥瞪大眼睛看着秦倦，满是不可置信的表情。然后，他用一种奇异的语调，低低地道："你在怪我，你在怪我？你并不快乐，是不是？我——我终究还是拖累了你，是吗？我——"

"不是的！"秦倦惊醒过来，才知道他的话已严重地挫伤了秦遥的信仰、伤害了秦遥十年来所坚信的东西、伤害了支持秦遥活下去的力量。

"不是的，大哥，我不是怪你！"秦倦站了起来，与秦遥面对着面，"没有大哥的牺牲，的的确确不会有今日的七公子，甚至都没有今日的千凰楼。我只是……"他走上前，揽住了秦遥的肩，像十年前那样把自己埋入秦遥怀里，声音带着微微的暗哑，"我只是不能忍受你的牺牲。大哥，我们是兄弟、血脉连心的兄弟啊！我不能忍受你的牺牲，就像你不能忍受我的牺牲一样。你的痛苦，比我自己的痛苦更痛十倍，你明白吗？"

"二弟！"秦遥这才缓缓抱紧了秦倦，"我知道我连累了你一直不快乐，但你一直是个坚强的孩子，我知道你会努力的。"他这一抱，陡然惊觉秦倦清瘦得令人难以想象，"你病了吗？"

秦倦勉强笑了笑："没事。"

"他当然病了，这十年，他哪一天不在生病？"左凤堂不想看秦倦逞强，受了那么多苦的人，只配去好好休息。

听他这样说，连一边呆若木鸡、怔怔地听着的秦筝都震动了一下，往这里看来。

"你哪里病了，严不严重？"秦遥紧张极了，盯着秦倦的脸仔细看。

"我——"秦倦开了口，却不知如何往下说，他怎么能说自己命不长久？怎么能说自己已无药可救、早已必死无疑了？他怎么说得出口？

秦遥见他这样的神色，心里微微一阵发凉："你——"

"我——"秦倦敛去了那种激动的神色，散出了他的冷静与淡然，"我们借一步说话。"

秦遥与秦倦并肩走向蔷薇花海的另一边，那边有个亭子，没有名字。秦筝远远看去，依旧是那一脸失魂落魄，不知在想什么。

"我——"秦倦低头看着脚下的蔷薇，令秦遥看不清他的神色，"我不想骗你。"

秦遥亦是低头去看同一朵蔷薇，那是一朵苍白的蔷薇，还未全开，却已现憔悴，将要凋去了："你说，我听。"

"我不想让筝知道。"秦倦轻轻地道，"很可能……过不了冬天。"他没说是谁，但谁都清楚他说的是谁。

秦遥没有说话。良久之后，他似才懂得发声："真的吗？"他没问为什么，因为假如事情真的糟到了这个地步，无论为了什么都是没有意义的。重要的是真的吗，重要的是怎么办！秦遥虽然性情懦弱，但他并不糊涂。这一句问出来，他眼中的泪也随之掉了下来。

"真的。"秦倦低低地苦笑，"我已是死过几次的人了，死不死，我不在乎，我只在乎大哥你。"

"你怕我伤心。"秦遥带着泪笑，因为他有一张过于秀丽的脸，所以那笑看来分外凄美，"你终究还是为的我，我相信你只要有一分在乎你自己，今天的情形就不一样。"他摇了摇头，"你怕我会受不了，你知道我不会让你死，可是你却存心不好好照顾自己，是因为我让你活得很累？"

"大哥！"秦倦抬起头来，微微地叹息，"这世上谁不是活得很累？但谁能因为活得很累，便轻易去死？我并不想死。"他踏开一步，远远地看那红红的落日，眉宇间有深沉的抑郁，"我只想回来，带你走，带筝走，随便去哪里也好，只要我们一家在一起，做什么都好，可以安定地过日子，可以像从前一样。我知道大哥很爱我，我知道我更应该过得快乐，愁云惨雾不能补偿什么。只可惜——"他摇了摇头，"我做不到。"

秦遥深吸了一口气："所以你才会回来？"

秦倦摇头："我一直想回来，我早该回来。"他轻声说，"只是，我……我……"他仿佛顿了很久，深吸了一口气，方才镇定而以淡然的语气说，"我不敢回来。"

秦遥为之一震，秦倦眼睫微垂，那神色里有一种极伤极冷静的自厌。他是很要强的人，要他正视逃避和畏罪的怯弱，那有多么痛苦。他其实恨过秦遥的牺牲，他其实恨过自己没有牺牲，他其实更恨自己不敢面对秦遥的牺牲。

——这么多年来，他就是这样，以这样的心情做他高高在上的强者吗？二弟啊……你比谁都清楚自己并不完美……

秦倦的语调如他方才的神色一样，因极冷静而淡然，很是萧瑟："而且千凰楼不能没有我，幸好，我已为它找到了新的主人。"

秦遥目光极其复杂地看着他，有伤感，有遗憾，有爱怜，但更多的是骄傲和悯然："二弟，我能帮到你什么？"

"不要救我。"秦倦轻叹了一声，"我知道你在想些什么，你想求王爷找御医救我。但不要，大哥，有骨气一些！我们走，离开这里，即使要死，也该死得有尊严！"他望着夕阳，影子被拖得很长，"我回来，其实也未想清楚要做什么，只是要带你和筝走，离开这里，离开敬王爷。十年之前我不能救你，事到如今，我可以被天诛地灭、受天打雷劈，死也要救你。"

他并不是喜欢把话说到绝境的人，却说"死"说得轻描淡写，仿佛那种决心早已铁铸铜浇，仿佛要在这一刻以死抵他十年"不敢"之罪。

"不救你？"秦遥的语气与秦倦一般飘忽，整颗心都寒了起来，"你不觉得你的要求太高了吗？你让我看着你死？你怎么能这么……"

"残忍？"秦倦低声替他说了出来，然后低声笑了起来，"大哥，难道你还以为你二弟是当年那个温柔的孩子吗？"他有两句话始终未说出口：不一样了，自从秦遥踏入敬王府的那一天起，就永永远远的不一样了。自己永远不会再是那个温柔的孩子，永远不是！

"不会再是了。"秦倦背向着秦遥，"你的二弟，也未必见得是什么好人，这几年伤害过的人命，也是不计其数。"他想着千凰楼的爆炸，"我不愿死，但我该死，我并不怨。"

秦遥有些发愣，这一刻的秦倦，完完全全是另一个世界的人。

"二弟——"

"不要再说了。"秦倦微微有些烦乱地打断他的话，"先离开再说好吗？我告诉你我命不长久，并不是在要求大哥你为我做什么，而是在要求你不要再为我做什么了！大哥，你该好好地为自己想一想，想想筝，想想你们的将来……"

"你——爱筝，是吗？"秦遥打断秦倦的话，突然问了一个秦倦完全想不到的问题。

秦倦呆了一呆："我——"他看了秦遥一眼，"她爱的是大哥你，你也爱她，不是吗？"

兄弟俩为这个问题沉默，仍是秦倦先打破这尴尬的局面，淡淡一笑："你们相爱。"他不看秦遥的脸，语气带了七公子慵懒而低柔的声音，"大哥，你不要胡思乱想了。明天，你们收拾东西，我带你们走。至于死不死的问题，再想也是于事无补，大哥若想为我好，那就不要让我烦心，好不好？"他的语气似是很温柔，带一点言犹未尽的懒散，但完全不容人反驳。

秦遥微微震撼于秦倦无形的压迫力，也在这一刹那惊觉了秦倦的成长，而自己却仍是那个懦弱的自己：不敢反抗、不敢挣扎、不敢逃，也不敢说爱她……

他从秦倦身上看不到死亡的阴影，只看到在美丽的外表之下惊人独立而坚强的灵魂——不死的灵魂！

秦倦没有再说什么，但秦遥却清清楚楚地知道，话已说完，自己可以走了。

秦筝怔怔地看秦遥缓步走了回来，而秦倦依旧站在那亭子里，负手望着夕阳。

秦遥自蔷薇花海而来，人美花娇，瞧起来像一幅画。但远远地，完全瞧不清面貌的秦倦那主导一切的压迫力，已从那边直压到了这边。

左凤堂看看秦遥，又看看秦倦，忽然明白，自己之所以会留下、会甘心为秦倦做那么多事，并不是因为这一张丽颜。秦倦就是秦倦，为什么秦遥瞧起来像一幅画，而记忆中的秦倦却只有那低柔的语音与卓绝的谋划？因为秦遥就只是一张脸，一张温柔的脸；但秦倦并不只是一张脸，他是一种强势、一种才智。至于美与不美，是完全不相干的。这就是为什么秦倦总会令人忘却了他的长相，即使他生着一张女子的面容，即使他也如女子般荏弱，但他却有惊人的、强硬而极具侵略性的灵魂——犀利而幽冷，主导一切的灵魂！

秦筝看着秦遥走到她面前，目光定定的，脸色苍白。

"筝！"秦遥唤了她一声。

秦筝的目光自他脸上移过，缓缓移向秦倦。

她看了秦倦一会儿，又回头看向秦遥。

看看这个，又看看那个，她低声笑了起来："你们和好了，是吗？或者，你要告诉我，你从未恨过他，你们兄弟心心相连、血脉相通，你心甘情愿受这十年欺辱，而他这十年也饱受折磨？"她退了一步，笑靥如花，"我不知道你在想什么，我怀疑我是不是认识你，大哥！"她语气奇异地吐出"大哥"这两个字，笑得越发灿烂，又退了一步，"你明知道我误会他，明知道我恨他，你为什么都不说？我恨了他十年！十年，你懂吗？"她语气很飘忽，像梦呓，但她的眼睛在笑，"十年啊！你明知道我误会，为什么不说？为什么等到今天才开口？你存心让我恨他，是吗？"

秦遥刹那脸色惨白：为什么不说？为什么不说？自己为什么不说？

"我很奇怪，究竟我在为谁抱不平、为谁痛苦了十年、为谁恨他十年？而你——"她一字一句地道，"却告诉我，我恨错了、我痛苦错了？你——当我是什么？你关心过我的感受吗？我认识了你十年，直到今天，我才知道，我完全不知道你在想什么！"她慢慢地收起笑脸，再退一步，准备离去。

"筝！我……我不是存心的！"秦遥脱口而出，一把拉住她的衣袖。

秦筝轻轻地笑了："知道吗？我本以为，我是了解你的。"她半边面颊在夕阳下，艳若朝霞，"我甚至一度以为，我们……是相爱的。你像一个在外面受尽欺凌的孩子，回家后需要人安慰、需要有人关心、需要有人可以依靠！我以为你善良得不敢去恨，所以我替你不平、我替你恨！但是今天，你给我一种感觉——你明明知道许多事，你不说；你甚至强迫你弟弟出人头地，就用你的牺牲——你在扮演一个受害者。也许你自己并不觉得，但你明明就利用了你的牺牲，扮成了一个最可怜的人。你希望我陪着你让你依靠，你希望弟弟成为人中龙凤，你希望兄弟和好如初，你却又希望我恨他！这就是你的想法？你不是坏人，我知道你的希望没有错、没有恶意！可是，你只顾着你自己，你利用你的可怜来强迫别人完成你的希望！你看到了，这十年，我很痛苦，他又何尝好过？这就是你所想要的？你从来不顾别人怎么想，你不是最可怜的人，你是最自私的人！"她甩开秦遥的手，掉头就走。

"筝！"秦遥一把拦住了她，脸色苍白，"是，我承认我并不像你想的那么好，可是，我——"他摇了摇头，痛苦地道，"我知道我比不上二弟，永远比不上他，我早准备好了退让，无论什么，我都可以让给他，我早已学会了不要和他争。他是天生的骄子，而我不是。我可以为他牺牲，可以为他放弃一切，但……但只有一样不可以——我不能把你让给他。我知道他是那么聪明那么好，而我，"他咬着牙，"我发誓我不是存心的，但是，我希望你恨他！"

"他不是天生的骄子！"秦筝声音开始拔高，"是你自卑，你强迫他变成了天之骄子！他没有要和你争什么，是你在疑神疑鬼。我——我也不是你的，如果我认定了你，无论我恨不恨他，都会跟着你。我认识你这么多年，你竟丝毫不了解我！你只会利用你的可悲可怜，把我绑在你身边！"她挣开秦遥的手，再度掉头就走，"他说得一点也没错，就因为你的牺牲，所以我们一辈子都要为你而活！"

"筝！"秦遥大受打击，他是这样的人吗？是吗？

"啪"的一声，秦筝挨了一个耳光。她错愕地抬起头，秦倦冷冷地站在她面前，幽冷的眸子深不见底。在两人争吵之际，左凤堂觉得不妥，便特意避开了他们，去找秦倦回来。

"说完了？"秦倦淡淡地问，脸上没有丝毫表情。

秦筝瞪了他一眼，准备拂袖而去。她心里好怨、好恨、好愤怒，为秦遥，也为秦倦。

但她还未走开，秦倦却一把拉住她的手腕，拖着她往外走："看来我们也有话要谈一下。"

他的力气并不大，秦筝完全可以挣开他，但他的手好冷，隔着衣袖犹能感受到他指掌间的冰冷，那不是情绪的关系，而是血气不足。她迟疑了一下，终是没有挣扎，任他拖到了三十步外的柳树之下。

"你都是这样说话的吗？"秦倦低柔地问。

秦筝微微蹙眉，明艳的眸里掠过一丝不解。

她这样明艳的女子，当敛起眉、露出不解之色时，便像一枝微微含苞的蔷薇，妍丽而动人。

"你都是一开口便要把人伤得这么彻底的吗？"秦倦的眸子乌亮，散发出侵略感和威胁性，他低头紧紧盯着秦筝，影子投在她的脸上。

"我……"秦筝微微后仰，她不敢迎视秦倦的眼神，它让她觉得自己一无是处，"我说得不对吗？"

秦倦冷冷地看着她："秦大小姐！"他有意加重这四个字，语音如梦，极轻极轻地问，"你有没有想过，这十年来，你吃的是什么、穿的是什么、住的是什么？没有大哥，你会怎么样？你这一身娇纵的脾气，又是谁惯出来的？就为他隐瞒了你一件小事，你便把他说得如此一文不值？你有没有想过，他之所以骗你，只是因为，他不能失去你。你对他如此重要，秦大小姐，你怎么忍心开得了口，对他那样说话？"

秦筝退了一步，睁大眼睛看着秦倦那张苍白若死、一双眸子却分外乌亮的脸，以及他脸上的冰冷之色。

"你指责他不关心你的感受，你又关心过他的感受吗？"秦倦深吸了一口气，"一个相处了十年、认定了两心相许的女子，可以这样毫不留情地数落他，你明知道他自卑，你以为，大哥心里会怎么想？"

秦筝又退了一步，眸子里闪现出深深的恐惧之色。

"记得初见面时你问过的话吗？他之所以到如今还没有一头撞死，不是因为我，而是因为——你。"秦倦踏上一步，"他若失去你，他若失去你……我不知道他会变成什么样！"他的语音飘忽，但字字句句，都准准地打在了秦筝心头上。

"我——"秦筝此刻脑中一片空白，她看着秦倦，却又似看见了秦遥，两张脸不停地转动，两张相同的脸，但又何其不同！她分得出哪一张是秦遥、哪一张是秦倦。正因为如此，她才分外地累，好累、好累……后来秦倦说了什么，她都不知道了，但在心底深处，她清清楚楚地知道自己错了，只是脑中一片空白，她什么都说不出口。

"至于我，"秦倦冷冷地道，"你又了解我多少？妄自替我打抱不平，筝，你以为你是什么？我从不需要人怜悯，我不是大哥，你懂吗？"

秦筝明艳的脸上失去了颜色，变得和秦倦一样苍白。她过了很久才知道秦倦说了些什么，很困难地张开口，吐出一个字："我——"开了口，她才发觉声音早已哑了，"我——我不知道我是什么。"她低低地道，"我不知道我为什么要替你打抱不平，只是，"她笑了起来，笑靥如花，眼泪也同时滚了下来，让她依旧明艳得像一枝带泪的蔷薇，"我不忍心，明明你才是最可怜的一个，为什么偏偏没有人愿意承认？我知道我什么也不是，我没有资格去替谁不平。终究我是遥的人，我知道他并不是不好，是我太偏激，是我太天真，是我对不起他。你——你满意了吗？"她的声音低弱，如梦一般虚弱。

其实她天生是朵带刺的蔷薇，在愤怒的时候分外艳丽，在快乐的时候分外妩媚，看她失去神采的样子，就像蔷薇被折去了所有的尖刺，遍体鳞伤，令人心痛。她不该属于懦弱的秦遥，那种温柔会令她窒息，她会被那该死的温柔害死的！她应该像炸雷一般怒放、像烈日一般火红、如刀剑一般犀利！

秦倦侧过头去，不去看她苍白的脸。那种苍白分外刺眼，她是天生该晕生双颊、笑靥如花的媚妍女子，这一身白衣不适合她，她该着红衣——这么多年，秦遥不知道吗？只有他自己，才属于这死一般苍白！

"我——会去道歉，你放心，我立刻去道歉！"秦筝失神地一笑，笑得像花叶落尽的蔷薇般惨然。

她转身离去。秦倦闭上眼睛，没有看她，也没有再说什么。

他永远不会拉住她，因为，他永远不会是秦遥。

远远地，不知道秦筝对秦遥说了什么，只见秦遥一下子紧紧搂住了秦筝，像紧紧抓住了失而复得的宝贝。

看在左凤堂这种不解情滋味的人眼里，只觉得秦遥差不多要搂断秦筝的腰了。

第九节 助兄脱困

第一天回家,闹得天翻地覆,风云变色。人人都哭了一场,发泄了堆积了十年的感情,那一天夜里,也就特别累,睡得特别沉。

夜半乌云,暗云遮月。

四下无声。

院中"嗒"的一声轻响。

不久,又"嗒"的一声,前进了三丈。

"谁?"左凤堂一掀被子,自窗中跃了出去。他为保护秦倦,十年来和衣而睡早成了习惯。

"谁?"来人一身紫袍,似是对左凤堂在此现身十分震惊,竟也一声低斥。

"三更半夜,私闯民宅,你想干什么?"左凤堂不用兵刃,顺手抄起一根蔷薇花枝,"唰唰"数点,直点向来人胸口大穴。这一招叫"兰香四射",勉强应景。他功力深湛,而且蔷薇有刺,真的点中了,只怕要破肌入肉。

"三更半夜,你是何人、为什么会在这里?你可知这是什么地方?"来人闪过他这一招,拔剑还击,同时喝道。

"好!"左凤堂见他轻功不弱,剑招甚佳,不由得脱口赞赏。花枝一颤,花瓣陡然离枝射出,五六十片暴射而出,仍打在紫衣人胸口。

紫衣人剑光一绞,花瓣被他绞得片片粉碎,落成一地碎红,剑法亦是不俗。

此时左凤堂才看清楚,来人约莫四十岁,相貌堂堂,目光微带混浊,该是酒色之故,却并不流于猥亵:"好!好剑法!你是什么人?"

"住手!"此时屋里的人早已惊醒,冲出屋来。

大叫住手的是秦遥。

但太迟了!

左凤堂向来胡作非为,见来人剑法不弱,好胜心起,花枝一颤再颤,穿过来人的剑网,竟在来人额上画了一朵梅花!血迹微微,只怕不是十天半个月能消退了的。他一击得手,心中得意,哈哈一笑:"三更半夜乱闯民宅,想也知你不是什么好东西!留下点记号,回去练十年再出来偷鸡摸狗!"

来人一手掩额，惊怒交集，惊得呆在当场，说不出话来。血迹自其指缝间渗出，看来左凤堂划得颇深。

"王爷！"秦遥脸色惨白，呆呆地站在当场，不知如何是好。

"王爷？"左凤堂犹自冷笑，"什么王爷会半夜三更跑到别人家里，偷偷摸摸想干什么？世上哪有这种王爷！"

秦遥见来人变了颜色，想也未想便抢身拦在左凤堂身前："王爷，他不是有意的，我……"

敬王爷缓缓地把手自额上放了下来，额上的鲜血滑过眼睫，令他看起来宛若魔魅："你闭嘴！"他盯着左凤堂，眸中似有魔光在闪。

秦遥不由自主地退了一步，他显然怕极了这位"敬王爷"。

"我担心你心情郁郁，夜出王府，专程来看你，你就在家里安排了这样一位高手来对付我？"敬王爷并不看秦遥，仍牢牢盯死了左凤堂，"很好！我记着，你很好！"

秦遥知道这位王爷是多么阴狠的角色，听他这么说，显已对左凤堂恨之入骨，不由得悚然，恐惧之极。

"王爷？"左凤堂目瞪口呆，他真的伤了一位王爷，一位真的王爷！

"快走，快走！"秦遥推了左凤堂一把，低低地道，"你闯了不可收拾的大祸！叫二弟不要出来，快逃吧！让王爷招来官兵就逃不了了！"

"你傻了！"左凤堂全神贯注地盯着敬王爷，"留下你，你以为他会饶了你？他当你是一条狗！你闪一边去！"

敬王爷一声清啸，他贵为王爷，纵使轻装出府，身边仍带着人。

"糟糕！"左凤堂一手把秦遥丢到身后去，"来不及了。"

几道黑影跃墙而入，拦在敬王爷身前，目光炯炯地盯着左凤堂："王爷！"

"统统给我拿下！"敬王爷掉头而去，语意阴森之极。

左凤堂花枝一晃，抢先向东面那人攻出一招。

但这几个黑衣人的武功可比敬王爷高过一筹，左凤堂仍是那一招"兰香四射"，来人不仅轻易闪过，而且一声低斥，剑光如练，把左凤堂的花枝斩去了一段！

左凤堂一招不成，被迫弃枝用掌，一掌向其劈了过去，心中暗暗叫苦。敬王爷显是回去搬兵，这几个人一味缠斗，一旦脱不了身，事情可就有些不妙！他一面东逃西窜，一面东张西望，却既不见秦筝，也不见秦倦，不禁心里发急，不知屋里出了什么事。

叫苦归叫苦，这几个黑衣人着实不弱，几柄长剑挥来划去，剑芒隐隐，虽然他们都闷声不响，但左凤堂心里清楚，有几次剑锋闪过他的衣襟，破衣而入，差一点便破皮见血！他若再一味闪避，必死无疑！

秦遥站在一旁，逃也不是，帮也不是，手足无措。

一名黑衣人见状闪身而上，挥掌向他拿去，手挥成半圆，在空中闪出十多个掌影，向秦遥腰间击去。

秦遥哪里躲得了？除了闭目待死之外，他还能怎样？

"该死！"左凤堂满头大汗地架开当头而来的数柄长剑，足下一点，倒跃到秦遥身边，抖手十三掌，把那黑衣人逼开，大喝道，"叫你走，你没听见吗？"

此时那五六名黑衣人已和左凤堂又缠斗在一起，剑刃破空之声不绝于耳，衣袂带风之声满天飞舞。几人打到何处，何处便石崩木折，血红的蔷薇花瓣四下散落，在夜里幻成点点黑影。

左凤堂苦于没有兵刃，单凭一双肉掌，着实打得辛苦。来人剑法既好，轻功又高，显然与敬王爷师出同门，彼此之间默契十足。左凤堂单以掌力相抗，此刻已连发二百来掌，已有些难以为继。他自出道以来，除了与朴戾的那一次，还未遇到过如此强劲的对手，心中不由得叫苦连天。

陡然一剑当胸刺来，左凤堂一掌拍向持剑的手腕，来人手腕一翻，剑刃插向左凤堂小腹，而左凤堂惊觉背、腰、腿、颈同时有剑风袭来！

糟糕！左凤堂心中苦笑。他一手施空手入白刃的"点筋手"，拼着让那一剑扫过他的小腹，夺过一剑，大喝一声，剑光暴现，像一轮光球乍闪破空，剑光流散。

那五人同时低呼："驭剑术！"

光球一闪而逝，流散而出，反噬其余五人。

一连五声闷哼！黑衣人摔了一地，身上剑痕累累，不知受了多少剑伤。

剑光敛去，左凤堂披头散发、衣裳破碎、全身浴血，也不知受了多少伤。他脸色惨白，以剑支地，摇摇欲坠，显然也身受重伤。

一剑之威，两败俱伤！

秦遥吓得呆了,他几时见过这种血淋淋的场面?一呆之后,他惊叫了一声:"左先生!"他快步奔了过来,扶住了左凤堂,"你怎么样?"

左凤堂闷哼一声,秦遥才发现自己满手是血,显然刚才自己碰痛了他的伤处。秦遥不由得心惊胆战,此时此刻,他满心满脑只是疯狂地想着:秦倦呢?他在哪里?现在怎么办?我该怎么办?

没有秦倦,秦遥根本不知道要怎么处理这种场面。

马蹄骤响!

一辆马车自屋角转了出来!

秦遥呆呆地看着马车朝他奔来,现在无论发生什么稀奇的事他都不会再惊奇,刚才那暴戾的场面早已让他整个人都麻木了。

马车在他面前停下,一个白衣女子自车上一跃而下,风姿飒爽,娇艳如花!

她把左凤堂自秦遥手中接了过去,疾声道:"大哥,快上车!"

秦遥看着她因动作而晕红的脸,在这一刻,他真觉得她是他命中的救赎仙子,他的秦筝啊!

秦筝和秦遥把左凤堂扶上了马车,马儿一声长嘶,拉着车迅速消失在夜色中。

这辆马车便是左凤堂和秦倦来时坐的那辆。左凤堂大概做梦也没想到,这辆他亲手买来的马车救了他自己的命。

秦倦依旧一身白衣,在前赶车。

秦遥为左凤堂草草包扎了伤口。

"要紧吗?"秦筝皱着眉,看着左凤堂。

"不要紧,"左凤堂苦笑,"我身强体壮,这一点皮肉伤要不了我的命,只是一时半刻动不了手了。"他满身剑伤,一动伤口就会崩裂。

"我们要去哪里?"秦遥惊魂稍定,便想到此行危机重重。

"不知道。公子心中有数,信他不会错的。"左凤堂答得干净利落,毫不迟疑。

秦筝也点了点头。刚才左凤堂误伤敬王爷,她和秦倦瞧在眼中,便悄悄自后门出去,弄了那辆马车,甚至还草草地带了衣物银粮,这才驱车救人。她听着秦倦指挥,不由得不佩服他的冷静清醒、应变神速。

马车奔驰如飞,径直奔出了京城,上了官道。

车子颠簸得很厉害,马是良马,但因奔得太快,整个马车便摇摇欲散,人坐在里头东倒西歪。

前头出现了两个分岔。秦倦似是想也未想,径自驱车往正前的道路过去。

一连整夜,他们没有转任何一个弯,也未减速,就这么疯狂地往前奔去。

天色即明。

马车止。

车是渐渐停下来的。

外面曙色微微,看得出是到了京城远郊,周围林木绕远,鸟鸣水声不绝于耳,尘土之气扑面而来,带着林木的清新。

秦遥惶恐不已的心情亦渐渐宁定了下来,撩开马车的帘子,跳下车去。

秦筝也挑开帘子往外瞧了几眼。

左凤堂被摇晃了一夜,早已昏昏睡去。

秦遥四下看看,自己居然真的逃出来了。手抚着马车,他叹了一声:逃出来了,就这么简单地逃出来了。需要的只是勇气,只要敢逃,就一定能逃出来的,为什么自己却始终没有这个勇气?

"你怎么了?"秦筝的声音传入耳中,却不是对他说话。

秦遥回头,只见秦倦把额头抵在马车前的横杆上,一动不动。

"二弟?"他吃了一惊,走过去轻轻拍了拍秦倦的肩,"怎么了?"

秦倦摇了摇头,过了一会儿才轻声道:"没事,让我休息一下,一会儿就好。"

秦遥惊悸了一下,他没有忘记秦倦曾告诉他命不长久,只是秦倦一直好端端地行若无事,他也从未真正往心里去,如今……他握了握秦倦的手,那手冷得像冰。该死!他怎能让秦倦在外头吹一夜的冷风,赶一夜的车?

秦筝见秦遥乍然变了颜色,心下一怔,隐约掠过一阵不安。

但此刻秦倦已抬起头来,笑了笑:"我们在这里休息一下,让马匹养足气力,我们吃点东西,然后再走。"他自驱车座上站起,下了马车,四下看了看,"我们找个地方……"话还没有说完,他微微失神,一个摇晃,几乎跌倒在地。

秦筝一把扶住他,错愕地看着他。

秦倦一手把她推出三步之外，怔怔地看着自己的脚，一咬牙，他走出去三步。

结果——他在第三步时跌了下去，扑倒在地，"砰"的一声，尘土飞扬。

秦遥与秦筝呆呆地看着他。

秦倦自地上坐了起来，拍了拍身上的尘土，他今生最狼狈的样子莫过于此，但他还笑得出来，摇了摇头。

"二弟——"秦遥不知该开口说什么，心中一阵惶恐。

"我走不了啦！"秦倦轻笑。他心里清楚，元气耗尽，先令他失去行走的能力，死亡——无论他愿与不愿，该来的总是要来的。

秦筝皱起了眉："你走不了了？什么意思？"

秦倦笑笑："我走不动了。"

秦遥摇了摇头，打断秦筝的追问："筝，你扶着二弟走，我去牵马。"他知道此时该轮到自己来主持这个场面了。他们四人，一个重伤、一个重病、一个女子，自己若再畏畏缩缩，实在，连自己也会看不起自己。

秦筝扶着秦倦缓缓往林子里走。

秦倦走得很辛苦。

秦筝扶着他，清清楚楚地感觉到他每走一步几乎都会失去平衡。

"不是腿的问题，是吗？"她低低地问。

"不是腿的问题。"秦倦笑笑。当发觉自己走不动之后，他就一直在笑，笑得很是耐人寻味，"是我头晕。"顿了一顿，他轻描淡写地道，"走路的时候晕得很厉害，所以站不稳。"

秦筝听在耳中，心中不知是什么滋味，呆了呆："那你笑什么？"她想也未想，冲口而出，无端端地就觉得他那张笑脸分外刺眼。

秦倦不答，四下环顾了一下，微微皱眉："为什么这么黑？天色好暗。"

"天色好暗？"秦筝呆若木鸡，现在天色放晴，四下明亮，他——在说什么？

秦倦突然停了下来，听着鸟鸣，脸色微变："现在是什么时候了？"

秦筝过了很久才轻声回答："白天。"

秦倦笑了，笑得分外灿烂："是吗？"

秦筝看着他的眼，声音微微有些颤抖："你……看不见吗？"

"看不见。"秦倦就像在说他"走不动"时一般笑容灿烂，连一丝犹豫都没有。他刚刚发觉了自己不能走,立刻又看不见了,但他既没有惊恐,也没有害怕,他连一点反应也没有,反而一脸笑意。

这令秦筝分外心惊:"不要笑!"她低斥。

秦倦轻笑:"为什么不笑,难道让我哭吗?只不过不能走了、瞎了,往后聋了、哑了、不能动了,我该怎么办?"

"你在说什么?你怎么会这么想?"秦筝越听越心惊,"你只不过昨天夜里太辛苦,一时头晕眼前发黑罢了,怎么想得这么严重?不要笑,你想哭就别笑!"她压低声音吼了出来。

"筝!"秦倦笑出声来,"这算严重?那我若死了呢?我是就要死了,今天只不过是走不动了、瞎了,我不该笑吗?我还未死,你懂不懂?今天我还未死啊!"他话一出口,就知道自己太冲动了。但他的情绪太激动,他控制不了。虽然他明知自己命不长久,但是像这样一点一点地失去身体的能力、一部分一部分缓缓地死去,他完全不能接受!知道要死,和真正面对死亡是两回事。他心里冷得很,他也害怕。他不怕死,却不愿受折磨,再如何冷静坚强,他也只是人,不是神!他秦倦活了二十一年,背负了二十一年的痛苦,以无比荏弱的身体撑出千凰楼一片天,仗恃的便是他的才智与骄傲。如今,绝世的才智救不了他,而这样的死法,却正是一步一步在剥去他的骄傲和自尊,他怎能不激动?哭,他是哭不出来的,他只会笑。

"你——"秦筝心里发凉。她虽不了解秦倦,但也知道他这样的人,若不是心里痛苦到了极处,是万万不会讲这种话的。看着他一脸浅笑,她就从心里发凉。

"倦——"她第一次叫出了他的名。想也未想,她便握住了他另一只手,让他低头靠在自己身上,轻轻拍着他的背,希望可以减轻一点他的压抑和痛苦。

秦倦闭上眼睛,把自己冰冷的额头压在她肩上。秦筝可以感觉到他的心跳得好快,然后他紧紧抱住了她,把脸埋在她肩上,良久良久没有抬头。

"倦?"秦筝担心至极,"怎么了,很难受吗?"她没发觉,她从未用这种温柔的语气说过话。

"不,没事。让我靠一下,一下就好。"秦倦的声音微微带了喑哑,他需要一点力量来支撑他的意志,无论这力量从哪里来,他都无暇顾及。

秦筝的气息很温柔,让他觉得心安,暂时可以依靠。至于心中微微涌动的微妙的情感,他已不再去想了,毕竟,他是快要死的人了。

秦筝让他靠着,就如抱着一个婴儿一般,小心翼翼地拍哄着他,心中是温柔、是怜惜、是茫然,还是担忧?她不知道,只是觉得像站在十万八千丈的高峰之巅,无限喜乐,却又有随时会一失足跌得粉身碎骨的危险。

但秦倦并没有靠在她身上太久,轻轻一靠,便立刻推开了她:"我失态了。"他一脸平静地抬头,语气平稳地道歉。

秦筝勉强笑了笑,扶着他继续往里走。走到了林中一处泉水之旁,她以泉水湿了衣角,轻轻敷着他的额角和双眼。

秦倦突然抓住了她的手:"我看见了。"

"真的?"秦筝心头一跳,也许是因为心乱极,她并没有觉得多么欣喜,只是整个人松了口气——至少,他不必再依赖着她了。

"真的。"秦倦在额角一冷之际,眼前就突然亮了起来。他勉强笑笑,"也许,真的像你说的,我只是头晕,眼前发黑而已。"

"那恭喜你了。"秦筝挣开了手,脸上的神色说不上是喜是忧——当他失常时,她便跟着失常;他镇静了下来,她逃得比他更快。

两个人默默相对,谁也不愿提及刚才被挑起的些许令人心弦震动的微妙情绪,任无声的尴尬在彼此之间蔓延。

马蹄声响,秦遥牵着马车过来了:"你们走到哪里去了,我找了半日。"

秦倦移开目光,转开话题:"凤堂怎么了?好一点了吗?"

车中传出懒洋洋的声音:"再差也比你好得多。我铺好软垫了,你上来吧!"车窗中探出一个头来,左凤堂的气色明显好了许多。

秦筝不等秦倦说什么,匆匆站起来:"我弄一点水,让左公子梳洗一下,换身衣裳。"她掉过头去,不看任何人,径自往水边走去。

秦遥把秦倦扶上车。左凤堂让秦倦靠在自己用衣物铺成的软垫上,皱起了眉头。

秦倦的气色差得不能再差,灰白的面颊、微蹙的眉头,除了有一口气,十足十像个死人。

"你的药呢?"左凤堂忍不住要发火。该死的,这个宝贝公子,除了他自己之外,什么事都能处理得清清楚楚,任何人都能照顾得妥妥当当，只是完全不会照顾他自己！

"药？"秦倦倚在软垫之上，眼睫已沉重地垂了下来，"在我怀里。"

"那你干吗不吃？"左凤堂朝天翻个大白眼，气得火都没了。

"我忘了。"秦倦精神一振，"是了，我的药有培元养气之效，你也可以服用，对你的伤可能会有好处。"他自怀中拿出一个木瓶，拔开塞子，倒了两颗微灰的药丸在手中。

"我……"左凤堂真是败给他的公子了，"我会被你活活气死！我叫你吃药，不是叫你给我吃药！我只是皮肉之伤，你看你，你到底还要不要你那条命？药是肖浑蛋专门替你调的，我吃什么！我又不气虚又不体弱，你咒我吗？"

"我知道。"秦倦自己服下一颗后闭目养神，把另一颗压在左凤堂手里，"你不要意气用事，我们一伤一病，大哥手无缚鸡之力，筝一介女流，你若不早早复原，不是让我们等死吗？这药又不是毒药，吃下去对你的伤大有好处。"

左凤堂无可奈何，每次他都争不过秦倦。他吞下那颗药，没好气地道："就你有理。"

秦倦只是笑笑。

片刻之后，左凤堂精神一振，心中暗赞肖飞调药的本事了得。看了秦倦一眼，只听他鼻息微微，竟已睡着了。左凤堂微微一怔，伸指轻点了他数处穴道，好让他睡得更安稳一些。

他的这位公子实在比谁都令人操心。望着秦倦，左凤堂心中轻叹，他对秦倦有一种介乎兄弟与师长间的感情。十年来两人一同成长，秦倦的容貌神韵很容易惹人怜惜。有时左凤堂拿秦倦当亲兄弟一般，而每当大事临头、秦倦有所决断的时候，他又凛然敬佩于秦倦那份才智。左凤堂十四岁艺成出师，结果一出师便在千凰楼待了十年。一开始他是好奇秦倦的容貌，之后是放心不下秦倦那风吹得倒的身体，最后更臣服于秦倦那一身智慧与心性。这位公子，真不知要人担心到几时。

秦筝自水边回来，用她怀里的锦帕浸了水，递给左凤堂。

左凤堂摆了摆手，示意她轻一点，一把接过帕子，拭净了脸，笑笑表示谢意。

秦筝往车里看了一下，什么也未说，缓步离开。

天色渐亮，初夏的阳光渐渐穿透了树林。不久之后，秦筝和秦遥也坐回了车上，躲着阳光，任两匹马拖着马车信步而行。

三个人都未说话，只定定地看着秦倦的脸，神色茫然。秦倦无论人在哪里，都是天生发号施令的人，他睡着了，就没人知晓接下来应该如何行事。

秦倦的脸上微微泛起了红晕——肖飞为他调的药十分见效，又经过一阵休息，他的气色好转了许多，至少不再像个濒死的人。

秦遥看着，心中有一种错觉：也许，秦倦会一直好下去，直到儿孙满堂。

不要死！不要死！他在心中默念。

左凤堂自是心中清楚之极，秦倦是很容易赖着药物的体质，他无论吃什么药都极易见效，一旦突然中断不用，后果只有更糟。锁心丹是这样，其他药也是一样，只不过没有像锁心丹那样后果明显。

秦筝脸上毫无表情，谁也看不出她在想什么。

"我们……要去哪里？"秦遥终于轻声问。

"不知道。"左凤堂也很困惑，"这一条不是去千凰楼的路。"

"快到午时了，我们还守在这里吗？"秦遥低低地问。

"不知道，"左凤堂摇头，"天知道他心里在想什么。"

两个人漫无头绪地交谈着，马儿轻轻地走着，马车轻轻地摇晃，往林木深处渐行渐远。

第十节 诈死成真

等左凤堂解开秦倦的穴道，竟已是入夜时分。

秦倦睁开眼，便看见了火光。

秦筝用林中的松木扎了火把，也生了火。秦遥持着一根串了鱼的树枝在火上烤着，左凤堂正整理着自家中带出来的干粮。

秦筝和秦遥那一身华丽的衣裳早已又脏又破，沾满了黑色的木炭。左凤堂换了一身青衫，但也一样弄得满身尘土。他们全都不是行走江湖的人，秦筝、秦遥自是不必说，左凤堂虽是一身武功，江湖经验却近乎没有，无怪乎连生个火也弄得如此狼狈。

看在眼中，秦倦无端端生出一种温馨之感，心中泛上一股温暖——他的家啊！他活了二十一年，大半时间在算计谋划之中度过，至于一觉醒来,看家人为做一顿饭而忙碌的温暖,莫说想,连梦也未曾梦过。

"醒了?"秦筝第一个发觉他的醒转,低低地问。

秦倦流目四顾,才知他们用马车中的软垫铺在地上,让自己倚树而睡,闻言笑笑。

秦筝看了他两眼,似是还想问什么,但她终是没问,将头侧过一边。

"二弟,"秦遥担忧地问,"好一些了吗?"

秦倦淡淡吁了口气,眉头上扬:"嗯,好了很多。现在是什么时辰?"

"不知道。"左凤堂一个掠身过来,"我们究竟要上哪里?不回千凰楼吗?"

"不回。"秦倦打量了一下天色,"我们先弄清楚一件事。大哥,王爷是否一定会追杀我们?"

"是。"秦遥轻轻打了个冷战,"王爷骄气过人、睚眦必报,又何况,左兄在他额上……"他忍下"画了朵花"未说,只是尴尬一笑。

"那就更不能回千凰楼。"秦倦叹了一声,"若回去了,岂不是为千凰楼引祸上门?千凰楼大难方休,我不愿又生事端。"

"那我们……"秦遥心中发寒,"就这么逃亡吗?"

"当然不。"秦倦有意地打破此刻幽暗无力的气氛,"王爷不过要杀人泄愤,若我们死了,他自然不会再加追究!"

"你的意思……"左凤堂开始懂了,目中渐渐发出了光。

"诈死!"秦倦一个字一个字地道,脸上生起了红晕,"我们在他派来的人面前,演一场戏,这一切就结束了。此后天地之大,何处不可去?"

秦筝、秦遥目中都亮了。

"可是,这岂非很危险?"秦遥迟疑了一下。

"有凤堂在,应该不成问题,若我们真的遇险,他可随时救援。"秦倦道。

"怪不得你把车停在官道上,原来你不是要逃,而是在等。"秦遥吐了口气,"我的二弟果然了得!"

秦倦只是笑笑:"天色已晚,他们随时会追来的,我们准备一下。"他揭开锦被,站了起来。

与此同时,官道上奔来了数十匹快马。

蹄声如雷！

不久之后，只听林中一阵喧哗，有尖叫声、追逐声、刀剑破空之声、林木摧折之声，最后化为一声惨呼，自近而远，消失在林木深处。

三日之后，敬王爷得到回报："马车中的两男一女被黑衣侍卫逼落悬崖而死，崖下急流漩涡甚多，三日以十数人试验，落崖者断无生理。"

真相呢？

真相——谁也料想不到的真相。

倒真出乎人意料之外。像是上天帮忙，给了这么一个绝佳的地方以施"诈死"之计。

秦倦的计划是这样的：左凤堂守在崖下，其余三人找机会一一落崖，左凤堂便可以一一接住。而昨夜动手之时，秦倦并未现身，因而仍是二男一女，人数无差。

但人算不如天算。

左凤堂眼看着三人同时一声惊呼，几乎同时自崖上坠了下来。他提一口气，猛地纵身掠起，一抄身接住秦遥，右手一弯接住秦筝，再一把抓住了秦倦的手，四个人一同掠向正对崖下的一根枯木之上。

但左凤堂刚刚踏上枯木，便惊闻枯木爆破之音。

这树撑不起四个人的重量！

他身子一沉，枯木不仅树干爆裂，而且根基震动，几欲破土而出，崖边黄泥四落。

左凤堂情知不妙，四下一张望，倒抽一口凉气——他竟掠到了一处死地上！此木十丈之内竟没有第二处可以立足之地。往下一望，足下急流湍湍，便像一条细蛇，但激流震荡之声亦隐隐可闻！他自知无法再带着四人掠回他刚才的立足之处，此刻如何是好？如何是好？

秦遥、秦筝何尝见过这么凶险的景象，同时闭目，惊呼出声。

身子又是一沉，这枯木的根已爆出了一半，整棵树都倾斜了！

"凤堂！"秦倦急促地道，"保住他们！"

左凤堂正自心惊胆战，闻言问道："你说什么？"

"保住他们！"秦倦提高声音，"这是我的命令！"

"你想干什么？"左凤堂陡生警觉，大声喝道。

秦筝、秦遥同时睁目，震惊地看着秦倦。

秦偓目光如梦，纵使身在半空，仍不减他天生绝美的风采。他目光如梦，令他看起来也如梦似幻。

"要幸福。"他看着秦遥和秦筝，轻轻地道。

秦遥心底有一分明白了他要做什么，惊恐未及形于颜色，秦筝已拼命摇头："不要——"

她还未说完，秦偓闭上眼睛，突然又睁开："要幸福！"他看着秦筝，清清楚楚地道。

"不要！"秦筝尖叫一声，在左凤堂臂弯里拼命挣扎，"不要不要！苍天，你不能太残忍！"

左凤堂抓紧了秦偓的手腕，惊恐地道："你想干什么？你疯了吗？"

但秦偓一把挥开了他的手——这也许是秦偓今生使出的最大的力气，像是一挥手斩去红尘的牵挂，又似一挥手抛去万丈的尘烟，他一挥手，挣开了他与这个世界唯一的也是最后的触点！

指掌相错，手指顺着手指滑落，自手背，而手指，而指尖，指尖相触……

终于，触点分开了，左凤堂惊恐的眸睁得很大，眸子里尽是秦偓的影子。

而秦偓一脸微笑，笑得如此温馨而满足，让他整个人都像发着光。

衣袂飘飞。

那一瞬仿佛世界惊恐得没有了声音，又仿佛突然掠过了几百万年。

秦偓在左凤堂、秦筝和秦遥睁大的眼中，缓缓沉了下去，一刹那成了消失在风中的白点，连声音也未留下。

没有痕迹——空中没有痕迹，任谁也看不出这儿刚刚吞噬了一条生命；任谁也不能证明，曾有这样一个人，他曾这样真实地存在过、生活过、爱过……

一颗眼泪，随着秦偓跌下了万丈悬崖，一样的没有痕迹、无声无息。

枯干的倾斜爆裂停止了，左凤堂拉着两人，呆呆地站在枯干上。

风很大，吹起他们的衣袂，但触不到他们的心。

在那一刹，三人都觉得胸口空荡荡的，仿佛心也随着他跌下了山崖，碎成了没有知觉的千万片。

左凤堂呆呆地看着自己的手，手上余温仍在，他不相信地看看手，又看看底下的急流,仿佛不相信秦倦真的跌了下去,而自己,竟没有牢牢地拉住秦倦。

秦遥整个人都呆了。

秦筝却用寂静如死的声音慢慢地道:"要幸福?"

她像在说着一个奇怪的笑话,眼里尽是奇怪的神色,又慢慢地道:"左公子,我们应该上去了,这里很冷。"

左凤堂仍看看自己的手,充耳不闻。

"这里很冷,"秦筝便用她那奇怪的语调、奇怪的眼神,无意识地一遍又一遍地重复,"这里很冷,很冷,很冷……"

卷二——天妒红颜

楔 子

青山隐隐水迢迢。

已是秋近江南草木凋的时候，自秦倦落崖之后，已是三月有余。千凤楼倾尽全楼之力在他落崖的地方搜索了不下百次，仍音信杳然。其实人人都心里清楚，以秦倦奄奄一息的身体，从那么高的地方跌下，其实已经必死无疑，只是不愿承认，不愿去承认这样的绝望与悲哀，也不愿去承受这样的凄然与茫然。但无论如何不甘和痛苦，去的终究是去了，无论如何也挽不回了。

"二十四桥明月夜，玉人何处教吹箫？"左凤堂非常荒谬地老是想着这两句诗，然后苦笑——他知道自己会离开，虽然他并没有做错什么，但他是秦倦的护卫啊，有哪个护卫是眼睁睁地看着自己的主人死在自己面前的？不必葛金戈冷冷地瞪他，他也不能原谅自己。他艺成出师，陪了秦倦十年，什么大业也未成就，也许，是应该到江湖上去走走；也许，这样会好过一些。

秦筝并没有哭，三个月来，她显得很安静。

她安安静静地梳头匀粉，安安静静地微笑，宫装高髻、环佩叮当，本来艳若桃花的一个人，更出落得桃颜玉色、盛极而妍。

她始终微笑得那么美丽。

而秦遥却常常忍不住落泪，他自是伤痛刻骨，无以复加。

终于有一天，他忍不住问她："为什么笑？"

秦筝依旧是那奇异的神色，依旧那一脸笑意："因为——要幸福啊！"她笑得那般灿烂，艳若满天的云霞一般，语音低柔如梦。

"筝？"那明媚的笑令秦遥心里一阵发寒，试探地喊。

"有事？"秦筝报以如花笑靥。

要——幸福？秦遥看着秦筝的笑脸，缓缓后退，就像活见了鬼。他很想笑——幸福？他真的笑了起来，眼泪却掉了下来。哈哈——要幸福？哈哈，正因为他死了，所以他要人怎么幸福呢？他要人怎么幸福呢！

第一节 再入红尘

紫霞山。

清虚观。

万顷青田万顷山，山影重重、云气如烟，真真是一个出世修行的好地方。

几个道士打扮的人在田里劳作。已是初夏，微微有些热了。

琴声幽幽，自道观深处传来，声声清冽，入耳便觉一阵清凉，尘心尽去、灵台顿明，眼前的山水也似更清灵了几分——山分外翠，水分外凉。

"玄清又在弹琴了。"一名道士头也不抬道。

"他到这里也有一年了。"另一名道士点了点头，也未多说什么。

弹琴的是一个身穿道袍的年轻男子，十指修长白皙，甚是漂亮。

他弹的一首《无定心》，琴曲甚短，但道意幽幽。

一曲已毕，他缓缓抬头。

琴若有灵，弦必惊断！

那是一张满是伤痕的脸，大半张脸上全是一道一道的划痕，完全看不出他原来是什么样子，只有那清秀的眉和一双灿然生光的眼睛，依旧显示出他的尊贵与骄傲！

他便是秦倦。

当日他自崖上跌了下去，一路直跌而下。

崖上生满了藤蔓荆棘，一路扯破他的衣裳，阻拦了他下坠的急势，也不知冲断、冲破了多少荆棘，他最终跌入水中。

但那下坠之势已很轻微了，他跌入水中的下坠之势，只不过比自三丈来高的地方跳入水中略强一些，而且几乎一入水就给人捞了起来。

那时江上有船。

清虚观观主无尘道长刚刚乘船过江，见有人落水，便伸手相救——那时秦倦的呼吸心跳几已断绝，加之遍体是伤，根本是生机全无。但无尘道长善心善德，救人一命，胜造七级浮屠，他仍为秦倦延医诊治，并以本身真力为其续命。

他请的是山野间看小病小痛的草药大夫。

那大夫也看不出秦倦得的什么病，只会胡乱开些什么人参党参的为他补气续命。结果却歪打正着，清虚观后山盛产人参，无尘道长持之以恒，日日以人参给秦倦当饭吃，非但保住了秦倦一条命，时日久了，秦倦竟也慢慢康复渐如常人。

他是在一个月之后醒的，第一眼，看到的不是无尘道长，而是房里一块被磨得晶亮、放了不知多少年的八卦！那铜八卦亮得正如一面铜镜，他第一眼便看到了自己的脸——一张鬼脸！

他不知皱着眉看了多久，才瞧出那是自己的脸——因为那鬼脸也皱着眉。

那一刹，说不上心里是什么感觉，只猛地醒悟——当年的、昨日的秦倦已经离自己很远了，他永远不再是千凰楼优雅雍容的七公子，那个七公子早在落崖的瞬间便被鬼撕破了。

他并没有感到多么痛苦，因为再痛也痛不过他挥手那一刹的痛——在那一刹，他清清楚楚地知道自己是爱着秦筝的，他希望她能活着。

为什么爱……他曾茫然对窗望过许久，或许，是对火焰的向往……他是一潭冷水，冰冷，却不甘成死水。

或者，是已羡慕那样的艳烈很久很久了，久得他根本无法抗拒温度。

除了她，没有人能真正理解他二十一年的悲欢喜乐、他二十一年的功和他二十一年的罪。就像那只蝴蝶，即使不愿，除了那朵花，它能向谁展翼、向哪里展翼？

他不知道为什么自己还能活下来，而且心会如此平静，平静得像一次重生。他不愿回忆自己带着多少伤痛的过去，不愿想起、不愿记忆——他宁愿如此平静地过下去，爱也好，恨也罢，若她能幸福，不如忘却！不如忘却！

他宁愿成了清虚观的"玄清"，弹琴望月、荷锄而归。

"玄清，"无尘道长缓步走入琴房，面带微笑，"近来可好？"

"很好。"秦倦笑笑，低头拨了三两下琴弦。他笑与不笑，其实在他近乎全毁的脸上看不太出来，但眸子里漾起了笑意，减少了容貌给人的骇人感觉。

弄弦之后，秦倦平静地道："道长少理俗事，今日来此，必有要事。"他很清楚，无尘道长长年清修，甚少管事，若是无事，无尘道长是一步也不会踏出自己的云房的。

无尘道长微微一怔，他知道这位他自水里捞回来的年轻人有一种异乎寻常的敏锐与洞察力，但每次被其道破心中所思，仍是为之愕然："玄清才智过人，为仕必得高位，为商必是……"

"奸商。"秦倦接下去。

两人相视而笑。无尘道长："商若不奸，如何成其为商？"

秦倦微微一笑："道长只想着玄清从仕从商，难道玄清不可从武？"

无尘道长拈须微笑："以武而论，玄清并非良材。"

"那么，从道如何？"秦倦笑问。

"玄清不可从道。"无尘道长摇头，"从道之人，讲究清修无为，玄清聪明过人，若要无为，实属不易。"他微微一笑，"又何况，从道之人，求心为之空，而非心为之死。"

秦倦身子微微一颤，无尘道长对他微微一笑："你非池中之物，贫道明白，可惜你不明白。"

秦倦微微敛起了眉，那一刹的神情让人感到无限凄凉的尊贵之美："道长可是有事要与玄清商议？"他太擅长这种言辞之辩，只轻轻一句话，便把注意力从自己身上调开。

无尘道长果然回过神来："再过月余便是峨嵋掌门慈眉师太的六十大寿，她是贫道方外之交，她的寿诞，贫道不可不贺。"

秦倦等着他往下说。

"红尘俗事，贫道无意沾染，这次寿宴，不如玄清代贫道去吧。"无尘道长温和地道。

秦倦手指一颤，琴弦"嗡"的一声微响，像是泄露了他心底的不安。

"为什么找我？"他低低地问。

无尘道长别有深意地看了他一眼："你不愿去？"

"我——"秦倦轻轻吐出一个字，但终未再说下去。

"心若能静，出世入世，并无差别。"无尘道长缓缓地道。

"道长若是做得到，何必找玄清相代，何不亲自去？"秦倨天生犀利幽冷的本性容不得旁人窥探自己的私密，想也未想，便脱口而出。

此话一针见血！

无尘道长变了脸色，怆然退了一步。

秦倨话一出口便知自己沉不住气，微微垂目："道长，玄清唐突了。"

"你是无心的，我知道。"无尘道长深深呼了口气，他忘了自称"贫道"，像突然坠入了红尘，"你真是个了不得的孩子！"

"我去。"秦倨心知无尘道长与慈眉师太必有一段不为人知的往事。他为了掩藏自己的痛，下意识地伤了无尘道长，心下一阵茫然、一阵歉疚，沉默良久，才缓缓地道。

无尘道长看着他，目中竟露出感激之色，缓缓道："清虚观上下四十余人，只有你一人可担此任，你是个聪明的孩子。"他什么也没再多说，拍了拍秦倨的肩，缓步走回他的云房。

他只顾着自己的心境，并没有看到秦倨复杂的神色。

心若能静，出世入世，并无差别。

秦倨微蹙着眉，右手紧紧地扣着七弦琴的弦。他有一刻不知道自己在想什么。心静，心静？谈何容易？谈何容易！他清清楚楚地知道，峨嵋掌门六十大寿，千凰楼怎能不贺？一定会有人送礼去的。他若参与贺寿，就一定会遇上。对现在的他来说，那将是怎样不堪忍受的痛苦？他的骄傲和自尊容不得被轻蔑，但此时此刻，他还有什么资格持有这种骄傲？没有根基的、却又根深蒂固的骄傲啊！又……又何况，也许会遇见她。

他了解无尘道长逃避的心情，因为他何尝不是一样？只是因为他没有说，所以他便成了逃不掉的那一个？

"铮"的一声，指尖上传来一阵剧痛，他悚然一惊，才知道自己紧紧抓住琴弦，太过用力而不自觉，琴弦已紧紧勒入了手指的血肉之中！血，沿着琴弦，缓缓滑过那弦，落到了琴面上。

第二节 绝地情障

峨眉山。

六月十八。

秦倦戴着面纱，拿着无尘道长的贺帖，缓步走入大殿。

殿中已错错落落坐了百来人，俱是江湖名宿。有十来人与他有过一面之缘，甚至有过君子之交。

但他一脚踏进来，殿中一片欢乐之声顿时停了下来，人人皆错愕地看着他。

一位灰衣小尼双手合十迎上来："施主，不知是掌门哪位化外之交？"

秦倦不愿说话，递上了贺帖。

灰衣小尼看过之后，把贺帖双手奉还，双手合十道："原来是无尘道长的高足，请这边走。"她引着秦倦坐到边殿一个座位上。

同桌有数位青衣少年，显然是哪位江湖高人的随身弟子，见他戴着面纱，登时脸现鄙夷之色。其中一个年纪最轻的少年低头道："哪里来的乡巴佬，进了这里还遮头盖脸的，成什么样子！"

那话清清楚楚地传到秦倦耳中。秦倦不去理他，低头伸手握住了席上的酒杯，右手伤痕犹在，这用力一握，竟是痛彻心扉，但他浑不在意，只是默默坐着。

"喂，你是无尘什么人，他竟然让你替他参加这样的江湖庆典？"那少年瞧了他一眼，抬起头问。

秦倦充耳不闻，只是淡淡地看着自己的衣袖。

"少爷和你说话，你没听见吗？"那少年见状怒火上冲，几欲拍案而起，他身边一位年纪稍长的青衣人及时低叱："四师弟！"那少年强忍怒火，坐了下来，狠狠地瞪了秦倦一眼。

秦倦在此时淡淡地瞄了他一眼，那一眼很轻微，却十足带了轻蔑与不屑——轻描淡写的轻蔑与不屑。

那少年偏偏把这一眼看了个十足十！"啪"的一声，大怒之下，他倏地拔鞘出剑，轻轻一翻，剑在席上空翻了个身，"唰"的一声，剑鞘挑开了秦倦的面纱。

那一瞬，全殿寂静！

好一张惊人恐怖的脸！满面的伤痕，除了一双眼睛，几乎没有一块肌肤是完整的。深的浅的疤痕横纵相交，连原来的肤色都看不出来。

那少年呆了一呆，不禁有些歉疚："原来是个丑八怪！"他坐了下来，不再理会秦倦,在他看来,与一个丑八怪计较,实在有失他的身份。

此时门微微一响,众人把目光自秦倦脸上转向门口。

一双男女走了进来。

众人眼睛为之一亮,连灰衣小尼脸上都生出了红晕。

好漂亮的一双人儿!

那女子白衣如雪,眉目极艳,若冷冷的朝霞,又似刀尖上冷冷的流光,冰冷而妍媚;那男子温秀如玉、清隽雅致,如一幅极佳的画卷,又似远处山头的流云,温雅而斯文。

在看到秦倦那一张鬼脸之后,再看到这一双俏丽的人儿,顿觉分外靓丽,更觉秦倦那一张鬼脸刺眼难看。

还未有人回过神来,女子已清脆动人地道:"千凰楼秦筝、秦遥,特来恭祝慈眉师太六十大寿。"

那男子并不像那女子那么落落大方,只是微微一笑,随着她走了进来。

青衣少年的目光一直盯着秦筝,忘我地吐了口气,看了看秦遥,显然有些自惭形秽,突然回顾了秦倦一眼,轻蔑地道:"看看人家是什么样子!哼!"他显然借题发挥,得不到美人,悻悻之情便全发泄在了秦倦身上。

秦倦像根本没听见青衣少年说什么,紧紧握着酒杯,微微咬住了自己的唇。他以左手握住自己持杯的右手,他知道自己在发抖。

眼角余光看到有一阵白影飘过,他知道秦筝就坐在他左边的正席上。

老天!他不知道自己竟会如此痛苦!这一刹那秦筝、秦遥的相衬比什么都让他刺痛,他真真切切地知道自己不是神——他受不了,受不了!他是真心要成全秦遥和她,是诚心放弃,可是——他是在乎的!他在乎秦筝,在乎她竟然完全忽略了他;在乎秦遥,在乎他竟认不出自己的亲生兄弟!他在乎,在乎自己这一张脸,在乎秦遥那一张近乎完美的脸;他更在乎他们看起来如此相配、如此光彩照人,只分外地显出了他的失魂落魄!他应该死在一年前,他为什么要活下来?活下来让自己历尽苦楚,比死更痛苦了十分、百分、千分?他实在没有他自己估量的那么坚强,他不该来的,不该!

秦筝、秦遥之所以会来,是因为肖飞觉得此次寿诞高手如云,应该没有什么危险。而秦倦之死,让他们两人始终不能释怀,这才有意让他们出来走走,也好为明年成婚做准备——虽然他们两人并没有说,但千凰楼上下均知他们成婚是秦倦的遗愿。而且两人如瑶池双璧,若他们不成婚,也着实找不到第二个可以与他们相配的男子女子,所谓天造地设,不过如此。以秦倦的聪明,实不难猜出这种结果,但他却完全没向这方面想——他刻意忽略了,自己的相让,其实必然会造就这种结果,没有一种牺牲是不痛的,除死之外,尚需坦然,而他却没有真正豁达。

他右手的伤因为太过用力而裂开,血,染红了那杯子,又缓缓滑落桌面;心口隐隐作痛,已经很久没有发病,此刻却痛了起来。

"施主,这位施主?"一个约莫六旬的白袍女尼站在他身边,慈眉善目地看着他,"这位施主,可是身子不适?"

秦倦缓缓抬头,这位便是慈眉师太,峨嵋派的现任掌门。但他并无欣喜之意,他并不想成为万众瞩目的焦点,但现在所有人都看着他。没有人认出他来,人人脸上的关切之色只让他想要大笑出声。

他勉强笑笑,缓缓地道:"家师无尘道长,祝慈眉师太清修得道、妙悟佛法、百岁福泽。弟子无意惊动师太。"他的声音素来低柔,此刻又添了三分暗哑,几乎没有人听清他在说什么。

秦筝回过头,微微诧异地看着这个引起慈眉师太注意的丑面人。只见他满面疤痕,看起来触目惊心,但睫毛低垂,竟然有一种隐而不发的尊贵之意。她只看了一眼,但不料他骤然抬起头,向她看来。

目光相触,她心头一热,骤然晕红了双颊。脸上好热,她自己知道,但为什么?换了别个女子,必定会急急地回过头去,但秦筝不同,她却牢牢地盯着秦倦看。她相信一定有什么理由,她并不是容易为男子心动的女子,又何况,那样的感觉,像有什么最重要的东西失而复得般,又像一下牢牢抓住了自己找寻已久的珍宝。

她这么一看,不久便释然了——原来这个丑面人的神韵神色、那种幽幽微微的尊贵与冷静,着实与秦倦有些相似。

她吁了口气,渐渐地,脸上的红晕褪去,泛上心头的是对自己的讥讽和嘲笑。她为自己倒了一杯酒,一饮而尽。哈哈!这算什么?深情吗?哈哈!她清清楚楚地知道秦遥不能没有她,清清楚楚地知道自己迟早要嫁进秦家,可是,她也清清楚楚地知道自己想嫁的并不是秦遥！她……她以为自己爱过秦遥，她以为——什么叫以为？就是年少无知，就是自以为是！秦倦死了，那句"要幸福啊"时不时地在脑中响起，她拿着酒杯，轻轻地晃着。

看那杯中的水酒轻轻地闪着光，她似笑非笑，她要如何幸福？他死了，她怎么办？她恨了他十年，也爱了他十年啊！

在他死后，她才真的知道了自己究竟在想些什么。但知道了又如何？他死了，就算他活着，那又如何？她依然是秦遥的人。她很清楚，秦倦是不能和秦遥争什么的，无论秦遥怎么想。事实上，因为秦遥十年的牺牲，他永远都要为秦遥而活！

她又为自己倒了一杯酒。就算他活着又如何？他看不起她，她是一个自私自利又尖酸刻薄的女人，从来不为别人想，一无所长，又任性自负。哈哈！他死了也好，她眼里漾出少许罕有的温柔的泪光，至少，不必三个人一起下地狱；至少，还有一个人是快乐的。她望向秦遥，眼里慢慢地泛上温柔，只是，那不是爱恋之色，而更近于母爱之光：他实在是一个受尽了苦楚的孩子，老天应该补偿给他的。

秦倦看着秦筝：她眼里有泪，晶莹地在目中滚来滚去，却硬生生地不掉下来；她脸上带笑，只是笑得那般凄然而倔强。为什么没有人看出她的凄然？她是为了什么而轻笑，又是为了什么而有泪光？她不快乐吗？

他不能多看，秦遥的目光也向他投来，带着诧异。

他勉强向秦遥点了点头："多谢诸位关怀，贫道……贫道……"他素来口若悬河，善于言辞之辩，但此时此刻他竟不知道要说什么，也不知道能说什么，胸口好痛……

"这位施主，"慈眉师太皱眉，"你可是身子不适？可要休息？"她看不出秦倦的脸色，实不知他究竟是怎么了。

秦倦摇了摇头，心口好痛。他不是没有经历过这样的剧痛，但他也清清楚楚地知道，这不是身体的问题，而是情伤。情伤，却不可以以毅力忍耐！但毕竟他是秦倦，微一咬牙："贫道无事，有劳师太关切了。师太是寿诞之主，还应主持寿典，不应为贫道误事。"

慈眉师太颇为意外地看着这个面容毁损的年轻道人，她威名素显，哪一个江湖后辈不想得她的嘉奖提携，借以扬名？但他说得有理，她点了点头，缓步往主席走去。

秦倦把身子往椅里靠，全殿欢声笑语，呼呼喝喝之声不绝于耳，听在他耳中，却像隔着好远的梦，全是不清晰的残音。他缓缓自怀里摸索出一颗药物，放入口中。他不愿死，求死容易，求生难，他不愿死，他对秦遥说过他不愿死，只是，他不知道这样苟延残喘地活下来，究竟是为了什么。

"砰"的一声，似乎是有人跌倒在地的声音。他缓缓转头往外望去，一片朦胧之中，只见与他同席而坐的那位青衣少年突然连人带椅摔倒于地，面色青紫，不停地抽搐着，旁人惊呼四散、骇然尖叫。

"中毒？"

"慈眉老尼，你做的什么把戏？难不成你想把上山祝寿的人一网打尽？你对得起昔日老友吗？你还有没有良心！"有人怒骂不停。

慈眉师太惊怒交急，此时"砰砰"之声不绝于耳，刹那之间，不知又有多少人倒了下去。

"慈眉老尼，我和你拼了！我与你无冤无仇，你为什么这么对我？快拿解药来！"有人按捺不住，一刀砍了过去。

顷刻之间，殿内乱成一团，哭爹喊娘之声不绝于耳，又不断地有人倒下去。

秦倦在刹那之间敛起了眉：危险！

他天生的应付危险的本性骤然被激发了出来，让他忘却了心口的痛。他第一件事，是提起桌上的酒瓶掷了出去，"砰"的一声，酒瓶在殿中主席桌上爆开，碎瓷四射，汤汤水水淋了一身。一时人人错愕，都静了下来望着他。

"这是焚香之毒，而非食水之毒，诸位高人难道辨识不出？慈眉师太亦是受害之人。诸位贵为高人，临事之际，岂可如此张皇失措？先熄了香火！"秦倦一手按着心口，微微敛着眉，但神气却是幽微而森然的，像突然现了身的幽灵，又像洞烛一切的神祇。

慈眉师太望了一眼殿里袅袅升腾的三炷檀香，那香在淡淡的日光下显出淡淡的蓝光。她心头一跳，深骇自己竟然如此大意。她二指一弹，两支竹筷射出，带起的劲风熄了那檀香。

"施主，慈眉谢了。"

秦倦并没有听她说什么，心念电转，以他的身体，怎会抵得住那毒香？除非——肖飞调制的锁心丸的解药亦有解迷香之毒的功效！

他第二眼便望向秦筝、秦遥,果然,他们毫无武功底子,如今已是摇摇欲坠、脸色惨白。

此时紧要关头,他只求保住人命,已无暇再顾其他,忙伸手入怀,拿出肖飞当年给他的那个瓷瓶,倒出瓶中仅存的十五六颗药丸,先把一颗塞入那青衣少年嘴里,同时扬声道:"师太,这里有少许药物可以压制毒性,请分给功力较弱的几个年轻人。"他扬手把瓷瓶掷了出去。

慈眉师太飞身而起,在半空抄住那瓷瓶,一个翻身,已落在秦筝身边,把一颗药丸塞入她口中,一边道:"施主,峨嵋派谢了。"

这话在慈眉师太说来,自是十分难得。但她并不知道,这药是秦倦的救命之物,他中锁心丸之毒如此之深,如无这药救命,早在一年前就已死了;若失却了此药,几乎等于断送了他一条命。

秦倦按着心口,眉头紧蹙,该死!在这要命的关头,心口痛得几乎让他喘不过气来。但是他知道他不能倒,他太清楚既然有毒香之灾,怎会没有继而来之的行动,此时若乱成一团,定是会致命的。大约是这些江湖元老吃惯了安稳饭,竟在此时乱成了一团!

"甘涵疾!你青囊门精擅医术,你本门的金银散擅解百毒,先拿出来救命!你傻了不成,在那里发的什么呆!"秦倦一手撑住桌面,一手按着心口,额上全是冷汗,但他仍咬牙叫道。

甘涵疾是青囊门中年过八旬的元老,江湖上识得他的人本已不多,知道他名字的更少之又少,何况是胆敢这样连名带姓地叫他、更何况是用这样颐指气使的口气?但这一斥,也的确让他从震惊之中回过神来,心中一凛,急急自怀里摸出金银散来,开始救人。

秦筝吃了慈眉师太给她的药,神志渐渐清醒。她看着这个面容毁损的年轻道人,这样冷厉的眼神、这样低柔微哑的语音,仿佛,在很久很久以前,见过的……她闭起眼睛,那感觉就分外鲜明。

她的心头突然很热很热,这种强烈得近乎憎恨的感觉,见到了他心里就像有憎恨的烈火在烧,想恨他恨到天地俱老,又想爱他怜他、心痛他这一生的悲哀和不幸;想对他冷言冷语,又想搂着他好好地大哭一场——她不会认错!她是傻子,竟然会没有在一见面时就认出他来!他没有死!他没有死……

她很想哭,但是她更害怕!很怕很怕!一刹那,恐惧之极的情绪笼罩了她——他没有死,那么,将来呢?他们三人的将来会变成什么样子?他的脸毁了,他不愿认回他们,可是重要的是他没有死,而不是他的脸啊!他之所以不愿相认,是因为毁容的自卑,还是他也在害怕?害怕这种复活,最终伤害的是三个人的一生一世,是秦遥好不容易才拥有的一点小小的幸福,是会发生更惊心动魄或者令人无法想象的恐怖的事?她还能像过去那样对秦遥吗?不能了!她知道的,永远不能了。她能够好好地待秦遥,是因为秦倦临死前那凄然如梦的眼神、那令人心痛的嘱托,但他却没有死啊!

他死了,什么都不一样了——她丧心若死,秦遥伤心欲绝,左凤堂出走江湖……

可是,他竟然开了这样一个玩笑?他没有死,一切也都不一样了,所有的伤心是为了什么?

他实在太过分,多少人的一生一世都已紧紧地系在他身上,他非但没有珍视,反而翻云覆雨,把这本已一团混乱的局面弄得更加混乱,结果伤了所有人的心,更毁了他自己一生一世——不,是毁了他和她的一生一世。这样的结果,他很开心吗?所有人的人生都为他而改变、为他而惨淡,他这样算什么?他怎么可以如此不负责任,在把一切弄乱之后,装死拍拍手就走?他怎么可以这样对她!她很想哭,但愤怒的情绪抑住了她的眼泪,她哭不出来!

"筝,怎么了?"秦遥担心地看着她的脸色一阵红一阵白,坐在那里一动不动,只当她身子不适,温柔地问。

"没事。"秦筝冲着他笑笑,笑容里不知有多少自嘲讥讽之意。

她精神一振:"我们帮忙救人,千凰楼的人总不能叫人小看了!"

秦遥微微一笑,转身而去,帮助甘涵疾救人喂药。

秦筝看着他秀雅的背影,得夫如此,夫复何求?但终是心不我予。她试图爱上他,可十年下来,依旧许错了心、爱错了人。

秦倦眼见殿中局势稍稍好转,心下微微一松,陡然心口一阵剧痛,胃里一阵翻涌,血腥之气直冲入喉。他知道要呕血,用衣袖一把掩住了嘴。一年以来,这病根从未发作得这般难过,一半是因为他不堪江湖奔波之苦,一半是心中情苦委转不下,如今陡然一惊一缓,身子便一时抵受不住。

一只白皙而柔软的手伸了过来,扶住他摇摇欲倒的身子,一股熟悉的淡淡幽香传来,秦倦缓缓抬头——面前是一张似笑非笑的俏脸。

秦筝冷冷地道："你是人是鬼？"

她嘴角带笑，眼里却冷冷的，如有冰山般的火焰在烧。他一向知道她恨他，却不知她恨得如此之深，深得足以让她在这样的情况下依旧认出了他！就好像一句俗话说的"你烧成灰我也认得"——她真的是如此恨他？

他私心里期盼她会因为他重生而喜悦，但她非但没有一丝一毫的喜悦之色，反而依旧冷艳得像当年那一枝盛极的蔷薇，一点温柔之色也没有，有的只是呼之欲出的愤怒与讥讽。

为什么他和她一见面，总是这种金戈铁马的局面？

"我——"秦倦暗中拭去嘴角的血丝，微微一笑，"我是人是鬼并不重要，姑娘若是有闲，何不救人为先？贫道自知相貌丑陋，是人也好，是鬼也罢，都不是当前的第一要事，姑娘当分得出轻重缓急。"

秦筝不答，只是冷冷地看着他，良久，她极轻极轻地道："你想不想让他知道？"

秦倦挺直了背，低柔地道："你在要挟我？"

"是，我是。"秦筝似是笑了笑，"你若不想让他知道，若想让我做你的好嫂嫂，你就答应我一件事。"

"什么事？"秦倦顺着她的口气问。

"你走，永远不要再回来！"秦筝缓缓地道，俏丽的脸上没有一丝一毫的表情。

"我从未想过要回来。"秦倦转过头去，背对着她，轻声说，"筝，若我再死一次，一切就能重来，那有多好……"他任她从身边走过，没有看她。

她陡然顿住，惊愕之极地、不可置信地看了他一眼，这一眼似乎看过了千万年："即使你死上一千次、一万次，一切也不可能重来，因为，我已不能爱他。你明不明白？"她背对着他，语调平静，一如将灭之烬，"我本来可以爱他。"

秦倦眼里看着殿角帮着甘涵疾救人的秦遥："所以上天让我落到今天这个境地，我并不怨。"

"我好像从来没听说你怨过什么，秦大楼主，你当真有这种肚量？"秦筝的眉宇间开始泛起冷笑。

"我并不想和你吵，筝。"他看到殿中局势缓和下来，便缓缓向慈眉师太走去，"我从来没有要和你争吵的意思。你爱上我，并不是你的过错，毕竟老天从未安排谁就该爱上谁，这中间最大的错误不是你爱上了我，而是为什么我……也爱上了你。"他的语音低微，"这才是最大的笑话。我们，我和你，都是无法伤害大哥的，而我们相爱——我们永远不能原谅自己，你明白的，我也明白。所以不要胡闹。我是不会和大哥相认的，秦倦已经死了很久了，在下清虚观玄清，姑娘请自重。"他其实并不知道秦筝的心事，只是在刚才那一刹那，她的失神、她的凄怆，他是何等才智，怎能不理解？都是为了秦遥，都是一样的，一样的心事，一样的愿意委曲求全、愿意牺牲。只是，他牺牲得默然无声，她却迁怒到他身上。

她真正回头了，走得决然无情；他也向另一边走去，一样不曾回头。

"师太，情况如何？"秦倦握住染血的那一角衣袖，不让人看见，淡淡地问。

"施主与甘老施药对症，并无大碍。"慈眉师太对着他点头。她可不敢再轻视这个丑面的年轻道人，对方只淡淡三两句话就稳住了局面，并非一般才智过人，那需要太多的气魄与胆量。

秦倦与秦筝的几句对话在一团混乱的大殿之中并无人留心，在旁人看来，不过是秦倦一时不适，秦筝扶了他一把，谁又知那短短一瞬，是两人今生最最心碎肠断的一瞬！

秦筝去照顾跌倒一边的中毒之人，秦倦与慈眉师太并肩而立，两个人连眼角也不向对方瞄一下，像从来不曾识得过；又都是一般镇静如恒，好像伤的痛的，并不是自己的心。

突然殿梁微微一响，慈眉师太眉发俱扬，刚要大喝一声"什么人"，但还不及问出口，殿梁突然一声爆响，尘土飞溅、烟尘四起、梁木崩断，殿顶竟被打穿了一个大洞！

一个人自那被打穿的洞中跃下，衣带当风，飘飘若仙，只可惜刚刚那一下太过暴戾，在殿中众人看来，只像一只乌鸦飞了进来。

来人身着黑衣，三十岁出头的年纪，生得不及秦遥那般秀雅绝伦，但绝对称得上潇洒。只见他拂了拂衣袖，很是有种自命风流潇洒的姿态："慈眉老尼，别来可好？"

慈眉师太瞪着来人，长长地吐了口气："静念师侄，你——"

来人故作文雅地一笑："师侄我嗅到了这殿里的血腥之气，心急了一些，老尼你莫生气，改天我找人再给你盖一座更富丽堂皇的峨嵋大殿。"

众人面面相觑，气为之结。原来这人竟不是敌人，看样子还是慈眉师太的晚辈。他生得仪表堂堂，却称呼慈眉为"老尼"，看似斯文潇洒，实则莫名其妙、荒唐透顶。

"你不从大门进来，打穿屋顶做什么？"慈眉强忍着怒气问。

"老尼你做寿，师侄我当然是来贺寿。"被慈眉师太称为"静念"的黑衣人一本正经地道。

慈眉的脸更黑了三分，嘿嘿一声冷笑："打穿我峨嵋大殿，就是师侄你给贫尼的贺礼？"

黑衣人缩了缩头，好像生怕慈眉一把拧断他的脖子似的："不敢，不敢。"

听他话意，竟似真的承认了这就是他的大礼。慈眉的脸又黑了五分。

"师太，他是好意，你看那殿梁。"有人低低幽幽地道，是秦倦的声音。

慈眉此刻唯一能听进去的大概只有秦倦的声音了，闻言深吸了口气，狠狠瞪了黑衣人一眼，这才回头。

秦倦手上拿着一段新折断的梁木，梁木上钻有无数个小孔，几只淡粉色的小虫正在孔中爬来爬去，整个梁木散发着一股淡淡的闷香之气。

慈眉为之色变："这是……"

甘涵疾插口道："射兰香，射兰虫！"

射兰虫是一种无害的群居小虫，极易繁衍，三两只于几天之内就可以繁衍出数十倍的数量。它之所以成名，就是因为被它啃食过的木材会发出一种奇异的闷香，嗅上一时半刻虽然无事，但若嗅上十天半月，就会突然毒发昏迷，无药可解。看这射兰虫就知峨嵋此次遭劫绝非偶然，而是有人处心积虑地策划的。

秦倦笑笑，他只看那黑衣人静念："不知兄台如何知晓这殿梁出了问题？"他上下打量着静念，此人虽眉目轻浮，但目光如电，不失为一个气宇轩昂的年轻人。

"不敢，不敢！小弟我只是鼻子很灵，闻到了殿里的射兰香，差点没被它熏死。"静念一双眼睛转来转去，直盯着秦倦打量，很是好奇这人怎么长得这么丑。他其实比秦倦大上许多，但一来从相貌根本无法看出秦倦年纪，二来他又不肯认老，嘴里便自称"小弟"。

秦倦自是不会和静念计较这种小事，他只关心重点："你说闻到了血腥之气……"

"对了！"静念被他一问，这才想起来，"对对对，血腥气！老尼，你这大殿不吉利，所以我才打穿了它，好让你有借口可以新盖一个，不必受历代祖师诅咒——不不不，让你有脸去见你的历代祖师。她们不会和你计较为什么你拆了她们的房子重盖，自己享福……"

他唠唠叨叨，还要再说下去，慈眉师太却已忍无可忍："静念师侄，绝云大师让你下山办事，你就是这样和师伯我胡闹、拆你师伯的台？这峨嵋大殿数十年风雨，岂是你说拆就拆的？胡闹，真真胡闹！"

秦倦插口，好让这两个完全不知道问题关键在哪里的人回神："哪里来的血腥气？殿中并没有人受伤，怎么会有血腥气？"他在一边听着，也知这位静念大抵是哪位前辈高人的徒弟，与慈眉师太有极深的交情，因而慈眉师太虽然怒气冲天，却又发作不得。

静念连连点头："对对对！老尼，峨嵋大殿我会赔给你，你莫生气！让我来看一下，血腥气到底出在哪里。"他一边说，一边东嗅西嗅、东张西望，就像一只鼻子很灵的黑狗，真真让人哭笑不得。

慈眉师太望了秦倦一眼："他是绝云大师的大徒弟，绝云大师与无尘道长是四十年的交情，说起来，他也算是你的师兄。"她淡淡地道，眼里不知不觉露出了惘然之色，"当年云岫三绝名震天下，如今各自出家，江湖中人早已不知四十年前的旧事。绝云大师一代大家，武功绝世，江湖之上知道的人并不多。"

秦倦静静听着，他是何等聪明的人，知道当一个老人讲诉自己的故事时，只是希望有人可以倾诉，而并不希望你听见、记住，尤其慈眉师太还是峨嵋掌门的身份。他没说什么，却岔开话题："师太，峨嵋近来可曾与人结仇？"

慈眉师太摇了摇头："礼佛之人，求世外之空，岂可轻易与人结仇？"

秦倦暗叹：这话和无尘道长说得何其相似？

他不愿拆穿慈眉师太的迂腐，峨嵋上上下下数百号人，你一人礼佛求空，又怎知是不是人人都和你一般清高？

就在这时，秦筝走了过来，她神色自若，艳若朝霞："那位——"

她皱了一下眉，不知如何称呼静念，"在拆东边的墙，不知师太以为……"她很聪明地没有说下去，但言下之意，却很显然，"是不是要阻止他？"

秦倦看了她一眼。她一直是如此头脑清醒的女子，只是，自己从来未曾留心。相识十余年，其实两人相处的时刻并不多，见了面就要争吵。争吵出了她的明艳与犀利，却忘却了她的冷静与沉着。她与自己是何其相似又何其不似！她像一道光，而自己只是一道影，光与影是同源而生却永远不能再聚的命运！

他不敢再看她的眼神，转过头去，却看见秦遥一身白衣，如云似雾，微笑着走了过来。

慈眉师太完全不知这三个人之间的恩恩怨怨、情孽纠缠，她一声怒斥："静念，你在干什么？"

三个人同时转头，只见静念正站在东墙之下左嗅右嗅，挽起袖子，显是又准备在东墙上也打穿一个大洞。听慈眉师太怒斥出声，他"哎哟"大叫了一声，但为时已晚。他一拳击出，势不可回，只听"哗啦"一声，东墙果然被打穿了一个大洞。

殿中尖叫声四起，不是因为静念一拳打穿墙壁的武功，而是因为墙里埋着一只黑猫，鲜血淋淋的，显是这一两天的事！

峨嵋大殿是何等庄严圣地，墙里出现这种东西，岂不是和见了鬼差不多？

秦遥苍白了脸，回顾了秦筝一眼，却见秦筝正聚精会神地看着那只猫，眉头微扬，显出了他从未曾见过的光彩，毫无惧怕之色。然后她并没有看他，而是看向秦倦："这不是行凶。"

"对，这不是行凶，"秦倦目中透出了犀利之色，"这只是示警立威而已。"

他向慈眉师太走去，目中神采湛湛生光："今日的毒酒、射兰香、死猫，都不过是人有心要对峨嵋动手的前奏，用来……"

"吓唬人而已。"静念笑笑，笑的那一刹那，完全没有了假痴作呆的神色，露出了一丝精明来。

秦倦看了他一眼，只是笑笑。

"欲破其军，先破其胆！"秦筝淡淡地道。

"不错。"静念一双眼睛开始围着秦筝转，饶有兴味地把她从头看到脚，"我以为女子是比较怕死猫的，原来不是。好像……"他突然转身对着秦遥,"还是你比较害怕嘛!奇怪,你这样一个小白脸,不,大白脸,怎么会赢得这样一个又聪明又漂亮的大美人的芳心?"他啧啧摇头,像是见到了天下第一奇事。

秦遥脸色变为惨白,他想骂人,但他着实不会骂人,一时被气得脸色发白,却说不出话来,只能求助地望着秦筝。

秦筝脸上变了颜色,拦在秦遥身前,冷冷地看着静念,嘴里却道:"遥,不要理他!"她轻轻一句话,就把秦遥的劣势转为当然,好像不是秦遥拙于言辞,而是秦遥不屑理对方。她不容许任何人伤害秦遥,任何人,就算她自己也是一样。这世上没有任何人可以伤害秦遥,谁都不可以!

静念缩了缩头,好似畏畏缩缩不敢再说了,其实心中在暗笑:好一个聪慧的女子!好一个懦弱的男人,竟然要身边女子保护!

他颇为赞赏秦筝应变神速、聪明了得,却对秦遥嘴角一撇,十分看不起。

秦遥虽然性子温顺,却并不笨,他如何看不出静念的轻蔑之色?一时之间,心中惨然。他并不是天生就畏首畏尾、唯唯诺诺,只是他长年屈于敬王爷的淫威之下,不得不委曲求全,养成了不愿争胜的性子;他也不似秦倦,有天生的犀利与才智。此刻若换作秦倦,一定能驳得静念哑口无言,可恨自己……

他咬牙:如果二弟还在人世,如果今天是二弟陪在筝的身边……他呆了一呆,几乎要忍不住自嘲自笑起来——原来,自己还是那么希望他的保护啊!为什么这么久了,自己仍不知道要学着不要依赖二弟、仍不会过没有他的日子?

秦遥正在自嘲的时候,眼前一暗,那毁容的道人走到他与静念之间,挡住了他。只听那道人道:"这里诸事纷忙,静念师兄,依你之见,我们应当如何是好?"

静念奇怪地看着秦倦,不知道他是真的不知,还是有意要护着那大白脸:"你问我?你自己可不知多有主意,还问我?"

静念耸耸肩,大大方方地道:"我不知道。"他瞪着秦倦,一副"我就是装傻,你奈我何"的样子。

秦倦本就是存心为秦遥解围,根本不看静念的脸色:"师太,依我之见,这件事并非哪里的邪魔外道存心与峨嵋作对,只怕是峨嵋门内有人心存不满，要师太难堪而已。"

他语音轻而清，慢慢道来，很有优雅雍容的意味。若非见到他的脸，任谁都不能想象一个如此相貌破损的人，竟然可以流露出这样尊贵的强者之美。

"怎么说？"慈眉师太皱眉问，她着实不信峨嵋门内会有这样的促狭之人。

秦倦淡淡一笑："这很容易。今日师太做寿，堂上高手如云，若要伤人性命，非但难以得手，而且太易留下痕迹。各位都是行家，一不小心被看了出来，岂不是得不偿失？杀只小猫小狗，一样可以收到震慑之效，岂不是比杀人容易得多，而且又不易留下痕迹。若我没有看错，这些都只是冲着师太来的，并没有伤及他人的意思。"

"又下毒，又迷香，这叫作没有伤及他人的意思？"甘涵疾头也不回，一边为最后几个中毒之人解毒，一边冷笑道。

"现在死了人吗？"秦倦笑笑问。

甘涵疾呆了一呆："没有。"

"这种毒物可是绝毒？"秦倦又问。

"不是。"甘涵疾答道。

"用不对症的解药都可以解毒，可见下毒之人并无杀人之心。否则他下一些能见血封喉的，现在岂不是已尸横遍地？"秦倦慢慢地道，"至于迷香，"他摇了摇头，"我现在还想不明白，这峨嵋大殿的迷香能起什么作用。这里平日少有人长住，殿梁又如此之高，纵然有天下第一等的迷香，也未必起得了什么作用。"

"你这么肯定一定是峨嵋中人所为？你怎知……"慈眉师太不以为然。

"峨嵋大殿是旁人可以随随便便进进出出的地方吗？"秦倦打断了她的话。这本是很不妥当的行径，却没有人发觉秦倦不知不觉中已把自己摆在了与慈眉师太平起平坐的位置——他本就是不居人下的人，千凰楼在他手中翻覆了十年，千凰楼楼主说出去足以与江湖数大门派平起平坐。七公子名满天下，几时委屈过自己？他天生就不是可以被忽略的人啊！

甘涵疾似有所觉，诧异地回望了秦倦一眼，眉头一蹙，便要开口说话。秦筝本站在他身旁，一眼瞧见，她想也未想，脱口便道："又何况要开墙砌猫？这需要太多时间，若不知峨嵋众人的日常起居时刻，岂敢如此冒险？更何况，猫在墙中，若不知师太有静念这样一个师侄，又有谁会发觉这墙中的秘密？依我之见，这与师太作对的，非但是峨嵋中人，而且与静念相熟！"她自知峨嵋家事实容不得外人插口，她一插口，几乎就等于千凰楼搅入了峨嵋的这浑水中，但眼见甘涵疾显是对秦倦的身份起了疑心，她却不能不帮忙遮掩。

她何尝不希望秦倦能够重新得回原本属于他的荣耀与地位？但她又清清楚楚地知道，他身份的揭露，带来的不是什么值得庆幸的欢愉，而是更多的伤害。当然，也有对她和秦遥之间本就不稳固的感情的伤害，但更重要的是对秦倦自己的伤害。他已经遍体鳞伤、不堪重负，她又何其忍心，毁去他仅余的最后一点尊严与骄傲？他本是那么要强好胜的人、本是那么绝美的人，她怎么忍心让那些对"七公子"敬若神明、崇敬有加的人见到他现在这个样子？

他素来骄傲，容不得自己受到一点点轻视，这样的他，又如何去承受那些不堪入耳的鄙夷与嘲弄？她面上刻薄犀利、不留情面，但心中算计，分分毫毫，尽在为秦倦打算——不能爱他，若能保护他一时，又何尝不是她今生最荣耀的回忆？她甘心地为了他，不爱他。

慈眉师太呆了一呆。她没想到秦筝会插口，但秦筝所说的显然字字在理，一听之下，她不由得转头看向静念。

甘涵疾也正看着静念，显然忘了刚刚对秦倦的疑虑。

静念一双眼睛转来转去："这个……与我相熟？那……那与我最熟的，慈眉老尼！"他开始点着手指计算，"与我一般熟的，扫地的阿婶啦，膳房的秃头老尼啦，哦不，老尼本就是秃头的……"他一边说，一边苦苦思索，完全没见慈眉师太已经黑之又黑的脸色——她可不也正是他嘴里的"老尼"？

秦倦眼见静念又在胡扯，不禁眉头微蹙。他生性淡定从容，实不惯看人明明知情，却偏偏胡说八道。

"你——"他本来一眼看破静念明明已是疑虑到了某个人身上，却不知为何又有心隐瞒。一句话还未出口，便觉有人扯了一下他的衣袖。秦倦眼角微扫，便知是秦筝。只见她眼角眉梢尽是愠怒之色，秦倦微微一怔，这才惊觉自己锋芒毕露，早已失了分寸，差点就暴露了身份。一句话未完，他便警觉地住了嘴。

秦遥在一边听着,他是分辨不出什么对错因果,他只在乎秦筝,秦筝这一扯,虽是极轻微的一个小动作,却如何逃得了他的眼?

他从未见过秦筝对自己有过这样生动的表情,她只会对着自己笑,即使是那一次争吵,自始至终,她也都笑着。

她不曾对他发过火、不曾对他生过气,她用对别人没有的温柔对待他。他曾经以为,那便代表着她对自己是特别的、是不同的,他也非常感动于这种温柔,且极尽体贴地回应她。

可是,她刚刚的那个表情,那眸间流动着分外光辉的神采、那因盛怒而嫣红的双颊,竟让她显出了自己未曾见过的女儿娇态,是那样的妩媚啊!

自秦倦死后,他曾以为筝不会再为谁动心,秦倦和她之间的隐隐情愫——他并非傻子,看秦倦死后她如此哀恸,他岂能真的不知?但如今,她竟然与这个道人如此亲密!

秦遥心中一下子空空洞洞,竟然不知道愤怒,却是一时痴茫,怔怔地不知身在何处。

众人哪里在意他一个人在那里发的什么呆,人人只全神贯注地看着静念的脸色。只见静念嘴里念念有词:"挑水的阿婆,不是,阿婆三年前就已修炼到家,挑水西去了。呸呸呸!好端端地不要说死人的坏话,那是切菜的……"他越说越离谱,越说越眉飞色舞,像天上掉下来的闲话让他胡扯着,越扯越是开心。

"静念!"慈眉师太忍无可忍,"你不要以为贫尼不知道你私心里在护着那小妮子!是如音,是不是?你下山不去找你的师弟,三天两头到我这里来,不就是为了如音?我还没说你行为不检,你反倒在这里胡说八道,坏我峨嵋名声,败坏我峨嵋门风!"

此言一出,峨嵋上下,人人皆脸色尴尬。此事虽说是尽人皆知,但在如此多的江湖前辈面前说出来,终不是什么好事,慈眉师太这样说出来,倒是先削了自己的面子。

秦倦心下本已有三分猜知,秦筝却是一怔,两人相视一眼,心中俱是摇头:一代名门,若为了这等儿女之私而弄出这等事来坏了名声,着实不成样子。

静念本来正满口胡言乱语,此刻神色一凝:"慈眉老尼,你怎么可以随便冤枉好人?你怎知是她做的?你瞧见她杀了猫还是挖了墙?

你看见她下毒了?"他本来玩世不恭,但说到他的命门,他却变得如浑身是刺的任性小孩一般,"她没事为什么要害你?她不是你最得意的弟子吗?"

"她当然有理由害我。"慈眉师太怒目瞪着他,"你引诱我佛门女尼,如音好好一个静心向佛的女子,若不是你,她怎敢向我说要还俗、要嫁人?"

静念一呆,失声道:"她说她要还俗、要嫁人?"他显是激动已极,一把抓住慈眉的手,大声道,"你准了没有?你怎么对她的?"

慈眉师太一甩袖子,轻易甩开他的一抓,冷笑道:"我自是没准。峨嵋女尼岂可轻易还俗?你当峨嵋是客栈不成,要来便来、要走便走?"

秦倦眼见两人吵得不可开交、殿中众人议论纷纷,再说下去必定大失体面,忙伸出袖子一拦:"两位不要再争了,请如音师太出来一问便知。如今疑窦重重,怎能一口咬定是如音师太所为?还是先求证为要。"他心里其实已明白了八九分,只是还有一件事不解,因而暂缓不说。

静念终是比较清楚,瞪了慈眉师太一眼,一转身,直冲入后堂找人去了。

慈眉师太犹是怒气未平,她还从未被晚辈这样忤逆过,气是极气,但也不得不佩服静念的胆气。嘿嘿!够任性的小子!年纪不小了,做事却还和小孩子一般,真让人气也不是,骂也不是!她心中叹息,当年假若她也有这样的勇气,也许……

她念头还没转完,就见静念像一只兔子一样飞快地冲了出来,大声叫道:"她人呢?你把她藏到哪里去了?她不在禅房里!"

慈眉师太一怔,对静念乱闯女尼禅房的事似已司空见惯:"如音不见了?"

秦倦见事情愈闹愈大,完全是一团乱麻,众人吵的吵、看戏的看戏,竟没一个脑筋清楚的。他眉头紧蹙,抄起一个酒壶,"砰"的一声,又一记砸在了酒席之上。

众人的声音立时停了下来,呆呆地望着他。

"有谁和如音师太比较亲近,或是不久前刚刚见过她的?"秦倦一掌握了局势,声音自然而然又变得幽冷低柔。

"我……我……"一个老实的灰衣小尼声若蚊蚋,"如音师姐听说……听说……席上有人中毒,就……就不大念经了,后来,后来……"

慈眉师太从未发现自己这一帮小徒弟有这么啰唆可厌。

"后来怎样？"她耐着性子问。

可怜那小尼姑可能一辈子还没和掌门说过话，直吓得脸色惨白、说话结结巴巴："她……她……听说静念师兄打……打破房子进来了，后来，后来……"

慈眉师太着实后悔怎没把这小尼姑的法号叫作"后来"。

"后来如何？"

"后来她拿了剑往脖子上比画，阿弥陀佛！小尼说这不小心会伤到脖子，流了血就不好了……"灰衣小尼唠唠叨叨地道。

秦倦心中一凛：她想自尽！

"后来呢？"慈眉师太几乎没大吼出来，恶狠狠地瞪着灰衣小尼。

灰衣小尼骇得语无伦次："后来……后来，她……她……就出去了。"

静念一脸几乎要把她掐死的模样，咬牙道："该死！你说了半天，不等于没说？"

秦倦突然插口道："她很可能要悔罪自尽！"

静念又何尝不是这样想。

就在这一头雾水、十万火急的时候，秦遥一声惊呼："有人要跳崖！"

原来秦遥一直在想着他和秦筝的重重情障，根本没听到殿里的一惊一乍，他只看着窗外发愣，却见一位青衣女尼远远走近那半山的断崖，完全没有要停的意思，显是要跳崖。

这一声惊呼，殿里几位武林高手哪里还站得住？人影一闪，夺门的夺门、破窗的破窗，腾云驾雾也要直扑下山去。

等秦倦等人也下到半山，只见黄沙飘飘、山风疾劲，峨嵋的青松翠柏在这里几乎是不长的，在光溜溜的一片山壁之下，向前突出着那么一丈长短的巨石，巨石之下，便是云生雾起、不知还有多深才到尽头的绝崖！

一位青衣女尼衣袂飘飘，正站在那巨石之上，随时都会跌落下去。她背影曼妙，若是未曾落发，定是一位绝色佳人。

静念在一边呆呆地看着她，喃喃自语："你死，我也死。你死了，我还活着干什么……"他像整颗心都散了，完全不知道自己在干什么。

"如音，你以为一死了之，就什么事也没有了？快从那里下来！"慈眉师太兀自呼喝，如音却充耳不闻。

秦遥见了绝崖，情不自禁地有了畏惧之意，站在后边，怔怔地看着如音。

"师父，如音自知辜负了师父二十年养育之恩、调教之情，"如音幽幽地道，"如音还俗不成，竟然起了杀心，要……要置师父于死地。如音本是唐门后人，略通下毒之术，我……我……要师父在故友名宿面前丢尽脸面、要峨嵋出丑……天啊！"她以双手掩面，"我不知道我为什么会做出这种事。我竟然……竟然做出这种事！"

秦倦叹息：好好的一个如玉佳人，因为一时的义愤，一念之差，竟然可以欺师灭祖、起意杀人。虽然大错尚未铸成，但她今生今世却永远不再是当初的那个她了。她会永远记得自己曾是这样可怕的一个人，永远逃不掉良心的谴责——这，难道就是她最初想要的？

"不是的，如音！"秦筝见她颤颤巍巍站在石上，忙道，"你只是希望得到你所想要的，只是不忿师太对你的拘束，只是在追求——只是你用错了法子，你的初衷并不是坏的。"秦筝缓缓向如音走近，站在离她十步之遥处便停下，"你是下了毒，不过并没有毒死人；你本可以杀人的，但你没有。假如你真如你所想的那么可怖，你就不会顾及这个又顾及那个，是不是？"

秦倦接下去道："有一点，我本想不明白，为什么射兰香会放在峨嵋大殿的殿梁上？"他看着如音，目光是澄澈的，并没有一丝一毫看不起或鄙夷的意思，"你其实根本不想伤害师太的，只是想泄愤。所以你下迷香，却下在了完全不起作用的地方，那只是你自欺欺人的手段。"

他一字一句地道："你本可以下在师太禅房中——以你在峨嵋的地位，你完全可以毒死师太而没有人会怀疑你，但你没有。你并不是邪恶的女子，只是一时走错了路，还可以回头的。"

"回头？"如音幽幽地道，"我怎么回头？我怎么还有脸见我的同门师妹、有脸服侍师父终老？"她没有看静念，"我——是个太可怕的女子，你……你……还是莫记得我……"

"你若真的跳了下去，那就真的永远不能回头了！"秦倦深吸一口气，"你可知从这里跳下去，是什么样的感觉？你可知你一跳下去，要经历的是什么？跳崖并非一跳就可以简简单单地去了，崖底起的强风几乎可以撕裂身体，然后吹入耳膜，你什么都听不见，只知道耳中剧痛，一个人不断翻滚，不知道天上地下，身体的每一分、每一寸，都在半空就已伤痕累累、痛入骨髓。运气好的一下子过去了，永远没有回头的机会；运气不好的，会撞入崖边的树丛——你知不知道从数十丈、数百丈的高空撞入树丛是什么滋味？伤的痛的、生的死的全都分不出来。一旦不幸又活了下来，那要如何是好？如何是好，你想过没有？"他说到最后，触动了情怀，声音竟也微微哑了。

秦筝苍白着脸：这是他的痛苦，是他的经历，是他本永远不会说出口的惨然与悲哀！

她什么也没想清楚，泪就已经掉了下来："如音，不要傻了。你还有人在等你，你怎么能忍心就这么跳下去、让他痛苦终生？你可知你一去一了百了，留下来的那个该怎么办？怎么办？你跳下去，不是对谁的解脱，是对他永远的负担、永远的枷锁，你明不明白？他会生生世世都记得你是为他而死的，你要他如何幸福？如何幸福？你不能这么自私的……"她竟然说得语不成声，到最后带了哭音。

众人奇怪地看着这两人，劝人的竟比想自尽的更加激动、更加伤怀，好像自己也曾经历过生生死死，说得像真的一样。

如音呆了一呆，她真的没有想过，真的没有想过这些。假若求死不成，那该如何是好、如何是好！假若留下的是永恒的伤害，那她的死，岂非造就了另一个错误？她究竟要累人到几时？

秦遥越听越是惊疑不定，这……这些……他的目光本来只看着秦筝，如今却失魂落魄地盯着秦倦。他不知不觉一步一步地向秦倦走去，手指微微颤抖，缓缓伸手想去碰触秦倦的身体。

"如音，求死很容易，困难的是，带着痛苦活下来。"秦倦低低幽幽地道，"活下来，比死需要更多的勇气。你若不死，终有一日，你会感激自己的。"他抬起头来，语气很是平静，"无论你所要的能不能得到，至少，你并不懦弱，你没有轻视自己，你——爱过，不是吗？"

如音震动了一下，终于缓缓回过身，看了他一眼。这一看，让她惊愕了一下，好可怖的面容："你的脸……"

秦倦毫不迟疑地道："毁了。"

如音看看遥不见底的山崖，声音逐渐软弱了："是——怎么毁的？"她回想着这道人刚才所说的，心中渐渐动摇，原来，那并不是假意的规劝，而是——

秦倦沉默着，和她一般看着无底的绝崖。那崖底云雾弥漫，遥遥的不知有什么事物在等待着，等待着掉下去的人。

良久，他才幽幽地道："因为我……也曾……"他突然闭上眼睛，声音却不迟疑，清清楚楚地道，"也曾从这样的地方，跳下去过。"

此言一出，众人都是神色震动。

甘涵疾突然"啊"了一声，他知道这个人是谁了！

他与身边的金针道长相视一眼，两人都松了口气，微微一笑：他果然未死啊！果然，无论身处怎样的逆境，这个年轻人始终有着让人赞赏的才干和胆识，果然不愧是能够指名道姓地指挥众位江湖元老的人啊！

话说到此处，秦遥若是再猜不出这个人是谁，那他就不是一个"人"了！听到此处，还有什么是不可理解的？为什么秦筝会和这人如此亲近，为什么她会那样愠怒，为什么这默默无闻的丑面道人气势谈吐会是这样出众？为什么……自己竟不能恨这人？原来都是因为他，他并没有死……

如音自然不会去关心秦遥、秦筝在秦倦这一句话说出来之后的反应，她只看静念，嘴里却问着秦倦："伤的时候，痛吗？"语音幽幽。

秦倦缓缓睁眼，看不出什么脸色，但是那气色分外苍白："很痛，但——"他突然轻笑起来，"但那是必然的。每个人都要为自己所做的事付出代价。"

"你不后悔吗？"如音幽幽地问，"后悔为什么自己不死？"

秦倦淡淡地苦笑："后悔过，但其实——后悔是孩子气的冲动。我从来没有真正后悔过，无论多痛多苦，人，都是要活下去的。"他没有看如音，而是看着她身后的夕阳，乌黑的眸子十分深沉，"想到自己所爱的人，怎么忍心离去，怎么忍心不为了她而活下来？"

如音怔怔地听着，看着静念痴痴地喃喃自语，过了好半天，终于缓缓向里踏出了一步。她不愿死，真的，听了这许多惨淡的心事，她不愿死。因为无论多痛多苦，人都要为了自己所爱的人活下去。无论受多少伤害、多少苦楚，也甘之如饴，甘之如饴！

秦筝闭上眼睛，她不要听，不要听！听见了这些，叫她如何面对？如何面对！她不是像她所表现出的那般心肠刚硬，更不是无知无觉的死人，叫她怎能不为他心痛、怎能不哭？她本是爱他的啊！

秦遥的脸色出奇苍白，他已走到了秦倦身侧，伸出去的手却始终没有落在秦倦身上,而是僵在了半空。

绝崖之上,本是一处无心无情的地方,此时此刻却充满了凄恻悲哀的缠绵之意,让风为之灭、鸟为之绝,天地万物好似都失去了影踪,只有那几双或悲或苦的眼睛,在这黯然的世界中闪光。

突然之间,如音足下一滑,那大石本就生满青苔、滑不溜手,如音能在上面久站,是仗着峨嵋轻功了得,如今情怀激荡之下,哪里还顾及大石滑是不滑?一旦放足而奔,立刻出了事。她惊呼一声,后仰摔倒——这一倒,就是要跌入身后的万丈深渊,尸骨无存!天意总爱弄人,她想死的时候偏偏不死,不想死的时候又偏偏活不了。

若不是静念已呆若木鸡、丧心若死,以他的武功本来绝对能救得了如音,但等他一惊而醒,便已迟了!

若不是慈眉师太对如音心怀不满,她就不会站在十丈之外。她见秦倦、秦筝已经劝回了如音,便摆出了掌门架子——她隔得太远,已是救之不及!

而其他人却万万没对如音有如此关心,等他们想到要救时,一切早就发生了!

第三节 镜花水月

别人救之不及,但有人救得及。

这人任谁也想不到,竟是秦遥!

他站在秦倦身侧,本已伸出了手,只是一直没有落到秦倦身上。大变突起,他想也未想,顺势伸手扑出,一把抓住了如音的手:"小心!"

但他终究不是练武之人,如音这跌倒之势太猛,他根本就拉她不住,反而被她一带,一足踏上青苔,跟着滑了出去。

秦筝惊魂未定,大错又生,尖叫一声,却是反应不及!

但她反应不及,秦倦却比她反应快得多。他几乎是同时向如音伸出了手,见形势不对,他又一把拉住了秦遥的手,但以他的力气,哪里能抓得住两个人?只听秦筝的尖叫之声未绝,石上"哧"的一声,三个人跌跌撞撞,纠缠在那一丈见方的大石上,下面便是山风瑟瑟的绝崖,形势岌岌可危。

这都是一刹那间发生的事,如音一借力,腾身跃起,她纯是练武之人的本能反应，跌倒之后便一跃而起。而静念刚刚在此时反应了过来，一掠而来，一把将她带出了十丈之外。

但静念只顾着如音的安全，他这一掠，又何尝不是本能的反应？一掠出去，两人双双惊呼："糟了！"

石上还有两个不会武功的人！

前面的如音一旦消失，秦遥就要面临跌入绝崖的险境！他适才被如音挡住了视线，根本看不到自己的形势是多么危险，现在如音一掠而去，他猛然看见足下山风阵阵、云雾弥漫，登时吓得呆了，竟不知道要逃。

秦倦却是有备而来，他早知如音遇险，必有人会救，如今真正危险的是他这个今日不知为何恍恍惚惚的大哥！他一时之间无计可施，也没有时间容他算计，当下用力一扯秦遥，自己向前扑去，翻滚于地，想用自己的身体来挡住秦遥的顺滑之势。

那都是一念之间的事，秦遥向后跌倒，慈眉师太晚了一步，正好一把接住了他；但秦遥却在那一瞬间清醒了过来，他终于明白发生了什么事，但一切都来不及了。一年前的那一场噩梦像附骨之疽般重现，也许唯一有所不同的是他还来得及惊叫了一声："二弟！"

秦倦翻滚的身子自是不会在绝崖边自动停下来的，也许他根本不知道自己已滚到了崖边。秦遥遇险，秦倦舍身相救，快得都令人不及转念，还没有人想清楚究竟是怎么一回事，就只见秦倦的身影在崖边一闪，登时消失了。同时有一个人影如影随形，随着他跳了下去——那人影本是要去救他的，但无力回天，只听"哧"的一声，半片被撕落的衣袖随风而起，高高地飘向天空。

秦遥惨白着脸，慢慢向秦筝刚才站的那个位置看去，果然，芳踪杳然，她早已不在了。

耳边自是有人惊呼，众人纷纷四散掠开，力图挽回些什么。

如音和静念已经掠了回来，如音似是要下到崖底去寻找，静念又不知在念叨什么。

但这一切都和秦遥没有关系了，他哭不出来，却突然明白了为什么当年秦筝以为秦倦落崖身死时会笑，因为哀到痛极、哀到心死，哪里还会有眼泪？从眼里看出去，哪一件事不是可笑的？他们死了，这世界于我还有什么意义？看着众人忙忙碌碌，他只觉得好笑，很好笑……

一件物事飘落下来，他顺手接住。

那是半片衣袖，依稀是秦倦的道袍。衣袖之上一口咯血分外鲜明，如今已微微变了颜色。秦遥呆呆地看着，突然想到了一些他从来未曾想过的事。

——"就因为你的牺牲，所以我这一辈子都要为你而活！"

那是秦倦说的吧？当时他听着，只觉得委屈。

——"你只会用你的可怜把我绑在你身边，你不是最可怜的人，你是最自私的人！"

那是秦筝说的，但后来，她却向他道了歉。

他从来不觉得自己有错，毕竟，这十年来，牺牲得最多的是他。但他几乎忘记了，当年之所以能下那么大的决心，是因为他希望秦倦能够幸福——曾几何时，这种牺牲成了自己恃之妄为的本钱。他利用了这种经历，伤害了自己所爱的人。

他明明知道，秦倦和她是相爱的，为什么还会依仗着自己所受的伤害，去强占本不属于自己的爱？秦倦回家之初，他还可以说他不知道秦筝的心事，他可以去争，但在那之后，他怎能还能自欺欺人，说自己不是有心的？这本是一场不公平的争夺啊！因为他知道，只要自己说要，秦倦无论什么都会让给他；只要自己说要，秦筝无论如何都不会让他伤心。难道，就因为这样，自己就能要得心安理得、就能因此而幸福？那是筑在秦倦和她的痛苦上的幸福，难道自己就能享有得心平气和？

哈哈！他看着如音，其实作孽的心性人人都有，自己又能比这女尼好上多少？至少，她作了孽，她肯认，而自己——却从来不觉得自己错，他竟连这小女子都不如！

看着衣袖上的血迹，他闭上眼静静感受着秦倦所经历的痛——二弟是那样柔弱的人，受不起丝毫伤害的抱病的身子，秀气得一点烟尘不染，他拿什么去抵受那种痛苦？他太聪明了，聪明得不让任何人知道他的痛，从不曾形之于色；太聪明，让他自以为是地要去保护别人，而不曾顾及他自己。结果，为了救自己这个窝囊废，二弟从人人敬仰的"七公子"落得落崖毁容，落到今天这个地步，遭人讥笑嫌弃——而自己究竟有什么好，值得二弟两度舍身相救、不惜两次落崖？二弟他从不知道，最该顾惜的是谁的身体、是谁的命，二弟啊……让人越想就越是心痛、越是为他而苦。太傻了、太傻了！

秦遥的泪慢慢滑了下来，他什么也不要听、什么也不要看，让他专心想一次二弟，谁也不要打搅他……

肖飞再一次接到秦倦的消息，竟然是这样的结果，怎不让他惊怒交加！惊的是秦倦还在人间，怒的是秦倦竟然又开这种落崖的玩笑，竟然完全不给人为他做一点事的机会，就又消失了！

肖飞日夜兼程赶到峨嵋，此时此刻、今时今日，他就是把整个峨嵋山翻过来，也要把秦倦找出来，生要见人，死要见尸！别人如何想他不管，他只知道秦倦为千凰楼付出太多，千凰楼假如不能给秦倦一点补偿，怎么还有脸面在江湖上立足！

肖飞知道他在千凰楼夺权颇为招人非议，但那是他应得的，他并不在乎。秦倦是他的对手，又何尝不是一个值得尊敬、值得千凰楼倾全力相护的楼主？他绝不会因为秦倦已退出千凰楼而忘记了秦倦的十年辛劳，那是最辛苦的十年啊！

峨嵋绝谷。

青草湿地，白花碎点，落叶缤纷。

这是一处沼泽，是山与山之间极小的一处空隙，被峨嵋山苍苍林海掩盖，若不是笔直地从上面掉下来，还真找不到这里。

其实那绝崖并不高，只是因为云气缭绕，山中光线隐隐约约、林木森森，从上面看起来好像很高，一旦落了下来，才知其实不然。但说是不高，却也有数十丈近百丈上下，他们能够未死，还是赖了这一处湿地。湿地中尽是水草淤泥，人跌入其中，除了被溅了一身淤泥，在湿地上砸出了个大洞之外，倒也并未受什么伤。

过了好半天，秦筝才自跌落的昏眩中清醒，一睁开眼，就看见了树叶。

郁郁如翠的树叶，亭亭如盖遮着头顶，峨嵋山中的云气化成水珠，正沿着叶的边缘，缓缓地滑落。

静静的林木，清新的气息，淡淡的夕阳之光柔柔地笼罩着树梢，也柔柔地笼罩着身周这一片柔柔的青草地，无比清晰的感觉。像在做梦，一下跌入了童年的梦境，是那么不真实。

良久良久，她才想起发生了什么事，微微挣扎了一下。

"倦——"一开口，她才知道自己声音喑哑，可能受到太大的震荡，受了伤。

"我在这里。"一个声音几乎在耳边说着,声音低柔,气息淡淡地吹在她的耳际,吹起了她的发丝。

"你怎么样?"秦筝挣扎着要起身,"你受伤了吗?"

一只带着疤痕却仍看得出白皙修长的手把她按住,一双无比漂亮的乌黑眸子看着她,眉头微蹙。

"你受伤了。别动,好好躺着。"他的声音带着从未有过的温柔,而并非对敌之时的幽冷犀利,"不要动,这里虽然很脏,但我不知道你伤得如何,最好别动。"

秦筝呆了呆,忍不住好笑。她睨了秦倦一眼,眼神里有微微的妩媚与嘲笑之色:"除了这里很脏,你就不能说点别的?"她死里逃生,眼见两人双双无事,心情为之一松,露出了娇妍之色。

秦倦一怔,他并不笨,或者说是太聪明了。他微微一笑:"那你说呢?"他轻轻叹了口气。

此时无人在旁,他无须隐藏心情,幽幽地道:"你跳下来做什么?我跌下来,是形势所迫,你跳下来做什么?你忘了大哥他……"

秦筝摇了摇头,神色顿时暗淡:"我们现在不说他好吗?"她幽幽地看着开满白花的青草地,"我从没想过要随你下来,"她又摇了摇头,"等我知道发生什么事时,我已经在这里了。"

"傻子!若不是跌入这里,你岂不是死得不明不白?"秦倦蹙眉,"以后当了大哥的妻子,你也这样任性妄为,让大哥为你担心吗?"

秦筝呆呆地看他,说:"你心心念念,就只为他着想?"她缓缓支起身来,一把推开他要扶自己的手,明艳的脸色开始变得冰冷,"现在没有旁人,你能不能告诉我,你真的……希望我嫁给大哥吗?"她蹙着眉,用一种审视的、冰冷的眼光看着他,等着他回答。

"无论我希不希望,你始终都是要嫁给大哥的,不是吗?"秦倦顿了一下,很平静地答道。

"我不要听这么聪明的回答,"秦筝语气开始变得尖锐,"我只要听,真的,是或不是!"

她明明知道他是爱她的,他自己也承认,但为什么,他就是不愿坦然、他就是要逃避?她并没有什么过分的要求,只是希望知道自己的心是有地方寄托的,希望他可以给一句温柔话语,可以让她借以回忆终生，为什么，他就是不肯？

秦倦看了她良久，看着她脸上的期待与薄怒——为什么，他和她在一起的时候，总是要忍不住争吵，而在最危急、最痛苦的时刻才可以心心相通？

他嘴角泛起一阵苦笑。人常说最羡林中鸳鸯鸟，大难临头各自飞，为什么他和她却是平日无事时怒目相向，而生死关头却可以毫不迟疑地为对方而死？他心中想着，嘴里却平静地道："真的。"

"啪"的一声，秦筝甩了他一记耳光，咬牙道："你抱着你的大哥去死吧！"她本对秦遥也是极好，但她对秦倦这一句话抱了太大的希望，她本以为秦倦会明白她的期盼、明白她的苦楚，以为他会给她一点依托、一点爱，但他太无情了，无情得让她口不择言，只希望能一句话便狠狠地将他伤到底，就像他对她一样！

一句话说完，她猛地从湿地上起身，往外奔去。

"筝！"秦倦的呼唤远远传来。

她跌下来时震动了内腑，这发力一跑，只觉得眼冒金星，心中痛极，也不知是身上的伤在痛，还是心里太伤心失望——他竟然不追来，竟然放她一个人在这荒山深谷里！她知道她终是不会忤逆他的意思，她是会嫁给秦遥的，那本也是她的意愿，并非只为了秦倦，也是为了秦遥。难道她会因为他的一句话就悔婚不成？他以为她是多么天真、多么痴傻的小女孩，以为她不知道轻重缓急？她是会痴缠不休的女子吗？她在他心中，就是这样一个人？

她心中不断地转念，完全没看自己跑到了哪里。突然足下一绊，她惊呼一声，跌入了谷底一处天然的低洼地里，里面长满长长的藤蔓，加之湿泥浅水，她一掉下去便被水草缠住了腰，竟然爬不出来。

她又惊又怒，难道她要在这烂泥水草中死吗？她不甘心，不甘心啊！

秦倦叫不住秦筝，心知要糟。

"筝，回来！这里太……"他连一句话都没说完，就伏在地上喘息着，不住地咳嗽，左手按着心口，眉头紧蹙。他不是不想追出去，而是追不出去——他的身子比之秦筝犹自不如，这一跌，几乎没要了他半条命，更扭伤了左足，哪里还走得动？他好不容易才缓过一口气，说出剩下的话，"……太危险……"秦筝却早已跑得不见了踪影。

他尽力让自己站起来,摇摇晃晃地往她走的那个方向追去,走了约莫十来丈远,眼前一黑,他知道自己要昏过去了,当下无计可施,提高声音叫了一声:"筝——"

这一声呼喊用尽了他身上所有的力气,随后微微一晃,向前扑倒。

秦筝在烂泥潭里挣扎着,她气了一会儿,自己也知道自己太过任性,无论如何,在这地方,实不该任性胡闹的。她本不是糊涂的人,自己想想也觉得太过分,冷静下来,突然想起,难道他不是不愿追她出来,而是他不能?她知道他的身体不好,他说未伤,怎知是不是怕她担心,有意隐瞒的?

她突然呆了一下,全身几乎一下冷到了极处,他说过他没有受伤吗?没有,他没有说!他只是让她以为他没有受伤而已!

该死!秦筝暗暗在心中恨恨地道,你若出了什么事,我绝不原谅你!永远不原谅你!却不知这"我绝不原谅你"她已不知对他说过多少次了,若不是太在乎,又怎会如此容易为他动怒?

她担心之极,根本忘了自己刚才还满心怨怼,在心中指责他这里不好、那里不好。

这时,远远传来一声:"筝——"

那是秦倦的声音,听得出他底气不足,叫了一声之后就再无声息。

秦筝真的怕了,她不敢了,不敢再任性、不敢再乱发脾气——只要秦倦无事,要她怎样都行,只要他没事!她突然非常、非常珍惜刚才与秦倦并肩坐在那湿地的树下,看那山中的云气缓缓化为水滴;与他并肩,像小时候一般看着青草地上的小白花——那本是她今生都未曾有过的奢望,但为什么自己仍不知足,仍奢望着他能给什么承诺、给什么爱?

她不要什么承诺、什么爱了,她真的不要了,只要他没事,她下地狱也甘之如饴啊!

她慢慢地苦笑,到了如今这个境地,她竟仍不知道要如何相处。两个人相爱本是不易,相处更难;假如不知道珍惜,不知道关怀体谅,只会吵吵闹闹、乱发脾气,那算什么?有一份爱已是难得,为什么不懂得去温柔、去珍惜?傻啊,真是傻啊!她已经有了世上最值得珍惜的,竟还会在乎什么承诺?假如一切可以重来,她发誓不会再让他担心难过,因为他担心难过了,自己又如何幸福?

如果上天能让她生出此地,她愿安分守己地让秦遥幸福;愿断了这份痴念,只要他希望!

她突然无比明白为什么当年秦遥能够为秦倦做出那般惨痛的决定。为了让自己所爱的人的幸福,人可以有那么大的勇气去承担一切牺牲,无论是多大的牺牲。那不是苦,而是一种骄傲啊!

等秦倦幽幽醒来,眼前是一张又是泥又是水,还挂满了树叶青蔓的脸。

那脸上充满了担忧的神色,秦筝不管自己身上是多么狼狈,就这样呆呆地看着他。她身上的泥已经半干了,不知已这样看了他多久。她只是坐在他的身旁,看着他的脸。

秦倦忍不住轻笑,慢慢支起身来:"你怎么……弄成这样?跑到哪里去了?"

他抬头看了一下,这里还是刚才跌落时所躺的那棵树下,树叶晶亮,不时滑落的水珠静静闪着透明的七色之光,如梦似幻。

秦筝看着他,声音带着未曾退去的惊恐:"我——我以为……"

"以为我再也醒不过来?"秦倦笑了。

他看着她惶恐不安的眼睛,忍不住心中一股温柔泛起,他柔声道:"傻子。你知道我的身体从来不好,偶尔是这样的,没事的,不值得你担心。"这令人又痴又怜的小傻瓜,也不知跑到了哪里,听到他的呼唤,竟又这样跑了回来,真让人气也不是、笑也不是。

"不是的。"秦筝惶恐之色未退,急急地问,"你是不是哪里受了伤?有没有哪里不适?"她伸出手,想去碰触秦倦的肩,却又不敢,像是当秦倦雪做的人儿般,怕被她一碰就会化了。

秦倦心中又是感动又是好笑,他伸手握住秦筝伸出来的手,放在自己脸上,笑道:"我不是真的被风一吹就倒的人,你不用怕,我不会不见的。"

秦筝苍白的脸上逐渐泛起红晕,她的手自他的眉间划过,怔怔地想着:这些伤若是还未愈合,那该是怎样的痛?

"你本来就是风一吹就倒的,"她低声道,"本来你才是最该被人保护的。为什么总是你在保护别人,然后那么多伤,就由你一个人承受?你以为你是铜铸铁打的?你才是傻子。我不怜惜你,谁来怜惜?有谁会在乎你的辛苦?"

秦倦微微叹息："我们不说这些好吗？"他上下打量着她，越看越是眉头紧蹙，"你到哪里去了？"他看见她一身狼狈，比之她从这里奔出去的时候还狼狈了十分，她的腰际还微微泛着一片殷红。

"你——"他咬牙怒道，"你还口口声声问我受伤了没，你自己呢？你到哪里弄伤了自己？这是怎么回事？"

秦筝不自然地拉了一下腰间的衣襟，脸上微微一红："我——我跌进了那边的水坑里，那水坑里有许多长长的蔓草，缠住了我。我听见你在叫我……"她越说越是小声，不敢看秦倦的一脸愠色，声若蚊蚋，"我爬不出来，我不知道你出了什么事，着急起来……"

"怎么样？"秦倦眉头紧蹙。

"出门的时候，肖飞叫我带了匕首。"秦筝轻轻地道。

"你怕我出事，所以拿匕首去划身上的蔓草，想要能够爬出来，结果却划伤了自己，是不是？"秦倦问。

秦筝吐了口气，轻轻地道："你总是这么聪明。"

秦倦瞪着她，也只有她敢在他面前这样装傻。气了一阵，他也只能叹息："伤得怎么样？"

"没怎样。"秦筝听他的口气就知道他已经不追究了，嘴角掩不住丝丝笑意，抬起头来，"倦，不要担心我。莫忘了，现在躺在地上的人不是我。"

秦倦摇了摇头，这个又妩媚又狡猾的小女子，他真的拿她没办法。

"匕首呢？"

"在这里。"她伸出右手，手上握着一把明晃晃的匕首，看得出虽非宝刃，却也是利器。

"你身上带着火折子吗？"秦倦看了一眼天色，问。

"带着呢。"秦筝微微敛着眉，这让她虽然遍身泥泞，却依旧有种如火般的盛极之美。

秦倦看了她一眼，心中微微一跳，当下转过头去不敢再看："你用匕首斩下树枝，点火生烟，让他们知道我们在这里。"

"我不要。"秦筝很坚决地摇头，摇头的时候，更显她的卓绝之色。

秦倦颇为意外。

他一向知道大多数人的心思，却不明白她的意思："为什么？"他以为，她一向是锦衣玉食的大小姐，平生没有经历过江湖风波，落到这等田地，应该是急着离开的。他也不忍看她素来华贵的衣裳变成如今这种模样，更不忍看她憔悴的容色，她是该站在蔷薇花海之中、身着红衣的女子啊！

"回去，就有大哥。"秦筝闷闷地道。

她缓缓把脸挨到他的脸上，低低地道："倦，能不能不要想他们，只有我和你。你……给我一点回忆，好不好？"她依偎着秦倦而坐，把脸抵在他肩上，缓缓闭上眼睛，眼角有泪在闪闪发光。

秦倦嗅着她淡淡的幽香，心中骤然一软。他幽幽地叹了一声，声音中终于露出了他从未表露的苦涩之意："给你……回忆？"

"爱我一天，好不好？"她未曾这样哀婉过，哀婉得像楚楚的眼泪；她也未曾这样温柔，未曾以这样绝望的温柔望着他。那一双眼睛……

秦倦闭上眼睛，他无法掩饰心头的震动与激荡："筝——"

"我不要听！"不再任性胡闹，秦筝幽幽地道，"我什么也不想听。你知不知道，明年，我就真的要嫁给大哥了。是千凰楼肖飞做的主，他以为，那是你的心愿……"她摇了摇头，"我能说什么？我什么也不能说。他是你的兄弟、你的朋友，他只是在维护你。"

秦倦能说什么？他笑得好苦，但又能如何？能怨谁？

"我什么也不想，假如我真的别无选择，只能嫁给大哥，那么是不是说，我这今生今世都已经结束？从今往后，我就只是'秦夫人'？"秦筝慢慢地道，"我只是想要一点回忆，让我在今后的数十年里，可以依靠，可以让我觉得，我这一辈子还是好的。至少，我不仅被人爱着，我也爱过人。"

秦倦的声音是哑的："你恨我吗？如果没有我，也许，你便不一定要嫁给大哥，你可以选择自己的……幸福……"

秦筝摇头："无论有没有你，结果都是一样。如果没有你，我的结果是……永远不知道什么是爱人与被爱的苦，永远不知道什么是幸福，永远把对大哥的同情与怜惜当作爱。"她顿了一下，"爱我一天，好不好？"她轻轻地问。

假如还有人拒绝得了这样的哀怨，那就根本不是一个活人了，只可能是一个死人。秦倦睁开眼睛，不看秦筝的表情，轻轻地吻上她的唇。他眼里的泪就滑落到她的脸上，滑落到她的唇间，苦苦的。

"倦，我唱一首歌给你听好不好？"秦倦终于肯爱她，秦筝今生最大的心愿终于可以成真,即使只有一天,那也是从下辈子偷来的。她眼睛都在闪光,亮得像明媚的烛火。

秦倦答应了爱她一天,自然不会忤逆她的意思,即使他更宁愿这样看她,看她到永远。但他仍微微一笑:"你唱吧。"

他记得,当年在戏班子里,她也是这样一天到晚地拉着他、缠着他,要唱歌给他听,结果是他常常不胜其烦,两个人便争吵起来。

她看了他一眼,嘴角带笑,知道他也想起了幼时的旧事。轻轻一笑之后,她轻轻地唱了起来:

"芄兰之支,童子佩觿。虽则佩觿,能不我知?容兮遂兮,垂带悸兮。芄兰之支,童子佩韘。虽则佩韘,能不我甲?容兮遂兮,垂带悸兮。"

歌声悠扬,幽幽有出世之音,像跨越了十年的时光,让两人回到了从前。

这是《诗经·卫风》的一首小诗,叫作《芄兰》。

秦倦近十年都没有听过这样清丽的小曲,当年觉得好生无趣,如今却是听得痴了。

他静静地回想着诗意:

"芄兰的枝条啊,弯得那么漂亮;那个男孩子啊,腰间佩着角觿。虽然他是这样得意,他却不愿意喜爱我。他的容貌是这样漂亮又神气,衣带长垂,飘得让我心动。芄兰的枝条啊,弯得那么漂亮;那个男孩子啊,把扳指戴在手指上。虽然他是这样得意,他却不愿和我亲昵。他的容貌是这样漂亮又神气,衣带长垂,飘得让我心动。"

她是这样一直跟在他身后的吗?是这样一直等着他的吗?

秦筝唱完了,却见他怔怔地发愣,心下一怔,不禁怒道:"你有没有在听啊?"

秦倦一笑,抬起头来,看着她,也轻轻地唱:

"月出皎兮,佼人僚兮。舒窈纠兮,劳心悄兮。月出皓兮,佼人懰兮。舒忧受兮,劳心慅兮。月出照兮,佼人燎兮。舒夭绍兮,劳心惨兮。"

秦筝怔怔地听着,脸上微微一红:"你捉弄人啦!"

这是《诗经·陈风》的《月出》。秦倦的声音低柔,让歌越发动人的不是他有如何魅人的嗓子,而是他那低低的韵味。那是情人的歌,不是戏子的曲。

月出,月光皎亮,俏丽的人儿多么美貌,缓步蛮腰,让我悄悄为她心力消耗。月出，月光皓洁，俏丽的人儿多么美貌，缓步轻盈，让我为她不安烦躁。月出，月光当头，俏丽的人儿多么美貌，缓步婀娜，让我为她费尽辛劳。

秦倦听出她的别扭，也只是笑笑，缓缓地道："弋言加之，与之宜之。宜言饮酒，与子偕老。琴瑟在御，莫不静好。"

秦筝慢慢地念道："弋言加之，与之宜之。宜言饮酒，与子偕老。琴瑟在御，莫不静好。"

她淡淡地苦笑，这是《女曰鸡鸣》的一句，等到明日日出鸡鸣，这一切，就都只是镜花水月一场空而已。

"倦，你的脸受伤的时候，你在想些什么？"她侧过头问。

秦倦摇了摇头，笑笑："你问这干什么？"

"你不伤心吗？"秦筝惘然地看着他的脸，"你本是……"

她没有说完，秦倦打断她："你在乎吗？"

秦筝想了想，也摇了摇头："我只是惋惜。"

秦倦微微一笑："惋惜什么？"

"本来很美的东西，被毁了，我当然惋惜。"秦筝似笑非笑，玩笑地点着他的脸，"我就不信你会如此大度。秦大楼主都可以成仙了，什么都不在意、什么都不怨？你骗骗别人还可以，拿来骗我，秦大楼主不觉得太高估自己的能耐了吗？"

秦倦扬起眉，本是要生气的，却是笑了："你想知道什么、证明什么？"

"我美不美？"秦筝懒懒地倚在他身旁，懒懒地问。

秦倦失笑，难道她就想证明这个？

"美，你一直都很美。"

"所以假若毁容的是我，我是会很伤心的。上天给了我这样一张脸，我也白得了那么多年，听过那么多赞美，嫉妒的也有、羡慕的也有，一旦有一天什么荣耀都失去了，怎么能不伤心？"秦筝倚在秦倦怀里，舒服地道，声音仍是懒懒的，"说不伤心是骗人的，你为什么总要隐瞒？想笑就笑、想哭就哭，又不是什么大逆不道的事，何必矫情？"

秦倦又是笑笑："我没有骗你。受伤之后，只知道痛，哪里还有精神去想矫情不矫情？因为真的很痛。"

他隐下一句话没说：不知道伤心吗？知道的。在她和秦遥走进来的那一刻，他真真切切地感觉到痛苦与绝望，他已永远配不上她了。所以，能够爱她一天，不仅是她的梦境，也是他的全部……

秦筝累了，在他怀里朦胧欲睡，有一搭没一搭地道："如果有时间，我会想办法医好你的脸，我不喜欢……"她柔柔地换了一口气，眼睛已经闭上了，那气息吹在秦倦耳际，带着她的柔软与芳香，"……不喜欢你……"

秦倦把耳凑向她的唇，只听到她喃喃道："不喜欢你……伤心……"

他眼圈骤然微微有些发热。

他轻轻叹了一声，傻瓜，这世上，也只有她，才会那么在乎他的感受。他伤不伤心，他自己都未曾在乎过。太多年的经历，早让他学会漠视，变得麻木，也只有她，才念兹在兹、全心全意地计较他的感受，他怎能说不为她心痛，怎能说不会动容？只可惜他——不，他和她都不能忽视秦遥的感受。大哥，是自始至终最无辜的人，又怎么能因为这些而伤害了大哥？他没有忘记，他能有今天，是秦遥舍弃尊严、舍弃一切换来的。秦遥爱着筝，他又怎么能不成全？秦遥守护了筝十年，让她可以自由地长大，不至于为了生活奔忙，保住了她的犀利与明艳，而他自己又做过什么？

爱是不能代替所有发生过的一切的，人，无论渴求得多么热切，却不能忽略了旁人曾经为之付出的代价。

一夜就在平淡无声之中过去，原本计划的彻夜长谈，抵不住险死还生的疲惫，他和她都睡着了。也许，在梦中，他们依旧可以灵犀相通，可以继续梦中之梦、影中之影。

该醒的终是要醒的，秦倦睁开眼睛，便看见了晨光。

那晨光原本很美。

淡淡的阳光自疏疏的叶间柔柔地倾泻而下，如发光的流水，又如透明的水晶，但看在秦倦眼中，却着实不怎么令人欢欣。

"清晨帘幕卷轻霜，呵手试梅妆。都缘自有离恨，故画作远山长。思往事，惜流芳，易成伤。拟歌先敛，欲笑还颦，最断人肠。"秦筝背对着他，正自扫去身上已干的泥土，轻轻地低唱。

他不知道要说什么，也不知道能说什么，从来善于言谈、舌辩千军，但此时此刻，他又能说什么？说昨日过得很美好，还是说他永远不会忘记她、永远记得她的情？

他心中千头万绪，张开嘴，说的却是："我们该回去了。"他听见自己说得很平静，仿佛心绪镇定。

"啪"的一声，她折断了身边拇指粗的一根树枝，回过身来，带着一身晨光，向他微微一笑："我们走吧。"

他无言地起身，她体贴地扶住他，撑着他受伤的左足，向山头的峨嵋大殿而去。

秦倦忆起了当年她扶着他在林子里躲避敬王爷的追兵，一样沉默而体贴入微，只是今日的她更多了经历风霜的神姿。

令人怜惜的女子啊！

多少年没经眼的书，如今突然淡淡地涌上心头，似乎有那样的一阕词：

"花信来时，恨无人似花依旧。又成春瘦，折断门前柳。天与多情，不与长相守。纷飞后，泪痕和酒，湿了双罗袖。"

不曾体会过那样的缠绵，便只以为那是词中人的痴绝，如今，又到哪里去埋怨自己的缘起缘灭？

他不曾回头，所以不知道，也没有看见，刚才秦筝所坐的那片地前，几句用手指所画的几不可辨的字迹：

山为证，水为媒，秦筝嫁予秦倦，此生此世，不离不弃，无怨无悔。

第四节 莫蹈前辙

慈眉师太与秦遥当面而坐。

两人之间，是一座棋枰，白子黑子，错落有致。

秦筝、秦倦生死未明，他们竟还有心下棋？真真是奇闻怪事，不可思议。

静念和如音一左一右观棋，但显然，心思都不在棋上。

"秦施主当真想清楚了吗？"慈眉师太双指夹着一枚黑子，"啪"的一声，放在秦遥白子的腹地，微微一笑，"施主神志未定，又失一着。"

秦遥修长而极具书卷气的手指缓缓移开自己原本设好的棋眼，把两个活眼作成三个眼，于棋艺而言，这几乎是自杀的下法，几乎把盘中要地一下就让给了慈眉师太。

慈眉师太微微一怔，诧异地道："秦施主，你这是什么棋谱？老尼平生未见。这其他的地盘，难道施主都不要了？"

秦遥笑了笑，笑得极是惘然，然而却心神宁定："师太棋艺高过晚辈甚多，与其负隅顽抗、尸横遍野，不如相让，亦可少了许多无辜牺牲。"

"秦施主如此下棋，当是有败无胜、非输不可。"慈眉师太摇头，"你这根本不是在下棋，只是在哄我老人家开心。"

秦遥苦笑，微微叹了一声，喃喃道："这不是在下棋，只是在哄人开心——他又何尝不是在哄我开心……"

慈眉师太一手抹乱了棋局，也是微微一叹："秦施主，令弟是一个少有的豪杰之士，聪明才智，江湖上无人能及。"

秦遥摇了摇头。

"他不是，"他并不看慈眉诧异的眼光，自顾自道，"他只是一个多情之人。聪明才智、豪杰英雄，那是被我逼出来的。"他一字一字地道，"他只是太多情，所以无论受多大的苦，他也不忍令我失望。"

慈眉师太一笑："既是如此，施主功不可没。"

秦遥失神地笑了笑，笑中有难得一见的自嘲之色："功不可没？是啊，功不可没！"他在心中冷笑，假若没有他的大功，他们就不会走上今天进退不得的绝路！他救了秦倦的身，却葬送了秦倦的心，那算是什么神圣的牺牲？

慈眉数十年的老江湖，如何看不出这三人之间的重重情孽？她缓缓道："施主也不必太忧心，肖楼主已带人到崖下去寻人，峨嵋此崖并不甚险，听说已经发现他们的行踪，应该无事的。"

秦遥只是笑笑："二弟今生还未真正地笑过一回，老天不会这么轻易让他死的，否则，就太无天理了。"

慈眉师太看了他一眼，笑了笑："老尼说个故事给你们听吧，省得你们胡思乱想。"

静念难得如此乖巧，静静地全无声息，原来是早已睡着。突然听见有故事听，他猛地醒了过来，大叫一声："好啊！"

一声叫出来，只见如音满面通红，着实困窘，瞪了他一眼。

静念才知自己叫得太过夸张，不禁缩了缩头，乖乖地听慈眉师太说古。

只听慈眉师太缓缓地道："大概在四十年前，江湖上有三个非常要好的年轻人，他们本是同门师兄妹，感情从来就很好。等到他们艺成出师，结伴闯荡江湖，很快便在江湖之上闯出了一个很响亮的名字，叫作'云岫三绝'。"

她看了一眼秦遥，意有所指地道："就像你们兄弟和秦姑娘一样，三个年轻人中有两人情若兄弟，另外一人是名女子。三个人青梅竹马，很快，那情若兄弟的两人就发现，他们都爱上了那名女子，也就是他们的师妹。这本是个很古老的故事，他们爱上了同一个女子。"

静念听得直打瞌睡，咕哝道："有没有更新鲜一点的故事？这一个不好听。"

慈眉师太不去理他，只看着秦遥："这兄弟两人平日感情很好，一旦知道对方和自己爱上了同一个女子，他们并没有互起敌意，反而各自打算，要把那女子让给自己的兄弟。"

秦遥知道慈眉师太说古的用意，淡淡一笑："这兄弟两人都爱得不够深，若是真爱一个人，怎么能够让她离开自己？即使是强迫，也希望她能陪在自己身边。"

"不，施主没有明白。"慈眉师太摇头，"深爱一个人，是希望她能够得到幸福。这兄弟两个都误以为那女子爱的是自己的兄弟，因而为了她的幸福，他们都决定牺牲。"

"那结果呢？那女子爱的是哪一个人？"秦遥问。

慈眉师太苦笑："可悲的是，那女子两个人都爱，两个人她都不能割舍。所以，她深觉自己有愧于天地，就决定，谁也不爱，放手让那师兄弟去寻找他们的真爱。"

"那她自己呢？"秦遥又问。

"她——"

慈眉师太还未说出口，静念便打着呵欠，睡眼惺忪地道："她决定出家，做老尼姑。"

慈眉师太不知静念竟如此敏捷，一下拆穿了她的面具，不禁老脸生红，还未喝止，静念又道："结果那兄弟二人所想也和她一模一样，果然是同门师妹，你们的师父真了不起！你们三人不约而同地出家，一个做老尼姑，一个做老道士，一个就是我师父。早告诉他和尚不好当，偏偏要当什么和尚！害得我好好一个翩翩佳公子，被他取了个什么名字叫'静念'！静念、静念，老和尚还得意说有什么禅意，我又不是和尚，却老是顶着一个和尚名,老尼,你说你怎么赔我?"

慈眉师太被他说得一愣一愣的,听到最后才恼羞成怒:"静念!"

静念还在唠唠叨叨:"你不必费心了,大白脸那小美人自己多有打算,哪里像你当年呆呆傻傻,只会做蠢事。不是我要说你,其实呢,本来你和老和尚、老道士都会很幸福的,都是你自己不好,把事情弄得一团糟!随便挑一个都好过你出家当尼姑啦!你是傻得不知道自己爱谁,人家小美人精明得不得了,她明明爱的是那个不要命跳崖的小子,才不会弄成你当年那样的!"

"静念!"慈眉师太涵养再好也不能容忍被他这样指名道姓地胡乱指责,大怒之下,一掌向他劈去。

静念飘身外逃,顺手把自己的美娇娘也拉了出去。

秦遥苦笑:连静念都知道筝爱的是二弟,自己……自己凭了什么去强要这份爱、去占有这份幸福?

十年的守护,是为了给她一个将来、为了她的快乐;他的牺牲,是为了秦倦的将来、为了秦倦的幸福。他其实原本是希望秦倦和她快乐的,为了什么,他却让这一切变得如此悲哀?

他抬目四顾,只见西面墙上挂着一幅佛经,一眼看去,缓缓地念道:"诸菩萨摩诃萨,应如是生清净心,不应住色生心,不应住声香触法生心。应无所住而生其心。"

他一辈子从未看过佛经,不知这是《金刚经》第十品《庄严净土分》之一句,但此时念来,却别有一番滋味。

过了一天,肖飞终于架着摇摇欲坠的秦倦、秦筝两人回到峨嵋大殿。

秦倦自是昏昏欲倒,秦筝也是花容憔悴,骇得众人急急把两人送入厢房,又急急延医诊治。

秦倦醒来,脸上缠着厚厚的纱布,让他看不见是谁在他身边。

肖飞大约是想治好秦倦脸上的旧伤,所以不但医治了他左足的伤,还重新划开他脸上的旧伤重新上药,这让他满面生疼,几乎说不出话。

但他听见有人在他身边,不,他感觉到有人在他身边。

那人并没有说话,却垂手轻轻触碰了一下他没有完全被包扎起来的面颊。

是谁?是筝吗?不不,筝的手指没有这么粗糙——那人的手似是受了许多伤,划在脸上,有粗砾划过的感觉。

是大哥吗?不,大哥也不会有这样的手。

是谁?是谁?说话啊!

来人并没有说话,他似是把什么东西放在他的枕边。那东西猎猎作响,像是一沓纸笺。

是谁?

来人似是离开了,离开之前,轻轻地叹了一声,"吱呀"一声掩上了门。

是大哥吗?秦倦从来没有这样迷惘过。是大哥,他为什么不和自己说话?他不知道自己是醒着的吗?他为什么离开?为什么——他误会了吗?他是不是以为,自己和她昨夜曾经发生过什么?不是的,真的不是的。

他好累,浑身都动不了,神志开始迷离,但心中带着那一点不安,让他睡得非常不安稳。

第五节 美梦成真

等秦倦再一次醒来,脸上的纱布已经减少了很多。他睁开眼睛,就看见慈眉师太、肖飞、秦筝、静念等围成了一圈,或坐或站在自己床前。

那阵势,像是发生了什么大事。

大哥呢?

"出了什么事?"秦倦低低地问,声音出奇幽冷。

众人面面相觑,终于秦筝开了口,那声音却是出奇镇定:"倦,大哥走了。"

"什么意思?"秦倦蹙眉,缓缓地坐了起来,看着秦筝。

"没有什么意思,大哥走了。"秦筝递给他一沓信笺,明眸如水,"我不知道你会怎么想,但你要相信,大哥他……"她吐字如梦,轻轻地道,"是真正……解脱了。他不必再苦了,我希望我们也应知道如何解脱,而不必再自罚自苦。"

秦倦接过那信,正是那天放在他枕边的信笺。

字迹清秀,可见写信人的心情很是平静,笔意也很闲适。信并不长,只有淡淡几句，但由于讲究笔法，却写了三张信笺。

字付吾弟：
　　兄经夜寐思，辗转反复，终知爱人之所爱，非得幸之事；有人之所有，亦非幸事。得一知己可以红颜相映、红袖添香，是人生大幸也；然若颜非为我笑、香非为我出，吾得之如何？岂能笑焉？故兄愿觅兄之红颜、寻兄之红袖，然后与弟白首而共笑之。风夜留字，踏尘而去，兄一世迷惘，今有盛兴，当乘兴而出，与天齐骄。筝铮铮女子，憾之未能与之携手，托付与弟，望珍之惜之、护之爱之，以得凤鸣凰随、琴瑟和谐。

兄遥夜字

秦倦看着这封信笺，一时之间，他不知是喜是悲，或是有太多感慨、太多伤怀、太多惆怅？他怔怔地看着秦筝，眼角眉梢尽是迷惘之意。

众人见状，全都静静退去，只留下秦筝。

"大哥那几天看了好多书，"秦筝知道他一时不能接受，柔声道，"都是佛经，看得他的手指都被书页划伤了许多次。他想得很痛，但结果却很豁达。"

"是我逼走了大哥吗？"秦倦怔怔地问。

秦筝叹气："你若要这样想，那谁也没有办法。"她缓缓摇头，"你若不放过你自己，谁也救不了你。"

秦倦怔怔不语，他很少有这样的迷惘，像找不到出路的孩子。

"他真的解脱了，不是因为要成全我？"秦倦像要求证的孩子，呆呆地看着秦筝。

"他真的解脱了，你可以不信，但至少你要知道，他是希望你快乐的。"秦筝温言道，像在安慰一个不安的小婴儿，"你若不快乐，他就不能真正解脱，不是吗？"

秦倦无言地伸手握住秦筝的手，似是想证明这是真的，他换了一口气，突然紧张起来："你们就让他一个人这样走了？他毫无武功，一个人很是危险……"

秦筝抿着嘴笑，笑得很是开心："你知道静念的师弟是谁吗？"

秦倦皱眉:"怎么突然说到了静念的师弟?"他本来反应机敏,微微一顿,"啊,你们让静念的师弟去保护大哥了吗?"

秦筝笑弯了腰:"静念的师弟,就是你那忠心耿耿的左凤堂。他本以为你死了,自责得不得了,如今肖飞放出消息,说你未死,他当然就回来了。静念骗他说是你叫他去保护大哥,他就老老实实地去了,一点怨言也没有。"

秦倦忍不住好笑。看着秦筝的如花笑靥,他伸手轻轻抚上她的脸,轻轻地问:"那是不是意味着——我,可以爱你了?"

秦筝握住他伸上脸的手,无限温柔地轻轻一笑,艳光四射,明眸流转:"除非你不要我,我就会离开……"

秦倦畅意地轻笑:"你敢!"

"我不敢。"秦筝在他额头轻轻印下一吻,"秦楼主的命令,我怎敢不听?"

秦倦终于笑了,笑得如此不离不弃、无怨无悔!

秦倦的婚礼,江湖为之震动。

江湖名宿、各大门派,纷纷派出人马前来贺喜。

一伙青衣少年在边殿坐着,正自议论纷纷。

"我明明看见,号称江湖第一美男子的秦楼主已经毁容了。"

"是啊,在峨嵋大殿上,我看得很清楚,他确实已经毁容了,可惜了这样的一个人!"

有一个年纪最轻的青衣少年杯子一甩,大声说道:"毁容了又怎样?我这条命就是他救回来的!秦楼主就是秦楼主,就算毁容,也是万众敬仰……"

他还没说完,突然呆了。

一位身着喜服的年轻男子自后殿缓步而出,也许是因为喜庆,他的衣袖上绘了金边,看起来华贵而不失优雅。

最令人惊异的是他的那张脸——秀雅绝伦都不能形容出他绝美容色之万一!他带着微笑,笑起来让人忘记了什么叫作"美丽"。

更令人惊异的是,那男子就向着他走过来,竟然冲着他微笑:"小兄弟,别来可好?"

青衣少年吓得呆了,这就是那满面伤痕、奇丑无比的"道士"?

他看着秦倦微笑,竟然不知道回答了。

"我家公子问你话,你没有听见吗?"有一个出奇动听的声音在他身后怒道。

青衣少年回头,突然看见一张美艳无双、令他终生难忘的俏脸。

那女子瞪眼的样子好漂亮——他的念头就转到这里,因为这时有人前来贺喜,自大门口横冲直撞地进来,正好一下把他撞翻在地,来人兴高采烈地与秦倦来了一个拥抱。

"静念!"两个女子一左一右,生生地把这八爪鱼拉开。

静念当不起两个女子的怒颜,开始逃之夭夭。

秦倦就在一边微笑。

曾经不敢,奢求一份幸福。

如今……

如今。

· 锁檀经 ·

引子

一百七十七年前。

这一日,日月相对,蓝天白云。

"听说你找我?"有人蓝衫布鞋,缓缓走到他面前。

他笑颜剔透:"啊……"

"什么事?"

"没什么,想找你喝酒。"

"尘世中酒,多是害人之物,不饮也罢。"

"真的?那么便不饮吧。"他含笑。

蓝衫人缓缓在他对面坐下,举起他带来的酒壶,缓缓倒了一杯水酒,自饮了一口。

"天气不错。"他斟了一杯酒,呷了一口,"婆罗门花开了。"

"嗯。"

蓝衫人将目光移到头顶盛放的白色花朵上,对面的他正背靠着大树,树干古怪狰狞,没有叶子,满树白花。

"很少看到这花开得这般热闹。"他说,"你不吃?"

"花是不能吃的东西。"

"哦?"

"花和你我,都有命盘。"

"你真的很坚持一些……没有用的东西。"

"规则就是规则。"

"如果有一天我毁了规则，你会怎样？"他含笑。

"喝酒吧。"蓝衫人一口喝完杯中的水酒，"来日的事，来日再说。"

"呵呵……那说一些优雅的事吧——啊，你看，花树上有蚊子。"

"有蚊子……很优雅？"蓝衫人皱眉。

"不是人间的地方也有蚊子，就像不是人间的地方也有邪念……"他继续笑。

"邪念？"蓝衫人微微一顿，"只要心性定，何惧邪念？"

"定心性、绝贪欲、断痴心。"他幽幽地说，"然人性本贪、嗔、痴，苦求定心，岂非违心？"

"你我皆是禅宗无欲无情之神，护众生命格，维五行之道，永生永世，都是如此，何称违心？"蓝衫人淡然道，"无明慧心、澄灵戒、无畏定，岂能为神？"

他只是笑，笑得如水般剔透："啊……说得也是。"

两人静静地面对面坐在一起，喝完了小小一壶酒，又煮起了茶。

茶烟淡淡地升腾，迷蒙了彼此的脸颊，好大一棵花树，树下好多落花。

"喝茶。"蓝衫人在寂静了很久之后说。

"嗯……"

"茶凉了。"

"忘了添火炭啊……"他幽幽地说，"水也凉了。"

"下次喝茶不要又忘了。"

"下次我记着的……"

两个无欲无情的神，在芸芸众生的头顶，在婆罗门花树之下，说着一些关于心性、关于永远、关于遗忘的话题。

两个人。

一棵树。

一树花开。

花开满地。

婆罗门花，花开不祥。

一百七十七年后。

第一节 意恨幽幽

他又在看佛经。

她慢慢地为他沏茶，淡淡的茶香静静地升腾，自水汽里看去，他的脸分外温雅而沉静。

她是他的妻，他们成婚已经三年。

"执！"他接过茶，浅呷了一口，点了点头，"谢谢。"

她笑笑："你慢慢看，我出去了。"

他并没有看她，只是点了点头。

于是她就出去了。

这就是她的生活——为这个男人，她要过的一辈子。

慕容执走了出去。她能说什么呢？她嫁的，是世上最好的人、最好的侠士：他是江湖上脾气最温和的男人，是少女们梦中的如意郎君，他可以当任何人的知己，为任何人解决难题。他学富五车，读书破万卷；他武功高强，世间罕有；他温柔体贴，尔雅清隽；他是江湖后起之秀之中最杰出的一个；他悲天悯人，有救世心肠……但那又如何呢？也许，只有一件事，是他不会的——他，不爱她。

他不会爱他的妻，他不会。

不是他不愿，亦不是他不能——若是不能，她也就死了心——而是他不会！

他对她很好，好得就像对其他所有人一般。他从来没有对她发过脾气，没有对她说过稍微无礼一点的话——没有，什么都没有，他甚至从来没有碰过她的手。三年了，他似乎从来不知道"妻子"这两个字的意义，他不懂得向妻子吐露心事，不懂得……不，他不是不懂，而是，他从来没有想过，什么柔情蜜意、爱恨情仇会发生在他身上，所以他也从来不会感觉到爱——所以，他也就比谁都无情。

这就是她的夫啊！

慕容执淡淡地回忆着。慕容世家一向眼高于顶，会把女儿下嫁，那是非常非常看得起他，只是，他们都不知道，这个让整个江湖为之震动的男人，其实也只是个平常人。他的温和是天性、武功是天分、成就是天生，而他的人，其实也只是个还没有成熟的好男人——只能这么说吧？他是个有点单纯的好男人，却不是一个好丈夫。

他叫柳折眉。这是一个非常清丽的名字，听起来像女子，有很多人觉得这名字根本不适合一个挥剑江湖的青年男子。但慕容执却知道，再没有比这个名字更适合他的了，因为，他是个和这名字一般单纯而无情的男子，如可以折眉的柳，一般的风致飘逸，也一般的容易伤人心魂……

"执，明天，我……"柳折眉从房里缓缓地走了出来，眉眼温柔，似是想向慕容执说什么。

"我知道，你……又要出去了，是不是？"慕容执只是笑笑，她拿起一件新的青衣，抖了抖，轻轻折好，"我会为你收拾行李。这件衣裳是我从店里买回来的，你知道我不会做衣裳。现下天气转凉，你出去也好带在身上，派上什么用处都好。"她还有一层意思，如果受伤，撕了当作包扎伤口的布条也好。

柳折眉点头。他从来不会和妻子争什么，她要如何，他都依她，她自会把什么都安排得妥妥当当的，也许，这就是"良妻"的典范。

"执，我明天去是……"他沉吟了一下，似是想说什么，但终于没说。

慕容执本是等着他说下去的，但和往常一样，他终是没有说出口。

"很危险吗？"她问。

柳折眉微微一怔："你知道？"

慕容执淡淡一笑："因为，你从来不说，如果你觉得没有危险，你是从来不会告诉我的。"

他去哪里，真的从来不曾对她说，她只能在很久很久以后，才隐约地听说他又做了什么惊天动地的大事——或是他和他的朋友，去杀了哪个江洋大盗；或是他又和哪一个高手动手，大胜而归；又或是他又揭穿了哪一个门派的阴谋。

只是，最奇怪的是，她连他的朋友都未曾见过，就像外面传说的那一个他和眼前这个温柔男子并不是同一个人，她好像从不曾真正认识过他，也无法介入他的世界。

"我去帮无益门守住他们本门的'无益三宝'，但金龙朴戾虎视眈眈，他武功之高，恐怕江湖上无人能出其右。我……我此去，不知道还能不能回来……"柳折眉缓缓地道。

慕容执从未听他说过这么长的一段话，显然，明日一战，他并无必胜的把握。她微微叹了口气:"你就不能不去吗?"她心中淡淡苦笑,他一心一意为别人着想,却从不曾替她想过。

"不去?"柳折眉微微皱眉,奇怪地瞧着她,"怎么能不去?你怎么能忍心看无益门惨遭灭门之灾、见他门中弟子家毁人亡?"

慕容执本就没有指望他能说出什么她希望听到的话,但他这话无情至此,也着实令她心寒。她勉强笑了笑,无话可说——还能说什么?她嫁了一个什么样的丈夫?更可笑的是,有很多江湖女子正深深嫉妒着她。当然,这还不是最可笑的,最可笑的是,纵然他如此无情,她仍是爱他的。

她和嫉恨她的那些女人一样,荒唐可笑,却又身不由己。

他走了。

慕容执揽镜自照。

她并不是一个美丽的女子,她的眉太淡,人家说这不是福相;她的眼也并不如何黑白分明,转动起来更没有什么流盼的风情。她只是个很平常的女人,穿一身青衣青裙,和所有居家的妇人一样,绾着发髻,抱着洗衣的盆子,望着远方。

很难想象,三年之前,她还是慕容世家一呼百应的千金小姐。那时候,她穿最好的衣服,戴最好的首饰,过最好的日子。那时候,她并不知道,脱下了那些花粉衣裳后,原来自己竟是这样一个平淡无奇的女人。原来,自己并不美——这个认知是她这三年来唯一的收获。

她也曾是个娇贵的女子,记得刚刚嫁入柳家时,面对着满院萧索、四壁徒然和他那温柔而无情的态度,她也曾经想过离开。但是,也许是因为爱他,也许是因为丢不起那个脸,也许是因为没有勇气,总之,她还是没有走。

三年下来,他改变了她,她变得达观,变得淡然,变得很知命、很随心。她变成一个平淡而无所求的女人,谈不上是好是坏,但总之,不再是当年那个年纪轻轻的闺阁千金了。

三年,好像改变了很多、很多。而这一切,只是三年而已。

看着镜中的自己许久,慕容执放下镜子,轻轻叹了口气。

她的夫,他没有看见她在他书桌上摆放了一盆小黄花,也没有看见她在书房门口贴上了两幅字画。

一幅是:"雄雉于飞,上下其音。展矣君子,实劳我心。"

另一幅是:"自镜中三年,无情不苦,若是有情如何?坐看流水落花,萧萧日暮。"

第一幅写的是《诗经》中的《雄雉》,说的是思君之苦;第二幅却是她自己所写,小戏笔墨,不过自嘲而已。但诗经也好,闺怨也罢,他只看他的佛经、关心他的大事,这小小笔墨,又如何能与他的人命大事相比?他的妻写得一手好字、有满腹诗书,那又如何?她只是他盛情难却之下娶的妻,她只是一个什么事都不懂的千金小姐,她只是慕容世家千娇万宠的一个小女子!她不懂他的大事、不懂他的抱负、不懂他的想法……是不是就因为这样,所以她永远都走不进他的心?

看窗外秋风瑟瑟、千万黄叶随风而起漫天飘飞,她又幽幽叹了口气,轻轻拔下头上的一支银簪,换上一支木簪。

她轻轻站起来,换上一身平日穿的青布衣裙,打好一个包袱。她最后看了镜子一眼,笑了笑,轻轻走出门去。

她真的只是一个居家的女人吗?她今生今世真的就要困在这小小的柳家别院中,洗衣种柳,然后一日一日地等着他回来——直到某一天,他再也回不来?

不是的,她不愿这样。她愿意等,但不愿看见自己这样的结局——有许多事她本来从未想过,但昨日他说了这次他可能会死,于是她想清楚了许多事。

她知道自己今生今世都无法成为侠女,她并非英姿飒爽的女子,亦没有俏丽的容貌、称雄江湖的野心——她只是一个淡然女子,淡得几乎没有颜色。

她爱他,如果他会死,那么她便与他同死,就如此简单而已。

所以,她在他离开的下午离家,踏上和他相同的路。

第二节 满路荆棘

她实在是一个貌不惊人的女子,又是一副少妇打扮,一身的粗布衣裳,一路行来,竟是无惊无险。她甚至可以听见人们对她的议论猜测,以为她是寡妇回娘家,或者是弃妇寻夫。因为单身女子外出,总不是什么好事。

闲言闲语,说说也就过了,她听着,也只是听着,并不生气——换作是自己看见一个女子独身远行又会有何想法，还不是相去不远？人总是好奇的，那又有什么可笑、可气的？他们并没有恶意，只是好奇，好奇罢了。

在一家茶馆稍事休息，她要了一杯苦苦的云香，淡淡地吁了口气，靠在椅子里休息，慢慢地呷着那茶。

她并不知道，她品茶的样子，有着一种独属于她的天生的、淡淡慵懒的神韵，加上那微带轻愁的眉头，在有心人眼中，是一种非常动人的妇人的韵致。

"请问，这位夫人可是前去无益门？"一个很年轻的声音响起。

慕容执缓缓抬头，放下了茶杯。

那是一个生得相当俊秀的白衣男子，约莫二十岁出头的年纪，腰悬长剑，显然是武林中人。

她眨了一下眼睛："为什么我一定是去无益门的？为什么我不能是去别的地方的？"

白衣男子微微一笑："由此前去，除去无益谷无益门，并无其他地方值得夫人前去。夫人似是远途而来，衣裙沾尘，脸上却毫无倦色；手持沸茶，入口即饮，显是身怀武功。既是如此，在下如何还猜不出夫人欲去之处呢？"他本是与慕容执临桌，因而两人攀谈，很是自然。

慕容执心中暗自叹息，她从未行走过江湖，不知江湖中人目光竟然犀利至此。

她笑了笑，缓缓地道："如此说来，阁下岂非是同路之人？"

白衣男子一怔，不禁笑了。好聪慧的女子！她这一句，意指他与她相同——他何尝不是身怀武功？因而依他自己的推论，他何尝不是前去无益门？

"夫人敏锐，在下甘拜下风！"

慕容执本来并不喜欢有人打扰，更不喜欢与人同行，但此时心中一动，她缓缓地问："不知阁下高姓？"她并未入过江湖，但自小在江湖世家长大，江湖口吻却是耳熟能详的。

白衣男子点头一笑："在下千凰楼何风清。"

慕容执从未听过"何风清"这个名字，皱了皱眉："千凰楼……是不是有一位……七公子？"她的语气很不确定，因为她从来不理江湖中事。

何风清惊讶地看着她："是啊。"

他顿了一顿，又问："你不知道我们公子的事？"

慕容执摇头，她哪里关心这些？她只关心……

"你知道柳折眉吗？"她问。这才是她会同他攀谈的原因，她只不过想知道她的丈夫是个什么样的侠士，有着什么样的名声。

何风清奇怪地看着她："你不知道我们公子，却知道柳折眉？"

慕容执皱眉："你们公子……名气很大吗？"

何风清笑了："至少不在柳折眉之下。"

他叹了口气，喃喃道："虽然，他已不是我们的公子了，但在大家心中，他依旧是我们千凰楼的公子。"

慕容执看了他一眼："那么柳折眉呢？"

何风清笑笑："柳折眉……江湖上很少有人直呼其名。"

"你们怎么称呼他？"慕容执从不知道自己的丈夫还有什么其他的称呼，她知道他很好，却不知道他好到什么程度。

"圣心居士，大家称他柳居士而从不直呼其名。"何风清摇了摇头，"柳居士仁心仁德，是百年少见的侠义之士，只不过似乎太……"他又摇了摇头，"我不知道该怎么说，太'佛经'了。"

"太'佛经'了？"慕容执笑笑，这句话说得真好。

何风清笑了："这可不是我说的，这是我们公子说的——柳居士太'佛经'了，并不一定适合这个属于我们这些俗人的俗世。"

慕容执这才真正对"七公子"这个人有了兴趣，淡淡一笑："你们公子好像很了解他？"

何风清扬眉："柳居士是我们公子的好友，只不过我们公子几年前娶了秦姑娘，两人隐世而居，甚少过问世事，因而和江湖旧友的往来也就少了。"

慕容执摇头。她知道的，柳折眉并不会因为朋友隐世而断去友情，而是因为……他太无情了：你若请他帮忙，他赴汤蹈火在所不惜；但若要他挂念你，真正记挂着你这个人，那是奢求，他不会的。阿耨多罗三藐三菩提，他看的是佛经，念的是佛理，求的是佛境，而非人心。若从来没有过这份友情，又何来断去？他心无情、无思、无念、无众生，哪里还会有心来生情？这就是她的苦楚、她的经历，原来，他这样的态度，并不只是对她一个人。

"你们公子曾经……是他的好友?"她不知道,她从来不知道他有过这个朋友。他自己从来不说,她又怎会知道?她会知道江湖中有个"七公子",还是在未嫁之前听家人说起过的。

"其实我并不清楚。"何风清摇头,"公子似乎并不常提起他,只是有一回,我听见公子和柳居士在千凰楼里争吵。"

"争吵?"她错愕了一下:他也会和人争吵?

何风清知道她的诧异:"我也觉得很奇怪。莫说柳居士是什么样的好脾气,就是我们公子,那也是从来不发脾气的笑面人一个。"除了和秦夫人争吵之外。他在心里补了这么一句。"这两个人竟然会吵起来,真是匪夷所思。"

慕容执不知道心里是什么感觉,他原来……也是有脾气的?是她这个妻子做得太差劲,还是他修佛修得太高深?她从未领教过他的脾气。

"我是那之后才听公子说,他与柳居士是朋友,在争论一件事情,彼此都失去了自制,有点过火了。"何风清神秘道,"后来我听秦夫人说,其实那是因为柳夫人的事,我家公子很不赞同,所以才吵了起来。"

慕容执做梦也没想到竟然会说到自己身上,微微敛眉:"柳夫人?"

"柳居士娶了妻室,夫人不知?"何风清奇怪地看着她。

"这与柳夫人何干?"慕容执问。

何风清笑笑,只当她是好奇江湖异事:"我家公子以为,既然柳居士要修佛,就不该再娶妻室。既已无此心,又何必连累一个无辜女子?"

慕容执心头微微一震,是的,她也不是未曾想过。三年来,任是什么她都已想遍了,她也想不明白,他为什么会娶她?为什么?他其实是并不需要妻子的,不是吗?

这是她最想知道的问题,但她却没有问出口。

"结果柳居士却无论如何也不肯说出娶柳夫人的理由,我家公子很生气。"何风清忍不住笑了,"秦夫人说那是因为还没有人可以不听我家公子的话,所以公子才很生气。而那天柳居士似乎也有一点失常,他并不是因为慕容世家的权势而娶柳夫人的,慕容世家虽然权倾一方,但还吓不住'圣心居士'。只是他不肯说出理由,却非娶柳夫人不可,所以我家公子才和他争执起来。"

这是慕容执万万没想到的答案。没有理由？没有理由？她以为，他是因为盛情难却；是因为迟早要娶妻；是因为娶谁都一样；是因为佛经上说，空即是色，色即是空，娶妻即是不娶……任是什么荒谬的理由都好，她都可以平静地接受，但……没有理由？为什么？他为什么娶她？

"哦，对了！这位夫人，"何风清这才想起自己问话的目的，"无益门今日正逢血光之灾，凶险至极，夫人若是并无要事，还请回避。"

慕容执抬起头来，淡淡一笑："多谢了。"

何风清点了点头，他以为她会听从自己的劝告，于是提剑而起："在下告辞，夫人请保重。"

慕容执又是笑笑，看着他离去。

她浅浅呷着杯中的茶，心中的那潭静水却已经被他的话完全搅乱了。为什么？她其实……三年来，已经不再存着任何希望了。她学会淡然，学会平静，因为只有无求才不会受伤害。但是……算了，她不愿再想下去，她知道再想下去心就无法平静，就会有所求，就会哀怨，而她是不愿哀怨的。

她并没有忘记，她是来和他同死的，不求同生，但求同死；他可以不为她而活，而她，却不能不为他而死。她只是不愿哀怨，不愿凄苦而已，其实，并不是什么悲哀的事情。她是一个淡淡的女子，只是淡淡地生，也只求淡淡地死。

她提起包袱，留下喝茶的银两，依旧踏上和他相同的路。

她的性子并不激烈，只是，坚持而已。

她刚刚走入无益谷两三里地，就被一群红衣人围了起来。

"帮派行事，闲人勿进！"一块牌子插在她三步之外，上面画着蛮龙岭的金龙标志。

"快走快走！你当这里是你洗衣煮菜的地方吗？爷儿们要人钱财，过会儿就要人性命，你这婆娘要不是没什么姿色，老子还不肯放过你。快走！老子没这份闲心理你！"一名红衣大汉呼呼喝喝的，指挥着他的手下把慕容执拖出去。

她这辈子还没和人动过手，她是练过武功，只不过既无心苦练，又毫不在乎成就——因为总是有人会保护她的——所以她知道自己的武功并不好。但现在，不动手似乎是不行了，不动手她就进不了无益谷。

怎么办？

红衣大汉见她非但不走，反而站在那里皱着眉，心下怀疑："咦，你还不走？莫不成你是无益谷的奸细？"

慕容执微微一怔。

还未等她想清楚，红衣大汉大喝一声："好啊，你这婆娘果然是奸细！来人，快把她拿下！"

其实以慕容执的容貌，实在不像一个如何奸诈的女子。她平淡得出奇，本来不应该遭到怀疑的，但她的神态太从容了，从容得不像一个平常女子，反而有一种微微出世的愁思与淡然，那显然不是平常的洗衣大婶会有的神韵。

三个红衣人一拥而上，拿手拿脚，准备把她捆绑起来。

慕容执闪了一步，也没见她如何动作，就轻轻巧巧地从人群里闪了出去，连衣带也未动一下。

众人只觉眼前一花，那青衣妇人就已不见，不由得俱是一呆。

慕容执初试慕容世家的"衣上云"身法，竟然成功了，心下大定，不禁淡淡一笑："金龙扑庚的人，竟然如此脓包。"

她不再理会他们，轻轻拂了拂衣角，缓缓走入谷中。

她表现得实在太好，外面一群大汉竟都不敢再追她，只当她是什么武林高人。

其实以她的武功，只能唬人一时，这"衣上云"身法若是由慕容世家老主人慕容烷施展出来，现在人应该早在五十丈开外，且连人影都见不着一点，哪里像她这样只闪出三步，就此结束？真要让高手看见了，只有笑掉大牙的份儿，但拿来哄这些小角色，却已绰绰有余。

闪过了谷口的小混混，她有一点茫然，不知道所谓"无益门"在哪里。四顾周围，谷中秋草瑟瑟，高崖峭壁，冷风吹来，说不尽的寒冷与萧索。

"站住！"一声低斥，"唰"地，一剑向她刺来，"你是什么人？为何擅闯无益谷？"

慕容执腰间一扭，又是用那"衣上云"身法，错步闪过一剑。只见一位黑衣剑士满身血迹，正自挣扎而起，却仍是向她递出了那一剑。

她叹了口气，低下头细细查看他的伤势，然后伸手按住他："不要动，你伤得很重。"

黑衣剑士本来全身绷紧，准备她一过来就一剑斩断她的手，但见到她淡淡的眉目,并非假意关怀,这一剑竟然递不出去,反而任她按住自己。

"你是无益谷的人?为什么会一个人受伤在此?你们的谷主呢?现在情势如何了?"她一面探视着他的伤,一面问。

黑衣剑士看着她恬静的神态,微微带着些轻柔疲倦的样子,心中竟是微微一动。一个如邻家妇人般的女人,一身淡淡的青衣,竟给人一种"家"的温柔与倦意,给那喋血江湖的男儿一种从未有过的安定与平静。她伸出手来,那手并不是如何美丽,却有着一种属于"女人"的动人之处,那不是年轻气盛的小姑娘能有的极度稳重的成熟之美。

"在下上官无益。"黑衣剑士道。

慕容执并没有什么反应,只是看清楚了他身上的伤:"你应该赶快回你们无益门去,若无医药,你这内伤外伤的,拖下去很不妙,会落下病根的。"

"在下就是无益谷谷主上官无益。"上官无益咬牙道。这女人,究竟是聪明还是笨?他好歹也是一门之主,她竟是一副从来没听说过的样子,还是那一脸的平静淡然。

慕容执是真的不知道,她连她的丈夫是如何一个侠士都未必十分清楚,又哪里会在乎区区无益谷主?

听他一说,她才淡淡地"哦"了一声:"你不在谷中主持大局,在这里做什么?"

上官无益几乎没被她气死,咬牙道:"我在这里,当然是因为受了伤,走不动,否则,我在这里干什么?你以为这里很好玩?这里风凉水冷,我躺在这里吹西北风吗?"他本就是草莽中人,性情急躁,在这里耽搁了半日,心情本已极坏,又遇到一个不知东不知西的女人,说话能好听到哪里去?

慕容执早已不会为这种事生气了,听了也不以为忤:"你是从外面赶回来的?受了伤,到了这里走不动了?"

她弄清了是怎么一回事,淡淡地道:"我扶你回去吧,否则在这里很容易受寒的。"

上官无益心中暗骂,不是会受寒,是会被人发现。他可不是聋子,外面一群小角色呼呼喝喝的,他如何听不见?只是跑不掉而已。

"你是什么人?"他很努力地站起来,以剑为杖,颤颤巍巍地瞪着她。

"我是……"慕容执本要说"我是柳折眉的妻子",但话到嘴边,却说成了,"我是……来找柳居士的。"这两句话大有差别,亲疏之别更是相去甚远。

上官无益显然很是奇怪,竟然会有女人来找柳折眉,还是个嫁过人的妇人?难道这江湖上唯一清白的男子也会沾惹桃花?可是这女人横看竖看,都不像是一朵"桃花"的样子,倒像是一朵"牵牛花"。他心中暗笑,但也不得不承认,这女人虽然并不美,但别有一种江湖女子身上罕见的动人韵味,那就是女人味。

她是一个很女人的女人。这就是上官无益对慕容执的评价。

柳折眉正在无益门等着上官无益回来。

上官无益去江南处理无益门与地虎帮的一件纠葛,本已飞鸽传书,说是今日可以赶回,但如今已是日落西山,却还是人影不见。

柳折眉是如何想的没有人能看得出来,他依旧是一脸怡然出尘的平静。其他人可就不同了,一个个急得像热锅上的蚂蚁。连何风清也感到忐忑不安,心中揣测着,上官无益定是出事了。

蛮龙岭已经放出话,日落月起,立时进攻,若不把"无益三宝"双手奉上,那就等着血流成河。

形势已然岌岌可危,主事之人却还踪影不见。

慕容执扶着上官无益,在谷中走不到三五十丈就要休息一会儿。上官无益实在伤得重,而她也无意强迫于他,所以一个是怕痛怕死,一个却是淡淡地全然不计较,两个人走了半日,还未走到路程的一半。

"什么人伤了你?"慕容执问。

"还有什么人?还不是蛮龙岭的小子!他们不想让我上官无益回无益谷,所以半路伏击……"上官无益恨恨地道,咳了几声,"幸好我命大,还拖着命回来……"

慕容执微微一顿,说:"你若是走不动,我可以先去无益门,找人来救你。"

上官无益连忙道:"不用,不用,我还走得动。"他一千个不愿她离开。一路之上,他深深眷恋上了她那种淡淡的体贴与轻柔——经惯江湖风险的男子很少有人可以抗拒这种"家"的安静与安详,就像一只习惯扑火的蛾子,突然看见了无言的月光,那种静谧的、如禅般温柔啊!

虽然她并不美,但她不知道,她其实让大多数的女子显得青涩,让大多数男子向往她的沧桑,她是一个因为平常而显得罕有的女人。

"堂堂无益谷主,竟要一个妇人相扶,在自家门前,竟没有一个门徒来关心探视——上官无益啊上官无益,你这谷主当得未免也太脓包了!"有人凉凉冷冷地道,语气极尽讥讽挖苦之能事。

上官无益闻言大怒:"范貉,你这乘人之危的无赖小人!半路伏击,下毒群战这种卑鄙伎俩都使得出来,有本事等本谷主养好了伤,咱们单打独斗!"

"啧啧啧,好大的口气!可惜啊可惜,等你养好伤?"来人悠悠然坐在前边不远的一块大石之上,"本少爷可没这个耐心!等你下了地狱,到阎罗王那里诉苦去!或者你有耐心,等我八十年,我们黄泉之下再较量较量。"范貉是个三十岁左右的男子,手里拿着一柄折扇,摇啊摇的,故作潇洒。

慕容执看了他一眼,轻轻扬了扬眉:"他不会死,你让开。"

范貉呆了一呆,怀疑地看着这青衣妇人。只见她眉目端正,并无出奇之处,看来看去着实看不出她是何方高人。

"我让开?你以为我范貉是什么人,你又是什么人?"

慕容执淡淡地道:"让开!"她根本不理范貉是蛮龙岭第二高手,其实她也完全不知道范貉是什么东西,她只不过是个淡然的女人,做的也只是淡然的事。

范貉反而被她唬住了,眼见着她扶着上官无益从身边走过,过了好半天,他才醒悟过来:"喂!你这婆娘,回来!留下上官无益的命来!""唰"的一声,他折扇一挥,直袭慕容执的后颈。

颈后"大椎穴"若是被他这一记击中,那定是非死即伤。慕容执知道自己武功不高,当下提一口气,又是用那"衣上云"身法,拖着上官无益向前扑出。

但她实在不擅动武之道,依她的武功造诣,一个人也只能闪出三步远,何况带着上官无益这样一个大男人?结果是范貉一扇拍来,劲风直袭两个人的后心,虽然颈后是闪过了,但结果却更糟!

上官无益双目大睁,不能置信——她竟然用这么差劲的方法来对付眼前这个强敌?

范貉一扇之势未尽,嘴角已现微笑,心中暗道:这女人,不过是三脚猫的功夫……

但他们都在片刻之后大吃了一惊!

只见慕容执突然放开了上官无益,一把将他从身边推了出去。她出力极大,上官无益整个人几乎是被她抛出去的,然后她就带一脸淡淡的表情,回身,一下就迎上了范貉的折扇。

范貉出其不意,这一扇的劲道使得不足,慕容执以左肩去撞他的折扇,"噗"的一声,折扇入肉三分,鲜血直流;而慕容执脸色未变,她迎过来,范貉一扇击中了她,两人间的距离已经很近了,范貉的兵刃此时正插在她身上,自不免微微一顿,此时,慕容执毫不容情,右手疾出,一支木簪紧握在手中,尖利的簪脚有三寸来长,直直刺入范貉的小腹。

范貉大叫一声,一脚把她踢出三丈之遥,无比恐惧地看着自己重伤的腹部,双手颤抖着,不知道该不该把木簪拔出来。

他怨毒地看着慕容执,声音凄厉:"臭婆娘!今天你让本少爷活了下来,就不要后悔,下一回本少爷定要把你挫骨扬灰,丢下蛮龙岭去喂狗!"他一生对敌很少受伤,如今竟伤在一个武功比他差了不知多少的妇人手上,叫他如何甘心?

慕容执充耳不闻,也不在乎肩上的伤口处血如泉涌,拉起上官无益就跑。

范貉重伤之下,根本无力追人,只能发出烟花信号求援。

"夫人之智勇,不下于江湖豪杰!"上官无益震惊于慕容执的镇静与利落,实在很想赞叹一番,只可惜他重伤之下气息不匀,说不了长话。

慕容执只是淡淡一笑:"谷主是否应该通知本门中人前来救援?"她从来没有和人动过手,自然也就没有受过伤,但不知为何,心中一股淡然的情绪,让她完全不在意身上的伤痛——因为,她是来求死的啊,不是吗?她不能与柳折眉同生,只求与他同死。

上官无益摇摇头:"我把本门的传信烟花弄丢了,没办法,只能走回去,否则我也不会躺在外面的野地里动弹不得。范貉既然已经进来了，那蛮龙岭其他高手应该也已潜入了谷中，我们即使发出信号，也是自找麻烦。"

慕容执也不在乎他弄丢了本门信物是怎样荒唐的行为，听他说要走回去，那就走回去好了，她不在意的。

于是两人并未商议，依旧默默前行。

"前面那青松之后、大石之旁，有一个石门，你推开它，往左转，就可以看见无益门的几间破房子……"上官无益这几句话说得龇牙咧嘴，痛苦至极。家门在望，支撑着他的一口气登时松了，他就有些支持不住了。

与柳折眉对她一样，上官无益想得到慕容执的一句关心简直难若登天，她虽然知道他伤重，却不会出言安慰，只是一径默然无言。

"开门的时候，要说是本谷主回来了，这是……切口……"上官无益昏昏沉沉地说完这几句，便已神志不清。

慕容执依言而行。

门开了。

当门而立的是柳折眉，他望着她，显然无比诧异，几乎不敢相信自己的眼睛。

她淡淡地苦笑：他当然会惊讶，他那个素来不出门的妻子，突然出现在远离家门的地方，出现在他的眼前，出现在完全不可能出现的地方，他如何能不惊讶？

"执？"柳折眉皱眉问，"你为什么……"

"先救人好吗？"慕容执只是笑笑，她不想解释什么，她只是想这么看着他，想见他，即使让他惊讶，她也顾不得了。

柳折眉看了她一眼，说不出是什么神情，终于转身把上官无益抱了进去。

她的永远"以大局为重"的夫啊！

慕容执轻轻地笑了笑，他还是没有再多追问一句为什么她会来这里？如果他肯再多追问一句，她定会告诉他的，只是，他却没有再多追问一句。

原来，距离无益门真正的处所还有一段曲径要走。柳折眉之所以会当门而立，是因为他正要出去找寻上官无益的下落。

"执，你怎么会遇到上官谷主的？"柳折眉的眉目依旧无限温和，一双眼睛平静得一点波澜也不起,那声音,也安详得像九重天外的佛音,他却已不再问她为什么来。

慕容执轻轻一笑:"没什么,我进来,他受了伤。"她却不说遇上过强敌,简简单单几个字,就算已经交代完了。

"家里……不好吗?"柳折眉带着她往里走,问着,像是千古不变的恒常;每当他出去回来,总会这么问,好像……很温柔……

"好。"她与他并肩往里走着,目光并没有交集,各自看着自己的前方。

他不说话了,好似不知道还有什么话是可以说的。

走了一阵,慕容执抬起头:"你……是不是很忙?"

柳折眉终于回过头来看她:"嗯。蛮龙岭日落之后就要攻谷,我担心会伤亡惨重。"

"我想,我来,会误了你的事。"慕容执轻轻拂了拂鬓边散落的发丝,"你有正事要操心,而我……我什么都不懂,帮不上忙。如果跟你一起进去,你岂不是还要花很多精神解释我是谁、为何来,还要分心照顾我?而且,也会影响你们的军心,他们……他们想必会很好奇……"她摇了摇头,"我不希望你烦心。"

说了这么多,她的重点只是最后一句——她知道他不喜欢被人评头论足,他喜欢安静,而她一来,却一定会招来好事之徒的议论,会扰了他的清净——她不愿他不悦,如此而已。

因为不愿他皱眉,所以她可以委屈自己到这种程度,而且,她竟然甘愿。即使他并没有要求,但是他心中一丝一毫的微微波动,她都能看得清清楚楚。

她不愿他烦心,希望他可以保持他的清静与安宁。

曾几何时,她的爱,已经卑微到了失去自我的地步,已经可以为了成全他的一切,而委屈自己的一切——即使,只是宣布她的身份是他妻子而已。她不敢有所期待,却愿意付出——不是愿意这般伟大地牺牲,而是情到深处,无可奈何。她忠于自己的心,心告诉她,愿意如此爱他。因为,只有如此地爱他,他才不会上了天,成了非人间的神佛。

他停了下来,似是有些错愕,突然微微一怔:"执,你受了伤?"

他直到现在才看见她身上有伤?慕容执又是笑笑:"一点轻伤,不要紧的。"

怎么说呢？看见他罕有的关心，她的心还是微微地暖了。

柳折眉慢慢伸出了手，微微拉开她肩上破碎的衣裳。那伤口很深，血流未止；她脸上虽然带笑，脸色却是苍白的——她本是个平常女子，本有着平常的健康脸色，本不会和任何人动手打架。以他的经验，自然看得出那是打斗之伤，他甚至能看得出那是蛮龙岭范貉的折扇伤的。

为什么？为了……他？

慕容执转过了头，躲开了他的目光。

"你伤得不轻。"

他的声音听起来不太像平常的语气，只是她却分辨不出来是哪里不同。她只听他说："你不进去，那……你还可以去哪里？"

她呆了一呆，他……是在关心她吗？为什么她依旧听不出关心的意味？

"我……可以……"她可以去哪里？话说到这里，她才知道自己真的无处可去，除了跟着他，她无处可去。

"不要胡思乱想了。"他的声音很稳定，"你受了伤。"他说着，她这才知道，已经到了无益门的门前。

他推开门，让所有人都看见了她。

他这是为了什么？因为她的伤？

她只能看见他的背影，却看不见他的心。

第三节 无心之苦

他……

他并不是傻子……

她是一个难得的妻子，一个淡然女子，一个为了他做了很多很多，却甘愿当作什么也没有做过的女子。

她或许并不美，可是她却有很淡然、很持久的……爱。

她并不尖锐，也不如何出色，更不是江湖之上许多侠女一般的巾帼英雄，可她是不同的，她安静得没有声音。

他……如果可以……如果可以爱她，他就不必如此辛苦。

如果可以爱她……

只是……

他不可以。

他不可以爱,不可以恨,不可以怨,不可以苦……

"师弟,记住,不可以爱任何一个人,不可以去爱任何一个人!"师姐临死前惨淡的容颜犹似在眼前,她抓着他的手,声嘶力竭,"苍天啊!苍天啊!你为什么这样对我?师弟,师父骗了我,也骗了你!他教我们的离相六脉功,那是遭天地诅咒的魔功啊!离相离色、无爱无怨,一旦爱起怨生,功毁人亡——就像师姐现在的下场……现在的下场!师弟,记住,不要爱任何一个人……不要爱!"师姐的眼睛,哀怨得像揽尽了天地间所有的怨毒,"不要爱,也不要恨,不要啊!师弟,你记着,无论如何,要守住自己的心,不可以……为任何人、任何事动心……爱也好,恨也好,那都是……会毁了你的东西……"

师姐去了,去得无限怨毒、无限不甘愿、无限爱恨缠绵——她只不过是爱上了一个男人,却落得那样的下场,一身几乎已是天下无敌的武功,却成了要她性命的魔头。

他葬了她,师父已经不在了,所有的苦楚与怨毒,只能到黄泉之下去追讨、计较了——他们都死了,只留下他。

留下他,带着一身不可解脱的武功、一颗不能悸动的心,在这个爱恨交织的世界,在……她的无限缠绵的淡然的爱中。

他该如何是好?如何解脱?

"我于往昔节节肢解时,若有我相,人相,众生相,寿者相,应生嗔恨。须菩提,又念过去,于五百世作忍辱仙人,于尔所世,无我相,无人相,无众生相,无寿者相。是故,须菩提,菩提应离一切相,发阿耨多罗三藐三菩提心,不应住色生心,不应住声香味触法生心,应生无所住心。"他在心中默念。这是他武功的精要所在,也是《金刚经》之《离相寂灭分》之一段,他常常以它来稳定自己的心神。

"须菩提,若菩萨心住于法而行布施,如人入暗,即无所见。若菩萨心不住法而行布施,如人有目,日光明照,见种种色。须菩提,当来之世,若有善男子、善女子,能于此经受持,读诵,即为如来。以佛智慧,悉知是人,悉见是人,皆得成就无量无边功德。"他日日夜夜,让自己诚心一意于佛法;日日夜夜,求己心之平静无波,但他却清清楚楚地知道,他终是一个虚假的信徒——他的起点,不是为了离相与功德,而是为了……逃避而已。

她挂在书房的那两幅字画，他当然看在眼里。她当然有所幽怨，只是，他有时会惊讶，她是一个如此平淡的女人，却是从哪里生出这么柔韧的情意，竟然可以容忍他的无情如此长久，可以如此温柔与体贴，可以无怨无悔？他有什么好？

秦倦问他为什么要娶她，他不知道，真的不知道！他当然比谁都清楚他根本不适合娶妻，只是那一日，在慕容世家看见了她……

她实在不是一个能引人注目的女子，他看见她的时候，她正守着窗户，看着很远很远的地方，像在等着什么。她等得那么专注、那么虔诚，也……那么毫无焦躁的平静。

他后来当然知道她是在等他——因为慕容世家那一日是专程邀他入府，近乎是"逼婚"地要把慕容执嫁给他。他没有坚拒，不知道为了什么，也许，只是因为她等待的神态——他突然非常希望，在自己回家的时候，也会有这样的一个人，守着窗户，在全心全意地等着自己回来——这样的有人等待的感觉，是不是能让自己更多地感觉到，自己是活在这个世上的？

他娶了她，看着她由一个微微娇艳稚气的少女，渐渐变得安静，变得淡然，变得达观知命，他说不上是悲是喜。他不敢爱护她，因为爱护或者怜惜，都太容易转变成不易控制的情感；他也不敢关心她，因为他的关心，着实不能出自于真心实意的体贴；他无法给她自己的心。直至日后发觉了她淡淡的苦涩，他才惊觉自己竟是如此自私——他为了一个虚无的"等待"，葬送了这个女子的一世。

难道就因为她善于等待，所以便要她等待一世？这是多么残酷的事，为何自己竟能做得如此理所当然？难道，她这一生便是用来等待自己永远不可能给她的……爱的？自己怎能如此自私？可是，如今又能如何？自己已经娶了她，她的快乐、她的幸福，都已经寄托在了自己身上，而自己却是注定要辜负她的。

这就是柳折眉永世无法赎清的罪孽，他不能爱她，却苦心孤诣地，要她爱他。

他会下十八层地狱的，他知道。

柳折眉本以为他是不会让任何人、任何事干扰了心神的，虽则他不愿承认，但是他的确错了。

她竟从家里追了出来，追到这即将遭受烧杀掳掠的地方。她一生出过几次家门？她一个人又是怎么跑了那么远的路的？

她还受了伤？老天，你何其残忍，让这样一个女子不仅流泪，而且流血！她一生和人动过几次手？她怎么可以什么都不说，还假装什么都没有发生的样子？她如此辛苦地寻来，是为了什么？只为了见自己一面，还是已不愿等待？

他不敢问，他怕她要离他而去，怕回家再也看不见那双等待的眼睛，那个已等了很久的……妻。

眼圈有点热，他不敢看她，不敢听她说话，生怕听见她已决定了要离开。可她还是说了，她要走，要离开他，她连是他的妻都不愿承认。

是自己狡猾，欺骗她走到门口，让她无法说出她要去哪里，然后推开了门——是彻彻底底的自私，他不着痕迹地利用一切手段，把她留在身边。

这样的情绪，是在乎吗？

是他的心开始脱离了无心无情的境界，是他开始堕落了？

或者，其实他从来就不曾无情过，只是他太善于自欺欺人，把自己骗得很好，骗得完美无缺、滴水不漏？

柳折眉推开无益门的大门，堂内众人的目光一起凝注在他手中的上官无益身上。

何风清变色道："上官谷主怎么了？出了什么事？"

柳折眉还未回答，何风清惊见柳折眉的脸色，又骇然道："柳居士，你受伤了吗？脸色怎么这么……"

他"苍白"两字还没有说出口，柳折眉却平静地道："上官谷主在谷外受了伤，还请谷中的大夫出来仔细诊治一番。如今大敌当前，上官谷主既然已不能主持局面，我们就更加要知晓自己的责任重大，要尽力保得上官谷主周全。'无益三宝'干系重大，柳某会尽力而为，不会让朴戾拿去的。"

一番大道理说出来，何风清倒也忘了自己刚才要说什么了，神色一凛，恨恨之意溢于言表："朴戾这老鬼，三年前就招兵买马，差一点灭了千凰楼满门，若不是我家公子才智过人，蛮龙岭早已称霸江湖了。不料三年之后，他竟然又找上了无益门！真不知朴戾要多少人命、多少血才肯罢休！"他当然不会忘记，当年朴戾一行直闯千凰楼大殿，危及千余人命，秦倦逼于无奈，以身相抵才换得众人周全。后来虽然秦倦连番设计，让朴庡谋划成空，但秦倦也几乎送了一条命。何风清身为六院之一，叫他如何不恨？

其他人却好奇地看着慕容执，并未听清二人的谈话。

慕容执也正淡淡地看着堂内众人，未听清柳折眉说了什么。

柳折眉轻轻吁了口气，暗自调匀丹田内逆转的真气。片刻之后，微微迟滞的真气转为通畅，他的脸色登时就好了很多。师姐没有骗他——不能爱、不能恨、不能在乎、不能激动、不能紧张……否则真气逆转，自攻心脉，经络寸断而死——他是看着师姐去的，为何不知警醒？只是，他温柔地叹息，爱与不爱，又岂是他自己可以决定的？

看着她——他是真的不能爱她。爱她，若他死去，她岂非又多了十二分的哀伤与幽怨？他宁可不爱，至少，他会活着，而她，也可以不必承受更重的痛。

只是，不爱，是比爱来得更痛苦和绝望的，尤其是对不能动情的他。这是他的苦衷、他的死结，无法可解，除非绳断结碎……

慕容执看着柳折眉，他的神色淡淡的，看不出有什么想法，只是微微皱起了眉头，好似她的到来还是给他带来了很大的麻烦。只听他温和地向众人介绍："她是我的夫人。"

众人惊异不已的目光登时转移到她身上，何风清尤其惊疑不定——她是柳夫人？可是，为什么她在茶馆之中竟然向他打听自己丈夫的事情？为什么她不说她是谁？为什么她不说自己是来寻夫的，而只问"柳居士"？他们夫妻之间……

"柳夫人受了伤，还请赶快坐下。大夫！大夫呢？快请焦大夫来为柳夫人治伤！"无益门的二把手甘邯沉声道。

登时有手下搬了凳子来让慕容执坐下。

她在心中轻叹。为什么？她终是要人保护的吗？终是要人尽心尽力地看护着的，因为她是慕容家的小姐、是柳折眉的妻子，而始终不是因为她是她自己？她淡淡地微笑，算了吧，这些都是小事，为了他，只为了希望他顺心如意，她早就不是她自己了。她可以是路边一片淡淡的树叶，可以是一卷清净的佛经——如果他可以觉得幸福。这样的爱，太懦弱、太傻太虚无，但不知道为什么，她就是甘愿。

这样的爱是不被祝福的,她知道,只是身不由己——看着他、想着他,她竟也可以觉得幸福。有时候,她知道自己像个玩泥娃娃的孩子,自欺欺人,却也好像拥有了幸福似的……

她为什么笑得那么苦涩?他本可以不去看她的,三年来,他早已习惯了把她排斥在自己的世界之外,用"不关心"来保护自己的心。但现在他却不自觉地去看她的眼,不自觉地想知道她在想什么。她是他的妻啊——他从来没有过现在这种感觉,从来没有如此清楚地知道她是他的妻。可是现在她的一举一动、一笑一颦,他却都瞧得清清楚楚,他甚至想知道,为什么她可以为一个如此无情的男人如此地付出,还心甘情愿、无怨无悔?

焦大夫过来了,他刚刚收拾好上官无益的伤,又急急过来看慕容执的。焦大夫满头大汗,下手重了一点,慕容执忍不住微微蹙眉。

见此,柳折眉心里为之一跳,竟有着微微的惶恐与不安。他的心已经乱了,在这大战之前,他竟然罔顾无益门满门的安危,而为一个女子乱了心神。

他知道,这会影响到片刻之后的大战,会带来严重的后果,他的武功会因为他的心思纷乱而受到影响,然后严重影响到战局、影响到胜负的关键,但……那女子并非别人,而是他的妻啊……

他终究只是一个人,而并非神,终究是会因为人的知觉而无法继续待在他非人间的神殿里的,终究,要开始经历苦难。

他知道的,只是无法选择,无论结果有多苦,他都必须承受——这一刻,他已从柳居士,沦落成了柳折眉。

他,其实只是柳折眉,而已!

"柳居士,蛮龙岭的人开始点火把了,他们已经开始向谷中攻进来了。"甘邯接到了消息,纵是他久历江湖,也不禁为之色变。蛮龙岭金龙朴戾之威尽人皆知、世上罕有,更不必说还要加上他的多少手下,单是朴戾一人,无益谷就得吃不了兜着走。

虽说柳折眉会全力相助,千凰楼也派了何风清前来,但柳折眉终究只是一人之力,而千凰楼也终究并非江湖帮派,即使相助,那也只是数人之力。这胜负的关键,在于他们几人能不能拦住朴戾,如果朴戾被拦,无益谷此战就有胜机。甘邯在心中默默估计着形势,心头沉重。

柳折眉点了点头,他没说什么,却站着不走。甘邯一怔,突然醒悟:

"来人啊！把柳夫人请入后堂，无论蛮龙岭的攻势如何难挡，都要护得柳夫人周全！"

柳折眉没有回身，他向外走去，走到门口时，微微一顿："甘兄，多谢了。"

甘邯先是点头，而后摇头。他也在叹息：这男子为朋友两肋插刀、出生入死，却依旧放不下心中的妻。是谁说他佛性深重、胸怀乾坤的？其实他也只不过是一介平常男子，在出征的时候，依旧牵挂着他的妻，牵挂着她的安危。

这看起来像一笔交易——柳折眉助他杀敌，他帮柳折眉护妻，可其实，这何尝不是人世间最值得珍视的两种感情——朋友之义和夫妻之情呢？没有人是被迫的，每个人都是心甘情愿的，为朋友去流血、去拼命。

三年不见，朴戾依旧是那副温文尔雅的样子：依旧一身金袍，依旧有一双嗜血的眸子。他并不见老，反而变得年轻了一些，显然是功力更深、愈加精进了。

柳折眉一身青衣，他穿的正是慕容执为他买的那件衣裳。

朴戾正在派遣他的兵马，指点着他们如何从四面八方把无益谷吃得一根骨头也不剩。柳折眉就这样看着他，一双眼睛平静得一点波澜也不起，仿佛正在看着一场闹剧。

朴戾慢慢地转过身看向他："你就是那个什么柳折眉吗？"朴戾连圣心居士都不屑称呼一句，而是直呼"柳折眉"，骄狂之色依旧丝毫未减。

柳折眉点头。他也从未见过这位大名鼎鼎的江湖劫掠之徒，但从朴戾敢打劫千凰楼，就能看出他不仅是猖狂而已，他确实有着惊人的实力与极度的自负。

"你知不知道，江湖之上，还没有人敢这样看我？即使七公子也不敢。"朴戾姿态优雅地道。

柳折眉笑了笑："七公子是七公子，柳折眉是柳折眉。"

朴戾古怪地看着他："小子，你不是我的对手。"

柳折眉点了点头，游目四顾，自不远处的柳树上折下一段柳枝，随意地摆出一个架势："我知道。"他摆出的，却是攻击的架势。

朴戾对他越来越感兴趣，上下打量着他："你不用兵器？"

敌强我弱，拿着这样一枝杨柳是会吃亏的，尤其对着朴戾这样的强敌，稍有不慎，就意味着死！

柳折眉又点了点头，像是不以为意："不用。"

"好，好气魄！"朴戾赞赏之心大起，一声长笑，一掌劈了过去。这一掌没有什么招式，但劲风却笼罩了柳折眉身周五尺。

柳折眉并未变色，柳枝一划，径直点向朴戾掌心。他堪堪点出，一股真力便划破朴戾的掌风，如利刃破纸，直袭朴戾。

"好！"朴戾翻掌去拿柳折眉手中的柳枝，他这一招抢夺之式虽是精微巧妙，号称"画眉手"，却本不是朴戾本门的武功，而是青城派的一招擒拿手，在江湖上大为有名。朴戾此时施用，却是暗含讥笑之意——柳折眉名叫"折眉"，他就来"画眉"。这已不仅仅是玩笑了，而是一种含有调侃之意的极大侮辱。

柳折眉并未动气，柳枝一晃，敲向朴戾脉门。朴戾侧手，再夺。柳折眉柳枝弹起，突地刺向朴戾胸口。

朴戾面上微现惊讶之色，两个人一瞬间便拆了十来招，他竟夺不下柳折眉手中的柳枝！这个年轻人着实有着少见的实力，倒是非同一般。

朴戾纵横江湖，从来都是一招伤敌，能够和他拆上数十招不败的已是一流高手，但柳折眉仅凭一段柳枝，却不声不响地接了他十数招！这是自左凤堂以来，第二个可以真正与他交手的人！他若手下容情，金龙的名声和脸面就要丢到九霄云外去了。朴戾脸上犹带笑意，心中却已动杀机。

柳折眉不看朴戾的脸，只看他的一双手掌，这一双手掌稍微碰触到，就会致人重伤丧命。朴戾的武功，高在其内力有极其独到之处，而非招式。以他的功力，任何招式在他手上施展出来都会有石破天惊的威力。柳折眉全神贯注地看朴戾的一双手，心头一片空明，离相六脉功也就用得越发得心应手。

朴戾不想和柳折眉纠缠，惜才之心一闪而过，妒才之念便起。他脸上神色丝毫不现，却劈头一掌压下，旋身再起。数十掌带起一阵呼啸，漫天落叶败草纷飞，卷成一个旋涡，直推向柳折眉。这是朴戾罕用的一记掌法"斩风式"，自朴戾成名以来就几乎从未施展过。

柳折眉心头微微一震，这一招不同于刚才的游戏之招，他自然清楚。

以他的功力，还不足以接下这一招，所以柳折眉向右避开。这右跃一步的身姿宁和，颇似菩提踏云之态。

"好轻功！"

朴庚一招失手，依旧赞叹一声。柳折眉竟能避开他这一招的旋转之力，着实了不起，了不起！他脸上带笑，语气温和地道："柳折眉，老夫如果再让你过了三招，蛮龙岭就不要在江湖上混了！"

柳折眉看了朴庚一眼，依旧不声不响，朴庚也不得不佩服他冷静的功力。秦倦本也是一般的处事冷静，可惜却失之犀利，容易让人起防备之心；柳折眉这种闷声不响的沉默，却更近于轻敌之计。孰优孰劣很是难说，但两人性格之不同却已是十分明显。

正在这时，"砰"的一声大响，无益谷的那几间房屋被蛮龙岭强力攻破，坍塌了一半，而另一半已然着火。

朴庚面露微笑，悠然挥出他的最后一掌。

而柳折眉脸上却微微现出了苍白之色。

最后一掌——决生死定存亡的一掌，柳折眉却分心于无益谷的兄弟，分心于屋中人的伤亡，分心于……她。

他一双乌眸依旧看着朴庚，但是他自己知道，他的真气，已经开始逆转……

这叫他如何接得下来？

第四节 生死之际

慕容执从来就没有想过要留在无益门的内堂里受人保护。她知道形势危急，但对于她来说，重要的只是与柳折眉同死而已，她自然是不会待在内堂里的。

她的武功虽然不高，轻功却不弱，要逃过无益门一干弟子的耳目自是十分容易。柳折眉出了门，她就跟着他也出来了。只是战场上人马纷至沓来，柳折眉并未注意到她。

她看见了柳折眉和朴庚的打斗，只是她远远站着，因而两人并没有发现她正在远远地看着。

她第一次看见了自己丈夫的风采，看见了丈夫在家中从未表现过的所谓的"侠义之风"和所谓的"道义之争"。虽然只有短短一瞬，却让她突然发觉,自己以往坚持的世界有多么渺小——她本以为这样的打斗毫无意义,虽然她顺着他,任他日日在江湖上闯荡,去行侠仗义,但在她心中,何尝没有想过,就是这个所谓的"江湖"夺走了她的夫。如果没有这些"行侠仗义"的事,是不是他也会试着看看她、爱她?她真的从来没有花丝毫心思去思考为什么他会如此执着,为那些在她看来很傻很傻的事而流血流汗?

然后她看见了。为什么?为什么?她看见满谷之中,处处在溅血、在呼喊,又何止柳折眉一个人在为着所谓的"正义"而战?不是的!她突然觉得自己从前的想法很幼稚——她为自己的夫打算,为他觉得不值,但其实,在这里,有哪一个男人不会是别人的夫、有哪一个女子不会是别人的妻?又有哪一条人命是天生应该失去的?

不是的!这不是"痴傻",不是用所谓的"侠"便能解释清楚的一种情操,而是一种让人肃然起敬的、为所有人坚持着的信念,为对生命的尊重而努力、而牺牲的一种感动。

她看见无益门有许多人倒了下去,她不知道所谓的"无益三宝"是什么东西,但很显然,有许多人在为了它拼命,有许多人在抢夺。维护的一方情形极为惨厉,明显处于劣势;抢掠的一方却依赖火药,强攻硬炸,非但滥伤无辜,而且显然对杀人习以为常,一刀一剑,一旦挥出了便让人已然无救却又一时不死,要受尽痛苦才死。无益门的人伤亡过半,但一人死去必会有另一人顶上,情状之英烈,着实动人心魄。

这就是他所坚持的铮铮男儿的世界?

这就是所谓的铁血江湖、刀头舔血的世界?

这和她在慕容世家的闺房里所想象的似乎不是一回事。这个江湖,多了一种令人动容的气魄,那正是有人会为了在她看来毫无意义的事情而流血牺牲的原因!因为重要的并不是这些事情本身,而是这些事情背后所代表的那种追求——对正义的追求,对信仰的追求,对人能坦然地活在这世上的理念的追求!

只有站在这里,才会真真切切感受到之所以人命如此可贵,正因为它为所追求的只能付出一次!而这一次,便成了刻入天地的绝响!

她突然觉得很骄傲——她的夫,绝不是一个施舍慈悲的滥好人,而是有着他不可动摇的信仰的大好男儿,他其实并不无情!

她看着远处起伏交错的两个人影,她突然知道——自己,是无法与他同死的……

最后一掌。

朴戾一掌拍向柳折眉的胸口。这一掌没有什么花巧,它的威力全在于朴戾数十年的功力,一掌既出,无法可挡!

强到了极处的掌风,反而没有了声音,也未带起什么尘土砂石。

来势很慢。

柳折眉甚至可以清楚地看见朴戾满面的微笑——孤狼对着猎物的微笑。

他退了一步,但身后被朴戾的掌力余风罩着,他退不了。

左右俱是一样的,这一掌,隔绝了他所有的退路,除了接掌,他避无可避。

如何是好?

柳折眉心下有了一个决定——无论朴戾有多强,他非把朴戾阻在这里不可,否则无益谷上下百余条人命,岂非要断送在朴戾手里!无论付出什么代价,他一定要把朴戾留下,至少,要重伤朴戾!

只可惜,他再看不到她了!

在这生死之际,他最终想起的,竟然是她——他一直拥有,却从未珍惜在意过的妻,他的妻!

朴戾的掌已递到了面前。

柳折眉出掌迎了上去。只是在这生死关头,他竟还是分心着的,分心想着,她到底是否安好?如果他死去,她该如何是好?他其实……是不是应该早早为她想好退路?她其实……是可以再嫁的,虽然他娶了她,但三年来,他存心留着她的清白之身,就是因为他知道迟早会有这么一天……

一掌虽出,但真力流散,已不能由他控制如意。柳折眉心下大震,为什么他会因为她而深受影响?为什么在此时此刻他所思所想的依旧是她?难道……其实他一直是……爱她的?

"砰"的一声,他与朴戾的手都击中了,击在了人身上——同一个人身上。

这个人是刚才自一边闪出来的,身法并不十分了得,但朴戾这一掌来势很慢,所以想从旁插入并不困难——只要,不怕死。

与此同时,柳折眉的左手剑也挥了出去——他以柳枝迎敌,本就是为了掩饰缠在他腰上的软剑,为了这最后一击而做的铺垫。

他一剑刺出,容易得超乎想象——他丝毫未伤,这一剑全力而出;而朴戾与他隔了一个人,却看不清他的动作。两人离得实在太近,只隔着一个人与两只手臂的距离,更何况柳折眉是有备而发,这一剑,直直地自朴戾的右肋插入、后背穿出,一串鲜血自剑尖滑落。

朴戾受此一剑,自是重创,大喝一声,猛然把体内残余的真力并掌推出,全部击在了中间那人的身上。"扑通"一声,连柳折眉带那人都被朴戾的残余掌力一下推出去十来丈远,撞在山壁之上,尘土簌簌直下。

"老夫纵横江湖几十年,今天竟然伤在两个小辈手里!难道是天意不成我之大事?真是天意不成我之大事?"朴戾身上的剑伤触目惊心,血如泉涌,但他却迟迟不倒,反而仰天厉笑。

"岭主!"蛮龙岭的数名手下急急掠了过来,扶住朴戾。

"我们走!"朴戾面目狰狞,指天骂道,"天岂能阻我大事!待我伤好,看我金龙朴戾血洗无益谷!"

朴戾是蛮龙岭之主,朴戾一伤,蛮龙岭锐气顿挫,无益谷乘势反击,片刻后即声势大振。

情势至此,已是不能不退,蛮龙岭收拾残兵,片刻间便退得干干净净。

柳折眉缓缓自朴戾掌劲的震荡之中回过气来,刚才扑入他与朴戾之间的人就倒在他的怀里。

山壁上跌落的尘土掉了那人一身,以致看不清那人的身形与容貌。但此人非但救了他柳折眉,而且救了整个无益谷——若没有那一扑,他根本就没有机会重伤朴戾,今日也就只能不死不休了。

他缓缓把那人翻过身来。朴戾何等掌力,那人受了自己与朴戾合力的一掌,再受了朴戾伤后倾力一掌,只怕是大罗金仙也回天乏术。

他还没看清楚那人是谁……

"柳夫人!"远远地,有人尖声惊呼。

柳折眉的手僵住了,他的袖子刚刚停在那人沾满尘土的脸上,还没有来得及擦。

有人奔到了他的身边，满头大汗，惊恐地说道："是……是柳夫人！她……"

旁人再说什么他一时都听不见，声音一下子变得很遥远。

是……她？

不会的，不会！老天一定不会那么残忍，她……她是那么淡然的女人，怎么会做出这么冲动的事？她……她向来不喜欢打打杀杀，怎么会一头扑入他的战局之中？她……不是要离开他的吗？

不是的，不是她！她很温柔，她不爱血腥，她性子很随和，不会做出这么决绝的事，她不会的！她不会忍心让他有一点点不悦，她不会的！

他不知道为什么自己突然之间会知道了那么多她的行事心性，不知道自己为什么会这么了解她，但——他就是知道！

她不是很爱他吗？她怎么可以这样对他！他刚刚才知道自己是爱她的，她怎么可以就这样弃下他？不会的，执不会的！她怎么舍得让他难过？她怎么忍心如此……绝情！

好像有很多人在对他说话，但是他听不见。他的袖子缓缓而僵硬地擦过怀中人的脸，尘土褪尽，露出的，是一张原本淡然而柔和、如今因为重伤更加惨淡的容颜。她竟然没有昏过去，竟然还在对他淡淡地笑着："我……我本来，是……"她的声音微弱了下来，他缓缓低头，她的气息拂在他颊上，只听她强撑着在他耳边低语，"……我本来，是想与你同死，但……但不行的……"

他不可置信地看着她，不行的？她在说什么？她跟来无益门，就是为了要和他同死？可是，看她做了什么？她不是要和他同死的吗？她怎么可以先死在他前面？不是……要同死吗？

"你……始终不是我一个人的，我……不能没有你而活下去，而你，却怎么能不为了他们……而活下去呢……"她淡淡苦涩地笑了，"我……终究只是……一个女人……而已……"

柳折眉全身都是僵硬的，他想摇头、想大叫不是这样的，但他终于什么都没有说，只是抱着她，双手在颤抖着。

她看着他，微微一笑。至少，她是死在他怀里的，这样，也弥足自慰了。她这辈子什么都没做，只是嫁了一个她爱的男人，然后为他而死——她不怨，真的无怨。

她缓缓闭上了眼睛。

柳折眉呆呆地看着她闭上了眼睛。

旁边站着的，是战后余生的数十位无益门的兄弟，甘邯与何风清就站在他身边。

看着他呆若木鸡的样子，众人心下都暗惊，不知这位佛根佛性的柳公子要如何承受这个打击。

眼见慕容执是活不成了，何风清劝道："居士，把嫂夫人抱进去吧，这里风大。"他与慕容执有过一路之谊，见她落得如此下场，心中也是颇为酸楚。

甘邯就实际得多："柳居士，嫂夫人定不愿见你如此，你要她放心，就不能……"

他还没说完，柳折眉突地淡淡一笑："也好，你先走，我跟了你去……"他微微咳了一声，血丝溢出了嘴角。

他在与朴戾交手之际就已经真力逆转，如今一阵大惊大悲，早已真力散乱，自伤经脉。离相六脉功是一等一的内功心法，逆转之后也就是一等一的厉害，内力越高，逆转之际所受的伤也就越重。他并没有说假话，以他真力逆转之势，很快，就可以和她一起去了。

甘邯与何风清闻言变色："居士你……"

柳折眉闭上眼睛，身子微微一晃，倒在了慕容执身上。

甘邯与何风清愁眉不展。

蛮龙岭与无益谷一战败退之后，不知何时还会卷土重来。可……看着躺在床上的两人，就是上官无益也笑不出来。

慕容执伤得很重，至今一息尚存，是因为她是前胸背后同时受击，柳折眉的掌力抵消了朴戾的部分掌力，伤她最重的，却是朴戾受伤之后反扑的那一掌。

最麻烦的是柳折眉，他只是真力自伤，伤得本不算重，却因他有心求死，结果真力越转越无法抑制，再躺下去，就是走火入魔之势。

"我已经飞鸽传书给肖楼主，请他速速前来，不知道……"何风清黯然摇头，"不知道能不能来得及。"

甘邯也是摇头："我本以为以柳居士的性情，不至于……"他没说下去，但大家都知道他的意思——以柳折眉一向平静得近乎古井无波的性情，说他会因为妻子的死而放弃自己的命，实在很难令人相信。

上官无益苦涩一笑，他自己的伤也未痊愈，但在床上躺不住，非要坐在这里——这夫妻二人是为了他无益谷伤的，他难辞其咎。

"我不知道原来他是很爱他妻子的。"上官无益说话不怎么会转弯抹角，这句话说得莫名其妙，却是事实。

何风清伸手去按柳折眉的脉门，眉头深蹙："他的真气如此凌乱，我很担心，即使是他醒了过来，只怕他一身武功也会保不住。这着实不像一般伤痛引起的真气短暂逆转。"

上官无益点了点头，苦笑道："她呢？"

何风清转而搭上慕容执的脉门："柳夫人是伤得极重，但现在被焦大夫用金针压住，一两天内应该不至于有什么变化。上官谷主，你通知慕容世家的人了吗？"

上官无益尴尬地道："通知是通知了，但是不知道慕容世家会有什么反应。他们的女儿女婿全都躺在这里，我怕无益谷当不住他们的兴师问罪。"

何风清摇了摇头："这个你不必担心，公子会帮你分说。慕容世家再如何权势惊人，也不能不讲道理。"他笑笑，"论讲道理，有哪个人讲得过我们公子？"

上官无益眼睛一亮："是七公子？"

何风清似笑非笑："你说呢？"

"我还没见过这位大名鼎鼎的公子爷。"上官无益苦笑，"这回因为无益谷的事，连累了这么多大人物，我真是……"

何风清拍了拍他的肩，正色道："这不是为了你无益谷，而是因为义气所驱，责不容怠。我们帮你，并非为了你，而是为了'无益三宝'，为了一种正气，如此而已。柳居士是因为如此，我们何尝不是？你不必自责，而应该更有信心，因为有这么多人在帮你！"

上官无益呆呆地看着床上的两个人，不知该说什么。

甘邯突然道："或许我们可以以外力强行把柳居士的真力逼正，迫他清醒过来。柳夫人的伤势并非无救，他一意求死，其实对柳夫人伤势无补，只会令她难过而已。我们若能令他清醒，以柳居士的才智，应该不难想清楚这一点。"

"正是正是!"上官无益大喜,一跃而起,"这是个法子!来来来,我们试试!"

何风清想了想:"柳居士的武功在你我之上,要迫他真力转正,需要我们数人合力。"

"这有什么问题!"上官无益毫无异议,即使他伤势未愈,"救人如救火,我们立刻开始如何?"

何风清终究考虑周到:"且慢!我们应该找焦大夫在一边看守,也好以防万一。"

"极是极是!"上官无益连连点头,挥手挥脚,总之,越快越好。

三人开始为柳折眉压制真力,却发觉比想象中要困难许多。

上官无益按住柳折眉的眉心上丹田,何风清按住柳折眉心口中丹田,甘邯却按住他后心风府穴。

三人甚有默契,一起运力,把内力缓缓输入柳折眉体内。但几乎同时,他们都惊觉柳折眉体内有反击之力!

柳折眉的真力竟然一意排外,他们刚刚输入内力,登时一股真力涌来,强力与他们的内力相抵,似乎柳折眉并不容许外界的力量干涉他的真力运行。

本是有意相救,却造成了拼比内力的结果,这完全出乎三人意料!柳折眉的内力非但相抵,甚至隐隐有反击之势,叫人不得不极力相抗!

此时此刻,尽管三人心下骇然,却已进退不得,只有奋力相抗的份儿,现在他们不求救人,但求能救己就已是万幸。

怎么会这样?

一盏茶时间过去,三人都已额上见汗,柳折眉的真力却好似丝毫未损,依旧源源不绝、无休无止地向他们迫来。

上官无益心下暗惊,若不是三人合力,只怕他们都要伤在柳折眉的内力之下。柳折眉能与朴炭相抗数十招,并非侥幸,而是实力,难怪他能够重创朴炭。这不仅仅是慕容执为他创造了机会,更重要的,是柳折眉自身的实力!

就在三人都觉得没有了希望的时候,柳折眉体内传来的内力渐渐变弱了,这并不是柳折眉力竭,而是这种对抗突然停止了。

三人都暗叫侥幸,各自收回自己的内力,暗暗喘了一口气。

出了什么事?

三人缓过一口气之后，同时睁目。

只见柳折眉缓缓睁开了眼睛，皱起眉头看着他们。

一时之间，三人不知是该欢呼还是狂叫，惊喜到了极处反而说不出话来，只怔怔地看着他。

"你醒了？"三个人异口同声道。

柳折眉点了点头，却并没有欢喜的神色。

何风清极快地道："柳折眉，柳夫人之伤并非无救，还请你不要一意孤行。否则，就辜负了夫人救你的一片心意，也让我们一片苦心付之东流。朴戾大敌在外，你要为我们保重才是。"

上官无益也是急急地道："极是极是！柳折眉，你千万不能寻死，否则我上官无益也只能跟着你们一起去了——你们若为无益谷而死了，我还有什么颜面活在这世上？"

甘邯并没有说什么，只是在上官无益说话的时候点了点头。

他们都忘了该叫他"柳居士"，而直呼其"柳折眉"，仿佛那佛根佛性的"柳居士"已经从这个人身上消失了，如今的他，只是一个平凡人，一个"柳折眉"而已。

柳折眉看着他们，没有说话。

他们都以为他不听劝解，仍是忧心忡忡。

其实，他并不是想寻死，只是，不知道该怎么活下来而已——如果没有她。

但如果她可以不死呢？柳折眉在心中苦笑，那结果……

他坐起来，握住自己的手。他知道自己的一身武功已经开始不受控制，开始反噬自身。他不知道什么时候自己就会和师姐一样，气血逆流、经脉寸断而死；如果她可以不死，他当然无论如何要让她活下去，只是，同死之约已成为奢望。他……他不能连累她，她要好好地活下去，那就只有彻彻底底让她对自己死心！他是将死之人，永远不能给她爱。三年以来，他的贪心、他的犹豫已经造成了她三年的抑郁不乐，此时再不放手，难道真想让她做寡妇不成？

他有了她三年的等待，这一辈子也算有过了一点温柔，娶了她，是他这一生最大的自私与错误！

但现在最重要的是，她不能死！不看见她幸福，他是不会甘心的！

柳折眉清醒过来说的第一句话便是："她在哪里？"

第五节 病榻之间

柳折眉之所以会醒来，是因为他的离相六脉功察觉了有外力入侵，自觉地以力对外。如此一来，逆转的真力就减少了许多，再加上上官无益三人并非泛泛之辈，也消耗了柳折眉相当多的真力，逆转的真力就更少了，所以他才能醒得过来。

慕容执就在他的身边。

她脸色极白，白得一点血色皆无。她本来就不是多漂亮的女子，这一伤，显得越发难看。

像一片苍白的枯叶。又像一只坠落的蝴蝶，早早失去了生命的颜色。

那眉间郁郁柔和疲倦的韵味依然很浓，好像纵然她死去，也褪不去这层代表了她一生的颜色。

记得当年初见，她虽然不是如何美貌，但总还有年轻少女的娇艳稚气与润泽，是从什么时候开始，她连这一点年轻都已失去了？只不过三年而已，不是吗？

他没有给她过任何东西，衣裳、裙子、花粉、钗簪、镯子，所有女子喜欢的、应该有的一切，他从来没有想过要给她。所有的必需品都是她自娘家带来的，用完了，也就算了，她并没有强求一定要拥有。所以，她没有了华丽的丝裙，因为太容易损坏；她没有了花粉眉笔，因为他并不看；她没有了金钗银钗，因为太过招摇、易惹麻烦；她没有了镯子，因为戴着它做事不方便……因为一些零零碎碎的理由，她扼杀了年轻女子最基本的爱美之心，然后成为一个抱着洗衣盆的寻常女子。

他从没有想过，这一切对她来说是不是理所当然的，她是不是也经历过挣扎。

他还记得千凰楼秦倦的妻子，那也是一个妻子，却是一个何等骄纵的女子，何等地受尽千娇万宠！她是如何盛气凌人、如何明艳，明艳得像一片燃烧得如火般的蔷薇花海，如何幸福……而自己的妻子，原本真真切切是自小而大千娇万宠的一个千金小姐，竟然甘心为了他变成了一个操劳如斯的女子！她从来没有抱怨过什么，也从来没有向她的娘家说过什么，否则，慕容世家怎么会忍心看自家的女儿委屈成这样？这一切，就只因为，她爱上了他而已！

他的眼慢慢地热了，可是，三年来，他有意地冷落她，有意地避着她，生怕她一不小心就干涉了他。他竟然可以那么忍心——"不知道"她所付出的辛苦，"不知道"她对自己的重要！

直到他几乎失去了她。

"执——"三年来，从没有一声呼唤，像此时在心底所唤的这一声般真心实意。

他缓缓伸手，掠开了她鬓边一丝凌乱的散发。

你肯如此为我着想，我怎能不如此为你着想？他的手轻轻滑过她的面颊，无限温柔，也无限凄楚。他绝不会就这么让她死的。只是，堂堂柳折眉，无论他有多好的名声、多高的武功，他能为自己妻子做的，竟然只是让她死心、让她不再爱他……

对不起，执！我不是不想好好爱你，不是不愿让你陪我同死，只是，我真的不甘！我不愿你未曾体会过幸福的滋味就随我而去，不愿你这一生过得毫无价值——只是因为，爱上了我。我只是存着希望，希望你可以快乐，希望你可以享有幸福，可以享有它数十年，而不是几天、几个月。

我的心愿……

这一生唯一的心愿……

无论如何，你要活下去，不会因为我的逝去而死去，你要……幸福……

所以我不可以爱你，当然，只是装作不爱你！

他的心中这一刻竟充满了温柔，在心底轻轻地呼唤：执！

我不要你和我一起死，所以我不爱你。

当然我不是真的不爱你，只是装作不爱你。

"你们想得到以内力救我，怎想不到以内力救她？"柳折眉问，语气中并没有什么起伏。

他看着他们三人。

何风清摇头："柳夫人疏于练武，内力根基不好，只怕承受不了这种转渡的辛苦。"他诚心诚意地看着柳折眉，"以内力相救，如同猛药治伤，若没有很好的内力根基，是十分危险的。"

柳折眉缓缓露出一个微笑："但假若救治之人的内力并非霸道之

力,而是柔和之力,就不会对伤者造成太大的伤害,是不是?"

何风清微微一怔:"是。只不过,所谓柔和之力,若非道家,便是禅宗。当今江湖,要找一个真正内力修为达到至和至柔、不带一丝霸气之境的高手,谈何容易?练武本就是为了争强斗胜,即使是朴庆这等高手,他的内力也远远没有达到这个纯度。"

"但是……柳折眉的内力,却是真正的禅宗嫡系!"柳折眉低低地苦笑,江湖中人素来好奇圣心居士一身武功师承何处,他一直讳莫如深,因为,这身武功害了他一生。

"我不会寻死,你们放心。"等他抬起头来,表情已是以往一贯的温和平静,"因为她……还等着我救。"他吐出一口气,"她如果不会死,柳折眉当然也不会死,你们不必担心。"

上官无益大大松了一口气:"是是是,你想明白就好!昨天真真是吓死我了。你如果死在这里,那岂不是我上官无益害死了你,连带害死了你夫人?无益门又怎么对得起天下武林?"

柳折眉只是笑了笑:"难为你了。"他一贯不爱说话,安静得近乎无声,这一点与慕容执很是相似。

大家都当他已是无事了,慕容执又有救了,不免都是心情振奋,开始有说有笑。

"她如果不会死,柳折眉当然也不会死。"这其实……只是一个心愿——一个他不能兑现的承诺。

"她伤在胸腹之间,心经、脾经、胃经都受到重创,淤血堵塞血脉,又堵塞脏腑,所以伤重垂死。只要逼出她体内淤血,辅以灵药,柳夫人之伤就无大碍了。"焦大夫仔细地交代道。他已年逾五十,却依旧精神矍铄,是一位尽责的良医。

柳折眉点头。

大家都退出这暂时作为养伤之地的小室,不打扰柳折眉运功。

他看了她很久,就像以前没有看过她、将来也没机会再看她一样。

她的脸色还是一样苍白。

"执——"

他无声地低唤着,指尖轻轻触摸着她的眉、她的眼、她的唇。

眼里有物滚来滚去,他知道,这是他第一次触碰他的妻子,也将是最后一次。

他会救活她，然后放她离开。

然后他去死……

柳折眉在慕容执脸颊上触到了一点水，他惊觉那竟是泪。

他从来没有哭过，所以不知道流泪的滋味，过了好半天，才知道是自己的泪落在了她脸上。

真力又在微微逆冲了，令他很不舒服。他闭上眼，调理了一下内息，准备为慕容执疗伤。

他一定要救她。

两个时辰之后，柳折眉开门出来。

上官无益、何风清与甘邯同声问道："怎么样？"

柳折眉一张脸上依旧没什么变化，只是点了点头："焦大夫呢？"

上官无益大喜："我马上找他来！"他也不在乎自己乃是谷主之尊，急急忙忙地找人去了。

甘邯不禁皱眉："谷主，焦大夫在西堂，你跑到东堂去干什么？"他匆匆向柳折眉解释，"我去追他回来，省得他又在谷中迷了路不知道回来。"

柳折眉笑笑，没说什么。

何风清却早已进屋探视了慕容执的伤势，他跟随肖飞这么些年，也粗通医药之道，且对慕容执也很是关心。

眼见周围再没有人了，柳折眉才低头吐出一口血来，轻轻咳了两声，没声没息地拭去嘴角的血丝，跟着走进屋内。

以柳折眉的内力造诣，为人疗伤本来是游刃有余的，但他的离相六脉功已然十分不稳，救的又是自己心爱之人，要稳定心神、心无杂念着实不易。强逼着自己救了她，他却几乎岔了真气，胸中气血翻腾，忍耐着没在众人面前表露出来，此时却压不住了。

但……他不在乎，重要的是她还活着，这就让他弥足欣慰了。

走进屋内，便看见何风清正低头看着慕容执。他显然很小心，轻轻搭着她的脉门，仔细地观察着她的脸色，查探着她伤势好转了多少。

柳折眉突然僵了一僵——何风清看慕容执的眼神……他……何必这么关心她的生死？他竟然用那样的眼光看着她，那是超过了限度的爱恋之情，只是，他自己还不知道而已……

柳折眉从来没有过这么强的独占之心，这么强烈地知道她是他的，她是他一个人的！三年以来，她一直是他一个人的，没有人和他争，他更不必担心她会被人抢走，所以他从不担心。现在看到何风清那温柔的眼神，他才突然知道，原来，这女子的好并不是只有他一个人会知晓，原来，也有人会注意这个淡然女子……

他很愤怒，她是他的妻，何风清凭什么对她温柔？但是……他又很茫然，他从来没有用这样的眼神看过她，从来没有过！

他应该愤怒的，但是他能愤怒吗？不能！他应该高兴！高兴在他死后，有人会照顾她，高兴她会有另一个选择，高兴她也许……也许会因此而拥有另一种命运，高兴她也许会幸福！

该死的！高兴？他心里只有把她从何风清身边抢回来的冲动，哪里会有丝毫高兴的意思！

但他终于没有抢也没有夺，更加没有把愤怒形之于色，反而苦苦地一笑，缓缓走出门去，让何风清继续那样情意缠绵地看着他的妻。

柳折眉的身子很不舒服，真力逆转在加剧——因为他适才的愤怒，违犯了五蕴十八戒，即离相六脉功所强调的佛门禅宗要戒，真力逆转冲入丹田，令他不适。这让他惊觉——他是将死之人，如何还能继续把她强留在身边？他是下了决心要放她走的，他下了决心不要她与他同死，那……还有什么好说的？他是不是应该创造机会，让他的妻去接受另一个男人？

好……苦！

真的好苦！

身子的不适、心里的抑郁，让他只走出内堂，便怔怔地坐在了门前的一潭池水之旁，坐下来，怔怔地看着水中的倒影。

他这样的安排，究竟是对与不对？

水中的倒影苍白若死，连他自己看了都觉得不成人形，哪里能瞒得过别人？

他缓缓提了一口气，把血气迫上双颊，至少，看起来还是好端端的一个人。

其实平心而论，何风清是一个值得女人依托终身的男人。柳折眉很理智地强迫自己仔细想清楚：何风清人品、心性都甚好，武功不弱，也不是个糊涂人，论智论勇，都是上上之选，何况他又来自千凤楼，无论什么事，秦倦总不会袖手不管。

秦倦，终究，和自己也曾是朋友一场。虽然，是自己无情无意，从未把这个朋友放在心上，但此刻对她的柔情一起，他竟发觉自己对秦倦也心存愧疚，那贪、嗔、痴三毒，戒、定、慧三学都被丢到九霄云外去了。

"柳公子，尊夫人伤势好转了吗？你怎么会在这里？"

柳折眉一惊回神，这才看见焦大夫站在身边诧异地看着自己。

他心下一凛，他竟未发现焦大夫是什么时候到他身旁的。他的武功，竟然衰退得这么迅速？体内真气翻涌不休，他始终无法集中精神："焦大夫。"

焦大夫奇怪地看了他一眼："柳公子，你没事吧？"

"没事。"柳折眉终于想起焦大夫为何会在这里的了，他站了起来，"焦大夫，上官谷主没有找到你？"

"没有。我刚想过来看看柳夫人的情况如何，"焦大夫蔼然微笑，"见你在此出神，所以过来瞧瞧。"

"她体内的淤血已经被我逼了出来，似乎要醒了。我点了她的穴道，让她休息。"柳折眉吐出一口气，神气平和。

焦大夫却道："柳公子气息不宁，可是受伤未愈？"

柳折眉微微一惊，没想到焦大夫竟如此机敏。他一时之间不知如何回答，只能顾左右而言他："她应该醒了，我想回去看看。"

焦大夫点头，两人缓步走进内堂。

慕容执睁开眼睛，第一眼看到的不是柳折眉，却是何风清。

"他……"她本以为自己必死无疑，却竟然未死。

"你……"何风清也同时开了口。

两人同时开口，也同时闭口。

她一开口，问的就是"他"；而他在意的，却是"你"。

一阵尴尬之后，她还是问出了声："他……没事吧？"

她竟连"他在哪里"都不敢问！何风清本就怀疑他们夫妻之间有什么问题，虽然柳折眉为她几乎走火入魔，但很明显，慕容执对待柳折眉的态度过于小心翼翼，而柳折眉似乎并没有像慕容执爱他一般爱着她。虽然他们都以为柳折眉是为了慕容执而心生死志，但又怎知他之所以会昏迷，究竟是因为受了朴戾的掌伤，还是因为伤痛？

看慕容执问出了这一句，何风清没来由地对她生起无限怜惜之意，对柳折眉深为不满：妻子伤重，他却不知哪里去了！

"不要说话，你想见柳折眉是不是？"他柔声道。

慕容执只是淡淡一笑，没有说话。他若想见她，此时就不会不知所终。

"他刚才还在这里，现在不知道去了哪里，我去找他回来。"何风清着实不忍看到她这种淡淡的认命的神色和那眉梢的轻柔倦色，起身要往外走。

一只手拉住了他的衣裳下摆，何风清诧异地回身。

只见慕容执摇头，轻声道："他如果想来，不必你去，他也会来……"

何风清呆呆地看着她平静地说完这句话——她并没有幽怨的意思，她只是很平常地在说一件事实，就像长久以来事情理所当然就是这样子的。这样一个女子，如何不令人心疼呢？

他没有回头，他的身体挡住了慕容执的视线，所以她也没有看见柳折眉站在门口，也正自怔怔地望着慕容执拉住何风清衣裳的手。

"柳夫人醒了吗？"焦大夫自柳折眉身后走了出来，问道。

何风清回身，慕容执由何风清身侧缝隙中看到了柳折眉，然后顺着他的目光看到了自己抓住何风清衣裳的手。

她惊觉，放手。

他误会了什么？

但柳折眉竟然对她露出一个微笑，依旧用他温柔而无情的声调，毫不在乎地问："你好一些了吗？"

慕容执眉宇间掠过一丝凄凉之意。他是她的夫，在妻子拉住另一个男人的时候，他竟然可以若无其事、视若无睹，她真的……是如此不能令他在乎的一个东西，而非一个"妻子"？

柳折眉走近她身边，很温柔地为她掠开额前的散发，然后柔声道："你会没事的，不要害怕。"

害怕？慕容执看着他如一潭死水般的眼，她并不是害怕，只是……心寒而已，他不会了解的，永远不会了解。

焦大夫为慕容执仔细检查了一下，道："她体内的淤血基本上已经被柳公子逼了出来，只要善加调理，应该不至于再有什么大问题。

不过如何下药调理，还应该等肖楼主来看看。肖楼主精擅医药之道，老夫远远不及。"

慕容执根本没听到焦大夫在说什么，她只是淡淡地垂下眼睑，淡淡地看着透迤于地的床幔，不知道在想什么。

柳折眉脸上带着不变的温和的微笑，微笑地看着他的妻。

郎君温雅，佳人荏弱。这本是一幅很美的画面，但看起来却给人生硬非常的感觉，就好像他和她只是被一种无形的事物硬生生地拼凑在一起的，即使两人如此地接近，也无法圆融，只能是僵硬的、冰冷的。

她很不快乐。何风清看在眼里。

只是，谁也没有看见，柳折眉眼底深处那一抹浓得化不开的，极苦之色。

过了一天之后，肖飞就赶到了无益门。

他为慕容执带来了最好的药，慕容执的身体渐渐康复了。

慕容世家也来了人。

来的是慕容执的长兄慕容决与堂叔慕容海。当然，柳折眉被慕容世家的人好好地说了一顿，一时之间慕容执要什么有什么，多少江湖上少见、难得的灵丹妙药，多少人别说穿，就连见也未见过的绫罗绸缎，皆如流水一般，由慕容世家源源不断地送入了无益谷。

病榻之旁。

"我很抱歉，把事情弄成了这个样子。"慕容执倚着床柱坐着，眉头微蹙，"他们太小题大做了。"

柳折眉坐在床榻旁，手里端着药碗，另一手持着调羹，闻言，微微一笑："他们也是关心你。你此次受伤，本就危险得很。"

慕容执看着他温柔地喂自己服药，实在不知为什么这么温柔的男人竟能如此无情，他们关心她——那他呢？他就不曾想过要关心她？

她淡淡敛起了眉，不愿再和他谈论这个伤心的话题，淡淡一笑，道："'无益三宝'究竟是什么东西？这么多人为了它拼命，我却不知道是怎么回事。"

柳折眉微微一笑："这个，我想还是请何兄来说比较适宜，你知道我口才不佳。"

慕容执脸色微微发白：他在想些什么？请何风清来讲？这本是夫

妻之间的闲话,有何必要让一个外人来插口?他到底……在想些什么?想把他的妻子推入另一个男人的怀抱?他还是不是一个男人?

但她的愤怒只是一瞬,她遇到了柳折眉,当真是前世欠他的。恨,她恨不起来;怨,她怨不起来;爱,她爱得好窝囊。但是,她却无法不爱——不这样爱着他,他就会飞走,飞离这个人间,再也不会回来了。

她不要他成仙成佛,只要他留在她身边,即使,不爱她也好……

她太专注于自己的心绪,忽略了柳折眉眼里深深的苍凉与苦楚之色。他的微笑是那么僵硬,只是她没有看见。

何风清到来,解释:"所谓'无益三宝',其实指的是'三才'。"

慕容执本不在意什么"无益三宝",如今却微微起了诧异好奇之心:"三才天地人?"

"正是。"何风清正色道,"头顶天,脚下地,人中人。"

慕容执不解地看向一边微笑着的柳折眉:"这种宝贝,也值得朴戾花这么多心血来抢?这又怎么抢得回去?天地人三宝,古已有之,至今不绝。难道,他还想把天挖一块回去?"

柳折眉明知她是等着自己回答,却依旧不说,只微微一笑。

"所谓无益,便是无益之意。"何风清似乎有一点故弄玄虚,"说是三宝,其实只一宝。天是挖不回去的,地是带不走的,剩下的,便只有'人'这一宝了。"

"人?"这大出慕容执意料,她微微蹙眉,"'无益三宝'其实是指一个人?"

这岂不是天大的笑话?朴戾花费无数精力、柳折眉以命相护,为的,竟是一个"人"而已?什么人有这种价值,值得拿这么多条命去交换?

"不错。"何风清竟然笑得一派淡然,"一个人。"

"什么人?"慕容执淡然的眸子第一次出现了不悦的神色。为了一个人,数百人流血搏命,这算什么?什么样的人值得别人为他付出这样的牺牲?这种人,她不屑。

何风清没有正面回答,却是轻轻叹了一口气:"他……你可知无益谷之所以是无益谷,就是为了守护……"他摇了摇头,看向柳折眉,"告诉她?"

柳折眉摇头,笑了笑:"执,你可知先有无益谷,后有上官无益?他的名字,就是取自这个谷。无益谷坐落于此,已经历时百年,世世代代,只是为了，守护一个人……"

慕容执皱起眉："历时百年？即使有那么一个人，那也早该死了。"

柳折眉不理她的打岔，看着何风清，让他再说下去。

"这个人……"何风清迟疑了一下，"是不同的。居士……"他抬起头，"不告诉她，这件事无法说得清楚。"

柳折眉一双眸子乌亮得十分明澈，看着她，像在衡量她可否保守秘密，又能让她知道多少。

慕容执微有一些悲哀的感觉——他不信任她！这个认知像一把刀子划过她的心。他可以不爱她，但是，他怎么可以不信任她？她是……他的"妻"啊！是太长久的悲哀使她麻木了？否则，为什么她竟不太悲伤？只是，想笑而已。

终于，柳折眉缓缓地道："上官家受人之托，立誓世世代代保护一个男子。这个誓言立在一百三十多年前，那时上官家有一个十分出色的人物，叫作上官极，你们应该都听说过。"

何风清都未必清楚这些，听他一说，点了点头："无益剑客上官极，听说他自创了一套'无益剑法'，名动江湖百余年，那是十分了不起的事。"

慕容执渐渐发觉了事情的严重性，终于认真地听了。

柳折眉笑笑："无益剑如何了得我们都不得而知，但是，他是个厉害人物却是毫无异议。当年，他几乎是江湖第一高手。"

何风清点头："听说他却败在无名氏剑下，含恨而终。"

柳折眉缓缓地道："世人皆知上官极败在无名氏剑下，因而身亡，却不知，其实当年一战，包含了更加奇诡的结果。"

慕容执却问："那个无名氏是谁？"

柳折眉含笑点头——她本是一个聪明女子："这正是关键所在。无名氏是何人我们至今不知，但他打败了上官极之后，却曾提出一个要求，他不求扬名，只求上官极一件事。"

"上官极既然已败，无论何事都必然答应。"慕容执淡淡地道。

"不错。"柳折眉语气开始郑重起来，"他要求上官家帮他保护一个人。"

何风清叹气："这个约定压了上官家几代，因为他说的不是请'上官极'帮他保护，而是'上官家'。因而，上官家就陷入誓言的陷阱，每一代都必须保护着那个人。"

"可是，那已是百余年前的事，难道，上官家连那人的后人都必须保护？"慕容执不解。

"不是。"柳折眉沉静地道，"无名氏要求的只是上官家帮助他保护那一个人，就只是一个人而已。这个誓言看起来没有什么蹊跷，上官极自然毫不犹豫地答应了，结果……"他的脸色微微变了。

"结果怎样？"慕容执问。

"结果，就是你看到的这样——上官家保护了一百三十多年，直到家道中落、武艺失传、一代不如一代，仍必须死守着那个誓言，没有完结的时候。"柳折眉低声道。

慕容执只觉一股寒意涌上心头："你的意思是说，'他'——那个人，从一百三十多年前，一直……活到现在？"

多么令人毛骨悚然的事情！慕容执只觉得空气也似冷了几分，不自觉地往柳折眉身边靠去："这怎么可能？"

柳折眉苦笑，与何风清对望一眼："可是，这就是事实。那个人，他活到现在，依旧没有死。"

慕容执目中惊恐之色未退："他岂不是一个……妖怪？"

"我不知道，执，我和何兄都不知道。我们没有见过那个人，唯一知道的，是上官谷主。可上官谷主要守着誓言，不能让我们见他。但上官谷主却说，他并不可怕，反而……很可亲，那人并不是坏人。"柳折眉不自觉地温言安慰她，忘记了自己从前从未在意过她的感受。

何风清道："上官家守着这个怪人的事，原本很是机密，也没什么人在意。"他叹气，"可是，你养一只猫不是问题，当这只猫无论如何都不死，那就是问题了。上官家虽然人丁单薄，但闲杂人终是有的，家里有这样一件怪事，免不了被人说了出去。上官家为了掩饰实情，编造了'无益三宝'的事情，让人们以为，他们守护的是东西，无论如何也想不到人身上去，原本也是好意。他们还把那人监禁起来，不让别人看见他，以为这样就是保护了。"

听到这里，慕容执不禁对那人有了一丝同情之意，没有自由、监禁、神神秘秘，即使可以永生不死，那又如何？不过是徒自叹息而已。

柳折眉点头："自五十年前，他就被人关了起来。上官家立下规矩，除了谷主，谁都不能见那人。所以，只有上官谷主才知道事情的真相，只是如今他伤势未愈，我们还未好好商谈过。"

"等一下！"慕容执突然道，"无名氏与上官极立约，请上官家保护他，而不是上官极，这是不是说，无名氏其实知道那个人会如此长寿，或者，知道他是不死之身？"

柳折眉摇头："当然很有可能，但我们不能随意猜测，毕竟那是百余年前的事。"他缓缓地道，"我现在怀疑的不是他不死，而是为什么他需要保护。他并没有仇家，上官谷主说，百余年来，从没有人找过那个人，好像根本没有人认识他。无名氏一去不复返，那个人，根本没有理由要人保护。"

何风清点头："我出来的时候，公子说过，上官家保护那个人的方法也很奇怪，那好像并不是保护他不让人伤害，而是不让人看见他。公子以为那才是上官极与无名氏的约定，把那个人藏匿起来，而不是要保护他。"

"莫非那个人生得怪异无比、不能见人？"慕容执问。

柳折眉摇头："这个……不清楚，待会儿问上官谷主就知道了。"

"既然是这种江湖怪事，为什么会招来朴戾？他要那个人做什么？"慕容执皱眉。

"想知道如何长生不死。"何风清微微一笑，"再厚的墙也有洞。上官家有这一个不死的怪人，消息让朴戾无意之中知道，他想长生不死，想独霸江湖。很简单的事，我们不希望这个魔头不死，只好帮无益谷。"他说得轻描淡写，慕容执还是能听得出江湖好汉的义烈与情谊。

"可是，假如长生不老是有'方法'的，那为什么上官家没有学到？可见即使朴戾抓到了那个人，也未必有用。"慕容执不以为然。

柳折眉看着在谜题面前显得异常机敏的妻子，心下轻轻叹息：她又何止是一个居家的女子？自己竟然把一个这样聪慧的女子丢弃在柳家杂院之中三年，让她与寂寞为伴，一颗玲珑心无处施展，只能放在花花草草之上、落在笔墨纸砚之间，自己却又故作不见。她却从来没有怨言，只是淡淡地等待，等待着……

一阵不适泛上心头，真气又微微逆转，柳折眉提一口气，把逆转的真气强压了下去，不动声色地道："这些，都要问上官谷主才清楚。对了，你们公子不来吗？"最后一句是问何风清的。

"公子本是想来的，但是肖楼主不许。他说公子的身体经不起长途跋涉,这件事如果没有弄到不可收拾的地步,公子最好不要出门。所以肖楼主来了,公子却没来。"何风清解释道,"肖楼主是个大忙人,这边的珊瑚坊多是千凰楼的分店,他还有楼里的事要顾,所以不能全心顾着这边。"

"怪不得我只见了肖楼主一面,还没答谢他的救命之恩。"慕容执笑笑,似有遗憾。

何风清怪异地看着她,救她命的不是肖飞,而是柳折眉,她不知道吗?他突然记起,果然没有人告诉过她,是柳折眉冒险救了她,而不是肖飞。

何风清回头去看柳折眉,为什么他不对他的妻子说清楚?

可是,柳折眉脸上除了平静温柔的笑,什么也看不出来。

第六节 永生不死

"哦,你们想知道他的事?很容易啊,我马上带你们去见他。"上官无益随随便便道,一边嗑瓜子,一边喝凉茶,闲得不能再闲的样子,好像早已忘了那个怪人是不可以让外人见的。

何风清一呆:"可是,上一次你不是说是不可以见他的吗?"他没有忘记初次与上官无益讨论此事之时,上官无益是多么忌讳谈到"他"的事情。

上官无益嘿嘿一笑:"谁说让你们看见他?他一直被关在无益堂的地下囚室里,莫说你们,连我都没有看过他的人,只听过他的声音。"他嗑了一粒瓜子,"说实话,家里有这么一个怪人,我向来不信妖魔鬼怪,但是想到他,有时也会毛骨悚然,所以你们说起他,我就很不爱听。有什么问题尽管问他,他很乐意答的,千万别来问我。"他显然是真的很不喜欢研究那个怪人的事,或许是祖上的遗风,很忌讳去谈论这个。

柳折眉微微一笑:"众生有众生相,即使是异人异相,那也是众生之一,没有什么可奇怪的。上官谷主如果不愿前去地下囚室,引我们进去就是,不必勉强。"

上官无益叹气:柳折眉讲话永远是这个腔调,什么佛啦、菩萨啦、众生啦、三藐三菩提啦,全脱不了和尚的那一套。他这样的人能娶得到老婆真是千古奇谈,也亏得柳夫人那么好一个女人肯为他死,真是的！如果她肯为我而死，我就是千难万难，也要守在家里好好疼惜这个水一般顺和、水一般细腻的女人，而不会一天到晚到处乱跑！

上官无益心里胡思乱想着，一边却也不得不承认柳折眉观察力惊人，知道他实在不喜欢神神鬼鬼的事情，不强迫他去理会那怪人的事。

上官无益：“好，我带你们去。只不过问出了什么妖魔鬼怪的事，千万别告诉我，我怕鬼。”

柳折眉又是笑笑：“这个当然。”

上官无益瞪眼道：“当然什么？你是说我上官无益胆小吗？”

柳折眉也不与上官无益计较，上官无益素来乱七八糟的，武功与个性一样一塌糊涂，他也不是不知，看在眼里，有时觉得也甚是可爱。再者，虽然上官无益本身怕鬼，不，应该说不信鬼神，但仍遵守祖上的誓言，一诺千金，护着那个他极不喜欢的怪人。单这一点，世上就少有人可以做到如此守信了。这也是上官家的天性吧，怀有一种少见的赤诚之心。

"我也去瞧瞧。"慕容执伤势虽然未愈，但执意要一同前去。她说是好奇，但谁都心知肚明，她是不放心柳折眉去见那个不知是人是妖的怪人，生怕他有个闪失，才会坚持同行同难，依旧是同生同死的意思。虽然，大家都明知柳折眉不需要别人操心，但慕容执替他操心却显得那般自然。

上官无益点头：“你们别怕，我虽然不喜欢那个家伙，但他不会伤人的，而且脾气也不错，不是你们想象的那种怪物。”顿了一顿，他又道，"其实，如果他是个人的话，那一定是个大好人。"

柳折眉等人来到所谓的地下囚室的时候，就明白了上官无益这句话是真的。

那是个黑黝黝的小室，一门一窗。自然门是关着的，从窗口望进去，只见里面一片漆黑，什么也看不见。

柳折眉先问了一句：“前辈可有兴致与晚辈一谈？晚辈柳折眉，恭请前辈安好。”

然后房里传出了一个谁都想象不到的声音，那人道："我不是前辈。"

这个声音……

全场愕然，这是个年轻人的声音，非但是年轻的声音，而且这声音很是温雅，清越动听。

"那么敢问尊姓大名?"柳折眉问。

"忘界。"室中人道。

柳折眉突然生出一种奇异的感觉:室中人的语气并没有不好,他只是淡淡地听,淡淡地答,像是有着一种早已厌倦了这个尘世,却又无法可解脱的苦恼。

室中人的淡然与慕容执的淡然不同:他的淡然,像看穿了整个红尘,不萦一丝情感;而慕容执的淡然,是因为有着太多的爱与怨,若不淡然,又让她如何超脱、如何释怀?她只是因为不愿受伤……

"柳折眉?"忘界问。

"是。"柳折眉点头。

忘界的声音虽动听,却也无情:"菩提心性,萨即有情;你伤在多情,岂知菩萨有情,多情则堕,虽布施波罗蜜而不如,如何六度?"

柳折眉不禁心神震动,这话只有他一个人懂。忘界在教训他因情而忘功德,他的武功与禅宗无异。所谓禅宗菩提,亦有菩萨六度,即布施、持戒、忍辱、精进、禅定、般若六度。他心中情生,立堕众生,连六度之一布施波罗蜜都不如,如何能历菩萨六度而成正果?这是禅宗大忌,也是离相六脉功的大忌!

只是,为什么忘界会知道,他真是妖怪不成?

"百余年来,第一次看见本宗的弟子。柳折眉,你过来。"忘界语气平平,却好似天地自然的至理,柳折眉就应该过去似的。

柳折眉缓缓走近那小室,依旧什么也看不见。

正在这时,小室的门缓缓开了。

全场愕然,不知会出现什么情景。

"他不是被人关进去的,是他自己把自己关进去的。"上官无益本是要走的,但还没走,在一边解释道。

门开了。

室中渐渐有了光,渐渐亮了起来。

一个白衣男子坐在桌旁,脸正对着众人。

众人之中,把他想成妖怪者有之,想成老头者有之,结果,却出乎所有人意料——

他着一身白衣,那一头银发很长,几乎垂到地上,由于他是坐着的,那头发便悠悠地缠绕在木椅周围。

很年轻的一个人，虽然一头银发，但从脸上看来，最多二十七八岁，哪里像是活了一百余年的老妖怪？他非但是一个年轻人，还是一个非常漂亮的人，漂亮得像发光的流水一般空灵而明澈。

只是，他的额上有一个奇怪的标记，像是一个奇怪的符咒，是血色的，却又不够鲜红。他就用他那双明澈的眼睛，明澈地看着柳折眉："你誓成佛？"

"不，我不誓成佛。"柳折眉答道。

"那你誓成菩提萨？"

"不，我不誓成菩提萨。"

"你誓成何？"

"我誓成我之我见、我之所愿、我之所心。弟子知非因功德佛，故不求善始；不因功德度，故不得善终。"柳折眉答道。

"非我弟子也！"忘界与柳折眉打着禅机，脸上淡淡微笑着，本是流光一般的人物，越发漂亮得如晶如水。

柳折眉难得露出一个淡淡苦涩的笑意："嗯，非佛弟子，乃入魔道。"

忘界似是笑了，却又看不出笑意："不悔？"

"不悔。"柳折眉说得很轻，却不迟疑。

"非佛弟子，乃入魔道。"忘界喃喃念了一遍，"为何入了魔道就不能升腾，只有堕落，这是什么道理？"

"没有道理。"柳折眉道。

忘界看着柳折眉："如此人物——"他叹了一声，不知道叹息的是什么。

顿了一顿，他说道："我已经很多年没有见过人了。"言下，似若有憾。

上官无益与忘界本不陌生，但自前三代以来，就没有人见过这个怪人，今天他竟然为了柳折眉开门出来，不能不说是一件奇之又奇的奇事。

上官无益忍不住插口："喂，你不是无论如何都不出来的？我十八岁那年威胁要拆了你这间破房子，你都不出来，今天是看见人多热闹，还是心情好？你当我上官家守了你这么多年是白守的？这样随随便便出来，哪一天再随随便便出去了，那我怎么办？"

忘界看了上官无益一眼，似是笑了笑："一世有一世的孽，一世有一世的缘。我与你上官家数代无缘，天命不可相见。"

"啊？"上官无益傻了眼，不可思议地拉拉何风清的衣袖，"他在说什么？"

何风清苦笑："他的意思是说：他是个神仙，和你上代无缘，却和你有缘。"

这话说出来，在场的多数人都是将信将疑。

柳折眉缓缓地问："如今，前辈可以告诉我们前辈是什么人了吧？"

众人一时间寂静无声。

忘界低头去看他那一头垂地的银发，静静出神，良久之后才缓缓道："不可说。"

柳折眉皱眉："为何前辈可以驻颜不老、如此长寿？"

"因为，"忘界笑了，语调悠悠，"我是被诅咒的神。忘记了禁界的人，要为被忘记的禁界付出……代价，"他缓缓以指尖轻触着额前的印迹，"永生不死，是最严厉的一种惩戒……"

上官无益"啊"的一声叫了出来："什么嘛！这世上多少人想着长生不老，这算是什么惩罚？不要说朴戾了，就连当今皇上都想着长生，你竟然说那是最严厉的惩戒？你是不是疯了？"

柳折眉却是脸色郑重，他还没有说话，慕容执突然缓缓地插口："永生不死，并不是被平白赐予的恩惠，那也是要付出代价的吧？"

忘界看了她一眼，又看了柳折眉一眼："那不是恩惠，"他掬起流散的长发，"是诅咒。以我所爱的人一世又一世的夭折、一世又一世的遗恨、一世又一世的死不瞑目。"他说到"死不瞑目"的时候，每一字，似乎都停了一下，"以他的福泽、他所修的功德，来换破禁的我神格不灭、永生不死，他却要生生世世含恨而终……"他轻轻叹息，"你懂吗？永生不死不是恩惠，是惩戒。没有一种命运的脱轨是不需付出代价的。是我让它偏离了原来的方向，结果，我永生不死，一切的后果却要由他来承担——这若不是惩戒，又是什么？"

所有人都在疑惑，那个人是谁，为何能让这样一个神为其如此？

"他与上苍立下约定：爱我一世，以后永生永世不再生爱恋之心。他生怕我见他世世苦痛，因而与上官家再立约定，要他们守我一生，不让我出去寻找他的转世，把我……关在这里，是为了我好。"忘界说起那个人，嘴角还带着微笑，像是很是幸福，"因为他知道他不会再爱我，怕我会伤心。"

"他就是那个无名氏？"柳折眉突然问。

忘界含笑点头。

慕容执突然张口结舌，让眼前这个神为之付出一生幽禁代价的人，竟是一个凡人？

神本无性别，逍遥自在，永生不死。神与凡人相恋，岂非是不伦之恋？莫怪上苍震怒、天理不容。

但看忘界的神色，一派闲适，像丝毫不以为意。

何风清与上官无益面面相觑，都是相顾骇然。这样惊世骇俗的事，他竟能说得这么自然而然？

"既是如此，你又为什么出来？不是……你心甘情愿把自己关在这里，直到永远的吗？"慕容执低低地问。她并没有震惊太久，爱与不爱的苦，她再清楚不过，虽然忘界的事情很难让人接受，但他的爱并不会因此而失去价值，且他有承担罪责的勇气。如果敢于承受结果，那就难怪忘界可以理直气壮。

"因为，"忘界突然看了柳折眉一眼，微微一笑，"这一世不同了。"他轻叹了一声，"我会死在这一世。永生，即将结束了。"

"为什么？"上官无益忍不住问，他只看见这个不死妖怪身上有无数个为什么，此外还有无数麻烦。

"他……本是没有姻缘的，因为他答应过上苍，永生永世，不起凡心。但这一世不同了，他虽然没有姻缘，但是，"忘界眉宇间闪过一丝凄然之意，很快他又微笑，"他却为自己创造了姻缘。"

慕容执隐隐觉得有什么事令她不安，却又想不明白："创造姻缘？姻缘是可以创造的吗？"如果姻缘是可以创造的，那么为什么她与柳折眉就没有所谓的"姻缘"？他们都已是夫妻了，却依旧没有"姻缘"，因为，他并不爱她。

"如果相爱，就有姻缘。只不过，自创的姻缘不得善终，这是天理，不可抗拒。一世有一世的孽，一世有一世的缘。"忘界似是很喜欢这句话，"他已经历世太久了，已经忘记了百年前的约定。他太寂寞，所以，他为自己创造了姻缘。"

"那么，他违背了誓言，他会怎样？"慕容执问。

"他入地狱，我死。"忘界微微一笑，笑得十分淡然。

"他入地狱，你死。"慕容执怔怔地重复了一遍。

"因为，他再次违背天命，他没有福泽了，你明白吗？"忘界掬起他的银发，"我的神格不灭和永生，倚仗的是他的福泽。你看见这个躯体在死亡了吗？因为，在这一世，他违背了他的诺言，爱上了一个人。"

"一个什么样的人？"慕容执想也未想，脱口就问，等到她知道自己说了什么后，登时满脸绯红，不知道自己为什么会如此好奇。

忘界并没有笑她，只是神色复杂地看了她一眼："一个普通女人。"

何风清轻咳一声："哪个女人？"

忘界笑了："你不能知道。"

何风清怔了一怔。

只听忘界缓缓道："这是天机。"

"你——为什么出来？"柳折眉很久没有说话了，此时突然语气怪异地问了这么一句。

慕容执看了他一眼，觉得他的脸色苍白得吓人，一双乌眸毫无生气，她不禁吃了一惊："折眉，你……"

柳折眉惊觉，见她满面淡淡的忧色，不由得握住她的手，低声说道："没事。"

"我是背叛了天命的人。"忘界看了他们两人一眼，只是笑笑，"即使他早已忘了我，我却不能看着他下地狱。他给过我爱，即使只是一世，即使转世后他已忘记了我，但是，记着的人，却不能当作没有发生过。我要改变天命，要……给他一个逆转的命格。"他幽幽地说到这里，已不是在对慕容执说话，而仿佛是在对着百年前的幽灵说话，"百年的沦劫，已经够了，难道百年的遗恨仍不足以抵消当年的罪孽？本该由我承担的苦，也应该仍由我承担吧？我，还你一个回归命运的将来，扶正脱轨的天命，你说，好不好？"

没有人回答，囚室之中一片寂静，众人都瞪着他，像见了鬼。

"即使你忘记了我，我还是……"忘界轻轻地道，"记着你的。"他抬起头，看着地牢的屋宇，像看见了宇宙，"我以我的永生，换你的将来……"

慕容执也随着他轻轻叹息："你可以把他抢回来的，不是吗？"

忘界微微一笑："不，他应许了只爱我一世的。我若强续百年前的爱恋，只会打乱天命，连带毁了许多人的命盘，让我和他都下地狱。"他笑笑，"我记得他不喜欢地狱，那个地方，比较适合我。"

"这世上还有其他神吗？"慕容执问。

"有。"忘界笑道。

"那必是无情之神。"慕容执道。

忘界看着她，好像很是赞叹："难怪……"他没有说难怪什么，只是那样笑着，很幸福似的。

何风清从面前这痴痴怨怨的惊异之中清醒过来："既然如此，这世上并没有什么凡人的长生之术，那朴戾根本就是白费力气，我们的担心也就没有必要。你是一个有罪的神，是不是？"他加了一句，"只要你现身说法，朴戾就不会再攻打无益谷。你既是神，想必不会轻易被人伤害，是不是？"

忘界笑笑："算是吧。"

上官无益突然懊恼地道："那么我家的誓言，到此也就结束了？"

"不错，你家的誓言，本就只到你这一代。不过上官家信守承诺，累世福泽，自你而起，会有很好的福报。"忘界微笑。

"天啊，我家护着的不是一个妖，而是一个神？"上官无益喃喃自语着，猛抓头皮。

慕容执回头看着柳折眉，神情无限担心。柳折眉的脸色，自从听了忘界的故事之后，就苍白得像个死人。

这时，忘界抬起头来，看着柳折眉："无益谷的劫难，其实必不可逃。你应该知道，这个劫数，是……"

"我知道。"柳折眉打断他的话，神情无比严肃，"这一世有这一世的结局，我不后悔。"

忘界的眼神很奇异："是因为她？"

柳折眉的脸色依旧很苍白："无法回头，没有理由，也没有后果——你最清楚的，是不是？"

他们的对话在场的多数人听不懂，只觉得莫名其妙，只有慕容执，在他们这两句对话之后，脸色就变得无比苍白——和柳折眉一样苍白！

忘界听见了柳折眉的回答，没有再说什么，只缓缓地转开了脸，不再看他。

第七节 前世之约

正在这囚室内外疑团重重、人人心神不定的时候，一个无益谷的弟子奔了进来："谷主，谷主！朴庆……朴庆带人打进来了！救命！他武功太高，弟子们伤亡惨重……"他还没说完，便扑倒在地，竟再也爬不起来。

上官无益一手把他扶起，急急斥道："外面有多少人？你怎么样？伤得重吗？"

那人胸腹之间被长剑洞穿，鲜血如泉涌，眼见是活不成了，竟还能入内示警，这份忠烈实是可敬可佩！他看着上官无益，似是有无数话要说，却已说不出来了。

上官无益心中又惊又怒，回头向忘界大叫："你不是神吗？救他！救活他！他是为了上官家、为了保护你才会受此重伤，你让我看看你的神迹，救活他好不好？"他虽然性情武功都未必是上上之选，却深得门下兄弟的人心，就因为他与门下兄弟毫无芥蒂，平日里嘻嘻哈哈玩成一片，感情甚厚。如今看见门人就要死在自己面前，他如何不惊？

忘界看着那人垂死挣扎，眉头深蹙："我不能救。"

上官无益几乎要疯了："你不能救？你是神，你说你不能救？我守了你二十六年，我不算前代的账，不算我上官家守了你一百多年的账，我守了你二十六年，你看在这二十六年的分儿上，救救他好不好？"他不是要向忘界索取上官家一百多年的冤枉账，只是他无可奈何！他只恨自己不是神，救不了这名兄弟的性命！

忘界微微动容，但依旧摇头："我不能救。他命该如此，我若救他一命，世上的因果命运就全然不同了。"

上官无益狂吼道："命运、命运！你只会说是天命、是天理！可是你若真的相信这狗屁的天命、天理，你还会在上官家待上一百多年吗？这世上纵是有神，那也是玩弄世人的恶意之神，世人的死活，他们管得着吗？他们又在乎过吗？你本就是个破坏天命的罪神，不要和我说什么大道理！"

他本是不会说话的人，如今一口气说了一堆，竟无人可以反驳他。

柳折眉低低地道："忘界，救人。"

还没有人反应过来为何柳折眉敢这样和一个神说话，却见忘界看着上官无益怀里的人，面有悲悯之色："他死了。"

上官无益呆了一呆，怨极地看了忘界一眼，转身冲了出去："神神神，哈哈——"他似哭似笑的声音传来，大家都是一阵担忧、一阵心酸，看忘界的眼神不免也带着三分鄙夷，均想：他为何不救？

"无益谷的劫难……"忘界并不在乎旁人的眼光，只是自己叹了叹，拂了拂自己的衣袖。

这时，柳折眉已经走了，他没有理会忘界，自去救人。

朴戾带着人血洗无益谷，心下也颇为诧异：在这关键时刻，无益门的重要人物都到哪里去了？他并不笨，很容易就猜测到他们此时不见了踪影，必是有什么重要的事，比如——谷中怪人出了什么事。

他要的就是那怪人。他深信，只要有人可以做到的，他朴戾一定也可以！所以，只要那怪人可以长生，他一定也可以！他今年已经五十岁开外，将近六十岁了，虽然对于武林中人来说并不算老，但毕竟不复青春年少。所谓"年纪越大就越怕死"，这话一点也不错，至少对朴戾来说是这样的。

他已到了无益堂门前。

一掌拍出，准备弄死挡在门前的碍事鬼。

剑光！

剑光如练，带着出奇出尘的静谧，如千百年前的银箭一箭穿过百年的沧桑，自亘古飞来，追上了朴戾拍出的那一掌。

是柳折眉，他未再掩饰他的软剑。

朴戾看到柳折眉就心头火起，上一次之所以功败垂成，都是因为这个小子从中捣乱，竟然还重创了自己！这个人绝不可放过——当然，他也从来没有打算要放过谁。

此时无益谷的人已经伤亡得十分惨重，所谓血流成河、满地哀号也不过如此。想起这些汉子原本都是铁铮铮的男儿，如何不让人恨！

但这些情感在柳折眉脸上看不出来，他依旧淡淡的，还是那一脸静如死水的微笑："朴岭主，别来无恙？"

这明明便是讽刺，由柳折眉说来，还是一派和气，毫无情感的起伏。

朴戾眉头倒竖，冷笑一声："你说呢？"他嘴里说着话，手下丝毫不停，一连十三记重手，招招皆是要取柳折眉之命。

柳折眉的武功本来就不如朴戾，今日看来似是施展不出，十三招后已落下风，比起数十日前更是不如。他兵刃在手，竟然无法反攻一招，反而被朴戾迫得连连后退，无力还手。

朴戾原本还以为这是柳折眉的疑兵之计，越打越是不像，大是诧异："柳折眉，你有病？"他剑伤未愈，武功已不如前，而柳折眉竟然打不过他，岂不是柳折眉的武功折损得比他更厉害？可这没有道理啊！

柳折眉不答。

朴戾这才记起，这小子闷声不响的本事极好，无论出了什么事都不会说的。一定出了什么大事！

上官无益飞身去救他的门人。

何风清一边抵抗蛮龙岭的小卒，一边急急救人，把地上受伤未死的人，不论是无益谷的或是蛮龙岭的，都统统草草包扎，带回大堂去。

在那里，焦大夫会继续救人治伤——这就是人性。

没有多少人是真正该死的，只是因为被依附者的野心，才造成了遍地伤亡的结果。

慕容执一样帮助救人，但脸上的神色却是若有所思，眼角眉梢，总给人一种并未身临其境的感觉，像是她正恍恍惚惚地想着什么——什么非常重要的事。

在她怔怔出神的时候，只听上官无益一声怒吼、何风清一声低呼、朴戾一声冷笑——柳折眉遇险！

朴戾已经深深感觉到柳折眉必定是出了什么事，柳折眉虽然神色冷静，其实功力散乱，只怕心里也是乱成了一团。朴戾心中得意，猛地一手擒拿，抓住了柳折眉的手掌。

柳折眉翻手点穴。朴戾手臂暴伸，一把扣住柳折眉的脉门，另一只手夺了他的软剑，顺手点了他数处大穴——柳折眉完全落入了朴戾手中！

"哈哈哈——"朴戾忍不住心中得意，纵声长笑，震得被毁去了一半的无益堂簌簌落下粉尘。

"统统给我住手！"朴戾厉声道，"这小子在我手里，你们不会不顾他死活吧？"

慕容执猛地停了手，她就这样怔怔地看着柳折眉，眉目间，是不可名状的凄凉之色和难以言喻的苦涩。她并没有看朴戾,她只看着柳折眉。

柳折眉没有反抗,他回望着慕容执,温和的笑颜终于失去了真切的意思——他没有微笑,只是带着他自见到忘界起就苍白了的脸色看着慕容执,一双乌黑的眸子黑得毫无生气,但是,慕容执却第一次在他的眼中看到了近似感情的痕迹。

是为她吗?

她不敢猜测,猜测的结果太可怕。她不敢想象三年来他未曾为她动过心,如今却会突然爱起她来了。虽然,她看见了柳折眉目中压抑着的痛苦,以及痛苦之后的……爱。只是,那爱太复杂,她分辨不出来他爱的是谁。

是她?还是那位神?

这个猜测让她无限恐惧。

她不知道自己有什么能耐去和那位神争夺。和那位神比起来,她微小得足以轻易忽略,她什么也不是——她终于知道,所谓慕容世家的小姐,其实竟然什么也不是!即使是慕容世家的当家,与那位神比起来,依旧什么也不是!什么也不是啊!

有什么比发现自己在那个人心中可能什么也不是来得更可悲可笑?

她知道他一向不在乎她,但是,却不知道所谓的"不在乎"可以如此彻底!

她知道自己爱得可悲,却不知,其实那不是可悲,对他来说,可能只是,可笑而已……

她爱他,结果,连一个可悲的凄然都没有,只能落得一个可笑的荒唐——她,慕容执,一个平常女子,竟要和一个神去争夺……

哈哈哈,这算什么?

苍天对她开的玩笑?上官无益说得没错,这世上的神,就是玩弄世人的恶意之神!

如果,她女人的直觉没有出错的话,忘界说的那个前世的他,就是今世她的夫啊!

朴戾把柳折眉拖到上官无益面前,脸上难掩得意之色:"上官无益,没有什么东西是朴戾得不到的?你最好乖乖听话,把他交出来!"

柳折眉生硬地道："朴戾，得到他对你没有任何好处！"

朴戾骤然大喝一声："我是和你说话吗？闭嘴！"他一拿到柳折眉，暴戾的本性就显现了出来，一巴掌甩在柳折眉脸上。

"啪"的一声，柳折眉被他打得一下侧过脸去，白皙的脸上生生印上了掌痕。对一个男人来说，这根本是不能想象的侮辱——而显然，朴戾等的就是柳折眉的愤怒。

但朴戾失望了，柳折眉除了看了他一眼之外，毫无反应。柳折眉依旧在看着慕容执，眼里的神色复杂至极。

但上官无益愤怒了："朴戾，你要有本事你自己去抓，不要在不能还手的人身上逞凶！我告诉你，你要的人在地牢里，你有本事自己抓去，放开柳折眉！"他真的是恨上忘界了，巴不得朴戾立刻抓了忘界去。

朴戾一怔，嘿嘿冷笑："你当我朴戾是三岁小孩，任你糊弄的？你上官家宝贝他宝贝了一百多年，会这么轻易把他交出来？你——自己去把人带来，立刻！否则——"朴戾挥手，"啪"的一声，在柳折眉另一边脸颊上又甩了一记耳光。

上官无益又惊又怒，气得手足冰冷。他从来没有想过柳折眉会受到这种侮辱，而且，就在他面前！柳折眉是来帮他的，柳折眉原本没有任何理由来这里蹚浑水，只是因为有一份天生的悲天悯人的心性，就必须受这种折磨？

"朴戾！你给我住手，立刻放了他！"上官无益大吼道。

朴戾根本不理他。上官无益只会怒吼而已，成不了气候，朴戾放心得很。

"你放开他，我去找人。"慕容执苍白着脸，终是缓缓地道。

朴戾并没有认出她就是扑入自己和柳折眉之间的那个碍事的人，只是有些诧异，不知这个神色惨淡的女子是什么样的身份。

朴戾："好！你去，立刻去！"

慕容执缓缓眨了一下眼睛，缓缓往囚室走去。她看了柳折眉一眼，然后避开他的目光，默默而去。

她始终是一个淡淡的女子，即使是惨然心碎，她却始终不忍他受到伤害，不忍他露出那样痛苦的神色，不忍的！她永远都不是一个坚强的女人，她永远无法忍受柳折眉身上受到一点点的伤害，所以，她永远是卑微的，永远……得不到他的重视……

"执——"出乎所有人意料，柳折眉竟然开口了，而且是一种近乎急切的声调，"不要去！"他语调中的痛苦那么明显，明显得灼痛了她的心，"不要去！"

慕容执没有回头，她的声音淡淡的，听不出什么感情："你——就这么……护着他？即使，是牺牲你自己？"她用一种几乎是平静带笑的语气说，"他……他……真的如此重要？我不知道……我不知道——那我呢？我……在你心中，究竟，算是什么？"

她终于说出了三年来想问但从来没有问出口的话，心中的痛像一下找到了宣泄的出口，突然之间，心麻木了，不会痛了，一片平静，死灰一样的平静。

柳折眉苍白的脸色更加苍白："不是的！"他痛苦地看着她，但她却并不回头，"不是这样的。"

"我不想知道究竟是怎样的，我累了。"慕容执摇头，语气很平静，"他会救你的，我相信。这件事结束之后，我会回慕容世家，你不必来找我了。你觉得……幸福就好。"她若无旁人地说着，好像这里只有他和她两个人。

这些话本来不应该在大庭广众下说的，但她已经不介意了。毕竟，她还是要失去他的，在哪里说，结果都是一样的。她不愿做一个痴缠的女人，因为，即使是事到如今，她，还是爱他的。

上官无益莫名其妙，他一直觉得慕容执是一个很好的妻子，也是一个很好的女人，他都有些偷偷地喜欢上她了。为什么会出现这种结局？她不是爱柳折眉的吗？

何风清更是震惊。他没有想到这些话会由慕容执说出来，她本是可以无限委屈的女人，为什么？

朴戾只觉得大为有趣，嘿嘿一笑："古来只有男子休妻，今天看到妻子休夫，哈哈！果然柳折眉为夫之道大为不同！哈哈哈——"

他在大笑，却有人幽幽地叹了一声。

那声音很轻，但所有人都清清楚楚地听见了。

柳折眉苍白着脸道："不要去了，因为，他已经来了。"

朴戾警觉地抬头："谁？"

"我。"一个很好听的声音，一个人，不知道什么时候已经站在了他的面前。

朴戾看着这个人,一个漂亮得像发光的流水般空灵的人,似男又似女,一头银发以一根紫色的带子系着,松松散散,随风而飘。这个人正用一种朴戾很不喜欢的审视的或者说是要看穿他的目光在看着他。

"你是谁?"朴戾危险地眯起了眼。

忘界答非所问——他有答非所问的习惯:"你本不该死在这里的。"他皱着眉,看着柳折眉,"看来本该死在这里的是你。"

朴戾怔了怔,不知道这人在说什么。

柳折眉却道:"我知道。"他苦涩地道,"从看见你那时起,我就知道了。你——唤醒了我的回忆,是不是?"他嘴边带一个自嘲的神情,"我知道无益谷之劫不可避免,因为,依照命运,柳折眉……应该死在与朴戾的一战之中,今世,依旧逃不掉早夭的命运。"

"不错。"忘界点头,"这是天理的正轨。"

"所以,我不要执找你来。"柳折眉脸上有一种厌倦的神色,"这是避免不了的。你若为了我,又逆天而行,那么,我岂不是永生永世都还不清这个亏欠?"

忘界怔住了,过了很久才道:"你从前……从来不会说,亏欠我的……"他在低语,像是很是困惑。

"忘界,因为爱你的,是前世的他,不是我!你明白吗?"柳折眉生硬地道,"那个人,他——不是我。我不爱你,所以不能接受你的牺牲,因为我无法对你付出——你明不明白?"

忘界轻轻笑了:"我明白,我当然明白。"他依旧那样笑着,"我知道你不会爱我,但是,我也说过,虽然,一个人忘记了,但是,记着的人,却不能当作没有发生过。我……不是为你……"

他抬头看着天,幽幽地道:"我爱的,也只是当年唯一的那一个他,"他回头看着柳折眉,"你不是他,你不是!"

慕容执却没有听他们说的话。她真的走了,因为,她相信,忘界不会让柳折眉受到伤害,她也不愿,不愿看见柳折眉对别人的情感。

她走了,她逃走了。

她爱一个男人,爱到最后什么都没有。她……已不能留下来。

上官无益与何风清震惊至极,几乎以为自己听错了他们的对话。

朴戾打量了忘界几眼:"你就是那个长生不死的人?"他可不知道柳折眉和忘界说的是什么,因为那与他无关;假若他注意一点,也许他就不会如此大意了。

忘界的银发微微飘了起来，他低声道："放手！"

朴庚一声怪笑："凭什么？"

忘界低低地念："忘界苦，离相难，寂灭为上。佛有三科法门，动用三十六对。出没即菩提场，说一切法，莫离自性。"他低低地说着。

旁人莫名地渐渐感觉到了一种力量，令人肃然起敬的、鸿远的力量。

"三科法门者，阴、界、入也。阴是五阴，色、受、想、行、识也。入是十二入，外六尘，色、声、香、味、触、法；内六门，眼、耳、鼻、舌、身、意是也。界是十八界，六尘，六门，六识是也……"忘界脸上是柳折眉脸上最常见的神情，平静而慈悲，看到他现在的样子，没有人会怀疑他不是一个神。

朴庚渐渐感到骇然："你干什么？作法念咒吗？"

"放手！"忘界平静地道。

朴庚放手了，而他却不知道为什么自己会放手。

柳折眉缓步走到忘界面前，目中有一丝悲悯："不可以放过他吗？"

"不可以。因为我已经打乱了他的命盘，我赌上了我的神格，我要——救你的命。"忘界淡淡微笑，"我从不认命，即使是天命，如果不从我愿，我也从来不认。像我这样的神，怎么可能成为真神呢？"他笑得有一点苦，"今日，不是你死就是他死，地狱，需要一个交代——我要他，来代替你的命运……"

柳折眉低声道："你会毁去神格，沦入地狱的。"

"是吗？"忘界只是笑笑，幽幽地道，"我要造杀孽了！"

众人俱是神色一震。

只见忘界束发的带子突然断去，一头银发微微飘了起来。他低喝一声："节、节、肢、解——"

柳折眉为之变色：这是佛祖如来当年修佛所受之苦，忘界拿它来入咒，那是最不可原谅的罪行，也是不可解脱的魔咒——

忘界说得没错，他怎可成为真神呢？他已入魔道，必下地狱。而显然，他自己对此也很清楚。

"转、逆、命、格——"忘界手指拈起，朵朵莲花自指间碎裂，片片莲瓣随风而散，莲香四溢。那碎裂的花瓣与清淡的莲香纷纷扬扬，沾了众人满头满身。

朴戾变了颜色,但显然他无法躲避,于是,连一声哀号都没有,他的身体陡然出现无数伤口,血流满身,他瞪着一双眼睛,死不瞑目。

他的血溅了出来,沾上了忘界的衣裳。

与此同时,忘界倒了下去,那片片的莲瓣,都渐渐褪去了颜色。

"忘界——"上官无益忘记了自己刚才有多么恨忘界,他现在只记得这个神与他有多大的渊源,只记得忘界与他二十六年的交情……

柳折眉一手把忘界抱在怀里。

忘界还没有走,他一双如发光的流水般的眼睛仍然看着柳折眉:"我……答应过他……无论将来如何……我……永远不会遗弃他……即使,他已遗弃了我,我还是要……记着他……的……"他那双漂亮的眼睛闭上了,不再动了。

前世的约定啊——为什么他还这么牢牢地记着?

那已是几世前的事了?为什么,他仍然记得?

无论时光怎样流逝,无论人物怎样变换,无论那是否只是一个人的记忆,都承诺:永不忘记……

柳折眉抱着忘界,忘界的身躯渐渐淡了、散了,化作点点晶亮的光点,缓缓地飘逝了——这是作为一个神犯戒的下场——神死,格散,入地狱……

这是忘界的爱,是他的选择——一条忘记了禁界的路,不归路。

柳折眉看着他在怀中散去。

这就是爱吗?他在想,前世的他,是多么……幸福。因为,竟有这样一个傻瓜,肯这样痴痴地等待——等待着这一世的他爱上一个女子,然后再死。

傻吗?

很傻……

柳折眉看着手中的空白,静静地,落下一滴眼泪。

第八节 心归何处

无益谷的大劫过去了。

结果非常令人沮丧——非但伤亡惨重,还毁了一段姻缘,又灭了一个神。

但活下来的人依旧是要活下去的。

何风清回千凰楼去汇报无益谷的事情。

上官无益准备重建无益谷,把它弄成一个像样的江湖门派。

肖飞早已离去,他连无益谷一战都未赶上。但他生性冷酷孤高,并不以为这是什么损失。

而慕容世家的两人把慕容执接了回去,也没有责备柳折眉什么。

一切都进行得很平静。

一切也都像是很必然。

柳折眉回到了柳家杂院。

一切都还和他离家时一样,只是多了一层灰尘。

她如果还在,一切都会是干干净净的,房子里会充满温暖的感觉,只因为她在。

书房的墙上依旧挂着那两幅字画,只是桌上的小黄花已经干枯死去。

他本来可以什么都不想的,他本来有足够的修为可以超脱,但是,发生了那么多事,他,已经不能回到过去那个无心无情的他了。

他无法不去想,他连一刻不去想都做不到。

本来……本来……她是会等着他的,等他回来,然后做一桌很可口的饭菜,两个人静静地吃。虽然,一般没有人说话,但她会不时地看他一眼,那眼神,是很温柔的。他喜欢那种气氛。

柳折眉为自己做着饭——三年来,这是他第一次动手下厨,虽然,在他未娶慕容执的时候,他已经这样做了很久了。

但是,拿着锅瓢,他会想起这是她曾经用过的;看见米缸里的米,他会想起这是她亲自去买回来的……这整个家里,都有慕容执的痕迹——他无法忽略。

他还记得,他的妻原是个不会做饭的女子:刚刚嫁入柳家时,她什么都不会,曾经有一段时间,他教她洗米做饭、教她洗衣种柳,她学得很快,很快,她就成了一个很称职的妻子。

她付出了多少努力?他不知道。

从什么时候起,她开始学会了那样淡淡地微笑,学会隐藏她的情感?是因为,他让她失望了吗?

一阵焦味扑鼻,柳折眉怔了怔,才知道自己把饭烧煳了。放下锅瓢,他无心用餐,站在那里怔怔地出神。

那时,他从没想过要去爱她———一切都是那么理所当然,她像是本就应该那样对他付出的。

但其实不是的,她是一个女人,再柔韧的感情,也经不起如此无情的漠视。

而现在,他是爱她的,她却不要他了。

她有权不要他的,他实在是一个很差劲的丈夫,不,一个不可理喻的丈夫!

他缓缓地坐下来,身子好难受。自从与朴戾一战之后,他就知道自己的真力在逆转,无可挽回。是因为爱她吗?他不知道,唯一知道的是,这样也好,他死的时候,她就不会太伤心……

好累……柳折眉倚着自家厨房,闭上了眼睛。

等到他醒来,已茫然不知道睡去了几天。

他看见窗外夕阳西下,或者,他只睡了一个时辰;又或者,他睡了一天又一个时辰。

无所谓,他不在乎,反正,迟早都是要死的。他逃过了上天的劫难,却逃不过自己给自己打的死结。

她在慕容世家里,不知道好不好?他一整天,就这样想着。

外面的柳树枯了,柳树本不该种在这种没有水的地方。离开了照顾它的人,就不知道该如何活下去了。

他,应该去浇水。

但是他很疲倦,全身没有一点力气。

坐在这里,他根本不愿站起来,宁愿就这样坐在这里,慢慢地想一些他从未想过的事。

她刚刚嫁给他的时候,喜欢有光泽的绸缎,喜欢嵌珍珠的簪子。他还记得成婚的第二天,她穿着一身漂亮的淡紫衣裙,鬓边插一支嵌有珍珠的小小的花簪,那一脸微微的羞涩与娇艳稚气,是一个幸福的小女人才有的。只是,在他不知道的什么时候起,她那些有光泽的衣裳、那些珠光宝气的东西,就已经不知被她收到哪里去了,再也没有看她穿戴过。

她开始和外边的妇人一样,穿那些青布衣裙。其实刚开始时,他是有些诧异的，但他却并没有关心这些。他总以为，穿什么都是一样的。但其实不是的，其实她和外边那些洗衣妇人并不是一样的女子。

他常常听见别人叫她："柳家的嫂子，买米啊？"那时，她会回头淡淡一笑。

那时候，他并不觉得这是一种幸福。

她的那些东西，收在哪里了呢？

柳折眉站起来，头有些微的发昏，但他并不介意。他在想，她的那些零零碎碎的东西都被她收到哪里去了？

回到卧房，他打开慕容执的衣柜，那里面只有几件青布衣裙。在衣柜最里面，有一个描金的木箱，那是她的陪嫁之物。

打开木箱，里面是一把团扇、一沓绫罗绸缎、三个扇坠、一个梳妆盒、一串铃铛，甚至还有一朵干枯的小花。

团扇、扇坠——她本是拿着团扇扑蝴蝶的千金小姐……

那一沓绫罗都是大红色的，象征新婚之喜，可惜，现在已经微微陈旧了。

梳妆盒……他打开梳妆盒，里面宝光莹莹，有金钗三枝、发环两个，甚至有几枚戒指。而他从来没有看慕容执戴过它们。还有数串珍珠链子、一副上好的玉镯。这些价值连城的东西，她却把它们丢在衣柜的最深处，仿佛丢弃一堆废物。还有一张点唇的红色胭脂纸——却没有粉盒，可能她早把它丢掉了。

女人的温柔、女人的旖旎、女人的妩媚，都在这个小小的梳妆盒里，而她就把它们像丢弃废物一样，丢弃在这里……

铃铛——那是孩子玩的玩意儿，她也有过童心？

还有花——那根本已不知是什么时候的花了，她竟还收着？

他仿佛触及了慕容执心中最安静的角落，在那里，他的心也是安静的。

执，他的妻啊！

他突然，非常非常地，想看看她。

柳折眉可能从来没有想过会有这么荒谬的事，但现在他正在做——他翻过慕容世家的围墙，站在一间精致小筑的屋顶上，只为了看屋内的一个女人——那是他的妻。

"执儿，不要傻了！反正你还是清白之身，你要什么样的男人不行？你若肯嫁，不知有多少江湖俊杰等着想娶你，何必死死守着那个柳折眉？难道他让你伤心伤得还不够？你看看你，三年来弄成什么样子了？我没有同柳折眉为难，就已是很给他面子了，你还想怎样？他根本不把慕容世家放在眼里！"

说话的是慕容世家的当家人慕容烷，他如今已年过七旬了，是慕容执的爷爷。

慕容执只是笑笑："爷爷，我们不要说这些了。执儿陪你下棋好不好？"她依旧是那样淡淡地笑着，让人丝毫发不出火来。

"你不要岔开爷爷的话头，尽是护着那个小子！老实说，如果不是有你护着，慕容世家早把他挫骨扬灰了。"慕容烷依旧愤愤不平。

"爷爷，他并没有欺负我，我已经说过很多次了。"慕容执笑笑。

"那怎么会弄到你跑回娘家来？"慕容烷冷笑。

慕容执摇了摇头，低低地道："我不知道。可能……只是因为我始终……不是他想要的……他对我很好，只是我自己……要得太多了……"她怔怔地出了一会儿神，又摇了摇头。

柳折眉怔怔地听着，他这样叫作对她很好？

她……依旧没有怨他啊！只是，她不愿再爱他了。因为，爱他实在太累太累了——不是不爱，而是不愿再爱，这比什么都更令人绝望，不是吗？好……难过……

他倚着屋脊，很勉强才没有把涌上喉头的血吐出来。

他记得当师姐开始呕血时，离死就已经不远了，他不会有太多时间了……他不能再待在这里……

"谁？"屋内传出一声大喝，慕容烷大怒，竟然有人敢在慕容世家窥探！他一喝之后，疾步掠上屋顶。

四下无人……

慕容烷一摸屋脊的瓦片，有一些还是温热的，证明刚才的确有人在这里窥探过，但来人轻功了得，在他上来之前就已遁去。

是谁？

慕容烷是数十年的老江湖了，他微微眯起眼，不是没有想过……

柳折眉回到家，登时一口鲜血吐在了书房的桌面上，殷红夺目，看起来颇为触目惊心。缓了一口气,柳折眉急急地咳了两声,倚着椅子坐下来,闭上了眼睛,把头倚在桌缘,喘息不定。

足足过了一炷香的时间,他才缓过一口气来,强打精神,找来一块抹布,擦去桌上的血迹。

还剩大半个夜晚,他虽然很累,却毫无睡意。

窗外一轮圆月,屋内月光满地,夜色很好,只是照在这儿,却显得无限冷清,无限凄楚。

家里,只有他一个人。

生也好,死也好,都不会有人再关心他。因为,没有人知道,他现在是如何需要照顾的一个人,他可以自由行动的时间已经不会太多了。

只是,为什么还是想着她呢?他还是想着她,还是想着,为什么忘界不会忘记几世前的爱人?因为,当你真正爱过,那爱已入了你的心、你的骨、你的魂,如何还拆分得开呢?如何能够忘记?如何可以分开?

执啊,如何可以分开呢?如果,我可以不死,那有多好!

柳折眉闭上眼睛的时候,他是这样想的。

等再次醒来,又不知是什么时候了,只看见窗外正在下雨。

那雨好似已经下了很久,由于他是伏在桌上睡去的,衣袖被打湿了一大半。

窗外的木兰花开了,鲜灵灵的,很是新鲜的气息。

夹在雨里的风,冰冷。

他睡了不止一天——在他夜探慕容世家的那一天,树上还没有花苞。

柳折眉有一种不好的预感,他……也许将要死了。

他不记得自己有多久没有进食,不记得自己这样昏昏睡睡地究竟过去了几天,只知道他很累,很累……

他不要死在这里……

柳折眉不知道从哪里陡然来的一个心愿——他不要死在这里。至少,在他死之前,让他去看她最后一眼——他不会让她知道的,他只是要静静看她一眼,然后再死。或许,他应该死在师姐的墓旁,那里至少有等着他的鬼……

这里满满的都是她的痕迹,他不要死在这里!死在这里他会发疯,他死了也会是一个想她的鬼,他会不甘心、会怨恨的——他会恨师父、会恨苍天、会恨自己,然后变成一个怨鬼……

柳折眉已经不知道自己在想些什么了,总之,他要离开这里,去见她一面!

然后不知道哪里来的力气,支持着他站了起来,往城郊的慕容世家而去。

慕容执在看着窗外的新花,雨一直下了两天,外边的花开了无数,却也凋零了无数。

离开了柳折眉,她的心情很平静。三年的感情,三年的回忆,足够让她借此思念过一生了,她并不寂寞。

看着院子里的新花,她淡淡地想着柳家杂院里的花草,不知它们又开了多少、凋零了多少?

他……不知道好不好?她有时也淡淡地想。

但她始终相信,忘界会好好待他的,他毕竟是忘界等候了几世的心爱之人……

突然,一种直觉——有人在看着她!很熟悉的感觉,就像是……他!

慕容执抬头四下看了一下,没有人。

她有一点自嘲。她还是不惯的,不惯没有他的生活,常常以为,他还在身边——前几天晚上是,现在也是。

"谁?"

慕容决的声音在院外喝了一声,接着慕容决疾步跃入院内:"执,没事吧?我好像看到有什么人在这附近。"

"没事,没有人。"慕容执一边答道,一边恍惚了一下:真的有人吗?

慕容决点了点头:"爷爷说近来似乎有贼夜探咱们家,要我们当心一点。"

慕容执淡淡一笑,在慕容世家里,还有什么可担心的?爷爷也真是小题大做了。

柳折眉伏在一棵青松的枝丫之间,他几乎被慕容决发现了,慕容世家的人果然十分了得。

她似乎很平静,就像她说要离开他时一样平静,嘴角带着微微的笑意，这让她本来并不十分动人的容颜显出了几分温婉的神韵。

难道只有离开了他，她才会快乐吗？

他已经见到她了，却怔怔地不愿离去，贪恋地看着她。他真的、真的不愿离开啊！

他不甘的，如何能够甘愿呢？可是，他真的要离开了，他不愿死在柳家杂院，更不愿，死在这里！

"大哥找我，可有要事？"慕容执看着慕容决，眉眼淡淡的。

慕容决素来不多话，点了点头："何风清在外面。"他说话能省则省，言下之意，便是"他要找你"。

慕容执微微一怔："何风清？"

她对何风清谈不上什么好感恶感，但并不是毫无知觉。何风清对她那一片若有若无的情意，她不是不知，只是假装不知。如今听说他找上门来，她轻轻一叹，知道事无善了。

她既没有梳头抹粉，也没有费事地换衣着裙，只是眼望窗外，轻轻一叹，便转身走了出去。

柳折眉看在眼里。她轻轻一叹，眼里依旧满怀幽怨，她依旧不快乐吗？他本想看她一眼就走，但既然看了一眼，如何能不再看第二眼？他身不由己，随着她向外厅移动。他体内真气翻滚不休，在经脉之中处处冲撞、痛彻心脾，眼中看出去一片模糊，只望见她那素雅的背影，穿花拂柳，与他越离越远。

何风清忐忑不安地坐在外厅，定定地看着手里的一杯清茶，心神已不知道飘到哪里去了。

听脚步声响，他才愕然抬头，来不及掩饰满脸的狼狈之色："柳夫人……"

慕容执只是笑笑，凝视着他。他坐着，她站着，她甚至微微伏下了身，有一种优雅的况味："不知何公子找慕容执有何要事？"她低下头，一缕发丝在颊边轻轻地飘拂。

何风清看得呆了一呆："我……我……"他定了定神，"我……不，我们楼主听说夫人心情……心情不好，所以……所以……"

"所以叫你来看我？"慕容执叹了口气。

何风清深吸了一口气，突然抬起头："不，不是的。不是我们楼主听说夫人心情不好，是我……"他突然激动起来，"我不是有意冒犯夫人,但自从那一日见过夫人,我……我忘不了……我不是自愿来的,而是自从回到千凰楼后……"他痛苦地一拳捶在桌面上,茶杯里茶水四溅,"我忘记核算今年琥珀院的收支,弄错了院里的收益,把石榴石当成了琥珀卖给了客人……我……我不知道我在做什么!楼主要我弄清楚我是怎么回事再回楼,我被楼主赶了出来。你懂不懂?"

"是我害了你?你这么觉得?"慕容执又叹了一口气,果然事无善了,"所以你来找我?"

"我……"何风清呆了一呆,突然静了下来,"我不知道。"他摇了摇头,"你不要问我,我也不知道。"

"那么,你来找我,想要如何?"慕容执柔和地问。

她本来心下不悦,觉得何风清未免太过逾礼轻薄,但听了这番话,却起了淡淡的同情之意。

何风清怔怔地看着她:"我要如何,你一定都答应吗?"他眼中有迷茫之色,却透出强烈的希望。

慕容执也是一怔:"那要看你要如何。"

她有怜惜之意,是因为他的事毕竟是因她而起,但若他有过分之求,她自然不会答应。

"我知道你离开了柳折眉,是不是?"何风清眼睛闪着光,"嫁给我,好不好?我一定会好好待你!我绝对不会像他一样,我会对你很好的,真的!你相信我!"他看着慕容执,眼里热切得几乎要喷出火来。

慕容执震惊了,她退了一步,震惊地看着他:"你知道你在说什么吗?"

"我当然知道。"何风清站了起来,"我已经想得很清楚了。柳折眉对不起你,你是不是应该证明给他看,证明你离开他,一样可以过得很好?我会对你很好的,你相信我!"

"我相信你会对我很好。"慕容执摇头,轻轻地道,"但是,我并不爱你,我不会对你好。时日一久,你会怨我的。"她眼神明定,"不要太天真了,好不好?"

"我当然知道你不会爱我。"何风清苦笑,"你一辈子只爱柳折眉一个人,我不是傻子,当然知道。但是,如果我有期待,才会有怨恨;我明知道你不会爱我,我只希望你可以给我爱你的机会,所以我不会怨你,我只会感激你。"他说着,眼里有了泪光,"如果一个人一辈子只能爱一个人，遇上了你，我认了！"

慕容执不答，心里一片混乱。

他是认真的，这反而让她不知如何是好。如果他是轻薄浪子，她大可下令把他逐了出去；但他是认真的，他是真心实意要娶她的！她绝不是笨蛋，她清清楚楚地知道，如果她这一生还要嫁人，除了何风清，她再不能嫁给第二个人——再没有哪一个男人，可以容忍自己的妻子一心一意地爱着另一个男人。

看着眼前这个男人狂热的眼神，她忆起另一双温和但是无情的眼睛。为什么同是眼睛，热度竟能差这么多？

她讥讽地笑了笑，心中有一种奇异的叛逆的快意。他不珍惜，自有别人会珍惜啊！他不能爱她，那么，让别人爱她一辈子，是不是，她会快乐一些？她想证明给他看，她并不是没有人要的！说到底，也只是在和谁赌气而已！

她在心里自嘲自讽着，脸上却淡淡一笑："好，我嫁给你。"

何风清反而怔住了，像在梦中："你……你说什么？"

"我嫁给你。"慕容执轻轻拂了拂袖子，姿态优雅，丝毫没有面对柳折眉时的焦虑担忧，像在玩一个很好玩的游戏，"你明天早一些来迎娶。免得我回去想想，又变了主意。"

她转身而去，连发丝都没有颤动一下。

何风清呆呆地看着她的背影，几乎以为自己是在做梦。

柳折眉人在屋脊上，真力翻滚，但耳力犹在，一字一句都听入耳中。心中却不知是惊是喜，一个人怔在了那里——她还是爱他的，她一辈子，只爱他一个人。可惜，他却不能给她信心，以至于她虽然爱他，对他却死了心，她决定嫁给何风清！她决定嫁给何风清！

他死死地咬牙，自己真的，真的有这样的肚量，把她送给另一个男人？

他已是气力全休、生机渺茫，如何能够爱她？他凭什么给她幸福？

明天？明天……她决定明天嫁给另一个男人，而他，却不知还有没有明天！爱一个人，需要勇气，也需要傻气，他没有明知必死而爱她的勇气，他也没有那样冲动的傻气。也许，是他太理智、太冷静、太会伤自己的心，否则，为什么明明拥有了一切，却把自己弄到这样一个地步？

明天，他要怎么样？妻子要嫁人了，做丈夫的，应该如何？

明天，嫁给何风清，彻底死了心，一切从头开始，可以吗？夜间，慕容执望着窗外，怔怔地看着那悬空的圆月，痴痴地询问。

此问无解，只有她的眼神凄然如水，如水凄然。

一夜无声，各人想着各人的心事。倒是慕容世家一夜未眠，锦缎绫罗连夜从京城最好的店铺被源源不绝地送到慕容世家。

大红的喜筵，大红的灯笼，大红的锦缎，大红的喜字，大红的声音、颜色。丫鬟们的笑声脚步声不绝于耳，香风阵阵、环佩叮当，似乎比慕容执第一次当新娘之时还要热闹。

慕容执在房里任凭喜娘给她上妆。她本不是个美丽的女子，但描红点朱之后，倒也显得柳眉凤目、端庄素雅。穿上凤冠霞帔，牵着红缎子，她被喜娘引着缓步从房里出来，上了花轿，被从她的房间抬到慕容世家的前殿，然后下轿。

她头戴喜帕，看不见事物，一步一步地迈出去，心情也从答应下嫁时的异样激动与叛逆，到这时渐渐开始后悔。她背叛了柳折眉！她是个天性淡泊而知命的女人，并不是喜爱胡闹的人啊，而她却安排了这样一件荒唐不堪的婚事，说到底她还是想试一试，他是不是还有一点点在意她？他是不是会因为她而生气、而愤怒？

可是没有，他甚至没有来，没有来指责他的妻子这样败坏名节、这样不知羞耻！她这么做的结果只会让她自己连最后一点尊严也丧失殆尽，让她后悔——为什么明明知道没有结果，还是要这样一次又一次地尝试，尝试证明，他其实对她也有情？

又一次的绝望。慕容执一步一步地走向何风清，她嘴角带笑，他也许正和忘界在一起，根本忘了今世还有她这个妻子。她对他们来说是微不足道的吧？一个俗世里的女人……

"一拜天地——"

一声高呼把她惊了一跳，她只有满心满腔的自伤自嘲，哪里有新嫁娘的喜悦之意？

何风清握起她的手，慕容执手指一动，几乎要收回手，但终于强自忍住，没有甩开手去。她自己做的决定、自己的任性，是要自己负责的,她已不是孩子了。

何风清拉着她,面对着大殿门口,缓缓地拜了下去。

"且慢——"

所有的人都吃了一惊,蓦然回头。只见殿门洞开,天色明亮,门口站着一人。

一个青衣人。

慕容执骤然抬头,盖头的红巾一阵激荡,让她一下子看见了来者是谁。

柳折眉!

何风清虽然吃惊,但他心下早就有备在先,要娶慕容执,就迟早要面对柳折眉,是以他反而并不慌张。

"折眉,她已答应嫁给我了。她会做我的妻子,我会善待她的。"没有听柳折眉说什么,何风清便拦在慕容执面前,先开了口。

柳折眉衣冠整齐,脸色微微有些憔悴,但精神还好。听何风清说完,他笑了笑,并不理他,只是凝视着慕容执,良久良久,才低低地问:"执,你真的可以……就这样嫁给他吗?你是爱我的,不是吗?"

慕容执闭着眼睛,她不敢睁眼,因为一睁眼,泪就会滑落下来。

"那又怎么样?反正,你从来就不在乎……"幸好盖头盖住了她的眼睛,没有人看见她眼睫之间滚来滚去的眼泪。

"我如果……如果我现在在乎,你是不是……就可以不嫁?"柳折眉神色之间有着难以言喻的苦涩与凄凉之意。他从前不是不在乎,只是以为,他还可以放手。

"不可以。"慕容执身子一颤,"你现在在乎有什么用?我既不是蜜蜂,也不是蝴蝶,不是哪里花开,就可以飞去哪里的。"她轻轻摇头,"我只是一个女人。我不会因为你现在一时的后悔、一时的在乎而以为你会为我改变什么,那是不可能的,我还没有那么天真。我答应了要嫁给他,难道,因为你来了,我就可以不嫁?你当我是什么,一个疯子?"

柳折眉眼里掠过一层深沉的痛苦,他让她完全绝了期待之心,她根本就不敢想象他会爱她、她对他毫无信心。可是,他却无法就这样算了。他并没有那种神佛般绝情,他明知就算她答应了不嫁给何风清,自己也无法给她幸福,可是,他却不能就这样算了,真的……不能啊!

她如果嫁给何风清,他会发疯的!他不知道自己是什么时候爱她爱到如此绝望、如此不顾一切的地步,但是要他在这里祝福他们,然后离去,还不如让他死在这里,死在她面前!

在那样的痛苦和绝望之中,曾经以为可以放手、可以看着别人给她幸福,但那时她是充满信心地在爱着他的,他依赖着她的爱;如今她已经不敢再对他付出些什么了,他还有什么可以依靠,他可以依靠什么——一身要他的命的武功吗?他在濒死之际,已不能再失去他唯一仅有的了,他不可以让她嫁给何风清,不可以、不可以!绝不可以!他承认他从前太天真,一个人的情感,如何能够去计划、安排,去自以为可以给予什么幸福!

"执,我绝不会让你嫁给他的。"柳折眉深吸了一口气,一字一句地道,"无论你怎么想、无论别人怎么想,我既然来了,就不会这样离开。我知道你要嫁给何风清是对的,但我绝不允许!"

他的目光惨淡,直视着何风清的眼睛,一字一句地道:"我绝不允许,你懂吗?"

柳折眉一向温文尔雅,几时说过这样决绝的话?这几句话一说,原本议论纷纷的喜堂上登时静了下来。

大家看着他,都有着不祥的预感。

何风清原本早已想过了几百遍,如果见到了柳折眉,要怎么请求他的谅解、如何让他放过慕容执,但那时何风清所想象的柳折眉完全不是现在这个样子的。

看着柳折眉介于绝望与死亡之间的眼神,那一双不知为何出奇发亮的眼睛,像有一种不知是什么的东西正在燃烧着,燃烧着他的生命,也燃烧着他的爱。这让何风清莫名地有些害怕:"折眉,你……你不是不爱她的吗?让她嫁给我,我会爱她……"

柳折眉的脸色变得非常苍白,他像是很用力地咬了一下唇,鲜血沿着受伤的唇线缓缓渗出,把他的唇染成了血色。

非常魔魅。

柳折眉现在看起来不像一个佛,倒像一个魔。

"我绝不允许,你没有听见吗?"柳折眉一句话堵住了何风清的嘴。他的语调冷冷的,脸色苍白如雪。

何风清一阵错愕,忘了接下去想要说的话。

只见柳折眉向慕容执走去,手伸向她:"和我走,我们回家。"

慕容执任他拉住自己,虽然闭着眼,但早已泪流满面。他如果可以早一点这样待她,她就是在无益谷死了也今生无憾,可是……可是为什么他要迟到如今?为什么?为什么!

"对不起,折眉,我不能和你走。"慕容执摇头,"我……我今日……"她语音哽咽,竟是说不下去了。

一只手缓缓抚上她的脸,接着头上一轻,那手很温柔地拿下了她的凤冠。慕容执眼前一亮,有人揭开了她的喜帕。

"不要哭。"有人很温柔地说。

慕容执睁开眼睛,眼泪就不可抑制地滑落下来。眼前的人是柳折眉,他正在微笑着:"不要哭,你看,第一次,是我揭开你的喜帕;第二次,也是我揭开你的喜帕。你是我的妻子,哪里还有妻子可以随便嫁给另一个男人的?"他以衣袖轻轻拭去她的眼泪,"我们回家了,好不好?"

"折眉——"慕容执叹了一口气,"折眉,对不起,我不能和你走!今天你来,我很高兴,但是我答应了嫁给何风清,我不能食言。"

"我……我……"柳折眉轻轻吐出一口气,"爱你。"

慕容执拉着他的衣袖,终于轻轻松开了手:"你骗我。"她轻轻摇头,语气笃定,"你骗我,我不相信。"

"傻瓜——"柳折眉摇头,"我不会骗你的。"他只会骗他自己而已。

"我不要听!"慕容执退了一步,"我今天要嫁给何公子,你不要胡说八道,我不会相信的。你只爱你的佛经,我知道的。"她的脸色惨白。

佛经?柳折眉深深吐出一口气,那已不知是什么时候的记忆了,为什么她不愿相信他?因为他实在太差劲,他实在不是一个好男人,更不是一个好丈夫,如何能去责怪她不愿相信他呢?

他笑得带了三分凄然:"你不相信?"

慕容执闭上眼睛:"我不相信!"

"那么,就算我欺骗你好了。"柳折眉笑笑,一字一句道,"我再说一次,我知道你要嫁给何风清是对的,但是,我绝不允许!"他看着她的眼睛,柔声说,"现在,你还是要嫁给他吗?"

"我说过了,我不能食言,你爱我也好,不爱也好,那又如何?你可以爱我的时候,你爱佛经,如今你说爱我又怎么样?我还是要嫁给他。

我答应过的事，绝不反悔。"慕容执也一字一句地道，声音里毫无感情。

"真的？"柳折眉的声音毫无生气，飘忽而茫然，"真的？"

"真的。"慕容执咬了咬牙，"你走吧，这里没有你的位子。"

"就算你真的不后悔，但是我不甘心啊！"柳折眉轻轻叹了口气，摇了摇头，"我说过了，我不会允许的，绝不允许！我已经说了很多次了，为什么你们竟然不相信——我是在……威胁？"他的声音轻而清晰，目光向殿内众人一个一个地望过去，那目光冷若寒冰，又凄厉如鬼，看得众人一阵心寒，不知道他想要如何。

何风清惊疑不定，伸手把慕容执护在身后。

慕容决也微微皱起了眉，柳折眉要干什么？

就在大家惊疑不定的时候，柳折眉冷冷一笑，向前踏了一步。

众人明明看见他只是向前踏了一步而已，但眼前一花，柳折眉这一步竟像是踏出了十步八步那么远，一晃眼就到了慕容执面前，掠起千百个幻影，化成一道弧线，无声无息，伸手往慕容执腰间抓去。

何风清并非等闲之辈，这时，他一手向着柳折眉的手臂抓去。

慕容决也是一代英杰，他及时劈出一掌。

慕容烷更是老而弥辣、武功了得，他纵身而起，一把向柳折眉背上抓去，同时大喝一声："留下人来！"

但没有人能拦得住柳折眉这一抓。

这一抓是充满绝望的一抓，是身在悬崖、伸手去抓救命稻草般绝望同时又带着希望的一抓，这一抓，充满着凄厉、惨淡、痛苦，与那刻入了骨子里的、深不见底的绝望与挣扎！

疾风掠过，三人的攻势一起落了空，身形交错在刚才慕容执所站的红毯之上，而殿中一阵惊哗，三人一起回头，正看见柳折眉挟持着慕容执，掠上外殿的墙头，闪身出去了。

回家。

柳折眉一离开，走出慕容世家没有多远，便看见在远远的官道的另一头起了尘烟。以柳折眉的江湖经验，一眼就可以看出，那是一队马队的马蹄扬起的尘烟。

哪里来的马队？

柳折眉心下暗惊，这一路直去，除了慕容世家之外别无他人，这么声势浩大的马队向此而来，除了要找慕容世家的麻烦之外，不可能有其他意思。

慕容执脸上变色。

柳折眉脸色出奇苍白，如果他还能够动手……

"执！"他缓缓放开慕容执，"你回去告诉他们有敌来犯。你的轻功不弱，可以抢在马队前面。"

她此时此刻丝毫没有想起他强行把她掳走的蛮横，点了点头："我会尽快回来的。"

她转身欲去，顿了一顿，背对着他："你……你呢？"

"我……"柳折眉轻吁了一口气，"我在这里拦他们一阵。"

"那好，我先走了。"慕容执红衣一振，往回奔去。她丝毫没有怀疑柳折眉可能会出事，柳折眉的武功高强，天下皆知，对付区区马队至少可以自保，她丝毫不怀疑。

她去了。

柳折眉暗暗咬牙，提起一口气，勉强想试试自己是不是还有出手之力。他昨夜强迫自己休息了一夜，今日才有气力支撑到现在。现下再要阻拦这一队马队，那真是太苛求了。他的真力经他刚才那番折腾，已经被消耗得所剩无几；他的身体因为久未进食也极其虚弱，他自己也很奇怪，为何到现在还不死？老天还是让他把她夺了回来，这已经是老天对他的恩典了，如今……如今却要让他死在这里吗？他真的不甘心啊！

柳折眉轻轻吁出一口气，抬头望了望天，轻轻负手，缓缓站在了官道的中间。

远处奔马长嘶，马上有人远远地大喝："什么人挡路？"

柳折眉轻轻拂了拂衣上的尘土，只当作没有听见。

远处的马队顷刻之间便奔到眼前，当头的大汉见柳折眉这样的神气，怒从心头起："大爷和你说话，你没听见吗？"纵马疾驰而来，"唰"的一声，一马鞭对着柳折眉当头抽了下来。

慕容山庄内正自鸡飞狗跳——堂堂慕容世家的小姐，竟然在慕容家众多高手面前被人掳了去，而慕容世家竟没有一个人可以把人拦下来，这简直是慕容世家近百年来的第一个奇耻大辱！况且，慕容执也不知道怎么样了，不知道是应该认新姑爷作数，还是认旧姑爷作数？不知道要不要派出大队人马去追？忙乱间，反而把何风清晾在了一边，没有人理他。

"爷爷！"慕容决低声问道，"怎么办？"

慕容烷似喜似怒："嘿嘿！没想到，这小子还不是没良心到极点，还知道执儿的好处！执儿虽然不见得多美貌，但体贴温柔，实是男人求也求不到的好妻子。这小子身在福中不知福，要到闹到这等田地才知道他自己的不是——嘿嘿，他这回苦头要吃大了！"他摇了摇头，"如果，他是真的悔过，执儿若仍是爱他，或者……"他想了想，叹了口气，仍是摇头，"不过慕容世家又岂能失信于人？"他看着何风清，"这些小儿女在想些什么？我老了，真的弄不明白，不明白！"

慕容决也摇了摇头："一切看她的心意了。"

他们慕容世家溺爱家中血亲、护短是出了名的，在慕容决心中，谁是他妹夫并不重要，重要的是，要慕容执喜欢。

正当两人低声交谈时，大门"砰"的一声被人推开，一个青衣小婢急急地冲了进来。她本来手里托着酒杯酒瓶，这时疾跑冲入殿中之后，手里的酒杯酒瓶乒乒乓乓地摔了一地，酒水四溅。

"什么事慌慌张张的？"慕容烷皱眉。

青衣小婢顾不上地上的酒水："小姐……小姐……回来了！"

"什么？"慕容烷非但不高兴，反而暗暗生气，暗骂柳折眉这臭小子混账没用，老婆抢到了手，竟然还这样轻易地放她回来！也不知道执儿回心转意了没有？

他正在生气，只见慕容执一身红衣，长裙飘飘，竟是越墙而来。

慕容烷不禁一怔，慕容执素来不擅武功，若非必要，是从来不施展拳脚的，出了什么事？

"爷爷！"慕容执远远地便叫道，"外面来了大批马队，像是冲着慕容山庄来的，你叫家里的人小心防备了！"她提气而呼，声音绵绵不绝，一句话说得整个山庄都听见了，一时鸦雀无声，"折眉在外面挡他们一阵……"

她的话还没说完，就听屋内有人一声冷笑："来不及了！"

屋内众人正在极度震愕之中，完全没有反应过来。只见宾客中一人长身而起，身形宛若鬼魅，一闪一晃，陡然在屋内绕了一圈，一双手点、打、擒、拿,所到之处,众人纷纷倒地。

一时间,屋内众人竟倒了一大半。

其实倒不是那人武功如何了得,而是他胜在出其不意,在大家错愕之际,一击得手。且偷袭之人很是聪明,知道慕容烷、慕容决等人武功甚高,若是一招之内收拾不下,缠斗起来他自是大大吃亏,于是他所击之人都是不堪一击的宾客。

转完一圈之后,还站着的,只有慕容执、慕容决、慕容烷、何风清和那个假冒宾客的偷袭之人。

慕容烷惊怒交集:"你是什么人?慕容世家和你有什么仇怨,为什么你要扰我婚典、伤我宾客?"

偷袭之人嘿嘿一笑:"我和你自是没有仇怨,你们慕容世家骄横奢逸,老早不在江湖中混了,我只和你家那位不守妇道、一嫁再嫁的新娘子有些交情。"

慕容执眉头微蹙:"你是……"

"我是被你一钗插入腹中、侥幸未死的范貉!慕容姑娘,现在我是应该叫你何夫人呢,还是叫柳夫人?"偷袭之人嘿嘿冷笑,言辞更是无理至极,"蛮龙岭领主之死,还要算在你那个不知道是前夫还是旧情人的柳折眉身上!慕容姑娘,你也有一份儿,你莫忘了!"

何风清在一边听了,着实被气得满头青筋暴起,好不容易忍耐到对方说完,一拳向范貉击出:"你说完了没有!"他一身新郎打扮,身上未曾佩剑,如若不然,他早已一剑刺了过去。

"你整日正事不做,尽缠着人家的老婆,今天还想要娶人家过门,你就不觉得羞耻吗?我范貉也不是什么好人,但连我范貉都看不过去的事,你想江湖中人会体谅你吗?江湖正道最忌淫人妻女,以之为万恶之首,你以为,有人会谅解你吗?"

范貉口齿伶俐,字字句句都说中了何风清最忌讳的心病,只听得大家心下俱是一凛。

何风清被说得心神不定,微微分神,被范貉反手擒拿,三根手指几乎扣住他的脉门,何风清毕竟不是泛泛之辈,危急之际本能地警觉缩手,逃过一劫。他缩手之后一跃退后,脸色微变。

慕容执脸带寒霜:"范貉,你不觉得由你来讲仁义道德、礼义廉耻,是很好笑的一件事吗?"

"嘿嘿！"范貉被她说得一时语塞，不由得恼羞成怒，"慕容执，我不把你这臭婆娘碎尸万段，我就不姓范！"他"唰"的一声拔剑出鞘，"唰唰"数剑，一剑攻眉心、一剑攻胸口、一剑攻小腹，一剑三花，剑上的功力着实了得。

慕容执本来不擅武功，这三剑她本来一剑也躲不过去的，幸而慕容决袖子一拂，把这三剑接了过去。

"噗噗噗！"

慕容决的衣袖之上登时多了三个小孔。

范貉脸上变色，他以十成功力使出的这招"一剑三花"是他的得意之作，到慕容决面前，竟然只是在其衣袖之上戳破三个小孔而已，这让他如何不惊怒交集？

范貉抽剑后退，立刻尖啸一声，似在召唤着什么。

慕容执摇了摇头："你是在叫你外面的同伙吗？他们不会来了！"

范貉冷笑："你就这么肯定？就凭柳折眉？"

"不错，就凭柳折眉！"慕容执微微一笑，点头。

何风清目不转睛地看着慕容执，只见她毫不怀疑——或者说她根本想也未想，似乎从她出世到今天，柳折眉便是她人生中的至理一样，完全不必怀疑，也不容许怀疑。她不知道在那微微一笑里，她的眸子里闪过了多少温柔情意，又是多么坚定与执着——那足以让全天下的男人都为之疯狂、让全天下的女人都为之嫉妒，因为那是怎样难得的、近乎虔诚的情感啊！

"笑话，圣心居士是怎样慈祥和善的人，他能忍心对我的手下下毒手？他若滥杀无辜，岂不是和我一样了，还有什么脸面以侠义正道自居？"范貉再次尖啸了一声。

慕容烷与慕容决凝神应战。

何风清也自桌上取下一支烛台，准备应战。

他们都觉得范貉说得有理——柳折眉面慈心善，要他痛下杀手，恐怕是难之又难。

此时万籁俱寂，只有几双眼睛在相互凝视，情势一触即发。

突然之间——

"你不必等了，他们不会来了。"有人语气淡淡地道。

慕容执与慕容烷一见来人，不由得由喜转惊。

"折眉！"慕容执低呼一声，"他们呢？"

柳折眉一身血衣，手中的一柄软剑上血正像流水一般滑落下来，不知道取了多少人命！

他脸色出奇苍白，双唇却格外殷红，一头长发披散下来，但奇怪地并不零乱，整个人就像是从血池里面捞出来的一样。

听见慕容执的问话，柳折眉微微牵动了嘴角，算是一个苦涩的微笑："死了。"

"全部？"慕容执震惊不解。

范貉更是绝不相信："江湖传言，圣心居士善心佛性，竟然会是一个杀人如麻之辈，如何能令人相信！就凭你一个人，如何杀得了我蛮龙岭数千弟兄？痴人说梦！"

柳折眉的声音像从地狱里出来的幽灵："死了！一百四十七个死在我剑下，其他的都跑了。我放了一把火，吓跑了他们的马。"他的声音听起来让人无法不相信，"圣心居士从来就不是什么善心佛性之辈，只不过是假仁假义之流而已，你不相信，我也没有法子。"

他抬头看向慕容执，笑得好苦："我从来就不是什么好人，善心佛性，那是为了我自己，只是你们都不相信。你们一个一定要相信我是一个好丈夫，结果发现我不是，你很伤心；一个认定我是一个正道侠士，结果我不是。你也很失望，是不是？"

他凝视着慕容执，又看了看慕容烷："我从来就不是一个好男人，做出来的事情……"他自己苦笑了一下，摇了摇头，"似乎没有一件是对的。但无论如何，你说我蛮不讲理也好，倒行逆施也好，对于执，我绝不放手！她是我的妻子，你们没有权利带走她。"他笑了笑，"我绝不允许！你们现下知道我不是说笑的了？"

全场鸦雀无声。见到他浴血而来的架势，谁都知道他不是说笑的，有谁敢阻拦他带走慕容执？他遇神杀神、遇鬼杀鬼，那是怎样绝望到了极点的挣扎啊！

"折眉！"慕容执看着他的眼睛，低低地道，"折眉，告诉我，是什么让你……这样……绝望？你从来就不是这样的人，不是吗？"

她不是傻子，柳折眉的不对劲，她早已感觉到了，只是，她不知道他竟然会为了她疯狂至此，更不知道，他心里到底压抑着什么，才会让他目中透出那样强烈的痛苦？他这样，她只会比他更痛苦，因为，她完全不知道他究竟出了什么事。

柳折眉摇了摇头,眼中灿然生光,只看着慕容执:"你答应不嫁给何风清了吗?"

慕容执看着他极度痛楚的目光,心中一软,千般万般怜惜油然而生。他本是怎样温柔和善的人啊,何尝经历过如此的痛苦?虽然她不知道他是为了什么而痛苦,但她终是不忍他这样痛苦的啊!

"我——"

"答应我不嫁!"柳折眉闭上了眼睛,眼睫之间有物在闪闪发光。

他……那是眼泪?

慕容执想也未想:"我答应你,不嫁!"

何风清脸色惨白。

"即使以后伤心痛苦、受尽无数苦楚,你也绝不后悔?"柳折眉问。

"绝不后悔!"慕容执凄然一笑,"只要,你告诉我,你是值得的,我就不后悔。"

"执——"柳折眉抬起头来,那深深蕴含在眼底深处的痛苦渐渐地淡去、渐渐地淡去,渐渐地展开了笑颜,但眼泪却终于滑落脸颊。他原是从来不哭的,他是男子汉大丈夫,他怎么能哭呢?

"那我告诉你,我值得!"

"折眉——"慕容执用衣袖拭去了他的眼泪,他从来没有这样脆弱过,"折眉,告诉我你出了什么事,好不好?我们是夫妻,有什么事,你是不是应该告诉我?"她心中有万般温柔、千种怜惜,虽然他没有说出了什么事,但她却知道他一直在受苦,一直在受苦。这不是她从哪里看出来的,而是在他拥抱她的时候,她从他身上感觉出来的!他一直在受苦!一直在受苦!

"我如果能不爱你,那有多好!"柳折眉低低地道,"执,我如果可以不爱你,那有多好!我……我不愿死啊!"他摇了摇慕容执的双肩,"如果,我可以让你嫁给他,那有多好!我不愿死,你知不知道?我不甘心!我不愿死!我只是希望,我不死,然后可以爱你,难道连这样的希望都是奢求?我不甘心!我只是不甘心……"

"傻小子!"连慕容烷都微微动容了,"傻小子,你……"

范貉眼见没有人注意自己,便悄悄向门口掠去,正以为逃过了一劫,却不料人影一闪,一记重掌拍在他顶门上,登时命丧黄泉!

"我不容许任何人伤害执!"柳折眉已在殿外的大树之上,遍身鲜血,摇摇欲坠。

慕容烷变色道:"孩子,你怎么了?"

慕容执惊得呆了,心中的平静一下子被极度的心痛驱走。

"折眉,你……你……"她连一句"怎么会这样"都说不出来,全身只是颤抖着。

只见柳折眉一身血衣被雨淋得湿透,一张脸苍白得像个死人——不,他几乎便是一个死人了,毫无生气。

"我……"他勉强说了一句,却不知道该如何接下去。

"不要说话!"慕容烷眼光何等老到,一眼就看出柳折眉真气紊乱、元气耗竭,这可是要命的大事,惊得他出了一身冷汗。

慕容烷:"决!快叫人拿蘅寰保心丸来!"他又转向柳折眉,"孩子,你快坐下!你还能不能运气?快运功保住你最后一口元气,不要再糟蹋自己了,有什么事等你回过气来再说!"

柳折眉不理他,只是死死地看着慕容执,因为脸色太过苍白,一双眼睛就分外黑,黑不见底。

柳折眉终于低低说出一句话来:"如果……如果……我可以爱你,你……还……要不要我?"

慕容执脑中轰然一声,像是一下被惊雷劈中,她睁大眼睛看着柳折眉,不能理解他刚刚说了什么。

慕容烷眼见事情紧急,不能让他们儿女情长、慢慢说话了,再不救人,柳折眉立刻就会散了最后一点元气,再救不回来了!

他一指点了柳折眉的数处大穴,厉声对慕容执道:"不要说了,快找你海叔来!"

第九节 君情我意

慕容海的医术未必如何高明,但他的应变神速在慕容世家却是尽人皆知的。慕容烷武功甚高,但论处理事务之能却远不及慕容海,因而柳折眉出了这等事,慕容烷第一个要找的就是慕容海。

慕容执还在发怔,整个人像是丢了魂,又像是她的整个魂都到柳折眉的身子里去了,她自己只剩一个空壳。慕容烷那一声大喝她竟完全没有听见似的。

倒是慕容决比较清醒，虽说柳折眉是他的妹夫，却到底与他没有多深厚的交情，见柳折眉如此，他只是诧异，倒并不难过，更不像慕容执那样心魂俱碎，于是慕容决去了。

"执儿？"慕容烷极快地出掌，在慕容执肩上拍了一掌。

慕容执悚然一惊，这蕴含着慕容烷真力的一掌，震醒了她的神智。

"我……我没事。"她颤声道，"他……他怎么样了？怎么会变成这样？他……"

慕容烷脸色难看之极，嘿嘿一笑，不知是哭还是笑："离相六脉功！离相六脉！想不到阔别六十余年，这鬼功竟还流传于世！这鬼怪练的妖功！"他左手一提慕容执，腾身而起，双手各带一人，掠入他的房间。

把柳折眉轻轻放在自己的床上，慕容烷眉头紧皱："执儿，若不是这小子还会回来看你，我会一掌劈了他！他练的离相六脉功，是自古以来最不可理喻、无可救药的武功！他自己都自身难保了，还敢娶什么妻子！莫怪他会让你伤心……"

慕容烷叹气，喃喃道："不过话说回来，这小子，也真难为他了，明明知道不可以，他还是爱上了你，否则，又怎会弄成这样？傻孩子啊，都是傻孩子！"

"他……会变成这样，是因为……他爱上了我？"慕容执脸色苍白。她守着柳折眉，轻轻触碰着柳折眉的脸，触手冰凉，正如她的心一般冰凉。

"爷爷，这是怎么一回事？你告诉我，我要知道！"她语音幽幽。

慕容烷缓缓道："离相六脉功，本是出自佛门禅宗的一门内功心法，号称禅宗最正统、最具达摩本意的一门武功。禅宗分为在家与出家两门修佛之道，讲求顿悟，求无心、无我，是度化众生之道。"

他看了柳折眉一眼："我本早该想到的，他号称'圣心居士'，所谓'居士'即禅宗所谓的'长者'，即修佛有道的人，属在家一道。本来，居士修佛，不必守五蕴十八戒，依旧可以娶妻生子，只需一朝顿悟，便成智者。但这离相六脉功却背离了在家的道法，转向了出家，并且变本加厉，强求练功之人无思无欲，不能有情绪起伏，否则功力将会反噬本体，经脉寸断而死。这并不是禅宗的初衷，而已经入了魔道。创出离相六脉功的人，第一个死在这种妖功之下。人总是人，不可能无思无求,也不可能无情到对什么都无动于衷,否则,人就失去了活下去的动力。"

慕容烷叹息着:"活着的人,总有着各种欲求与愿望,否则,哪里还会有人觉得人生可贵?这鬼功却不允许,它像是活的,它……不让任何修炼它的人活得舒服,它要他们个个死得惨烈无比!可是偏偏它可以让人在极短的时间内成就一身可以在江湖上称雄的武功,追求它的人也就络绎不绝——有些人,为了成名,连命都可以不要。"

"折眉不是这种人。"慕容执断然道。

"他自然不是,想必他有他的苦衷。"慕容烷看着一意维护柳折眉的孙女儿,微微一笑,"所以,有一阵子,这妖功在江湖上造成了一场混乱。大约在六十年前,此功的习练者竟然意图围攻少林,自称禅门正宗,结果为各大门派所灭。自此离相六脉功绝迹江湖,大家都以为,这门妖功已经绝传,却不知竟然出现在折眉身上。"

"想必并非所有修习者都死于六十年前。"慕容执幽幽地道。

"除此,也没有其他解释。"慕容烷苦笑了一下,"执儿,你要有个准备,练这门武功的人……"

"如何?"慕容执心里生出一种不祥的预感。

"你可知六十年前震惊江湖的一件血案?"慕容烷脸色苍白,"正是那件事,促使各大门派下了消灭离相六脉功的决心!"

"士大夫杀死自家一门五十余口的血案?"慕容执当然知道那件人伦惨剧。

士大夫原凉是一代须达长者,为江湖中人尊重,他竟然会发狂杀死自家一门老小,这件事如今说来都骇人听闻,何况是在六十年前?

"不错,原凉他正是一念之差,修炼了离相六脉功。他声名日高,但武功却不如他的人品那般能服人,所以他修炼此功,想要使武功精进。"慕容烷苦涩地道,"结果……"

"结果如何?"慕容执低低地问。

"起初,因为他深爱他的妻子,不能做到无思无求,他毕竟还求个好名声,他爱他的家。结果,终有一日他忍不住了,拔剑杀死了一家五十余人,他以为,如此就可以不受爱欲干扰、可以专心练功,可以斩断情念——他根本疯了。"慕容烷摇头,"这就是那妖功的魔力,一旦练了它,便人不像人、鬼不像鬼。"

"爷爷以为，折眉会发疯？"慕容执挺直了背，她的目光从来没有这么冷然，"他不会的！士大夫发疯，是他自己功利心切，是他该死。折眉不是。他这么多年来，不曾做过任何伤天害理的事，他也不会允许自己伤害任何人的！"

慕容烷正要说话，却听见一个微弱的声音道："不，我还是娶了你——这……就是我的罪孽……"

两人同时回头，只见柳折眉睁开眼睛，那双一向平静安详的眼睛此刻充满了痛苦之色。

"我娶了你，我明知一定会伤了你，可是，还是娶了你。因为我太自私，我始终不愿放手；我不能爱你，可是我爱你。"柳折眉本来脸色苍白得像鬼一样，如今更是毫无颜色，"我不可以爱你的，爱了你，我死，你伤心；不爱你……"他苦笑了一下，"那怎么可以？我始终都在骗自己，如果不喜欢，我不会娶你，没有人可以强迫圣心居士做他不愿做的事。执，你难道始终没有想到，我不是不爱你，只是我骗自己相信，自己是不爱你的。"

他一口气说完，一口血冲口而出，喷在床前地上，触目惊心。

"折眉！"慕容执变了脸色，"你怎么样？"她小心翼翼地扶他起身，用袖角拭去他唇边的血迹。

柳折眉可以听见她的心在"怦怦"直跳，她全身是紧绷着的，因为太害怕、太紧张，她失去了她一贯的淡然颜色。

"折眉——"她颤声叫道，不知如何是好，"你告诉我，我应该怎么救你？我……不是……不是有心要离开你，我只是以为，离开会对你更好一些。我不知道……不知道事情会变成这样。你告诉我要如何救你？你不可以死的，你不能在告诉了我你其实是爱我的之后死去，这样……这样对我是不公平的，太不公平了！"

她扶着他，最后变成了抱着他。她紧紧地抱着他，他浑身冰凉，她也浑身冰凉。

慕容烷在心中暗叹，离相六脉功一旦修习，必然无药可救，这小两口相聚的时间不会太多了，他不忍也不愿打搅他们成婚以来的第一次真心相对，便走出门去，关了房门。

"执——"柳折眉缓缓抬起头，看着慕容执，那目光很是凄凉，"没有办法可以救我，我的师父、师姐，都是这么死的，我知道我是无药可救的。我知道的。这就是为什么我始终不敢爱你,我怕……我就是怕会有这一天——如果不曾有过快乐,也就不会太痛苦,是不是?"他的声音痴迷惘然,蕴含着不知多少挣扎与彷徨。

慕容执依旧紧紧抱着他,她个子远比柳折眉纤柔,抱着他很快就变成了紧紧搂着他的腰,她扑入他怀里,混合着眼泪,依偎着她从来没有依靠过的人。

"所以你就故意不理我?"

"我……"柳折眉只说出一个字,就黯然不知该如何接下去。他并非存心不理她,只是他也不知该如何与她相处——如何与她相处是好?

"如果不曾有过快乐,也就不会太痛苦。"慕容执重复了一遍柳折眉的话,苦苦地道,"可是你有没有想过,你娶了我,就是我这一生最大的快乐;你不理我,难道不是我这一生最大的痛苦?三年啊!你娶了我三年,我看着你,你的笑、你的爱都是为别人而发,而不是为我,不是为我!你有没有想过这是不是痛苦?我是你的妻啊,你什么事都不对我说!我的夫,他的事我什么都不知道,你以为,这是一种幸福?"

慕容执的泪湿透了柳折眉的衣裳,她抬起头,润湿的眼睫显得分外凄楚:"我知道你不愿伤害我,可是你所做的,始终都是你以为对我好的,而不是我想要的!"

柳折眉微微震动了一下,他无言地把她拉入怀中,声音喑哑:"我知道。"

慕容执苦笑:"原来你是知道的?"

柳折眉抱着她,他的气息就在她的耳边,撩动了她的发丝:"我知道,我知道被人冷落的滋味。尤其是被自己所爱的人遗弃,那样的滋味,比冰还冷。我不知道你竟然这样过了三年,你不在,我只过了几天,就受不了了,我一定要见你,否则我不知道日子要怎么过。"他顿了一顿,"我从来没有为别人笑过爱过,那些,都是假的。"

"可是你却那样对我,三年。"慕容执低低地道。

柳折眉不答,只是默默嗅着她的发香。

"自镜中三年,无情不苦,若是有情如何?坐看流水落花,萧萧日暮。"他轻轻地吟道。

慕容执微微一怔:"你……你知道?"她的词,他竟会记得,他竟然是知道的!

"我知道。"柳折眉微微苦笑,他为什么不知道?那是他的妻啊!"我知道你不好过,但是我始终以为,那样对你会好一些……"

"折眉,不要因为会伤害我,所以不敢爱我。"慕容执依偎着柳折眉,"我当然害怕你死去,但是,假如你未曾爱过我就死去,不但你不甘心,我也是不甘心的。明明相爱而不敢相爱,我们是夫妻啊,如果你就那样死去,才是对我最大的伤害,我会恨你的。"她很坚决地摇头,"我并不怕死,假如你死,我会和你一起去;我怕的是在死之前,我们……依旧还未曾爱过……"

"执——"柳折眉喑哑地唤了一声,苦苦地吻上她的唇。她的唇分外柔软,含着她未说完的情意。

慕容执吃了一惊。她虽然嫁给柳折眉三年,可是柳折眉从未对她做过逾矩的事情,他吻了她,她就像青涩的小姑娘一般,"轰"地晕红了整张脸。

他吻得很小心、很缠绵,但是,她依旧隐隐觉得不安,像是有什么事情不对——在这样温柔的吻中,为何,竟有着一种凄绝的意味!

是血——血的味道!

"折眉——"慕容执晕红的脸色一下子转为苍白,"你一定会死吗?"

柳折眉缓缓放开她,轻轻地用手指画着她的眉,像是无限怜惜、无限珍爱。

"我不愿死……我不愿死的……为了你。"他一字一句地道,"我不知道有谁能够救我,但是,我们去千凰楼。"

"找七公子?"慕容执眼中光彩一闪,"他……可以救你吗?"

"我不知道。但是,如果我可以不死,他就一定会有办法。"柳折眉黯然道,"我……我实在对不起他,他以诚心待我,我却到这个时候才想起他。不过,我相信他,他才智绝俗,世上无人能及,他若没有办法,那是我命该如此,你……你……"他微微一颤,又是一口血吐在地上,一句话也说不全了。

"我们立刻去千凰楼。"慕容执心中又惊又怕,但又不得不故作镇定,"你不要再说话,我立刻叫人准备马车。你好好休息,不要胡思乱想。记着,无论……无论如何,我都不会离开你,死也不会!"

她让他轻轻躺下,轻轻吻了了他的面颊。发觉他全身冰冷,她又轻轻为他加了一层锦被。

她永远都是这么细腻体贴，无论他做错了什么，她待他都是这么好、这么温柔。柳折眉渐渐地安心了，他闭上眼睛，放松了已紧绷了数日的心神。

看见他安心睡去，她才轻轻走出门去。是祸是福，全系在空中，摇摇荡荡，全没有个底。不愿死啊，而生的希望，又在哪里？在哪里？

千凤楼。

慕容执从来没有见过哪一个男子可以清隽雅致到如此境地的，像风一吹就会生生化去的雪——他是秦倦。如果慕容执不是这么失魂落魄，也许她也是会惊叹的，但是此刻，就算是眼前这个男子再美十倍，慕容执也不会在乎："救他，求你！"

她乘着最好的马车，以最短的时间来到这里，虽然一路之上有人照顾，但是心力交瘁，她已是强弩之末。她不让任何人碰柳折眉，自己抱起清瘦得只剩一把骨头的柳折眉冲进千凤楼秦倦所居的五凤阁，只说出了四个字，多日来不眠不休、彷徨无助，此刻心愿一了，她竟立时就倒了下去。

她甚至没有听见秦倦答应了没有，但是，她却是相信他的。

"啪"的一声，秦倦把手中的茶盏放到了桌上，声音低柔得近乎幽冷："去请肖楼主。"

所有人都知道，当秦倦以这种语气说话时，事情一定是非常严重。

数日之后。

柳折眉的床前。

"醒了？"慕容执柔声问。

柳折眉睁开眼睛，立刻搂住了慕容执的腰。他没有说话，只是不愿她离开。

"我不会走的。"慕容执轻轻地、温柔地叹息，轻轻掠开他额前的一缕发丝。

"睡去之前，我以为再也看不见你了。"柳折眉感觉着她的体温与柔软，感觉着她温暖的呼吸，一颗"怦怦"乱跳的心才平定下来，"我不知道我竟然……竟然这么依赖你——好像没有了你，活着就没有意义，任何事都没有意义。没有你,我……我一点都不觉得自己是活着的。我自小修炼禅宗,从来没有人让我牵挂过,我也从来没有在乎过谁,可是你……你不同。我真的庆幸我娶了你,否则,我只是一具行尸走肉,纵使再活八十年,那也是毫无意义的。执,你不知道对我来说,你有多重要。"

慕容执拍了拍他的肩头,轻轻一叹:"别说这些。我们是夫妻啊,你在乎我、我在乎你,都是理所当然的。"她眉目依旧是淡淡的,却带着淡淡的情、淡淡的温柔。

"如果我不是你的夫,你还会对我这么好吗?是不是因为我娶了你,我们是夫妻,你才……"柳折眉知道自己是在胡思乱想,但一旦深深在乎了,就让人不由得变得傻气起来。

"再说我真的生气了。"慕容执沉了脸,但掩不住眼里好气又好笑的神色,"你当你的妻是什么?如果……如果不是……不是那天……"

她脸上微微一红,没说下去,只道:"如果我不愿意,我是不会嫁给你的。"

那天——柳折眉是记得的。

那一天,空中飘落着槐花,零零碎碎、清清白白的。那天,他就在她的窗前,她的窗前有一棵老槐树,槐树之旁是一株扶桑。她倚着窗户,敛着眉,淡淡地看着远方。

远方的云很高。

天空很远。

她的衣袖上沾着三两朵槐花,她也清清白白的,像那颜色均匀的槐花,干净而素雅。

她并不美丽,但他却感觉在一刹那间有什么东西击中了他的心房,令他那未曾波动的心整个荡漾了起来。

那是一种契合的冲动,让他知道,他这一生就要定了这个女子,没有因由,只因为一见的心动。

他向她走来,他生得很清雅,但她只看见了在他的衣袖拂过扶桑花的那一刹,花落,轻轻溅起了一股香。他低头一看,眉目之间有一分歉然的神色,然后他对她微微一笑。

就是那一笑,她微微红了脸,一个拂落了花的男子啊——也许,那一刹他眼中有着什么震动了她的心,从此,再也放不下这个男人——无论艰苦、困惑、疑虑、悲伤，都无怨无悔……

爱若说得出因由，那就不会让人如此心醉缠绵；若知道为什么会爱上那个人，那么，哪里来的这许多疯狂？

"知道吗，那一日看见你站在窗前等待，等得那么认真，让我希望，你可以那样等我——等一辈子；但现在，我更希望可以这样爱你——爱一辈子。"柳折眉低低地道。

"那一日？是爷爷逼你娶我的那一日？"慕容执浅笑，"我是这样的吗？我自己都不知道呢。"

"爷爷没有逼我，是我喜欢你，我愿意的。"柳折眉轻轻地道。

"我记得，那一天，你走过来和我说话，你的衣裳拂过我窗前的那一株扶桑花，有一朵落了下来……"慕容执也轻轻地道。

"然后你就把它藏在你陪嫁的那个描金箱子里？"柳折眉轻笑。

"你又知道了？"慕容执柔软地叹息，她的夫啊……

柳折眉轻笑，把慕容执轻轻揽入怀里，无限温柔地吻着她的耳际、她的面颊、她的唇……

本以为永不波动的心，却成就了他这一辈子的温柔。

"他呢？"慕容执问。

"谁？"柳折眉不解。

慕容执微微红了脸。

"忘界。"她低低地道。

"他死了。"柳折眉眉宇间泛起淡淡惆怅，"为了救我。"

慕容执一惊："他死了？他不是神吗，怎么会死了？"她本来还奇怪着，忘界竟然会放任柳折眉把自己弄得这么狼狈。

"神……犯了戒律，是永不超生的。他爱我的前世，所以他等待了一世又一世，期待着与那个人重逢。但是，他遇到我之后，便明白，死去的人已经死去，永远不会回来。他爱的人，不是我；他等的人，也不是我，所以，他除了死，还有什么方法可以追随他的爱？不必为他们悲哀，因为虽然人与神都不在了，他们的爱，依旧是幸福的。"

慕容执不自觉依偎着柳折眉而坐，心去得很远：那延续了数百年的爱恋——无论对方在与不在，无论有没有人可以再度诉说，无论风尘化去了多少白骨，无论那池塘里的睡莲开过了几度，无论转换了多少次人世、走过了多少朝代，都承诺着，永不忘记……

那样的爱,也是幸福的,但她却不要那样的悲哀:"折眉,如果我死了,你会忘记我吗?"

"我不知道,因为,我要比你先死。"柳折眉笑了笑。

"好,那我们一起死,就不用想那么多了。"慕容执笑笑,"来世怎么样,来世再说。"

"执,不要再说死了,好不好?"柳折眉轻轻地道,"因为,我现在一点也不想死。"

慕容执笑了:"我给你盛一碗粥来好不好?肖楼主说你好多天都没有吃东西了。"

柳折眉疑惑地抬起头:"我们在千凰楼?"

"你已经睡了六日了。爷爷和海叔陪我们到千凰楼来求医,否则,你不会好得这么快。"慕容执笑道,"肖楼主先用金针压住了你的真气。他救了我又救了你,爷爷对他客气得不得了,结果他还是冷冰冰的,不大理人。"

柳折眉低声说了一句什么。

"你说什么?"慕容执疑惑地问。

"我说,你是我救的,不是肖楼主救的。"柳折眉的语气很是懊恼。

慕容执错愕了一下,笑弯了腰:"是是是!我冤枉了你,你好大功德。"她笑得好开心,柳折眉竟然对这种事情也要计较。

她嫁给他三年,从来没有笑得这么开心过。柳折眉看着她,渐渐也泛起一丝笑意。如果她可以常常这么开心,他不介意偶尔做做傻瓜。他真傻,其实,本来一切都可以是很好的。

望出去,天色很好,云很淡。

第十节 与子偕老

慕容执从来没有见过这样明艳得像要炫花人眼的女子,那一双眼睛转出来的半嗔半怒的娇媚神韵,连自己看了都会心动。

"你是……"

"我是秦夫人。"进来的红衣女子笑笑,就像满天飘零着的蔷薇花瓣般,艳光四射。

慕容执"啊"了一声:"秦夫人。"

她却不知道秦筝到这里来做什么,"你……"她本要说"你是来看折眉的吗",但人家是嫁了人的女子,岂有去探望别人夫君的道理?但若不是,她又不知秦筝是来做什么的。

呆了一呆,慕容执生平第一次瞠目结舌,不知道说什么才好。

但秦筝显然并不介意,她左看看,右瞧瞧:"咦——柳折眉人呢?"

慕容执又是一呆:"他在房里休息,夫人是来看望他的?"

"啊?"秦筝漫不经心地道,"不是。"

慕容执皱眉:"那么夫人……请坐,我给夫人沏茶去。"

"不用。"秦筝一把拉住慕容执的手,上上下下地看她,嘴角带笑,又娇又媚,"坐下吧,我是来找你的。"

"找我?"慕容执吃了一惊,她可不认识这位大名鼎鼎的七公子夫人。而且,她自认自己素来平凡,觉得并没有什么值得这位尊贵夫人好奇的。

"是啊,"秦筝正色道,"我是来给你送礼的。"

"来……送礼?"慕容执看得出秦筝是在逗她,一阵惊异过后,不禁微微一笑,"只怕慕容执没有缺了什么好让夫人送的。"她可不是没见过大人物的小家子气女子,秦筝虽然享有盛名,也不过是因为嫁了七公子,并没什么可以让她自惭形秽的。

"我来送两份礼,一份是我家公子的,一份是我的。"秦筝叹了口气,"他身子不好不能来,所以我就代劳了。你心里别嘀咕,这份礼,对你们来说,应该很重要。"

慕容执自是信得过她的,只是凝目看着她。

"这是他的礼,你拿着。"秦筝自怀里拿出一个瓷瓶,放到慕容执手中。

"这是……"慕容执接过瓷瓶,里面装的是灰色的粉末,没有什么气味,也不知是什么。

"这是化功散。"秦筝笑笑,"我家公子和肖飞商量过了,柳折眉其实并没有什么大毛病,问题在于他的内功练得太好了,所以逆转之后才势不可当,几乎要了他自己的命。要控制他的真气,用人力强制是不能长久的,最好的办法是废掉他的武功。但离相六脉功是功在人在、功亡人亡,所以废却是废不得的,那就只好退而求其次,化去他的内力了。"她说得轻描淡写。

慕容执却又惊又喜,这么简单的法子,为什么柳折眉和她都没有想到?这真是一份大礼!有了它,一切都不再是梦想,一切都可以长久、都可以实现!

她激动得几乎要哭了,握着那个瓶子,只是发颤。

"这可是最好的化功散。"秦筝拍拍慕容执的手,"让他连续服上三四天,我就不信化不掉柳折眉的内力。这东西对别人是穿肠毒药,对他却是救命仙丹。"她忍不住好笑,"你不知我家公子问肖飞要化功散的时候,肖飞那是什么表情,真真笑死我了!这个简单的主意,我家公子可是足足想了大半个时辰。"

慕容执长长地吐了口气:"我真的……很感激……"她不知道要怎么说,不知道怎么样才能表达她的感激之情。

"你不用感激,"秦筝的俏脸微微黯然,"因为,我很明白那种随时可能失去对方的苦,那种担惊受怕的心情永远没有完结的时候,你会害怕,也许有一天你从梦里醒来,他却已经离开了你……"她顿了一下,怔怔地失神。

"是因为秦倦他身子不好?"慕容执低低地问。

"我不知道,肖飞说他中过太深的毒,也许……也许只能再过个十年八年,但是……"秦筝咬了咬牙,"我不会允许的。"

慕容执微笑了:"当然,我们都不会允许的。我永远相信,只要他热切地想要自己活下来,就一定可以的!我们都要为了对方活下去,无论要吃多少苦。只要你不允许,他就一定、一定不会离你而去!"

秦筝长长地叹了一口气:"难怪柳折眉会娶你了,他不娶你才是傻瓜!"她摇了摇头,"你放心,这几年他很珍惜自己的身子,他答应给我一辈子,而不是几年。"她笑了,"我永远都是信他的,七公子说的话,从来没有错过!"

慕容执点头。这是一个坚强的女人,与她的坚强的男人,无论幸福得多么辛苦,都要把这份爱延续下去,永不放弃!

"还有我的礼。"秦筝想了起来,笑得好不得意,"来人啊,上礼!"

慕容执错愕地看着一群扛着红色箱笼、红色锦缎、红色花球的队伍敲着锣打着鼓,热闹非凡地从外面进来。为首的是上官无益,他穿红着绿,说多难看就有多难看,偏偏还一脸自以为很神气的样子。进来之后,他甩了甩袖子:"旧娘子准备好了吗?这就要拜堂啦!"说着深深弯腰，鞠了个大躬。

"什么？"

慕容执还未弄清楚怎么回事，秦筝抄起红色箱笼里头的大红嫁衣，强行披在她身上，另一个丫头把花冠戴在慕容执头上，几个人都嘻嘻哈哈的。

"夫人，你把衣服扣反了……"

"没关系，这霞帔本来就是用来披的，柳夫人又没说话，你叫什么？"

"来人啊！"这是上官无益的声音，"把彩礼丢在地上，我们抓旧郎官去也！"

慕容执一边和缠在身上的乱七八糟的霞帔缠斗，一边惊呼："秦夫人——"她知道他们是好意，但就这样被抓去重新拜堂，也……也太荒唐了！

"不在！"秦筝笑道，"不用叫救兵了，整个千凰楼都在等着喝你们的喜酒，今儿个你不嫁是不成的了。"

"可是，不是，不是的！"慕容执好不容易躲过了被一支金簪刺穿头顶的厄运，她一辈子都没有这么狼狈过，"可是，我已经嫁过一次。"

"那一次不算！"秦筝笑道，"那一次没有洞房花烛！"

"夫人——"慕容执红了脸，"你——"

"我是媒婆，不要叫我夫人。"秦筝抖起一块大红绸，劈头盖脸地把慕容执蒙头遮住，招呼着，"走，拜堂去！"

于是，同样被披挂得一身乱七八糟的柳折眉与平生没有这么狼狈过的慕容执就在千凰楼再次拜了堂。

"一拜天地——

"二拜高堂——

"夫妻对拜——

"送入洞房——

然后是一片乱七八糟的笑声、吆喝声、叮叮当当的酒杯交碰声……

柳折眉再一次挑开了慕容执的红盖头，心下无限感慨。

红烛如画，慕容执满脸尴尬与羞涩并存的红晕。

"执……"他低低地唤道。

慕容执转过头去，不安地轻轻咬着下唇，看起来无限娇柔。

他吻上她的唇，吹熄了烛火。

三年的等待，终于有了美丽的结局。

外面的人们，面上都带着微笑。

秦筝依偎在秦倦怀里，微笑地看着秦倦的眼睛："这个世界很美，不是吗？"

她看见他轻轻一笑："你更美。"

无尽的黑夜，酝酿着无尽的温柔与深情……

数月之后，柳家杂院。

"柳家的嫂子，买米啊？"隔壁的阿婆呵呵笑着，小两口一起出门呢，倒是少见。

慕容执应了一声。

柳折眉微微一笑，搂住妻子的腰，两人缓步前行。

远远地，有话声传来："执，绛紫色的缎子好不好？我不喜欢你把自己糟蹋得和七八十岁的老阿婆一样，穿漂亮一点的衣裳吧！"

"不是去买米的吗，怎么嫌弃起我的衣裳不够漂亮来了？"慕容执轻笑。

"不去买米，我在锦绣坊为你订了衣裳还有珠花，去试试看，好不好？"

"咦，我以为你是不介意穿戴的。"慕容执依旧在轻笑。

"不，我只是希望，我的妻能够得到最好的。"柳折眉深深地看着慕容执的眼睛，"我爱我的妻，我希望她得到最好的、她是最幸福的。"他温柔地轻叹，"我想对她好一些，我可以做到的，为什么不？"

慕容执笑得灿烂，柔声道："她已经很幸福了！"

·锁心玉·

情锁

第一节　愿生

街道。

人来人往。

"哎哟!"

一个小童被个路人撞了一下,失声惊呼,眼看就要跌得一个狗啃泥。地上是青花石板,若是撞着了头,那可是不得了的事情。

一只手伸了过来,轻轻扶住了那个小童。

小童惊魂未定,抬起头来,却见一张眉眼弯弯的笑脸正温柔地看着他。来人微微弯下了腰,眼睛微笑得与眉毛一般弯弯窄窄,无限温柔地问:"没事吧?"

小童点了点头,目不转睛地看着那人,他从来没见过笑得如此温柔善良的大哥哥:"大哥哥,多谢你了,你叫什么名字?"他喜欢这个笑得眉眼弯弯的大哥哥,看起来好温柔。

"我叫愿生,我没有姓。"笑得眉眼弯弯的人仍那样弯着腰,很和气地回答。

这是这个叫作"愿生"的男人第一次出现,就像千百个普通人一样,他穿一身宽宽荡荡的白色长袍,除了笑得分外温柔的双眼,别无其他可疑之处。

四凤金银楼。

任何在江湖上走动的人都知道,冠有"一凤""二凤"等名号的银楼全是千凰楼名下的产业。千凰楼作为珠宝银楼中的翘楚，十余年来名扬四海、富甲中原。

令千凰楼得享大名的，不仅仅是其钱财广积，还有其智计绝伦的前楼主——"七公子"秦倦，以及孤高冷漠的现楼主肖飞。

江湖中人尽知：欲解麻烦事，先找七公子；身中不治疾，必求肖先生。前后两位楼主令千凰楼盛极一时，它的财富无人可及，它的影响也无人可以漠视。毕竟这世上可以与少林掌门论佛、与武当道长下棋、与天外草圣辩驳医道的，能有几人？而不幸两位楼主便是这"几人"之二。四凤金银楼既是千凰楼的产业，自然无人敢去动它的歪脑筋——但再精细的店家都有疏忽的时候。

"店家。"有人很温柔地唤了四凤金银楼掌柜一声，声音和气得像初夏微熏的风、翻过千钱青荷的叶一般。

掌柜的抬起头，眼前是一张眉眼弯弯的笑脸，说出来的话也格外好心好意："你的客人掉了块石头，我追不到人，把石头寄在你这里，想他是会回来找的。"

"喔。"掌柜的仔细一看，所谓"石头"，是一块鸽蛋大的青晶石，正是自己刚刚卖出去不久、价值三万九千二十六两银子的那一块。他露出微笑，"这位小哥，多亏你帮忙，你叫什么名字？"

"我叫愿生。"笑得无限温柔的人很温柔地回答。

"来人！给这位愿生公子二十两银子。"掌柜的回头吩咐，又问，"不知小哥贵姓？"

愿生只是微笑着，摇了摇头，柔声道："我没有姓。"

掌柜的转过头来，手中拿了二十两银子："咦——他人呢？"

一边看门的仆役指着门外："刚走。"

掌柜的看看门口，又看看手中的二十两银子，目中露出困惑之意。

十凤翡翠阁。

翡翠多属贵重之物，十凤阁的翡翠更是贵中之贵、珍中之珍，价钱也就惊人得很。价钱惊人就意味着少有人上门，也更意味着，有人上门必非等闲之辈。

现在正有人走了进来。

来人一身白布宽袍，普通得很，不像什么腰缠万贯的金贾商绅，但那一脸良善温和的笑意,却一点也不会令人生厌。

"这位公子……"掌柜的上下打量着他。

来人非常温柔地躬下身来,以一双会笑的眼睛看着他:"我叫愿生,我没有姓。"

"啊?"掌柜的皱眉。

"我叫愿生,我想见千凰楼七公子。"来人很温柔地道,以一脸如明月照白荷般的单纯和晚风凉如水般的柔和。

他像一只完全无害的白兔,有无限温柔的绒毛和不能受伤害的善良。

掌柜的看了他很久,竟想不出拒绝的理由,怔了良久,才缓缓地道:"七公子不见外客。"

愿生摇了摇头,像在否定他的说法,又像没有听懂他的话。

"我叫愿生,我要见七公子。"愿生笑了,又重复了一遍。

那样完全无害,也不能受伤的温柔啊……

掌柜的定定地看了他很久,很久。

"我们名下十数间银楼近来都遇见了一个叫作愿生的男人。"肖飞与秦倦相对品茗,一边低低地谈话,"连葛金戈的儿子也天天在说,他看见一个'笑得好漂亮'的大哥哥。你以为……"肖飞一身黑袍,神色冷峻,一字一句,说得颇为着力。

坐在他面前的是一位白衣人,一张脸如清风白玉般温雅清隽,只是眉宇之间病态隐隐,美是美极了,却是不禁风吹、一折即断的病态之美。他便是那令天下侧目的千凰楼"七公子"秦倦。

秦倦闻言,淡淡一笑,语气低柔,幽幽微微:"你分明早有想法,何必问我?"

他一双黑眸似是漫不经意地看了肖飞一眼,慢慢地道:"你是楼主,应该相信'你以为'多过于'我以为',若仍是事事问我,又如何理直气壮地做你的楼主?"

肖飞默然,良久,冷冷一笑:"你知道我这楼主做得如何不理直气壮?"

秦倦举茶,浅呷了一口,仍是那样笑笑:"我知道。"他的语音低柔,本来不应该给人压迫之意,但听他慢慢说下去,却颇有令人心惊的犀利之气，"不要总想着对我有所负疚，没有那回事。这楼主，不是我让给你做的，也不是你抢了我的，而是，"秦倦的声音变得出奇幽冷，"我命令你做的。你莫忘了。"

原来，在秦倦身为千凰楼楼主时，肖飞本是龙殿殿主，有夺权之举。而后千凰楼突逢大变，危难之际，秦倦强令肖飞夺权为主，避免了一场浩劫。事情过去，肖飞虽然如愿以偿，却始终心存歉疚。秦倦的绝世才慧令他折服，因而逢事便多问秦倦，奉秦倦为主。但是秦倦何等才智，肖飞的心思他如何不明白？但一旦出了这是非之地、利益之圈，他是无论如何不肯再回来的。

很奇怪，一个前朝之君，一个篡位之臣，两个人多年来亦敌亦友，却可以对坐品茗，侃侃而谈。两个人之间的情谊并非友情，而是一种生逢知己、惺惺相惜的君子之交。

"嘿！"肖飞对秦倦的说法不置可否，"我说这个愿生是冲着千凰楼来的，没有其他的理由可以解释。怎会有一个人凑巧帮了这么多间银楼的忙？绝无可能。"他仔细看了手中的茶盏一眼，"而至于他是什么目的，是好意还是歹意，还不明显。"

秦倦同意，慵懒地看着茶亭之外的无边花海："若是别有目的，很快就会有消息了。"

秦倦说的话很少出差错。

雍容优雅的七公子，有时候像被命运附身的幽灵，可以洞烛人心。他不会武功，也许很柔弱，但断然是一个强者。

"公子。"

在千凰楼内，可以被称为"公子"的人不知几许，但真正被称呼到嘴上的，江湖皆知，只有一个人。

"什么事？"问话的不是秦倦，却是肖飞。自他接掌千凰楼以来，开口唤"公子"而非"楼主"的人已大大减少，若非事出蹊跷，他清楚不会这样。

来人是一位老者，进了茶亭，先向秦倦点头，算是行礼，才向肖飞拱手："楼主，翡翠阁传信，有位叫作'愿生'的年轻人要见公子。"他年纪比秦倦加上肖飞的年纪还要老，但对两人持礼甚恭，绝无丝毫倚老卖老的不敬之意。

肖飞与秦倦相视一眼。

秦倦微微一笑。

肖飞却摇头，回首对老者道："你明知你家公子身子不好，这牵枝绊葛的小事，也拿来惊扰他？翡翠阁何时变成了江湖中人要见你家公子的通报之所？长此下去，千凰楼还要不要做生意？"

这话说得重了，老者脸色微变："楼主教训得是。"

"你这是滥使性子、乱发脾气。"秦倦浅呷了一口茶，"我知道你是怕累了我，也知道我刚才说你的几句你不愿听，但是，江老在千凰楼十多年，把翡翠阁经营得井井有条，你岂可因一时之气，否认了他十多年的成就？你有霸气的好胜心是好事，我信你会把千凰楼带得更好，但不可以把你的霸气施用在自己人身上。千凰楼众人认你为主，并非请你来任性妄为，而是信你可以领袖群雄、出类拔萃，你莫忘了。"他说完，轻轻咳了几声，眉宇间一层倦态。

肖飞冷冷地看着他，只当作没听见："你的意思，是打算见他了？"

秦倦点头："只怕不容我不见，你以为呢？"

肖飞冷冷一笑："他若有心见你，今日不见，明日也一定见得着。依你今天的精神，只怕也不容你见客。你不怕你夫人恼你？"

秦倦的夫人秦筝娇艳刻薄，对秦倦关心入微，最怒的就是他不爱惜自己的身体。

秦倦闻言轻笑："她便是恼起来才最见生气。"

肖飞哼了一声："你是喜欢她恼了？"

"是又如何，不是又如何？"秦倦似笑非笑地看着他，"如何？使君心动，未有罗敷？"

肖飞心知再说下去，未免涉及儿女之私，当下冷冷地道："你今日是见定了他？"

秦倦淡淡地道："不错。迟早要见的，又何必今日示恶于人？为何不索性大方一些，也不会让人把千凰楼瞧得鄙薄了。"

"好。"肖飞似是被他触怒，"带人进来，公子在这里迎客！"

江老一拱手，出去。

秦倦微闭上眼，很显得有七八分倦怠之色，轻揉着眉心。

"不舒服便回去。在这里强撑，也没有人会感激你。"肖飞眼望着门外，冷冷地讥诮。

"你便不能少说两句？"秦倦摇头。他知道肖飞是在关心他，偏偏要做出恶言恶语、恶形恶状。

两个人低低交谈。

"七公子?"一道温柔兼有几分好奇的声音插了进来。

肖飞蓦地回过头来。他心中颇为震动,他自负武功不弱,但这个人什么时候来的,他竟丝毫未曾察觉。

来人和秦倦一样身着白衫,只不过秦倦穿起白衣越发温文秀雅;而来人穿着一身白衣,白衣似乎会朦胧发光一般,映着那一张眉眼弯弯的笑脸,显得尤其单纯良善。

来人令人一见而生好感。

"愿生?"秦倦目不转睛地看着对方。

愿生点头,脸上笑容未敛:"你是七公子?"

秦倦微微一笑:"我是。我听说……你有事要见我?"他发现无法对这个笑颜灿烂的人冷漠,对方像一个不能受伤的孩子,让人无端便生起爱怜之意。

愿生笑了,他既像个孩子,这一笑又像对着孩子笑一般温柔而宠爱。他这样对着秦倦笑,显得不伦不类,却又令人爱不成、气不就:"我想七公子帮我一件事。"

"说。"秦倦笑笑。

他这个"说",与"什么事"可是大有不同。若问"什么事",那是几乎答应了他;而"说",却从来没有答应什么。秦倦何等玲珑剔透,说话处处留下后路。

"我希望七公子帮我查清楚一件事。"愿生并没有怎么笑,但依旧很温柔,眉眼弯弯,笑意十足,丝毫看不出悲伤,"我有一位兄弟,他和一位姑娘定了亲,但是他却突然之间死了。我希望七公子可以帮我查清楚他是怎么死的,然后把事情告诉那位姑娘,请她不必再等他。"

他的神色中一点看不出是背负着这样的惨事,温柔的笑脸,像他今生今世过得无比幸福、从来没有经历过任何挫折似的。

秦倦眉头微蹙,与肖飞对看一眼。

秦倦沉吟了一下:"千凰楼并非官府,追查死因并非所长,而且愿生兄何不亲自调查,而相信我千凰楼?"

"官府把我……把我兄弟入棺安葬,我兄弟身上两处刀伤,官府却一口咬定他是重病身亡。"愿生叹了口气,"而我……我却不能调查,否则,我也不会来千凰楼。江湖人言:若有不平事,先找七公子。我相信七公子聪明绝顶,一定可以很快查清楚我的……不,我兄弟的死因。"

秦倦目不转睛地看着他:"那么,你兄弟叫什么名字?"

愿生不假思索:"宛容玉帛。"

"璇玑锦图书绣坊,宛容家?"秦倦低低地道,"那么,你也姓宛容?宛容家读书习武都是一绝,家传绣坊绣品无双,如此赫赫家世,你为什么说你自己没有姓?"

秦倦的声音低柔幽冷,肖飞一听便知,那必定是秦倦自愿生的话中发现了什么。

愿生为之语塞,呆了一呆:"我……我与我兄弟并非……并非同姓。"

他这样强辩显然牵强,但秦倦似笑非笑,并不反驳。

"你兄弟死了,你却不知道他是怎么死的?"肖飞冷笑。

愿生眉头皱了起来,显然不知道要怎么回答,求助地看着秦倦。

"那是因为死亡来得太突然了,是不是?"秦倦慢慢地道。

愿生点了点头,突然又摇摇头:"我不知道。"

"我来从头说一遍好了。"秦倦轻敲着茶几,漂亮的乌眸若有所思,"你兄弟死了,你想知道他怎么死的,但是你又知道他身上有两处刀伤。你想知道的,是为什么他会被人所杀,还是他身上这两处刀伤是如何来的?"

愿生如笑的眼神中掠过一丝黯然:"都是。"

"你出身宛容家,却不肯借助家中长辈来追查真相,求助千凰楼显然是心有苦衷,除非,你并不希望见你家中长辈。"秦倦淡淡地道,"你兄弟死了,你并无悲伤之色,于理不合。你既是活生生的,为何不能自行追查,又为何不能亲自把死者的真相告诉那位女子?除非,你不能见那位女子。"秦倦凝视着愿生,"我只有一个解释,"他一字一句地道,"你,就是你那兄弟。"

肖飞吃了一惊,秦倦在说什么?那个所谓的"兄弟"已经死了,而这个"愿生"却是活的,秦倦病糊涂了吗?

愿生目不转睛地看着秦倦。

良久良久,他露出一个笑容,那笑却是温柔无奈的:"我本希望七公子是聪明的，却不知道，七公子是太聪明了。"

肖飞震惊地看着他："你是人是鬼？"

"我不是人，也不是鬼。"愿生笑得无奈，"我只是一个灵体，因为心愿未了，怨恨未消，所以还不能化为鬼，不能入地狱，不能离开。"

他的笑依旧温柔，带着他天生柔软的气息。这样的一个人——姑且仍算他是个人好了——说带着怎么样的怨恨，是如何难以令人接受啊！

"原来不是'愿生'，而是'怨生'。"肖飞摇了摇头。他没有说下去，是怎样强烈的怨恨，才能使一个人死后不愿也不能离去的灵魂硬生生地留在世上，有形有体、宛若活人？会是怎么样的怨恨啊！

"不，"秦倦慢慢地道，"愿生，是因为你不愿死；怨生，是因为爱在！你有一个深爱的女子，因为你爱得深，所以怨得深。怨的目的并不是恨，而是不甘忘却了爱。"他目光犀利，看着愿生，"我说得对不对？"

愿生仍带着那温柔而无奈的笑："我说过，七公子是太聪明了。"

"那个女子……"秦倦缓缓地道，"不知道你出了事？"

"宛容家书香门第，虽然习武，却不涉江湖。家中出了人命，未查清楚之前，是不会张扬的。何况他们……他们并不知道我和她……"愿生叹了一声，"宛容家读书成痴，若以他们来查，是万万没有结果的。我不愿死，真的不愿死，所以……"

"所以生灵化怨灵，要留在这世上？"秦倦轻吁了一口气，喃喃自语，"你不愿死，你不愿死……"他自己伤病缠绵，若非有一股"我不愿死"的心愿在支持着他，只怕也早已身化异鬼了。愿生的心情他很清楚，但是，如何追查？如何追查？千凰楼并非官府，他自己病骨难支，要他去查案，那是万万不能的。

"千凰楼不能介入这件事。"肖飞突然冷冷地道。

愿生吃惊地看着秦倦。

"不错，"秦倦点头，"千凰楼不能介入这件事。它并非江湖帮派，又非朝廷官府，一旦介入，必然陷入种种利害恩怨中纠缠不清、后患无穷。"他以手扶额，轻轻点了点额角，"千凰楼不能明着帮你，只可暗中给予你少许帮助，怨灵的身份我们会为你保密。"

秦倦抬起头来看着愿生："我没有避事而逃的意思，这件事只有你自己最清楚，为何会为人所杀，又如何告知你心爱的女子。与其我们劳师动众，不如你自己去查。你已死过了一次，要伤害你并不是容易的事。你既然可以凭借心愿而留在世上，就必定可以凭借心愿去查清这件事。你有能力创造奇迹，只是，你不够自信而已。"

愿生定定地看着秦倦。

秦倦的目光幽幽柔柔，深湛而有一份安定的平静。

良久，愿生温柔地笑了："我知道这九个字一定很俗，但我还是要说——七公子果然是七公子。"

秦倦只是笑笑。

而愿生却渐渐地淡去了，直至无影无痕。

"灵体？"肖飞仍是不信似的看着他消失的地方，"想不到世上真有这种东西！"

秦倦慵懒地偎着椅子："世生万物，神神鬼鬼尽在其中。你既信了世上有人，又何必计较是否有灵？若生平无愧天地，神又奈你何？更何况，我并没有看出他与人有什么不同之处。"

肖飞不答。

第二节　愿同生

孤雁山庄。

杜甫有一首《孤雁》诗："孤雁不饮啄，飞鸣声念群。谁怜一片影，相失万重云。"

孤雁之凄清寂寞，正是孤雁山庄取名"孤雁"的本意。

由此名，便知道山庄住的是位很缠绵的女子，而且雅擅诗词。

山庄之外碧草青青、修竹森森，一派冷冷清清。门口一副门联："绿绮琴弹白雪引，乌丝绢勒黄庭经。"

其主人风流婉约，六艺皆通而且博才，可见一斑。这是畅当《题沈八斋》里的句子，知者甚少。主人以它为联，很有自得多才之意。

有人在幽幽地念些什么，声音随风深深浅浅、远远近近，飘忽不定。

那是一个很磁柔的女音，她低吟的是："燕赵多佳丽，白日照红妆。荡子十年别，罗衣双带长。春楼怨难守，玉阶空自伤……"她的声音很动听，吟得很动情，听来也格外动人。

屋檐上一团白影怔怔地听着。那是一个微微有些朦胧发光的东西，蜷成了一团，仔细看才能隐约看出那是个有着温柔笑意的白衣人，他是愿生。

那女子吟的是刘孝绰的《古意送沈宏》，仍是那样冷僻的诗，但是诗句很缠绵。尤听到她吟到一些句子时，愿生全身一颤。那几句是："故居犹可念，故人安可忘？相思昏望绝，宿昔梦容光。魂交忽在御，转侧定他乡。徒然顾枕席，谁与同衣裳？"

他很想哭，但是他没有泪。他的泪已随他的身体同朽，他只是一个灵体，欲哭，却无泪。要如何他面对昔日心爱的女子，然后告诉她，他早已死了，面前的他只是个连鬼都不如的东西？他怎么说得出口？怎么说得出口？

他已经来了，却不敢下去见她，他害怕她惊惶不信的眼眸，更害怕因为她的惶恐而承认自己早已死得彻彻底底的事实；怕她不会再像现在一般思念他，怕……他甚至不敢偷偷地看她一眼，只敢坐在这里听。

但她的下一句话却几乎让他全身冰冷，几至魂飞魄散，消失于人间。她吟完了诗，下一句轻轻一叹："他既已被你害死，你又何必斤斤计较我想还是不想着他？"

屋中响起一个男子低低的声音："绣女，宛容玉帛虽然已经被我神不知鬼不觉地除掉，但那宛容家世代相传的璇玑图我还没有得手。何况我要他死，一半也是为了你。他若不死，我看你迟早会动了心，你是我的女人。"

那女子声音依旧优雅动人："我是你的女人，我可从来没有忘记。背诗背词不过是骗骗宛容玉帛那个傻瓜，我是什么样的人你还不明白？你怕什么？"

男子嘿嘿冷笑道："你的话也信得？你根本只是个骗死人不赔命的狐媚子！宛容玉帛当你是仙是神，我可不是那个书呆子，少给我作这副嘴脸！"

女子轻轻笑了几声，笑声娇柔婉转，如一匹黄纱上轻轻落下三两朵小黄花："你又这么了解我？"

愿生呆呆地听着，不敢相信屋下这个又娇又媚的女人，便是昔日优雅怡人的"无射"。原来她叫作"绣女"，而不是"无射"。

对他来说，她害得他身化异鬼、要谋夺他家传古物都已不重要，重要的是，她竟然骗他骗得这样狠毒，他凭借存在的那一种强烈的爱竟是假的!这让他如何是好?

他心中的情绪强烈得超越了愤怒,也超越了怨恨、不甘等等种种,而达到了一种近乎麻木的境界。

在一刹那间,他心里什么也没想,一片空白。

时近黄昏,一个男子终于走出孤雁山庄,疾快地消失在草木深处。

书房之内。

自窗口望去,房中灯光黯淡,一个身形婀娜高挑的黄衫女子正自着手整理书架上的书籍。她背对着窗口,只见她云鬟高绾,乌黑柔亮,不着首饰,不施脂粉,看起来颇为干净古雅,便像书中走下的古装仕女一般。

刚刚放好了一沓书,她忽有所觉,蓦然转过身来,看着窗户。她转得那样疾,以至于手上仍拿着一本书,挡在胸前。

屋内多了一个人影,微微朦胧发光的白色衣裳,一张温柔而黯然的脸,在黯淡的书房之内分外明显。

古髻黄衫女子退了一步,"啪"的一声,手中的书卷跌落在地上。很奇怪地,她并没有尖叫,也没有惊恐,只是眸子里掠过一丝惊惶,随即宁定。

她回过身来,她的容貌便可以看见。她眉淡睫长,古雅风流,活生生一个纤柔温婉的书卷女子。

但她刚才的柔媚轻笑愿生却并没有忘记。

"玉帛?"黄衫女子试探地叫了一声。

宛容玉帛微笑了一下,但那笑中已没有笑意灿烂的温柔:"我想了很久,不知道是不是还该见你。"他摇了摇头,"我想问清楚,为什么骗我?"

黄衫女子目中的神色在瞬息之间变换了几次,她没有回答,却反问:"你是……你已死了,是不是?"

"是。"宛容玉帛没什么神情,淡淡地道,"我不是恶鬼,却是怨灵。你不必怕,我早已死了,你……你们没有出一点差错。"他生性温柔,这几句已是他会说的最痛心、最讽刺的话了。

黄衫女子脸上一阵苍白,她颓然坐倒在椅上:"玉帛,我不是存心骗你……"

她的声音优雅动人，凄婉之情楚楚可见。但宛容玉帛只是笑笑，学着她的语气："背诗背词不过是骗骗宛容玉帛那个傻瓜，你是个什么样的人，难道我还不明白？"

"那是……那是……"黄衫女子低声道，"我骗他的。"

"你骗谁都不再关我宛容玉帛的事，我已经死了。你莫想骗了活人，还要骗了怨鬼。"宛容玉帛神色依旧温柔，那样无心无意的、飘忽的温柔，没有恨，也没有爱，"我本想问清楚，你究竟有没有爱过我，看来不必问了，因为我已不信你。"他一字一字地道，"我告诉你，十六国苏蕙的璇玑图并不在宛容家，你便是害死宛容家满门六十三口，也是拿它不到的。"

黄衫女子神情木然，仿佛并不关心。

"它在千凰楼娥眉院。有本事，你去骗倒千凰楼七公子，看他是不是肯把璇玑图双手奉上。"宛容玉帛既温柔又讥讽地说完，转身欲走。

"我从来也没有爱过你宛容玉帛！"黄衫女子神情木然，像是根本没有听到他刚才说的一长串话，神色由木然转为激烈，"我从来也没爱过你这个书呆子！"

她抄起桌上的《法华经》《宋徽宗宫词》《春秋集解》《列女传》《大佛顶首楞严经》，一部部向宛容玉帛砸了过去，像突然间换了个人。但她纤腰纨素，人又古雅，虽然形若泼妇，但并不难看。

"你走！我从来没有爱过你，你人都死了，何必到死都让我不得安宁？我爱骗谁便骗谁，反正都和你这孤魂野鬼无关！无关！"

她把书一部部砸了过来，部部穿过宛容玉帛的身体，散落在地上。

宛容玉帛吃了一惊。他虽然明知她绝不是她昔日所扮的秀雅才女，但万万想不到她会来这一下。一眼望去，本本翻开碎散的书之中，都有她细细的文注，一本《春秋集解》上一排小字写着"钟无射点经堂"。

宛容玉帛心中一动："你真的叫无射？"

黄衫女子呆了一呆，颓然停下手来，冷笑道："本姑娘化身千万，什么阿猫阿狗、桃红柳绿、小花小春，都是本姑娘的名字。"

她这样鄙夷地说话，似委屈，又似愤怒，身子微微发颤，显得又是单薄，又是娇怯。

看在宛容玉帛眼中，明知万万不该，却也微微起了一阵怜惜之意。他叹了一声："那这书上的文注，都是你所写？"

黄衫女子本能地抱紧了她手上的那本书。

　　宛容玉帛出身书香世家，一眼便知，那是一本宋人洪迈所著的《夷坚志》补卷，说不清多么偏僻古怪的书，而书页已颇陈旧，必已经过多次翻阅，否则不会如此。只听那黄衫女子恶狠狠地道："你管我书上的文注是不是我写的？我只会念《三字经》，这字都不是我写的！从前的诗都是别人叫我背的，我什么……什么也不会！你走你走！你管我念的什么书、写的什么字！"

　　宛容玉帛看了她一眼："你骗了我，至少你的才学并没有骗我。"他低低地道，"你有如此才学，怎会不知道，欺人骗人都是为正人君子所不容的事，更何况杀人谋物？"

　　他轻叹了一声："我并没有怨你害我，只是很痛心、很遗憾——卿本佳人，奈何做贼？"

　　黄衫女子的回应，是将手中的《夷坚志》补卷摔了过去。

　　宛容玉帛的身影淡了，他真的未想过复仇，而只是心灰意冷。他即使有一腔热血，如今也已完全结成了冰，更何况他本来什么也没有。

　　"你去哪里？"黄衫女子突然尖叫了一声。

　　"化鬼，投胎。"宛容玉帛淡淡地回答，淡去了痕迹。

　　黄衫女子呆若木鸡般站在窗口，定定地看着他消失的地方，良久良久，跌坐在那一堆书卷之中，伏卷而泣，但她只双肩微微颤抖，却终没有哭出声音。

　　过了一会儿，她慢慢趴在地上，把散乱的书卷一本一本地拾回来，慢慢放回书架上。

　　她的动作迟滞而僵硬，便像一个失了魂的木偶。有些书放上去又跌下来，她失魂落魄地摆放了好久，才把书一一放回了架上。

　　放好了书，她整个人软软地靠在书架上。时已夜深，只看见她眸中泪光莹莹，说不出的疲倦憔悴，还有一股无以言喻的颓丧之气，哪里像几个时辰之前一笑跌落几朵小黄花的娇媚女子？

　　静静地偎了那书架许久，她突然闭上眼睛，重重地一靠那书架。

　　只听"砰"的一声，她的人已不见了。原来那书架靠墙而做，这一面墙却是一面翻板。书架在翻板一边，若再加上少许重量一推，整个墙便翻了过来，而人却进入了墙后的密室之中。当然，墙面那边仍然钉着一个与这边一模一样的书架，绝不会在一翻之后，让人发现房内少了个书架。

密室并不大，明晃晃地点着几支明烛，把密室内的一切照得清清楚楚。

密室之内，有一桌、一椅、一副棺材和一个老人。

钟无射由房外进入密室，就像也翻了个脸，所有的疲倦颓丧都奇迹般消失，只剩一脸温柔动人的轻笑。

"岑夫子，尸体你看过了，你觉得如何？"她的声音本来优雅，又微有柔媚之意，再加她本是个风流婉约的古雅女子，这一笑，简直会酥了人的骨头。

棺材就放在桌上，老人也就坐在椅上，不过，所谓"坐在椅上"，是指他两只脚踩着椅面，屁股坐在椅背上。桌子本来就比椅子高，桌子上放棺材，不这么坐还真看不见棺材里的东西。

岑夫子头也不回，怪腔怪调地回答："小狐媚子，这分明是宛容玉帛的尸体，你明明知道老子我只医活人，不医死人，弄了个死人给老子，有什么好看的？你害死了他还不够，还拖了老子去挖他的坟、开他的棺，人家成鬼都不得安宁。你答应老子的三十万两黄金在哪里，啊？"

"宛容世家书香数代，所藏珍奇古玩不计其数，你若医活了宛容玉帛，还怕拿不到好处？"钟无射轻轻哼了一声。

"我的大小姐！"岑夫子怪叫一声，自椅子上蹿了起来，"医活？我若能把死人医活，我不已成仙了，何必要你三十万两黄金？"他指着棺材，"这个人非但已经死了，而且已经死了七八天了，我若能把死了七八天的人医活，皇帝老儿我也做得！"

钟无射脸色一沉，道："你若不能把他医活，凭什么要我三十万两黄金？"

岑夫子几乎没给她一口气哽死："咳咳！是你要老子陪你挖坟盗尸，说事成之后给我三十万两黄金，你……"

"挖坟盗尸的事人人可做，我凭什么非要你一个糟老头跟着？"钟无射嘴角轻轻一撇，"只是我以为你'活死人而肉白骨'的名气是真的，你没本事把他救活，便是自己打自己嘴巴。还敢问我要黄金，真是笑话！"

"你……"岑夫子几乎没被她气死，"莫怪教中人都说'绣女'钟无射的话是万万信不得的，你……你好……"他气得脸色变紫，一副一口气吊不上来便会昏死过去的样子。

钟无射嫣然一笑:"谁让你不听人家的话?"

这一句又娇又媚,便像打情骂俏的一句情话,岑夫子却只听得脸如土色:"我……我告诉教主,说你意欲救活宛容玉帛,意图叛教,其心可诛!"

钟无射笑得更柔媚动人:"请自便!想必教主知道你陪我挖坟盗尸,想要我三十万两黄金,从此叛教脱逃、逃之夭夭,逃得无影无踪、无声无息、无形无迹、无人无我,他是不会太高兴的。"她素袖一拂,"你走,我不留你。"

岑夫子头上冷汗直冒:"你……你这死狐媚子,老子……老子可被你害惨了!"

"你想脱离璇玑教,只有一个办法。"钟无射悠悠而笑,贝齿微露,甚是娇俏好看。

但看在岑夫子眼中,便像看见狐狸的尖牙,只有寒毛直竖的份儿。

"什么办法?"

"帮我救活宛容玉帛。"钟无射对着棺材抬了抬下颔,她的肤色洁白,下颔尖尖的颇为好看,这一抬,又见娇气和傲气,颇为动人,"你医活他,我给你钱,你走人!"

"可……可是……"岑夫子牙齿只有打战的份儿,"他是个死人……你又何苦一定要医活他?难道……难道你真的背叛了教主,喜欢上了这个……这个死人?"

钟无射脸上登时像罩了一层寒霜:"你管我为什么救他?就算我喜欢他,又关你的事?"

她手指着暗门:"你救是不救?你说'不救',我们立刻去见教主,我告诉他你意图叛教,你告诉他我盗尸挖坟,我们一起死!一、二、三——你救,还是不救?"

"我……我……我救!"岑夫子被这野蛮女子逼得无路可走,他知道她素来胡作非为,没有什么不敢的,他几乎要哭了出来,"可是……可是我救不活啊,姑娘!"

"我不管!总而言之,你救他不活,你我都给他陪葬!"钟无射盈盈一笑,又若落下了三两朵小黄花一般。

岑夫子黑着一张脸,瞪着棺中的死人:"老子若救活了你,老子死了之后不也可以救活自己？世上哪有这种逼人复活的差事？"

"他不会死的，就算死了也能复活，而别人却不能。"钟无射嫣然一笑，"你放心，你若救活了他，你是救不活你自己的，我说他能复活，自然有我的三分把握。我又怎敢拿你的性命开玩笑，岑夫子你说是不是？"

谁知道你这疯婆子在想些什么！岑夫子心中暗叫倒霉，无端端惹上这个瘟神，嘴里却说："当然，当然！"

钟无射眼珠子转了两转："你在骂我？"

岑夫子吓了一跳，忙道："没有，没有，我怎么敢？"

"我看你并没有什么不敢的！"钟无射眼波流动，玉颊生晕，手中突然多了一串珍珠。那珍珠浑圆莹润，大小均匀，难得的是颗颗一般的粉红色，价值不菲。

钟无射幽幽地道："这个，你要不要？三十万两黄金暂时是没有，三万两黄金倒是有的。"

岑夫子看那珠子看得眼都直了。

钟无射把那串珠子轻轻挂在他的头上。

岑夫子身瘦头小，珠串自头上滑下，套在项中，莹然生光，映着岑夫子一张又老又丑的皱皮脸，颇为滑稽。

但岑夫子却笑不出来，只吃吃地道："这个……这个……"

"是给你的。"钟无射耐心地解释道，"你帮我做了事，又收了我的钱，以后要听话，知不知道？"

她像在对着不乖的小孩说话，哪里像听她话的是江湖第一名医、有"活死人而肉白骨"之称的岑老夫子？

岑夫子越听眼睛瞪得越大。

钟无射伸出一根如玉如琢的手指，轻轻摇了摇："不甘愿？你舍得把它还我吗？"

岑夫子看看她，又看看胸口的珠串，痴痴地看了许久。他明知收了这珠子就像在自己脖子上套了根绳子，但一想到这一串珠子代表的黄金、美人、名马、香车、楼宇、美食、富贵……他又如何舍得把它还给钟无射？

痴看许久，他终于颓然低头。

钟无射笑得更加动人，非但像落了三两朵小黄花，还像飘过了一阵槐花雨："现在我们来谈正事，如何？"

岑夫子垂头丧气道："老子尽力就是，不过老子不保证一定能救得活。"

"只要你尽力，就一定救得活。"钟无射悠然笑道，"他其实并未完全死透，你必已瞧出来了。"

"呸！"岑夫子悻悻地道，"你自己害的人，还说得如此得意？老子知道你给他下了失心散，迷昏了他，教主又补了两刀，他稀里糊涂地西去了，包管连怎么死的都不知道。好倒霉的年轻人，遇上了你这个狐狸精！"

"我可不是害他，我是救了他。"钟无射脸色变了变，"我本可以一下毒死他的，下了失心散后，他的许多经络血气闭塞，教主那两刀才未真的杀了他。"

"什么'未真的杀了他'？"岑夫子怪叫，"难道还是假的杀了他？这两刀一刀在胸、一刀在腹，姓宛容的虽然生机未绝，但有谁能救得了他？他已这样躺了七八天，全身都凉了，就是大罗金仙也死定了、死得不能再死了！"

钟无射脸色一沉："我给了你三万两黄金，不是要你在这里死啊死的鬼吼鬼叫的，三万两黄金还来！"

她伸出手，手心又红又白，甚是好看。

岑夫子紧紧抓住胸前的珠子，终于道："救也是救得，只是一则灵药难求，二则拖延过久，三则伤势过重……"他越说越小声，只因钟无射的脸色越来越难看，"所以……所以……生机渺茫。"

"要什么药？"钟无射变了张冰脸，冷冷地问。

"曼陀罗……"岑夫子擦了擦冷汗，"他的内腑需要治伤，伤口要缝合，血气要换过，不仅要曼陀罗，还要优昙花，至于人参、党参、三七等补血益气之物也必备，还要一个与他气血相同之人为他换血，而换血之术凶险，一个不当，必是利一害一，或者两人皆亡……"他又擦擦冷汗，"他由于你失心散之故，状若假死，刀伤之后血气未崩、元气未散，宛容家内功别具一格，所以他至今还有极缓慢的心跳及若有若无的气息。也幸好你挖了他出来，否则要放棺材之中，半天他便死绝死透了。你虽给他服了不少灵药，但药不对路，也仍是维持他不死不活的样子。"

"你说了半天,到底是救得活还是救不活?"钟无射满脸不耐烦。

"不知道。"岑夫子居然这样回答。

宛容玉帛心灰意冷,绝然而去之后,茫茫然也不知道要上哪里。等神志清醒过来,他才发现自己飘荡到了一处不知名的荒山野岭。此地林木成荫,流水潺潺,而自己便正挂在某个树梢上发愣。

天已快亮了,阳光淡淡地照在他身上,把本来朦胧发光的宛容玉帛照得若有若无,淡得只剩下一个人形影子。

"喂!"有个孩童的声音在叫他。

宛容玉帛回过头来,那边树荫之下有一团小黑影。那是个小小的鼠妖,一个小鬼。宛容玉帛笑了笑,依旧那般温柔而宠爱,眉眼弯弯:"嗨,你好!"

小鼠妖也笑了:"你笑起来好漂亮。"

宛容玉帛眉毛弯弯:"是吗?"他并没有心情和鼠妖闲谈,但天生的温柔却不容他拒绝。

"你看起来像个好人。"鼠妖冲着他招手,"过来!你是怎么死的?"

宛容玉帛皱起眉头想了想:"我不知道,被人谋害死的吧?"

"哇!那你是个冤死鬼,有煞气的。可是你为什么不怕阳光?"鼠妖很奇怪地问。

"怕阳光?"宛容玉帛困惑地皱眉,"为什么要怕阳光?"

"因为死灵都是怕阳光的,阳光照着好疼的,弱一点的灵会被阳光照没的。"鼠妖回答。

宛容玉帛伸出手,阳光自他手掌中透过:"可是我并没有感觉到疼。"

鼠妖很奇怪地把他从头看到脚,喃喃自语道:"不可能!一定是哪里弄错了。"

宛容玉帛看他皱眉苦思的样子,不禁笑了:"难道没有死灵是不怕阳光的吗?"

"不可能!"鼠妖满脸严肃,"魂为阴,日为阳,至阴纯阳不可皆容,不可能有不怕阳光的死灵。你过来让我看看!"

宛容玉帛向他飘了过去,只听"砰"的一声轻响,宛容玉帛和那鼠妖被各自震退了两步,他们中间就像隔着什么看不见的气墙,在阳拦两个灵的接近。

鼠妖尖叫道:"怪不得你不怕阳光!你这个笨蛋!你家累世福泽,你自己心性纯善,哪里会被人谋害而死!你走开,快走开!"他往林木深处逃去,一转眼便成了一个小黑点。

宛容玉帛弯了弯眉毛:"这是怎么回事?"

鼠妖远远地大骂:"你还不明白吗?你这个笨灵!你是个生灵,不是死灵!而且是个福泽深厚、略有法力的生灵!你一靠近,便耗去了我三百年的修炼功力。你是个纯阳的灵啊!你还没死,有人正在救你。快回去吧,否则地府死灵是不会放过你这个阳灵的!"

宛容玉帛皱起眉,像一个哀怨的孩子,看看自己的双手:"我还没有死?"

那个女人是真的爱宛容玉帛,竟然有这样的怪事!岑夫子一边为宛容玉帛的"尸体"把脉,一边心里嘀咕着。

而他也不得不承认,钟无射真的是个骗死人不赔命的狐狸精,很是神通广大,一天之内,竟然被她弄来了许多药。曼陀罗、优昙花一应俱全,还兼有许多"附带",什么九转紫金丹、千年雪莲花,甚至连江湖传说之中方有的血参、燕魂,都给她弄回来了一小块。

"你从哪里弄来的这许多稀奇古怪的东西?"岑夫子问。

钟无射一改昔日书卷女子的鹅黄古装,一身流苏紫绢,头绾斜髻,一支珠钗莹莹闪动,显得娇媚异常,有一股猫也似的慵懒与柔媚。

"很容易的,只可惜你不是女人。"

岑夫子自鼻子里哼了一声:"还不是施了什么狐媚手段!又骗了哪一个冤大头?"

"那太慢了!"钟无射向前走了几步,嫣然抛给他一个媚眼,"很简单——我进城,挑了一间全城最大的药铺,进去把药房里的好东西都搬上马车,然后赶了马车回来。但我不知道我的运气这么好,城里最大的药店,竟然是江湖第一药的老窝,里头什么都有。我瞧得眼都花了,只好随便拿了些回来。"

"人家也让你进去?"岑夫子白眼一翻,心下暗暗懊恼没有与她同去。

"是啊!"钟无射特意摇了摇鬓边的珠花,"我只不过告诉他,我和药铺老板有约。"

"天啊,他当你是铺主的红牌!"岑夫子大叫,"怪不得你今天穿得妖里妖气的,你存心假扮妓女!这种……这种事你也做得出来?"

钟无射眼波流动,眼神是极媚的,语调却是冷冷的:"我什么都做得出来,你不知道吗?"

岑夫子骇了一跳。这个疯婆子为了宛容玉帛那死人,真的什么都做得出来,他再清楚没有了。

"你搬走了药,难道伙计也不拦你?"

钟无射秀眉微蹙,状似困惑地道:"我进了药铺,自窗口翻进药房,拿了东西便走了。伙计又没有看见,怎么拦我?"她轻轻拍了拍岑夫子的头,"莫想那么多了!药有了,你只管想怎么把他救活过来。三十万黄金,三十万两黄金哦!"

岑夫子被她气得一口气转不过来,哽得脸色青紫。而钟无射紫衫飘飘,水袖一拂,已怡然地看宛容玉帛去了。

宛容玉帛突然得知自己"还没有死",真是惊诧莫名,而自己又莫名其妙地成了什么"阳灵"更令他一头雾水,还没容他想清楚,一道强力的白光射来,一下摄了他的魂去。

钟无射目不转睛地看着宛容玉帛。他经岑夫子稍许治疗之后,已不完全像个死人,几乎停顿的身体机能开始运转,近似完全停顿的呼吸和心跳也在慢慢地恢复。

钟无射并没有说错,若不是她给宛容玉帛下了大量失心散,让他一下进入了完全休眠的状态,宛容玉帛不可能在身受两刀之后还有生还的机会。

她的确是救了他一命,但若她没有扮秀雅才女去骗他,他就根本不会挨那两刀。

如此算来,她究竟是救了他,还是害了他?

岑夫子被她一气一激,拂袖出去,把一腔怨气都发泄在了捣药之上,只听得外面"叮叮咚咚"的敲击之声不绝于耳。

屋内只有钟无射和宛容玉帛。

她看着他,慢慢伸出手,轻轻触了触他的脸。

她的确是个美人,而且是个宜嗔宜喜、一人千面的善变女子,娇媚如千花盛放,素净如澄潭净雪,一双手伸出去,十指纤纤,如芝如兰,很是好看。

紫袖覆在手上,指间戴着珍珠戒,腕上套着金丝环。她用这只手轻触了宛容玉帛一下,很快地收了回来。

"我知道你喜欢温柔秀雅、多情多才的女子,我可以扮,但我终不是。"钟无射声音幽幽微微,像叹息,又像遗憾,"我不怨你恨我。"她凝目看着自己手上的珠戒金环,黯然一笑,"我还是穿金戴银的漂亮些。"

宛容玉帛闭目平躺在密室的棺材之中,钟无射并没有让他躺在床上,她得谨慎些,怕教主会突然来找她。

她记得,第一次借机见宛容玉帛,是在触手欲融的初春,天气清寒。她有意着一身古衫长裙,古髻高绾,穿好之后,自己都觉得自己可笑,竟然可以变成这样的文雅女子。镜中的女子郁郁多愁,而她却是个人人口中骗死人不赔命的狐狸精!

那一天,是在宛容家书绣坊外的梅林。她深深知道,美丽的女子要有美丽的背景才会令人一见忘情。她往梅林中去,本是想折一枝梅花,但一入梅林,便看见了他。

他在洗梅,用清水慢慢洗去初春梅花间夹带的少许残雪、少许尘土。他也是一身白衣,听见她走入梅林的声音,回头看了她一眼,笑了。

她从来没见过笑得那样漂亮的人:眉眼弯弯,一笑起来像他会朦胧发光一样,无限温柔。

她自认美貌,看他那样一笑,竟也几乎呆了一呆。

他放开了手中的梅花,上上下下地看着她。

她看见了他目中的欣赏之意,于是拿出她最含愁带怯的微笑,柔声道:"一枝剩欲簪双鬓,未有人间第一人。"

就这样,她很轻易地哄到了宛容玉帛这个单纯良善、几无心机的世家公子。但每次看见他美丽而笑意盎然的眼睛,她都会避了开去。

她不配的,她知道。

他温柔而极具爱心,像个散布善良的使者,对谁都好,像一张漂亮而纯洁的白纸;而她只是条会变色的毒蛇,干净、单纯、纯洁、挚诚,那种种很可笑的品质,她一样也没有。

为什么要救他?

钟无射伏下身,静静地听着他的心跳。

为什么要救他?

因为,是她欠了他的。他这样的人,是不应该受这样的苦的。至于……至于其中是否含有她的一点真情,她自己也说不清楚。她游戏得太久了,到如今,是否还有真情剩下、是否还有真情可以付出,她自己都不知道。

"嗯……"

钟无射吃了一惊,蓦然坐了起来。只见宛容玉帛皱起了眉头,发出了一声低低的呻吟,轻微地起了一阵颤抖。

钟无射呆了一呆,骤然大叫:"岑夫子,你在外面鬼敲什么?给本姑娘进来!"

岑夫子吓了一跳,不知道这位喜怒无常的瘟神又想到了什么。

放下药盅,他小心翼翼地向里面探了探头。然后他又吓了一跳,因为他看见一个完全不可思议的现象——宛容玉帛竟然睁开了眼睛,坐了起来。

"岑夫子!"钟无射扶着宛容玉帛,尖叫道,"你发的什么呆?他醒了!他醒了!"

岑夫子突地清醒过来,奔到宛容玉帛身边。只看见他睁开眼睛,看了钟无射一眼,皱了一下眉头,问了一句:"你……你是谁?"之后便闭目倒了回去。

钟无射本能地用手摸摸自己的脸,岑夫子也瞪着她的脸发愣。

"怎么了?"钟无射呆呆地问。

"很好看。"岑夫子呆呆地回答。

"那他为什么不认识我?"钟无射呆呆地问。

岑夫子仔细地在宛容玉帛身上检查了一下,苦着脸:"你给他下了太多的失心散,他又昏迷了那么八九天,大概……大概……"

他吞吞吐吐地不敢说。

"大概什么?"钟无射追问。

"大概,他什么都不记得了。"岑夫子老老实实地回答,不敢看钟无射一张美脸变成青脸。

第三节　失魂

宛容玉帛伤后十六天。在钟无射连骗带偷弄回来的绝世奇药的调养下，他的伤已大致复原，但过去的事他却几乎什么都不记得了。

"钟姑娘。"宛容玉帛自从清醒之后，便不肯叫钟无射"无射"，而叫她"钟姑娘"。

钟无射今日一身红衣，自宛容玉帛醒后，她便打扮得一日比一日妖艳，黄衫古裙是万万不穿的，胭脂珠宝是万万少不了的。岑夫子固然不知道她心里想的什么，宛容玉帛自然更不知道这位娇媚如花、风情万种的大小姐打的是什么算盘。

"钟姑娘！"宛容玉帛眉头微蹙，他自醒来之后便很少笑，而他本是爱笑的人，"为什么要赶我走？"自前些天起，钟无射便冷言冷语，要赶他回宛容家。

钟无射红衣飘然、环佩叮当："你是宛容家的人，自然要回宛容家，难道你想在我这里住一辈子？"

"可是我……"宛容玉帛忍不住道，"我不认得我家。不认得他们，我……我怎么回去？"

他有一张温柔且如婴儿般纯真的脸，这样蹙眉哀怨地说话，有一种婴儿般的可怜可爱。

钟无射板起脸，冷冷地道："你回去后自然认识。你不走，难道要我养你一辈子？"她摇了摇头上的珠钗，"你要留下也行，你有银子吗？"

"银子？"宛容玉帛皱眉。

钟无射伸出手："你有银子，留下；没有银子，你便滚蛋！"她眉眼冷冷的，语气也冷冷的，"赖在我这里，你想吃白饭不成？"

宛容玉帛看着她娇艳而无情的脸，突然之间，有一种被遗弃的情感冲动，他不知道这种感觉由何而生。

这几天她对他并不好，他也并不喜欢她，但在他心底深处却深深地知道，原本不该是这样的，一定是哪里出错了！不应该是这样的！

他虽然不喜欢她，但心里最深处分明记得，似乎，在很久很久之前，他记得她浅嗔薄笑的样子，记得她生气——摔……摔书！他不知道这些零乱的记忆由何而来，但他却记得，他本是深爱着这个女子的，甚至，是爱得太深太深、是为了她而活下来的！可是……可是为什么，为什么会变成这样？

"你不留我，我走！你妖媚成性，留在这里没的玷辱了我宛容玉帛，你当我好稀罕吗！"他一辈子没有讲过这么伤人的话，此刻却冲口而出，"我留在这里十六天，十六天的银子我会给你，够了吗？"

他咬牙，不知道自己近似绝望的愤怒由何而来。但她的无情像一根尖刺，一下戳入他心底，太痛太想哭，而又硬生生哽住了眼泪的怆然无助啊！

钟无射从来没有听过宛容玉帛用这样偏激的口气说话，又偏偏说中了她"妖媚成性"的痛脚："我便是妖媚成性，也轮不到你宛容公子管！你走，你马上给我走！我明日爱如何妖媚便如何妖媚，少了你给我碍眼！我钟无射一辈子没安过好心、没救过人，这回倒行逆施救了你，天活该报应我救你这个恩将仇报、不知好歹的少爷公子！银子还来，你马上走！"

她气得脸色惨白，不知哪里来的眼泪在眼眶里滚来滚去，连她自己都觉得好笑——她还有眼泪啊？

宛容玉帛看见她泪珠莹然，也不知哪一句伤了她。

"不必你赶，我马上会走！要银子，有本事来宛容家拿！"他拂袖便去。一辈子没和人吵过架，虽然是三言两语，却伤了人也伤了己。他从来没像现在这样讨厌自己、讨厌钟无射、讨厌一切的一切！

钟无射看着他离开，终于忍不住大笑起来。

她一边笑，眼泪便一边往下掉："钟无射啊钟无射，你费心机救了他，他又何尝看得起你这个妖媚女子？哈……"

她拽下头上的珠钗，一脚踏碎上头的珍珠，又拆下腕上的金环，用力将它扭曲。金丝勒入她手指的肌肤之中，她浑然不觉。只有这样伤害自己，才能磨平她心中深沉的痛苦。曾是一对爱侣，如今却落得相互谩骂后离去，究竟是谁的错，谁的错？

"你明明很喜欢他的，何必赶他走？"岑夫子不以为然。

"我喜欢赶他走，又关你什么事？"钟无射木无表情，冷冷地道。

"我人老，眼睛还没花。你只不过怕他留在这里危险罢了，何必如此？你可以对他明说嘛！你看你这丫头，现在成什么样子！"岑夫子摇头。

钟无射珠钗弃去，披头散发，她一辈子没有这样狼狈过。

"我高兴，你管得着？"钟无射冷冷地道。

岑夫子又摇摇头，不知道该说什么。

宛容玉帛一怒而去，走了很远，才发现他既不知道可以去哪里，也不知道有哪里可以去。

他依旧不记得许多事，虽然他口口声声称宛容家，但那只是为了气钟无射，却并不是他真的认了那个家。

不远处是一家小酒坊，他无端端地想喝酒，顺手摸了下自己的衣袋。他本是没有银子的，否则钟无射不会咬定了这一点，把他赶了出来。但一摸之下，衣袋中却有一小包东西。

他拿了出来，心情很是复杂，慢慢地看。

那是个缠丝的香囊，一面金线为边，绣着白木兰，白线为底，金边的白花，既素雅，又有一种雍容富贵之气；另一面却细细地绣着一首七律，是李商隐的《无题》："来是空言去绝踪，月斜楼上五更钟。梦为远别啼难唤，书被催成墨未浓。蜡照半笼金翡翠，麝熏微度绣芙蓉。刘郎已恨蓬山远，更隔蓬山一万重。"

这本是一首委婉凄凉的情诗，绣在这女子的饰物之上，更显出了主人对这段情缘的悲观之意：没有奢望团圆，只有分离，只有别离。

袋中有一小锭银子和两小锭金子，还有一张薄薄的纸。宛容玉帛突然有一种不安的感觉，几乎不敢摊开那张纸，但终还是一分一寸地摊开来看。

那是一张画，画的是古妆窈窕、折梅带笑的钟无射。她笑得眼波嫣然，整个人都会发光似的。

这张画是用眉笔所画，笔画寥寥，却传神之极，更别有一分柔情跃然纸上。只消看一眼，宛容玉帛便知道是自己所画。

纸下有几行字："宛容书绣坊在离洲城外古梅林七里，租车可达。"之下有几个大字——"还君明珠"。

笔意淋漓，看起来，像泪在流。

三锭金银值二十多两银子，已是一笔不小的财富，足足可让贫寒之家过上两三年。这一个香囊，只见其柔情蜜意、处处关心，哪里有钟无射妖艳艳、凶巴巴的半点痕迹？

宛容玉帛呆了半晌，紧紧地握住了那张纸。他并不笨，她……她一番苦心……一番苦心，他在顷刻之间，恍然而悟。

她只是要他回家，留在孤雁山庄，对她对他都不安全。她是背叛了教主救他；岑夫子曾告诉过他，而他竟忘了！她怕他不愿走，所以赶他走，而他竟然……竟然这样伤害她！记得他骂她"妖媚成性"时，她惨然的脸色、眼眶中转来转去的泪光，他……天啊！他怎么可以如此浑蛋！他不知道从前是为了什么深爱着她，但至少现在，他开始明白，她是一个什么样的女子！

混乱的心绪一时尽去，他深深地吐出一口气，轻轻拿出那一锭银子，往酒坊走去。

红泥酒坊。

很显然名字来源于诗句"绿蚁新醅酒，红泥小火炉"。里头只有一个青衣大汉，掌柜的战战兢兢地站在那青衣大汉身后，递茶递酒，像个龟孙子；店小二趴在地上，鼻青脸肿，正在替那大汉擦鞋。

宛容玉帛揭帘而入，看到的便是这一幕，他先是怔了一怔，然后便笑了。

掌柜的吓得魂飞魄散。店里来了一个煞星，现在来了一个俏生生、软绵绵的少年公子，只怕掐也要被这个煞星给掐死了。他可不希望在他的店里出人命，正要开口赶那公子走，却见来人一笑，眉眼弯弯，甚是温柔可亲，掌柜的竟一下忘了自己要说什么。

这么一呆，青衣大汉已看见了宛容玉帛，阴恻恻地一笑："小子，你可知搅了老子的酒兴，是要付出代价的？"

宛容玉帛并不理他，反而躬身向那店小二笑了："起来好吗？地上好脏。"

店小二被他弯眉弯眼的一笑，笑得呆了，竟停下了手。而青衣大汉被他轻轻一句"地上好脏"激得怒从心起，店小二停手不擦，青衣大汉便一脚向店小二颈间踢去。

颈间肌肉柔软，这样一踢显然会致命，掌柜的吓得惨呼一声，却没听见意料之中的脚踢中人肉之声及人身飞滚之音。

店小二却是看见了，那青衣大汉一脚踢来，宛容玉帛伸手在他膝间一拍，他的一脚便踢不出来。

青衣大汉脸色一变，那一脚尚未收回，他左手肘撞，右手擒拿，左手撞宛容玉帛的腰间，右手直取宛容玉帛双目。他手犹未至，两点劲风已破空而至。

宛容玉帛微微一笑，既不躲也不招架，只是伸腿一拨，"咔嚓"一声，一脚踢翻了椅子。

青衣大汉仰面而倒，手上的两招固然精妙，却招招招呼在地上，"砰"的一声，在地上挖出了三个洞来。

掌柜的和店小二看得心中叫苦连天，不知道地上这三个洞要如何补起来。只见青衣大汉一跃而起，"当啷"一声拔刀而出，刀风霍霍，刀光如雪，一下便把宛容玉帛围入刀光之中。

"好！"掌柜的与店小二同声叫好，看得目眩神驰。

却听得"叮""当"两声，刀光突敛，一把刀跌在地上。青衣大汉吓得愣在当场，半晌回不过神来。

原来宛容玉帛只是屈指在他刀上一弹，发出"叮"的一声，随便手臂一伸，轻轻在青衣大汉手腕上一拍，劲力透处，"当"的一声单刀落地。任青衣大汉刀舞得那叫一个密不透风，宛容玉帛却要拍哪里便拍哪里，他竟没有丝毫抵抗之力。

"兑离手！"青衣大汉骇然，"你是宛容家什么人？"

宛容玉帛仍是那样笑笑，眉眼弯弯。

宛容家读书成痴，一身武功尽从书中化出。这一路"兑离手"源出《易经·癸卦》。癸，卦名。本卦为异卦相叠，兑下离上。上卦离为火，下卦兑为泽。上火下泽，水火相克相生、无穷无尽。又"癸"，意为矛盾，本卦意为使敌相互矛盾、离违，而我各个击破。因而宛容玉帛一只手掌要拍哪儿便拍哪儿，青衣大汉竟不能抵挡。

"你帮我带一个消息出去，说宛容玉帛未死，七月七日，木兰阁约战璇玑教教主。"

青衣大汉看着他，冷汗涔涔，自地上拾起单刀，悻悻而去。

宛容玉帛看着他的背影，极轻极轻地叹了一声。

"恩公，恩公请坐！"掌柜的大梦方醒，长长地吁了一口气，急急地搬过一张凳子。

店小二忙把一张方桌擦拭干净："公子爷武功高强，为本店赶跑了那煞星，小店请客，请客！"

宛容玉帛低低地自嘲："武功高强？嘿，武功高强有什么用？若上天注定了你死，你又怎能不死；上天要你疯，你又能不疯？"

他摇了摇头，清醒过来："有酒吗？"

掌柜的恭恭敬敬地捧过一缸子酒，倒了一大碗："这是上好的烧刀子。"

烧刀子是最低劣的酒，宛容玉帛娇生惯养，自是从来也没有喝过。但他端了起来，一饮而尽，一拂衣袖，那块银子倏地钉入对门的墙壁，入墙三分！而他径直穿门而出，往来路飞掠而去。

他要回去找钟无射，离开越远、越久，越觉得她一番苦情缠绵心头，越不去想便越是难过。他……已不能离开她。

想到刚才那样狠心地离开她，他不禁心如刀割，不敢想象，她心里所承受的苦……

但是迟了，在他回孤雁山庄的半途之中，只见一道浓烟冲天而起，夹杂着火光，起火的正是孤雁山庄。

宛容玉帛先是全身一冷，像身入冰窖，脸色惨然。他不知道山庄里出了什么事，不知道她出了什么事，为什么会这样？为什么？他并没有疯，也没有叫，只是用力咬住自己的下唇，尽力飞掠。

孤雁山庄。

余烬袅然，在他出来后不到四个时辰之间，孤雁山庄化为了灰烬！在宛容玉帛赶回来之后，依旧有残椽断瓦不绝地倒下来，沉闷的倒塌之声远近回荡。

人呢？

没有人，没有活人，也没有死人。

只有一片寂静。

宛容玉帛看着袅袅生着浓烟、尘土四散的废墟，眼睛眨也不眨，渐渐握紧了拳头。

他的手白皙而柔软，是读书写字的手，如今紧紧握成了拳头，指甲掐入肌肤之中，化为鲜血，一滴、一滴，缓缓滑落到地上。他什么都没有说，眼睛仍眨也不眨地看着前方。

在他面前十八丈处，便是起火的瓦砾，热风依旧带得他的衣袂猎猎而飞。瓦砾堆之中，有一个坏损了的木架，上头挑着一件被烧得七零八落的黄色衣裙。

那木架原是个衣架。

那衣裙便是他怀里画中钟无射穿的那一件，黄衣古妆，一条刺绣的衣带随风而飘，一头仍燃着火星。

满天烧成灰烬的书页纷纷而扬，黑色的碎屑不停地飘落，沾了宛容玉帛一头一身。

突地眼前一暗，天上飘落下一物件，落在宛容玉帛脚边。

一块红布。

布上有血。

红布之上的血迹，不若白布般触目惊心，但更带着不祥的鬼气。

那红衣是钟无射今天早上穿的那一件。

宛容玉帛轻轻弯下腰，指尖一分一寸地接近那块红布。那是衣裳的前襟，若非受到极度的伤害，前胸的衣裳是不会轻易被撕下来的。

他的指尖在颤抖着，慢慢地伸手去拾那块红布，在尚差一线就要触到那块布的时候，一阵热风着地吹来，红布翻起个边，在地上不断翻滚着远去，一下飘入了燃火的余烬中。

烧去了。

宛容玉帛的手指僵在那里——在红布翻过来的时候，他清清楚楚地看见为何会有血迹，那是四个血字——"叛教者死"。

那一刹那，他几乎可以看见钟无射如何惨然地死去，凶手又如何践踏着她的尸体，如何用她的鲜血在她的胸口写下这四个大字，又如何扬长而去……

他来不及感觉到恨，先感觉到了痛！

痛！

好痛！

极度的心痛！

他一手撑地，一手抓住胸口，慢慢地坐了下来。

四周烟烬四起，天色昏暗，他便坐在一地的残烬之中。分不清是心里的还是身体的痛，心口像要炸裂一般剧痛，痛得他几乎要把心呕了出来。什么也不敢想，他什么也不敢多想，但钟无射娇艳的笑容、鄙夷的眼神、冷言冷语的样子，甚至她头上颤动的珠钗都鬼魅一般在他眼前远远近近地飘忽，飘忽一眼，他便更心痛一分！

他没有泪，只是心痛痛到漠然，抱膝坐在天如穹碧地如黄尘、无边无涯又默默飘飞着纸烬的废墟之上，望着苍天。

恨，若恨到了极处，是会变得冰冷的。

痛，若痛到了极处，是会变得麻木的。

他本是个爱笑的男子，有含着无尽笑意与温柔的双眸，但如今，那一双会笑得弯弯的眼睛里，只剩下了血般的绝望，以及刀锋般的恨。

世上有一种恨，叫作"血淋淋的恨"，但不知道世上有另一种空白麻木的恨，要痛过泣血千百倍！有这样眼睛的人，笑起来是一定不会漂亮的。

七月七日，宛容玉帛并没有去木兰阁。很有默契似的，璇玑教主也并没有去。

江湖中人议论纷纷，大多是鄙夷宛容玉帛下了战书，自己却临阵退缩，而所约之人竟也未来，毫无信义。

外面的传言很伤人，但宛容玉帛却并没有感觉，因为心已太伤，便不会再感觉到痛。

他和璇玑教主都很清楚，现在，并不是他们之间做一个了结的时候。宛容玉帛没有力量去动摇璇玑教，而璇玑教也没有把握能动摇宛容书绣坊。

双方都需要实力，都需要时间。

所以要等待。

这就形成了一个奇怪的相持局面。

这一相持，便是三年。

"啼魄一天涯，怨入芳华，可怜零血染烟霞。记得西风秋露冷，曾浼司花。明月满窗纱，倦客思家，故宫春事与愁赊。冉冉断魂招不得，翠冷红斜。"

宛容玉帛在写字。他本来写得一手好字，现在一手负于身后，一手书写，这一首高观国的《浪淘沙·杜鹃花》让他写得郁郁凄怨，似有魂离魄飞一般的凄凄恻恻。

这三年来，宛容玉帛没有再笑过，也没有再闭门锁在宛容家。他广走江湖，结识了许多江湖名宿、武林豪杰，正声名鹊起，几乎有取代"圣心居士"柳折眉之势。柳折眉自与娇妻偕隐便未再行走江湖，而宛容玉帛此刻正好接替了他的声名与地位。

三年之前,没有人识得宛容玉帛是个什么人物,而三年之后,这四个字却已成了一种号召,宛容玉帛登高一呼,便会有千百英豪可以为他拼命、为他流血。

而璇玑教也未曾闲着,三年来劫天牢、挑战少林、大内盗宝,也着实做了许多震惊天下的大事。

宛容玉帛与璇玑教之间剑拔弩张的局势,任何稍涉江湖的人都可以感觉得出来。

侠义道中有许多人站在宛容玉帛一边,因为璇玑教劫财掠色、伤天害理,是个邪教;而宛容玉帛与璇玑教之间的恩怨却几乎不为人知。人人只知宛容玉帛恨绝了璇玑教,却不知此恨由何而来。他自己绝口不提,而璇玑教自是更不会说,由是人人好奇、人人猜测,却是莫衷一是。

现在看见宛容玉帛的人,绝不会相信,三年之前他是个笑起来眉眼弯弯的男子,有一股婴儿似的纯真柔软与温和。现在的宛容玉帛像一个人偶,几乎不言不笑,他的心、他的灵,都早已不知什么时候遗落在了某个不知名的地方,再也要不回来了。

不,他知道,那个地方,叫作"无射",可是,无射已经死了。

无射已经死了,连带着他的心也一并被三年前的那场大火烧去了。什么也未剩下,连占据他身心的恨与绝望都是空的,像倒去了水的瓶子,只留着一个空壳,不知道存在的意义。

"大哥,这首词太凄凉。我们'红绫四义'好不容易一年一聚,你总写这凄凄惨惨的句子作什么?"

说话人声音又娇又脆,像滚了一地的珠玉。

那是个红衣少女,约莫十七八岁,相貌娇美,正撒娇似的拉着宛容玉帛的衣袖。她目中分明有着爱慕之意,恨只恨檀郎不识。

宛容玉帛头也未回,只淡淡地道:"以后不要穿红衣。"

红衣少女一呆,不依道:"我们叫'红绫四义',为什么不让我穿红衣?你看人家穿得好不好看?"说着,她自己转了个圈,又伸手去拉宛容玉帛的衣袖。

宛容玉帛毫不容情地一把甩开她的手,淡淡地道:"因为我不允许。"

红衣少女被他一甩退了两三步,呆呆地看着他。

"还不快去换了！"宛容玉帛脸色一沉，低喝道。

他人虽淡漠，倒也很少这样发脾气。红衣少女眼圈一红，几乎委屈得要哭了。

一只手伸过来轻拍了红衣少女几下。那是个青衣少年，只听他对宛容玉帛温言道："你明知宝纹她只是爱娇一些，又何必对她如此？"

"红绫四义"是宛容玉帛、常宝纹、段青衣、颜非四个江湖近年后起之秀的共称，其实未必有什么结义之情。常宝纹爱慕宛容玉帛，长年追随他左右，而宛容玉帛却从不对她稍假辞色。江湖上啧啧称奇，常宝纹虽没有千凰楼七公子秦倦之妻秦等那般盛极而艳、容倾天下，但也是美人坯子一个，若年纪稍长，也必将是容颜如花。宛容玉帛日日对着这等美人却毫不动心，当真称得上郎心如铁、不解风情。

宛容玉帛凝目书写，就当完全没有听到段青衣的话。

段青衣与神色无聊的颜非相视一眼。

段青衣叹了口气摇头，拍拍常宝纹的肩以示安慰；而颜非只是耸了耸肩，叼了根草在嘴里嚼着。

两人都瞄了宛容玉帛所写的东西一眼，只见宛容玉帛神色淡淡的，一字一字缓缓地写他的书：

"此恨何时已。滴空阶、寒更雨歇，葬花天气。三载悠悠魂梦杳，是梦久应醒矣。料也觉、人间无味。不及夜台尘土隔，冷清清、一片埋愁地。钗钿约，竟抛弃。重泉若有双鱼寄。好知他、年来苦乐，与谁相倚。我自终宵成转侧，忍听湘弦重理。待结个、他生知己。还怕两人俱薄命，再缘悭、剩月零风里。清泪尽，纸灰起。"

段青衣一眼看去，心下恻然，低声道："好一首《金缕曲》，不知悼亡之痛，哀至如此！"

颜非只瞄到"还怕两人俱薄命"那一句，沉吟良久嘿嘿一笑，拍拍常宝纹的肩："人家是伤心人别有怀抱。你快换衣服去，莫又惹恼了你大哥，以后'红绫四义'便成了'三义'，那可不怎么妙！"

常宝纹神色哀戚地看着宛容玉帛，而他终是冷冷淡淡地写着他的字，连眼角也未看她一眼。

落在段青衣与颜非眼中，只有一个暗自叹息、一个朝天白眼的份儿。

嘿！落花有意，流水无情！

无情流水，果是好无情的流水！

等常宝纹换了一身青衫出来,宛容玉帛已不在书房,不知去了哪里,聚会的鹦鹉楼中只剩下了段青衣一个人。

"大哥呢?"常宝纹似已哭过,睫间犹带泪痕。

段青衣在细细看宛容玉帛适才所写的字,微微一笑:"出去了。"

常宝纹眼圈又红了,低声道:"大哥好狠的心!"她言下有无限哀怨,为何宛容玉帛并无红颜相伴,却终不肯接受她的情。

"不要那样说他,大哥他不是这样的人。你知道的,否则你便不会伤心。"段青衣看字,背对着她,温文尔雅地道。

"可是,他那样对我……"常宝纹言语哽咽,泣不成声。

"他那样对你,心里想必比你更痛苦。大哥人虽然冷漠,可是我始终觉得,他不应该是这样的人。你看他写的字,"段青衣指着"三载悠悠魂梦杳,是梦久应醒矣"那一句,"冷漠的人是不知道这一句的苦的,写得出这一句,我便知道大哥他非但不是无情人,只怕还是一个多情人。"

常宝纹缓缓地把目光移向那一张纸:"重泉若有双鱼寄。好知他、年来苦乐,与谁相倚。我自终宵成转侧,忍听湘弦重理。待结个、他生知己。还怕两人俱薄命,再缘悭、剩月零风里。清泪尽,纸灰起。"她低低地念了一遍,"清泪尽,纸灰起。清泪尽,纸灰起。"

反复低吟了几遍,常宝纹凄然而笑:"相思之苦、悼亡之恨,真的有这般刻骨铭心?她……她不是死了吗?"

段青衣摇了摇头:"她死了,并不代表什么都完结了。我不知道大哥念兹在兹,究竟悼念着谁,但这个女子对大哥来说,只怕是一生一世都无法忘记。有些人一生一世,就只能爱那么一个人。"

常宝纹喃喃地念:"还怕两人俱薄命……还怕两人俱薄命……青衣,大哥这样下去是不行的。他已把他的性命全部都扑在这件事上,其他的事,他毫不在乎,也从来不管。一旦……一旦他完成心愿,灭了璇玑教,我不知道他会变成什么样子……"她不禁黯然,"他还会有什么剩下?他的命,一半给了哀戚,一半给了复仇,他自己已什么都没有,什么都没有了!"

段青衣终于未再看那字,转过身来:"我与大哥相交不深,但既然结义,便也应为他分担一些。我们去找大哥谈谈,也许,也可知道他的心结在哪里。"

"我不知问了他多少次,他从不肯说。"常宝纹低声道,"他不肯说的。"

段青衣笑了笑:"对你,他自然不肯说。"

常宝纹脸上一红。

段青衣这一句说得不中听,却是实情。对她,宛容玉帛的确是什么也不肯说。

走出鹦鹉楼,便看见颜非优哉游哉地躺在树上睡觉,嘴里仍咬着根草。

"大哥呢?"段青衣与他交好,自然知道,他虽然看起来这个鬼样,其实精细无比,没什么事能逃出他的一双眼睛。

"在梅林里。不知道在念些什么,听得我快睡着……哈……"颜非打了个哈欠,在树枝上翻了个身,树冠簌簌颤抖,落叶四下,而他却安然睡去。

段青衣耸耸肩,常宝纹扬了扬眉,却都对颜非无可奈何。

梅林。

梅花如雪,枝枝奇绝。

宛容玉帛抬头呆呆地看着树梢上的某一枝梅花,果然不知道在念些什么。

梅花映雪,人如皓月,负手望梅,本是一幅可以入诗的闲雅画面,但看在段青衣与常宝纹眼中,却有另一番黯然滋味。

"梅花如人,人如梅花,此情此景,却只有一个'痴'字可以形容。"段青衣叹息。

"大哥在念什么?"常宝纹低声问。

段青衣仔细一听,宛容玉帛正喃喃自语:"……袂衣始薄,罗袖初单,折此芳花,举兹轻袖,或插鬓而问人,或残枝而相授,恨鬟前之……"

"大哥念的刘孝仪的《梅花赋》。"段青衣笑笑,"大哥出身读书人家,念了好多书。"

"你也念了好多书。"常宝纹低声道,"刘孝仪是谁?"

段青衣被她一赞,反而有些不大自然,顿了一顿,才道:"刘孝仪,名潜,字孝仪。他是天监年中的秀才,后来官至尚书,最后做了明威将军、豫章内史。"

他低声问："你问这个干什么？"

常宝纹看了他一眼，脸上微微一红："你和大哥都好厉害，念了好多书。"

段青衣注意到她说的是"你和大哥"，而不是"大哥和你"，心下一跳，当下不敢多想，提气向梅林那边道："梅中未必留残意，梦里何尝有故人。大哥，你太痴了！"

宛容玉帛回头看了一眼，淡淡的，没什么神："这两句做得很好。"他像根本没听见后边的一句"你太痴了"，只是像评诗一般淡淡道，"只是将'残意'对'故人'未免牵强，且不合平仄。"

段青衣一呆，他没有想到宛容玉帛会这样回答。

"若是改为'梅中未必留新鬼，梦里何尝有故人'，会更好一些。"宛容玉帛信手揉下一把梅花，看着碎裂的梅瓣自手中零落，仍是那样无动于衷。

段青衣无言以对。宛容玉帛的才学自是极好，但将"残意"改为"新鬼"，两字之差，句中的凄苦之意相差了何止十倍？他本有一肚子话要说，但在"梅中未必留新鬼，梦里何尝有故人"面前，却无话可说。他本来想解开那个哀戚，却不知哀戚若是入了身、入了骨、入了梦，那是再也拆解不开的，犹如附骨之疽，不死不休啊！

常宝纹看着宛容玉帛："大哥，你真的有这样伤心吗？"

宛容玉帛答非所问："你们找我有事吗？"

段青衣沉吟了一阵，还是开了口："大哥，我和宝纹只是觉得，你好像总有着心事。我们既然结义，便应该为你分担。大哥，你若有什么为难、伤心的事，不如告诉我们，也可以减轻一些你的负担。"

他话虽出口，心下却不以为然，在看见宛容玉帛淡漠的表情之后，更不相信宛容玉帛肯将心事告诉自己和常宝纹。

宛容玉帛看了他们一眼，忽然道："你们觉得我把你们当外人，不愿把心事告诉你们？"

段青衣只有苦笑，常宝纹却说："不错。"

宛容玉帛眼望天外，林中梅英缤纷，片片飞落人衣，拂了一身还满。他幽幽地道："我只是不知从何说起……"

段青衣与常宝纹相视一眼，心中狂跳：宛容玉帛封闭了数年的心事，终于愿意对人开启。

"坐。"宛容玉帛当先坐在满地落英之上,眼睛依旧不看人,只看梅花。

段青衣与常宝纹随着他坐。

满天花瓣飘零,宛容玉帛声音飘忽不定:"我本打算,永不对人说起这件事。但是我若死了,岂非谁也忘却了她?"

他轻轻地道:"我想,灭璇玑教,大抵三两个月后便可开始;一年之内,可定大局。我若在此间死了,你们告诉我爹我娘,在宛容家媳的牌位上,莫要忘了她的名字。"

常宝纹听得毛骨悚然。

"她叫钟无射。"宛容玉帛自怀中拿出一个白色缠丝的香囊,解开丝带,取出一张薄纸。

那一幅画,画中人依旧巧笑嫣然、风流温婉。

"她一定是个温柔可人的女子,值得大哥……"常宝纹黯然叹息。

"她既不温柔也不可人,她是个妖媚成性、花花绿绿的女人,就像翠羽楼的头牌红倌。"宛容玉帛冷冷地道。

常宝纹一呆,她年纪不大,但也知道翠羽楼是京城最大的妓院。她从来没有听说过,一个男人形容他心爱的女人时,会把对方形容成一个"红倌"。

"可是你爱她,不是吗?"段青衣问。

宛容玉帛不答,只是淡淡地道:"我只认识她十六天。"

"十六天?"常宝纹迷惑不解。

"可能过去曾是一对爱侣,但有一回不知为何身受重伤之后,我失去了大部分记忆。所以自她救我清醒到她死,我只认识她十六天。"宛容玉帛并没有回避这个"死"字,"她也并不怎么讨人喜欢,妖妖艳艳、脾气恶劣,还喜怒无常。"

常宝纹听得目瞪口呆,这个男人对他心爱的女人的评价真是……奇异。

"可是大哥你……"她心中嘀咕:既然你认为她如此,又何苦为了她哀伤如此?

"她非但妖艳,而且见钱眼开。救我一命之后,便向我要这十六日养伤的银子;没有银子,便要我滚蛋。"宛容玉帛淡淡地回忆着,目中有淡淡光华,唇边似笑非笑。

"既然是这样一个女子,为什么大哥你……你对她……如此好?"常宝纹颇感委屈。听起来,她自己比钟无射要好得多,为何宛容玉帛却不爱她?

宛容玉帛看了她一眼,眼神颇为奇异,缓缓地道:"我没有对她如何的好,我若是真的对她好,今天我就可以原谅自己……"他眼睛眨也不眨,幽幽地看着梅花,"她什么都不好,绝不是你们原先以为的读书才女、温柔佳丽,我说得难听一点,她甚至不是一个清白女子,她有过多少入幕之宾,我也不知道。"

"她……她既是这样的人……"常宝纹几乎要尖叫,"她配不上大哥!你不觉得她玷污了大哥你吗?"

宛容玉帛看了她一眼,淡淡地道:"她只有一个优点。"

常宝纹一呆:"什么?"

"她用她的一条命来爱我。用她的命来换我的命,然后把我赶走,如此而已。"宛容玉帛淡淡地道,"她是个傻瓜。她爱我,怕我瞧不起她,所以就拼命地逃,拼了命地要把她自己变成我最讨厌的那种女人,生怕我知道她爱我。"他伸手轻轻揉了揉眉心,闭上眼睛,"她这样保护着她自己,她咬定了我瞧不起她!"

"你真的瞧不起她?"常宝纹问。

宛容玉帛冷冷地道:"我自然瞧不起她——她若要人瞧得起,便该自己瞧得起自己。她自己都瞧不起自己,还要人瞧得起她?世上没有这回事。"他闭着眼睛,像是很疲倦,"她若不那么轻贱自己、她若有胆好好和我说、她若敢同我一起走而不是赶我一个人走、她若不单独留下送死,我……我……"他在那一刹那恢复了温柔无奈的本色,显得很凄然无助,但那神情一闪而逝,并没有人注意到。

常宝纹沉默了一阵:"她全心全意为你打算,没有想过她自己,结果你却因此而瞧她不起,对一个女人来说,那是多大的悲哀?"

她说的是钟无射,其实何尝不是她自己?她的感情,他不是也完全瞧不起?

宛容玉帛冷冷地道:"她并不是你。"

"大哥,你绝不止认识了她十六天。"段青衣低低地道。

宛容玉帛淡淡地道:"也许,我不记得了。"

梅花奇绝。

落英轻曼。

三个人的目光都看着宛容玉帛手里的那幅画。

画中人古妆窈窕，笑生双靥，一点也看不出是个妖艳而刚烈的女子。

"她好会骗人。大哥，你看，你说的，一点也不像画里的她。"常宝纹道。

"昔日，江湖之中有个千面娘子，易容之术绝高，化身千万，我看无射只怕有过之而无不及。"宛容玉帛冷冷地道，"她天生就是个骗人骗鬼的坏子。"

"你为什么总要这样说她？她地下有知，心里也不会高兴的。"常宝纹忍不住道。

宛容玉帛慢慢地道："她若听得不高兴，便可以来找我。为什么她做鬼这么多年，却从来……从来不曾来找我？从来……不曾入梦？梅中未必留新鬼，梦里何尝有故人。青衣，你这两句做得很好！"

他抬头望了一眼天，语气幽幽、神色幽幽："梅花……是太干净了，配不上她。"

常宝纹刚要开口"既然是梅花太干净了，为何会是梅花配不上她？那该是她配不上梅花才是"，但一直静听未开口的段青衣低低地重复了一遍："梅花太干净了，配不上她。"

不知为何，这句简简单单的话被重复了两遍之后，却生出了一股分外别样的滋味，让常宝纹怔怔地也重复了一遍："梅花配不上她……"

在她低语的时候，宛容玉帛已站起身来，梅瓣带着幽幽的梅香被他抖落一身一袖，随着风轻轻地蹁跹。

他就这样走开了去，常宝纹知道，他不会再回头。

段青衣看着宛容玉帛离开，慢慢地道："你有没有发觉，大哥也像梅花，没有特别妖艳的火，是烧不起来的。钟无射是那一种毒火，而你不是。"

常宝纹苦涩地笑了笑，道："是不是因为不是毒火，所以无法刻骨铭心？"

段青衣忽地一笑："刻骨铭心不适合你，你不是历过沧桑的女人，也不是冷淡多情的大哥。"

"那么，什么适合我？"常宝纹微微红了脸，悄声问。

"当然是这个青头青脑的愣头青了！"有人长长地打了个哈欠，

睡眼惺忪地道。

段青衣与常宝纹大吃一惊,急忙分开跃起身,只见颜非不知何时已睡在他们头顶的树枝上,此刻舒服地翻了翻身,仍自言自语含糊地道:"大哥说……"

"大哥说什么?"常宝纹俏脸飞红,急于摆脱刚才的窘境。

"说三个月后,我们就要对璇玑教动手了,你们如果有什么适合你、适合我的悄悄话,不如乘这三个月的机会快快说了,否则机会失去,俏郎君、美娇娘没个浓情蜜意,多么可惜!"颜非嘿嘿一笑,陡然自树梢拔起,直扑那边的林海,躲避开恼羞成怒的两公婆的追杀。

梅林之中仍可隐约听见常宝纹的尖叫:"该死的颜非,你快给我下来!"

"呵呵……"颜非调侃的笑声远远回荡着。

刚才梅林之中的优雅与哀伤荡然无存,变得有生气起来。

但热闹的永远是那一边,就像这一边、这一个人永远是寂寞的一样。

无射……

宛容玉帛在缓步走回鹦鹉楼的途中停下,伸手接住天上零落的一点飘雪。那雪很冷,落在他的指尖却不融化。他的手也很冷,他的心更冷,冷过这一天的梅、这一天的雪、这一地的冰。

无射。

等我为你报了仇,我陪着你去好不好?这人间太冷,我不喜欢。

宛容玉帛放下握雪的手,闭了闭眼睛,紧紧用双手抱住自己,像一个久经寒苦的人,再也经不起那样的风霜。

如果留在人间要经历这样的冷,我要那一团妖火!妖火也好、毒火也好,无射、无射,我的坚强是假的,我的冷漠是假的,自始至终,我从来都不曾是冰,只是水,只是水而已。没有你这一把妖火、毒火,在这样冷的天气,我不会沸腾,只会结冰。

冷风吹来,尚未知觉的泪,已在颊上成冰。

第四节 灭教

璇玑教自立教初起没有经历过这样的大劫,璇玑教上下震动。

石桥冰封,风霜弥雪。

桥上一个身着五色彩衣的人正负手望天。

地上是一张张揉皱的纸条,在天寒地冻的时节被风吹得"哗哗"乱翻,像极一群苍白的幽灵,在彩衣人脚下涌动着。

纸上有字,写的是"十月十八柳州分坛被破,坛主被杀""十月三十,古月塘,本教护法十二金尊十人被擒,两人被杀""十一月六日,洛阳分坛被破""十一月十七,宛容玉帛率众直入长离谷璇玑峡"……

最后一张,握在彩衣人手中,写的是"十二月三日,宛容玉帛破蓝黑红白四色防兵,直通璇玑教璇玑堂"。

彩衣人木无表情地说了一句:"宛容玉帛!"

他左手本抓着一只信鸽,突然"啪"的一声,那信鸽被掷出去三丈有余,脑骨碎裂,登时毙命。

地上翻滚的纸片蓦地停止了翻滚,只是被风吹得直响,仔细一看,却是十数支鸽羽透纸而过,没入冰凌,把纸条齐刷刷钉在了地上。

"宛容玉帛!"彩衣人突地厉啸一声。啸声裂风破雪,像极了怨鬼的哭号。

厉啸声中,彩衣人身形一闪一晃,疾扑而去。

而在他适才站立的地方,石板歪斜、冰面支裂,河上的冰也龟裂碎开,冰上的鸽羽纸条通通在哗啦的冰面碎裂声中没入河水,不复可见。让人不禁骇然他的内力之高、怨毒之深,内力聚于足下,竟引发出这样惊人的后果!

他自然便是璇玑教教主苏蕙——他与十六国制作璇玑图的人同名,都叫作苏蕙,这也是他疯狂迷恋那张璇玑锦图的原因之一。

他已兵败如山倒,宛容玉帛的拼死之心大大出乎他的意料。宛容玉帛等人一路势如破竹,无人可以抵挡他那一股哀极心死的怨恨,谁阻碍了他,谁便会死!

璇玑教落得步步败退、满堂尽输,便是因为苏蕙远远没想到,宛容玉帛竟是真的爱着那个女人的!那种爱是真的,所以那种恨也是真的!恨,是恨到肌肤骨骸、恨绝天涯水湄,恨尽了红尘,也恨断了白骨!

苏蕙自石桥疾奔回他的卧房,急急找出一张东西,细细折好,放入怀中。

他刚刚做好这一切,只听得门外殿堂人声渐响,乒乓破门之声不绝于耳。他知道,宛容玉帛来了。

苏蕙并没有逃，嘴角反而噙着一丝诡异的冷笑，好像要落入网中的并不是他自己，而是宛容玉帛本人。按了按怀中的纸条，苏蕙拉开门，昂首大步地走了出去。

一切的关键，显然在于那张纸条。只可惜，除了苏蕙，谁也不知道那纸条之上究竟承载着什么秘密。

宛容玉帛攻入璇玑教的正殿，除了教众逃得一干二净的楼宇和几个血流满地的伤兵之外，整个大殿竟是空空荡荡的。殿中四处挂满了璇玑图，黑的红的，各色的绣丝悬垂飞扬，令这里像个蜘蛛洞，说不出的令人厌恶作呕。

苏蕙迷恋璇玑图的程度由此可见一斑，无怪乎他会为了一张古锦而要钟无射接近宛容玉帛，甚至谋物害命。

宛容玉帛站在殿心，眼睛眨也不眨地盯着正对面墙上的一幅巨大的刺绣五彩璇玑图，那旋转的字迹、斑斓的颜色——他这一生的荒唐不幸、这一生之所以会完全变了模样，全是因为这一幅锦图！

这仅仅是一幅痴心女子织给丈夫的赠物，八百四十一字、二百余首诗而已。为什么苏蕙会为它疯狂？仅仅是因他与那古时的女子同名吗？抑或是，有着另一段故事？

宛容玉帛把目光自锦缎上移开，故事、故事，每个人都有着故事，他自己的故事，便自这璇玑图而始，如今，也要自这璇玑图而终。

一幅何其无辜的锦缎，却系着他一生的悲哀与怨恨！

段青衣与常宝纹都担忧地看着他。

他望着璇玑图的眼神像是在做梦，又像完全不知道自己在哪里，也不知道自己是谁。

"大哥！"

段青衣和常宝纹同声唤着。两人同时开口，同时闭口，唤完之后，两个人互望一眼，都是脸上一红。

颜非正自东张西望，闻言，古怪地冲着他们笑了一下。这一笑，让本来脸色就不大自然的两人彻底红了脸。

但宛容玉帛却没有听见，他把目光自锦图上移开，冰冷生硬地道：

"苏蕙，出来！"

其余三人闻声抬头，一些随宛容玉帛来攻打璇玑教的他派高手也都随之一凛。

那张大锦图动了一下,随即被揭开,一个彩衣人钻了出来,目光炯炯,神色自若。

宛容玉帛目不转睛地看着他。这个男人,无射的男人,也是害死无射的凶手,他这三年过着面目全非的生活,便是为了这一刻——为了让这个男人付出代价!

苏蕙自是认得宛容玉帛的,看着宛容玉帛冷厉的气度,他微微有些诧异:三年不见,当年那个笑颜如花的温柔男子竟变成了这个样子。

"宛容玉帛,别来无恙?"

宛容玉帛微微一怔:"我不认识你。"他冷冷地道。

苏蕙并不知道宛容玉帛失忆,听他这样说,只当他是恨绝了当年被自己几乎谋害致死。苏蕙冷冷一笑:"当年的恩怨,你若不想提,我也不愿说,毕竟我的女人为了你弄到那样的下场,我说来也不光彩。你毁了璇玑教我不怨你,嘿嘿,你为了那个狐媚子做到这个地步,我还真有些佩服。今日英雄豪杰来到我璇玑堂,是我的荣耀。我遣散教徒,只为和你堂堂正正地做一个了结。"

宛容玉帛漠然:"你要如何了结?"

苏蕙目中闪着诡异的光:"在今日各路英雄面前,你我堂堂正正地动一次手,今日你若杀不了我,以后便永不能杀我!"

他说得义正词严、光明磊落,宛容玉帛自是不能不答应。宛容玉帛目不转睛地看了苏蕙很久,才缓缓地道:"好。"

苏蕙被他看得心里发毛,似乎自己的算盘都被他看穿了,好不容易听他应了一声。"啪"的一声,苏蕙倒纵三尺,摆出了应战的架势。

宛容玉帛缓缓放下手,长袖随之垂下,姿态很是文雅,他向前走了一步。常宝纹拉住他的袖子:"大哥——"

宛容玉帛没有看她,只是轻轻地点了点头。

常宝纹不愿放手,只是急急地道:"这不公平!大哥这几个月来奔波劳碌……"她不放心,宛容玉帛武功不弱,但苏蕙亦是高手中的高手,她怕宛容玉帛打他不过。

"放手!"段青衣低斥,"大哥既已点头,证明他有把握。各路英雄面前,你这样扯着他的袖子,成何体统!"

一向不听人劝告的常宝纹眼圈一红,竟然依言放手,只是无限委屈。

宛容玉帛赤手空拳,缓步走到苏蕙面前。

苏蕙仍然依稀记着他当年笑起来眉眼弯弯的样子，如今这一身如霜如雪的冰寒，真让苏蕙看不习惯："今日我若杀了你，你当如何？"他一拳击出，大喝一声。

"死而无怨！"宛容玉帛微微侧身，让开这一拳，冷冷地道。

苏蕙目中掠过一丝奇异的神色，"唰"的一记扫堂腿，用传音入密道："那个女人，真的值得你为她如此？"

宛容玉帛眉头微蹙，侧足一挡，"啪"的一声格开了他这一腿，顺势一个转身，飞起一脚，径踢苏蕙的右颈，同时用传音入密道："不关你的事！"

苏蕙倏地倒跃，五指擒拿，抓向宛容玉帛右足足踝："她为你而死，你为她如此，若是她没死呢？"

宛容玉帛左足又起，踢向苏蕙伸手来抓他右足的手腕："你说什么都可以，但你今天非死不可！你不如我，动手三招，你应该很清楚。"

苏蕙被迫放手，改抓宛容玉帛左腰："你不信她未死？钟无射那小狐狸精何等刁滑，你以为她会那么容易被人烧死？"

宛容玉帛身在半空，闻言心神一震，几乎被苏蕙一抓抓中，一个急转后跃。这个后跃跃得既险又准，衣袂俱飘，甚是好看。这一招有个很好听的名字，叫"只恐舞衣寒易落"。宛容家习武自成一派，每一招一式都有个极风雅的名字。

"好！"常宝纹忍不住喝道。看宛容玉帛这一跃跃得如此漂亮，她实在有些羡慕。小时若肯苦练轻功，说不定她也能跃得出这样好看的一招出来。

她刚刚叫好，颜非便摇头截断："不好，一点也不好！"

常宝纹愕然。

段青衣低声解释："大哥完全没有必要在此时放松情绪的，这一抓之险，他根本没有必要遇到。你看见苏蕙的口型吗？他在和大哥说话，只是他用的传音入密，用内力把声音传到大哥耳边，我们却听不到。"

"他在说什么？"常宝纹问。

段青衣脸色严肃："我不知道，这正是我最担心的一点。大哥刚才不该遇险而遇险，一定是苏蕙向他说了什么！"

"万一大哥因此败落……"颜非从未用这样严肃的声音说过话，"你知道，天下英雄面前，璇玑教教主若击败宛容玉帛，因为是言明了单独斗,所以大哥一旦败落,非但我们杀不了苏蕙、灭不了璇玑教,连我们这一次行动都会变得毫无意义,像个笑话!"

"我希望,也相信大哥知道这其中的利害、其中的轻重缓急。"段青衣看得紧张,"只恨我们不知道他向大哥说了什么,完全帮不上忙。"

"我一向对大哥很有信心,"颜非亦是目不转睛看着两个人的战局,此刻已打到了六十七招,"但这一次……不同!"

宛容玉帛被苏蕙一句未死逼得心神不定,而苏蕙又不停地在他耳边说:"……如果那狐媚子未死,你还会有这个决心一定要杀我?她也许现在落得下场凄惨,正等着你去救命……"

微一疏神,苏蕙"唰"地一把抓下了宛容玉帛一片衣袖,毫厘之差,便是破肌见血!

一片惊呼声起。

段青衣与颜非都变了颜色。

"该死!该死!"颜非喃喃自语。

宛容玉帛突地跳出圈子:"苏蕙,你这是逼我杀你!"他看着碎裂的衣袖,目中有火在跳,这让他想起了当年废墟之上,无射那碎裂染血的红衣。

苏蕙此刻信心大增,嘿嘿冷笑:"说得好像你本不想杀我一样。宛容玉帛,你杀得了我吗?"

宛容玉帛不答,脸色煞白,一字一字地道:"无论她死还是未死,你今天是非死不可!我要你给她陪葬!"

苏蕙还未来得及说什么,人影一闪即分,"砰"的一声巨响,两个人已交了一招。谁也没看到那一招是如何交换的,只看见苏蕙口吐鲜血,被击得倒飞出去,跌落在地,瞪着一双不可置信的眼睛,直勾勾地看着宛容玉帛。

宛容玉帛踉跄着退出三步,左肩鲜血淋漓,嘴角也带着血丝,显然刚才险招相搏,宛容玉帛险胜一筹,却也一样身受重伤。

他冷冷地看着苏蕙,一眼也未看自己的肩伤,一步一步、缓缓向苏蕙逼近。

苏蕙以惊骇的目光看着他,以手撑地,慢慢后移。

苏蕙做梦也没想到,他没有激得宛容玉帛心神大乱,反而激起了对方的悲愤之气,一招之失,便是生死之别!

宛容玉帛已走到了苏蕙面前,微微俯身,他身上的鲜血滴落到苏蕙身上,看起来分外令人惊骇。

宛容玉帛的手缓缓移向苏蕙的头顶,准备拍他一个粉身碎骨!

"等一下!你不能杀我!"苏蕙紧紧抓住胸口,"我告诉你,她真的未死!你要知道她的消息,今天便不能杀我!"

宛容玉帛充耳不闻,手已按上他的天灵盖。

"等一等!你看,这是她的留字。你认得她的字,你若不看,你若杀了我,你会后悔,一定会后悔!"苏蕙大呼。他原本想的是宛容玉帛如何苦苦哀求着自己让他看这一张纸条,不料此刻却是他自己苦苦哀求宛容玉帛一定要看。

宛容玉帛一手接过那纸条,另一手仍未离开苏蕙的头顶。

那是一张薛涛红笺,十足十地充满着无射的娇媚味儿,似乎还带着无射的淡淡幽香。

蕙:

　　无射自知救活宛容玉帛不容于教,没奈何纵火离去。岑夫子妾亦携去,自此相隐江湖,不劳追踪。

钟无射念得一肚子书,写起字来字迹秀雅,但言辞仍是她平日说话的口气。这信看起来温驯,但言下之意却是:"我已安排妥当逃了,你不用想能抓到我。"

"你以为她是傻瓜,会留在那里等死?你以为她那么爱你,会替你死?不要傻了!钟无射本就是个骗神骗鬼的狐狸精!她烧了自己的庄子,自己做了伪死的假象,她又骗了你,你不明白吗?她伪死,弄得我为了璇玑教的颜面不能公开找她!我不能让人笑话璇玑教连一个叛教的姬妾都杀不死……"

他说了一半,"啪"的一声,宛容玉帛给了他一记耳光。

苏蕙一呆,随即狂笑:"她本就是本座的女人!你生气吗?谁让你自甘下贱,爱上了本座穿过的破鞋!哈哈……"

宛容玉帛轻轻地道:"我不怨她骗我,我庆幸——庆幸她没有那么傻……那么傻……"他闭起了眼睛,因为泪在涌,"你以为,她没有为我死便是她不爱我吗?不!她没有死,活下来,才是她爱我,真的爱我。她若就这么死了,我会恨她一辈子———一辈子!"他闭着眼,但拦不住他的眼泪,不知是酸是苦,是感激还是庆幸的泪。

"你不懂,因为你从来也没有爱过她,你不了解,她是怎么样的一个女人。"

无射,无射,你是天边变幻莫测的云,而我,而我竟是永远也追赶不上吗?

"你放了我,我便告诉你她在哪里。"苏蕙抓着这最后一根救命稻草,"她没有死,你便没有理由恨我……"

"我——并不想知道她在哪里。"宛容玉帛慢慢地道,"她若想见我,自然会来找我;她不来找我,便是她不想见我,我即使找到了她,也是无用。我恨你,也并不全是为了她。"

他以微微怜悯的眼神看着苏蕙:"你该死的!"

苏蕙惊恐地看着他:"你……你竟是不想着她的?你不想见她吗?你不想抓她,让她永远逃不了……"

"她——何尝是可以让人'抓住'的人?"宛容玉帛目中的怜悯之色更为明显,"她决定了要逃,便谁也抓她不住。你和她相处了这么久,竟是不明白的吗?"

苏蕙瞪大着眼睛,惊恐到了极点,不动了。

"大哥,"颜非试图插口,"他……嗯,他伤势过重,吓破心脉死了。"

宛容玉帛移目看向窗外的天,天上变幻的云彩似乎在预示着,有一个云一般诡诈多变的女子,狐一般媚、梅一般清。

无射……

他分不清自己心里是什么情绪,无射伪死时他觉得她就在身边;现在知道她未死,反倒觉得她很遥远——她是那样不可捉摸,那样生动,像是一朵云,一朵易变的云!

他并不是个逐风的男子,他不会变,也不会飞,让他去追逐那一朵云,是不是,永远追赶不上的?

万一追赶到了绝路,发现那是一朵乌云,他又该如何?

无射,无射,狐一般媚、梅一般清,为何留给我的,却终是黄连一般苦?

灭璇玑教后第十天。

宛容玉帛抱膝望月。

三年以来,他从来没有做过这样稚气的举动——把自己抱成一团,像个柔软的孩子。

苏蕙死了,无射未死,也许是封印在心里的那个自己在渐渐地复活,但他自己却没有察觉。

颜非远远地欣赏着他的动作,老实不客气地模仿着,也在凉亭里把自己抱成一团。

"你在搞什么?"段青衣皱眉。

颜非好玩地把宛容玉帛的姿势学了个十成十:"你不觉得大哥这个样子很可爱吗?我学得像不像?"

"你快要摔下来了,不要胡闹了!"常宝纹敲了他一个响头,笑骂道,"大哥如果知道你说他'可爱',只怕非气死不可!"

颜非一跃而起,指着外边林子里的宛容玉帛:"喂喂喂,你们自己看!我哪里胡闹,大哥不可爱吗?"

常宝纹白了他一眼,侧头去看。

"啊!"段青衣先低呼了一声。

那还是冷漠而喜怒不形于色的宛容玉帛吗?月光流离,照得他白衣如雪,像朦胧发光一般,他抱着自己蜷缩一团,看起来像一团会朦胧发光的什么东西。

"我的……天啊!"常宝纹震惊得话都说不完整了,"他……他……怎么可以——"

"你不是说,不知道大哥完成心愿后会变成什么样子吗?"段青衣一阵惊异过后,不禁微笑,"他——大概是被打回原形了。"

"原来……原来……大哥本就是这样……这样的人。"常宝纹轻轻叹息,"我竟从未了解过他。"

"啊——"颜非突然叫了起来,"有一件事忘记告诉大哥,千凰楼七公子找他!天啊天啊天啊!这已经是六天之前的事了!"他一溜烟地窜了过去。

常宝纹与段青衣相视疑惑,宛容玉帛什么时候认得那位大名鼎鼎的公子爷了,为什么从来没听他说过?

段青衣做梦也没有想到,秦倦竟会亲自造访鹦鹉楼。他要宛容玉帛去千凰楼找他，宛容玉帛没有收到消息，秦倦竟亲自赶了过来。

当那辆雕龙绘凤、千凰张羽、雍容华贵的马车停在鹦鹉楼门口时，段青衣仍以为自己是在做梦。

宛容玉帛从来没有记起自己与这位公子的交情，更不知道他会有什么要紧的事，竟然劳动他的病体，就这样赶了过来。三百里的路程说远不远、说近也是不近啊！

四马一乘，那四匹马雪白灵秀、点漆双目，显然是千里良驹；而绞金钱的鞍绳、乌沉香的车壁、车壁上浮凤飞凰，那凤凰之目缀的俱是罕见的黑晶，在阳光之下灿然夺目。

千凰楼的富贵，可见一斑！

颜非哼了一声：要是谁劫了这一辆马车去，一生一世都受用不尽了。好奢华的人物！

车帘揭起，红影一闪，一位红衣女子当先跃了下来，身形极是婀娜。当她抬起头来，四人俱是怔了一怔。

宛容玉帛想起了无射，无射美，却是亦清亦媚的美，美得纤细风流；而这个女子只有一个字——艳！他没见过如此艳的女子，美得极盛，像一朵花开到了最盛时的艳极之美！

常宝纹一向自认生相不恶，今日见了这红衣女子，才知这世上"国色天香"是什么样的美，什么样的人才叫美人。看着那个女子，她是朵艳得起火一般的花，而自己却是花下的泥！

而颜非与段青衣心中只反复着几个字：名不虚传！名不虚传！七公子之妻秦筝号称美人第一，名不虚传！

"嘿，见到了她，从前的姐儿妹儿、花儿草儿，统统成了狗屁！"颜非低声自言自语。

段青衣舒了一口气："人如此美，不知七公子又是如何……"

他还没说完，只见帘子里伸出一只手。那手极苍白，但偏生透出股入神入髓的秀，手指纤柔，搭在秦筝伸手欲扶的一双手上，竟是天造地设般契合。

绝美！段青衣一刹那心中闪过的只有这两字，连话都忘了接下去。

"小心点！叫你别出来非要出来，这下子又出了什么病、什么痛，我绝不原谅你！"红衣女子的声音利落清脆，像跌碎了几颗玉珠，又像飞起了几只蝴蝶。

车里的人低笑,声音低柔:"也从没听你说原谅我什么。"说着,另一只手拂开了车帘,一个白衣人扶着秦筝的手,慢慢地自马车上下来。

宛容玉帛盯着那个白衣人:自己一定是认得这个人的!

他的魂记得这个声音,他记得这一张秀绝烟尘、清如白玉的脸,但他的脑却否认这个记忆!

"你……我……"宛容玉帛闭目,调整着自己混乱的记忆,"我很抱歉,我们认识?"

另外三人早已看秦倦看得傻了,只目不转睛地看着他温雅秀致的脸、看着他精湛而犀利的眸。

秦倦站定,微微一笑:"嗯,不算认识。"

宛容玉帛困惑的样子,像个脆弱得找不到糖的孩子。

秦筝东张西望,皱眉道:"可不可以进去说话?"她一皱眉,像如火的红花漾起了一层光华,旁人自是只有唯唯诺诺的份儿。

鹦鹉楼厅中。

"宛容公子遭人暗算、失去记忆的事我已知道了。"秦倦安然坐在鹦鹉厅的正席上,带点倦意地道,"虽然宛容公子已经不复记忆,但我答应过他的事永远作数,千凰楼的承诺是不会因为宛容公子失去记忆就此算了。我来,是为了带给他一个消息。"

常宝纹忍不住问:"你答应了他什么事?"

宛容玉帛也是一脸愕然。

秦倦幽黑而不可测的眸幽幽地看着他,别有深意地道:"真的忘却了?"他摇了摇头,淡淡一笑。

他素来洞烛一切,这些年宛容玉帛在江湖上闹得沸沸扬扬,他略略思索,便料中了十之八九。

宛容玉帛默然:"我——不知道你在说什么。"他低声回答,心底的封印像被他一句话戳入了禁地,突然疼痛起来。

秦倦却不理他,反向他人慢慢解释:"宛容公子曾经托我助他调查一件事,我没有答应,却承诺了我虽不能替他去查,但在必要时我会帮他——就这么简单。"

"我请你调查什么?"宛容玉帛低声问。

秦倦奇异地看着他:"你真的想知道吗?"

"我——"宛容玉帛闭嘴,他的确是不想知道的。他知道的,那必是一道伤,一道封闭了痛楚的伤!

"我不会说。"秦倦慢慢地道,"其一,你不愿知道;其二,你也从未忘记。"

气氛此刻很微妙、很玄乎。

宛容玉帛脸上闪过温柔无奈的神色,只一刹那,却有人看在了眼里。

"钟无射人在晋阳城郊三十里芦花村,我来只要说这一句话。其他的,我不会说,他不愿听。"秦倦说完,禁不住皱起了眉头,轻咳了两声,"筝——"

秦筝几乎立刻自怀里拿出了药,但已然来不及,秦倦左手按着心口,一口鲜血吐在了右袖之上,低咳不止。

"你——你真是要气死我,你才甘心吗!"秦筝苍白了脸,目中是又恨又怜的苦,"你一心为了别人想,便是从来没有为我想过!你再这样……这样……是不是要我先死给你看,你才知道要珍重自己!"

"筝!"秦倦喘息未定,"你明知道我不是的,不要伤我,好不好?"

秦筝几乎立刻闭了嘴。

她刚才没有泪,现在目中蒙眬,良久才颤声道:"倦,对不起!你知道,我不会说话,一着急就出口伤人……"

秦倦微笑,侧目看她,犀利化作了温柔:"我知道你担心。没事的,没事的!"

秦筝不管众人在前,一把抱住了秦倦的腰,叹了一口气:"我知道没事,但你病,比我病更令我苦过十分。不过你放心,我只是担心,并不是害怕。"

秦倦不以为忤,轻轻抚摸着她的发丝。

夫妻情深,再没有比此时更感动人了。这一对富贵尽享、名望全收的夫妻,世人只见他们的幸,却看不见他们的苦。而虽是这样让人担惊受怕、死亡病苦笼罩的爱,两人仍是爱得这般勇敢、这般幸福、这般无怨无悔!

"其实,你本不必亲自来的。千凤楼愿为公子出生入死的不知几许,更何况只是送信?"宛容玉帛竟受不了这样的深情似的,避开了目光。

"我来,是要逼你去找她。"秦倦语气低柔,一字一句地道,"今日若不是我来,你会去找她吗?你知道我来此不易,总不能让我白受这一趟的苦吧?我来,便是要你非去不可!"

"为什么我非去不可？难道，我竟是非见她不可？"宛容玉帛不敢看秦倦的眸，那眼神太亮、太睿智！

"不要问我，问你自己。我逼你去，是我知道你太强烈的感情当日创造了奇迹，今天我不想见它创造出悲剧，仅此而已。"

秦倦向秦筝点头："我们也该走了。"

秦筝扶起他，径直走向门口。这两人要来便来、要走便走，无人可以阻拦，也无人可以挽留。

走到门口，秦筝脚下一顿："宛容玉帛，你在逃避。你怕那个女人毁了你目前安稳平静的一切，你爱了却不肯付出，你这个懦夫！你其实……希望她死多过希望她活。她若是死，你便可以心安理得悼念你的爱；而她活着，你怕她多过爱她吧？你知道一旦爱了她，你便会失去一切，首先，便不见容于宛容家！她是个邪派妖女，而你是白道侠士，她做的错事罄竹难书……"

秦筝说话从来不留情面："你若担不起、要不起那份爱，你去找她说清楚，告诉她你不配她爱，省得她一生一世都陪你在地狱里受苦，至死也不能解脱！"

"筝！"秦倦低斥。

秦筝傲然挺起了背："这一次我绝不认错！"

秦倦顿了一顿，淡淡地道："说得很好。"

两个人未再回头，径自离开。

所有人都在看着宛容玉帛。

他目中有泪。

真的是像她说的一般无异吗？他真的如此懦弱，懦弱得让人鄙夷不配她爱？他自知从不坚强，从不坚强，但真的……不曾为他的爱付出过代价，不曾做过努力？

不是的，他努力过，只是，比之她的付出，那努力是太小、太小了。

秦筝说得很对，她是一爱了便要惊涛骇浪的女人，若没勇气为了她放弃一切，为她承担爱她的苦，他便不配爱她，也不配让她爱！

要爱她，只能同她一起惊涛骇浪！

要追上她，只能同她一起飞！

他并不是懦弱，只是总想着两全其美。但那爱若是份偏激的爱，是注定了不可能两全其美的！

不想伤害任何人,结果却是连她一同伤害。如今,要让伤害减到最少,便只能是义无反顾。

第五节　芦花

芦花村。

此刻深寒回春,冰霜刚刚解冻,还没有芦花。但芦花村十里芦梗,远远看去,也别有一番清寒萧瑟的滋味。

虽然号称"芦花村",其实也就十来户人家,疏疏落落,更是一点不喧哗热闹。

几只乌鸦绕着村飞,都是一番衰败冷清的景象。

宛容玉帛在村外站定。无射会住在这种地方?他清晰地记得她一身红衣、珠钗轻颤的模样。那一身娇媚风流,是酥却了扬州、繁极了江南,她为什么会住在这种地方?

走进村里,一路也没撞见几个人,四下一片寂静。此刻是春忙,农家的人都入田插秧去了,只有那么几只鸡、几只狗在那里对着来客叽叽咕咕。

他在那十几间木屋之间转了两转,不知要去哪里找人。略一静下来,却听到了笑声。

远远的笑声,孩子的笑声。

"……哈哈,南兰弹得不好听,姐姐弹得好听。姐姐弹琴!弹琴!"

"姐姐唱歌!"

是一群孩子的哄笑声。

笑得很阳光、很开心、很灿烂。宛容玉帛怔怔地听了许久。他已多久没有听到过这样的笑声了?还未容他想清楚,他已循着笑声追随了去。

果然有人拨弄了三两下琴,和弦而歌。

"客从远方来,赠我漆鸣琴。木有相思文,弦有别离音。终身执此调,岁寒不改心。愿作阳春曲,宫商长相寻。"歌声未毕,人已先笑了,笑声清脆,像跌落了三两朵小黄花。

宛容玉帛想也未想,大白天便施展轻功,三个起落,已到了最边远的那间木屋——那是无射的声音,无射的笑!

自窗户望进去,那屋里整个是一个孩子窝,最大的孩子有十二三岁,最小的只有三两岁。屋里没有椅子,地上洗得干干净净的,所有的孩子都坐在地上,还有的趴在地上,一团团的衲衣被四下乱丢,但挤在许多柔软的棉被当中,想必也是很暖的。

孩子堆中挤着一个花衣女子,一头乱七八糟的头发。有个两三岁大的孩子正非常有兴致地弄她的头发,把它打成许多结。她也不生气,怀里抱着一把七弦断了两弦的古琴,犹自弹弹唱唱的很高兴,笑眯眯地对着孩子们。

她那衣服本来是红的,但不知是破了还是剪了,补了许多补丁。那补丁不知是从哪里捡来的布片,整个衣服花花绿绿的,若不是她一张脸蛋清清楚楚,看起来几乎便是个傻大姐!

那……又是……无射?

宛容玉帛目不转睛地看她,几乎怔怔地痴在了外面。她到底有几张脸、几副模样?为什么每次见到她,都是不同的?

"不行啦!豆豆不要乱跑,阿妈回来找不到你哦!过来,姐姐讲故事给你听。你看哦,这里有豆豆家的黄毛——咦?黄毛呢?黄毛跑到哪里去了?"无射把一个孩子抱到怀里,拍了两下,突然东张西望起来,紧张得不得了。

"黄毛!黄毛!"屋里的孩子轰的一下像揭翻了热锅,开始翻箱倒柜地找"黄毛"。

有个四岁的孩子小心翼翼地拉开一个抽屉,奶声奶气又小心翼翼地唤:"黄毛——"

宛容玉帛开始觉得好笑,随即竟微微红了眼眶。这是一种"真"啊:人世的天真、人性的纯洁,如何不让人震动呢?很可笑吗?很可笑!但你做得出来吗?不能啊!

"姐姐,黄毛在这里!"另一个孩子拉开衲衣被的一角,露出里面睡得饱饱的一只小黄狗,那小狗睡眼惺忪,显然完全不知道外面为了它已经一片混乱。

"呵呵!"无射一手拎着它项后的皮肉,那小狗张口要咬,却转来转去的始终咬不到人,只能发出低低的号叫。

黄毛的小主人一本正经地教训它:"黄毛,姐姐说:'罚加无罪者怨,喜怒不当者灭。'你不可以发火哦,姐姐捉你,不是要害你哦。"

他侃侃而谈,真有三分小书生的味道。

宛容玉帛惊讶:那是诸葛亮《心书》里的"将志"一篇。无射在这里究竟教了这群孩子什么?她似乎……并不只是个看孩子的老妈子,还更像个教书的夫子、授琴的琴师。

无射啊,她仍是那个多变而生动的女子,她永远做她想做的,而你永远猜不透她。

是因为命运的流离,使她知道了什么是她想要的——不是他宛容玉帛,而是这样的生活、这一群孩子?

他这样想着,又萌生了退意:她——并不需要他也能过得很好不是吗?那么他如何忍心去打碎她的平静?

他退了一步,脑中突然想起秦筝刻薄的言辞:"你太懦弱!"他心中一凛,猛然抬头,去正视她的眼。

无射笑着放开那只小狗,侧过头来,突然正正地撞进了宛容玉帛的视线中,一下子呆住了。

她显然完全没有准备好,一下显得很狼狈、很仓皇,像刚刚被她放下的那只小狗一样,想立刻找个洞把自己藏起来。

三年不见,却不知道,相见竟是这样一个局面。

"你还是喜欢白衣。"无射道。

宛容玉帛无语,三年不见,开口的第一句竟是这样无关紧要的一句话。他良久才道:"你呢?"

无射嫣然一笑,迎风一梳她的长发,那长发便一顺而下、光滑柔亮。她仍是十足十地带了她的女人味儿:"我过得很好。你也看见了,我很喜欢他们,他们也很喜欢我。"

"我……"宛容玉帛不知应如何接下去,"我……忘不了你。"他低声这样说道。三年的痛苦,三年的悔恨,如今,只化作一句"忘不了你"。

无射很娇美轻盈地转了个身,很奇怪地看着他:"忘不了我?为什么忘不了我?"

"我……我不知道。"宛容玉帛只能这样回答。在她面前,他似乎永远不是强者。

"我骗了你一次又一次,我以为你会恨我,没想到……你竟会找来。"无射轻叹一声,那叹声仍是又娇又柔,慵懒而妩媚。

"我当然恨过你。"宛容玉帛慢慢地道,"我恨你竟会那么傻,替我去死!你若真的死了,我会恨你一辈子!但是,你却未死啊!我……我不知道,是该哭还是该笑。"

无射微微震动了一下:"那你是哭了,还是笑了?"

宛容玉帛摇头,以他深沉而忧郁的眸看她:"我想,我是爱你的。"

无射在那一刹那竟露出一脸奇异的表情,她眨着眼睛问:"我是该哭,还是该笑?"

宛容玉帛摇头,喃喃道:"我不知道,你不要问我。"他用力地咬着他的唇,几乎把它咬出血来,"他们说,我是个懦弱的男人,我爱了却不敢对你好。我知道我从来都不坚强,从来都不知道我要的是什么,可是现在,我知道我要的是你,而你要的,却不是我!"他几乎是失魂落魄地喃喃自语着,"你要自由、要尊重、要笑,而我却不能给你。"

无射顺着头发的手指僵了一下。

"玉帛。"她难得以这样正经的口气说话,"你不是个懦弱的男人,你只是太善良、太容易受伤、太容易感动,做起事来,为人考虑得太多,反而往往迷失了,不知道自己在做什么、要的是什么。但是你做错了事是会负责的,这便证明,你并不懦弱,只是迷茫。"她席地而坐,拾起一块石子,往前抛着,"我承认我爱你,至少曾经爱过。也许我是喜欢你的善良、你的敏感,但是,你爱的,却不是我这样的女人。"

宛容玉帛随着她坐下。

"我爱你。"他说得低,却很坚定。

"那么你告诉我,什么叫作你爱我?"无射掠了一下头发,那姿态很娇俏。

"自孤雁山庄被烧之后,我便日日夜夜,从未忘记过你。"宛容玉帛也抛了一个石子,低声道。

"那叫作感恩,叫作愧疚,不叫作爱。"无射喟叹,"我是什么样的女人,你知道吗?我要自由、要尊重,我也很实际。我不是你书里念的娇弱多情的小姐,也不是看到落叶掉眼泪的哀伤女子,我还要钱、要人爱。你喜欢多情多才的温柔女子,我可以扮,但我终不是!我不是,你明不明白?"她叹气。

"我不要多情多才的温柔女子,我要你!"宛容玉帛低声反驳。

无射叹气:"你明知你给不起,便不要说要我。只是这一项——我要人爱,你便给不起!我们在一起,始终都是我爱你,而不是你爱我,你一直都只是在等着我爱而已。你说爱我,我却一点也感受不到。"

"因为我们之间,我始终是弱势的一个吗?"宛容玉帛问,眼神很是奇异。

无射摇头,扶额轻叹了一声,那姿势仍是很美:"这回要学你了——我不知道。我只是觉得我太善变、太会要求,而你太守成、太容易受伤,所以,我们即使相爱,也不能相守,不如分开,省得彼此伤心。"

宛容玉帛没有回答,只是慢慢地道:"三年,你像懂了很多事,明了很多理。"

"我是市侩的女人,你从前认识的,也是我,是假的我。"无射叹了一声,"从前的事,还是没有想起来?"

"没有。"宛容玉帛漫不经心地答,突然道,"无射,若有一天我给得起,我还是要你!你若能感受到我的心,你愿意要我吗?"

无射震动了一下。

宛容玉帛低目看脚下的土,自嘲道:"三年,不是我看不起你,却是你看不起我了。"

"我……无意伤你。"无射叹息,那叹息像悠悠的河水,流向了远方。

"不,你说的是实话。"宛容玉帛展颜一笑,他已多年没有这样笑过了,眉眼弯弯,极是温柔可亲,"我何其有幸,遇见了你。无射,无论结果如何,这一刻、下一刻,这一世、下一世,我要的是你——只有你才这样地知我的心,只有你,一直都只有你。别人不会这样在乎我,你是爱我的,明不明白?"

便是他这样的笑,才迷了她的心去。无射脸上微微一红,不知该说什么。

宛容玉帛执起她的手轻吻了一下:"你说我给不起你的,我会努力。你说我从来没有爱过你,只是等着你爱,那么,从现在开始,我爱你,你等着我爱好不好?"

他又望着她笑,眉眼弯弯,像孩子一样。无射瞠目结舌,看着他漂亮的笑眸,连自己要说什么都忘了——她本要说,当年他重伤垂危,完全是她谋害了他!他忘却了,她却不能忘。但被他一笑,她就真的忘得一干二净、一片空白。

"姐姐，姐姐！"

远远地就听见一群孩子如临大敌地齐声嚷嚷。

钟无射正用抹布擦洗着那间小木屋的青石地板。这地板又是椅子又是床，孩子们天天在上面滚，她每天都要花上半个时辰把它洗干净。听孩子们这样大老远地叫，她骇了一跳，以为有什么天灾人祸发生在村子里，急急地爬起来往外看。

她看见了芦花，然后觉得自己是一个傻瓜。

这样的季节，怎么会有芦花？

但孩子们人人手中一枝芦花穗，正兴高采烈地向她奔来。

"哈哈！姐姐，有芦花哦，芦花哦！"

无射拿着抹布扶着墙站起来，看他们拿着那芦花打来打去、追来追去，芦花穗的碎丝满天飞，不禁轻轻叹了一口气。

她喜欢芦花，否则不会在这里一住三年；她也喜欢孩子，否则不会花这么多心思在一群孩子身上。当然，她也爱享受、爱玩、爱漂亮，但每每坐在这里看一整个村，心里就分外有一分干净的感觉，而喜欢留在这里。因为她自认从不干净，也从不是个好人，留在这里，与其说是逃避璇玑教的追杀，不如说是为了洗净自己，追忆曾有的那一点真、一点纯。

这一分平静如今已被宛容玉帛打破了，她其实并不生气，也并没有懊悔。她终是不属于这里的，她终是不会在同一个地方停留太久，仍是要飘走的。总是这样，来来去去、寻寻觅觅，却总是不知道她想找到什么。

她终是要离开了。

她要自由，不要爱人羁绊，所以，他追到了这里，她走。

他跟着她，只会毁了他，不会有结果的，她深深地知道。

"姐姐，给你芦花！"豆豆拉着他的黄毛，非常友好地递给她一枝芦花。

钟无射浅笑，拍拍豆豆的头："哪里来的芦花？"

"不知道，那个笑得好漂亮的大哥哥给的。"豆豆补了一句，"他真的笑得好漂亮、好漂亮哦，比姐姐笑得好看。"

钟无射本能地伸手摸摸脸，自从遇到宛容玉帛，她的美貌似乎总是遭到质疑："真的？"

"真的，姐姐笑起来总是不开心。"豆豆漫不经心地回答，只关注他的狗。

钟无射怀疑地看着他。她不开心？她哪里不开心了，她自己怎么都不知道？

豆豆被他的狗拉走了，没有理她。

转着手指间的芦花，她漫无目的地看着它转。

不开心吗？没有啊。但要说开心，也没有什么可开心的。她的心是空的，寻寻觅觅，是为了能抓住一点什么，可以填补那个空。她抓住过宛容玉帛，但总是不信会与他有幸福，所以她选择离开。也许是因为她的不信、不信、不信，所以她才会飘来扬去，永远也抓不住什么、永远都无法停留吗？

她是一只无足的鸟啊！会飞善变，却终有一天会累、会倦，到了那一天，她该怎么办？

无足鸟的悲哀，宛容玉帛他可能体会？他是那样稳重与柔软的人，不能了解无法休憩的心情，因为他从未飞过。

"无射！"

远远地有人呼唤。

无射停下不转那芦花，抬头嫣然一笑，掠了掠发丝："有事？"

宛容玉帛看着她手里的芦花，失笑："原来你已经有了一枝了。"他手里也有一枝芦花，毛茸茸的，像黄毛的尾巴。

"你哪里弄来这许多芦花？"无射皱眉。

宛容玉帛目中笑意盎然："昨天和你说完话，我满山遍野地走，想一些事情，发现山里有个小温泉，那里有芦花开了，我就折了一把回来。却不知道，原来他们都喜欢。"

无射摇了摇那芦花："这就是你爱我的方式？"她的口气很无奈，眉目也很无聊。

宛容玉帛笑得眉眼弯弯："不，这是我喜欢，你知道我读书读得有些傻气。"他与无射并着肩走，"我要先回宛容家，今天是来辞行的。"

无射有些意外，她以为他会缠着她不放："回家？不错啊，出来这么久，是应该回家了。"

"嗯，我要回家，告诉他们我中意的是你，然后堂堂正正地爱你。"宛容玉帛依旧那样笑着，"他们生气也好，高兴也好，我都不会后悔。"

这是我对你应有的尊重,若是遮遮掩掩,我便对不起你。"

无射有些心神恍惚。她要离开了,而他不知道;这一次他真的在努力,却又快要抓不住她了。

"无射,"宛容玉帛突然握住她的手,停了下来,慢慢地道,"我昨天想了很多,我们之间……"

"我不要听!"无射想也未想,脱口就道。

宛容玉帛错愕了一下。

"这就是我们之间的问题。"他看着她的眼睛,很诚恳地说下去,"不是自由与尊重,也不是你想要的我给不起。我们之间,"他苦笑,"相互伤害又相互纠缠,所有一切一切的问题,其实只是一句话——相爱却不能相互信任,相互怀疑对方的真心、怀疑对方所能付出的,所以才会痛苦。"

他握住无射的双肩,凝视着她的眼:"如果我要你,就一定要相信你。无射,从现在开始,我相信你。请你……不要逃好不好?请你也尝试着相信我,信任不一定带来伤害。不要再保护你自己,相信我,好不好?相信我不会带给你伤害,在我面前你不需要自卫的。"

无射尝试着后退,却被他牢牢抓在手中,躲不过那眼睛。

她……竟然被看穿了?竟然这样轻易被他看穿了?怎么可能!她是玲珑剔透、千变万化的钟无射啊!她聪明、她世故,但竟然……竟然被这个书呆子就这样看穿了?

她有自卫的冲动,如果眼神能杀人,相信宛容玉帛已千疮百孔。

但眼神不能!她恶狠狠瞪着那一双笑起来很漂亮的眼睛,第一次意识到,在这个男人面前,她——可能会输!

宛容玉帛看见她恶狠狠的眼神,笑得越发漂亮:"钟无射,你还是一只刺猬,在这里三年,一点也没有改变了你。"

他终于开始抓住了无射的心,她外表或许摇曳多变,但一旦拆穿了那个外壳,里面的她还是一个有想法、要自由、犀利非常的女人。她从不依赖男人而活,她的世界里也并不只有爱情。这样的一个女人,一旦让他抓住了,他又怎肯放手呢?

无射瞪着宛容玉帛:"宛容玉帛,你这只笑面虎!你不是要回家吗,还不快滚?在这里拉拉扯扯成什么样子!快滚快滚!滚得越快越好!最好不要让我再看见你!"她嘴里说得恶形恶状,眼角眉梢却喜气微露。

她是宁愿他连名带姓地叫她"钟无射",而不愿他深情款款地唤她"无射",他会这样叫,是不是真的已经开始了解她,而不再当她是个大喝一声便会被惊倒的柔弱女子?他是不是真的已把她当作了一个可以平等相处、互笑互骂的女人,而不再低声下气地当她是"恩人"?

也许……也许可以相信他一次?也许真的爱起来,其实不会那么糟?

她的脸热了,用手捂着面颊,却掩不住渐渐抿起要笑的唇。她忍不住三跳两跳,跑到屋后河边去照自己的脸。

水中人晕红了双颊,一双眼睛灵动之极,满面俱是喜气。

傻瓜傻瓜!她在心里暗骂自己,但仍然忍不住回头看向宛容玉帛:"我今天穿得很丑是不是?"

宛容玉帛咬着唇,忍住笑:"的确很丑,你从哪里弄来这种五花衣衫?"他从没见过一个女人高兴起来会这样跳的,无射好可爱!

"我没有弄来。"无射急急地辩解,"这一块袖角剪给豆豆补膝盖上裤子的洞,这一块下摆剪给南兰做红头绳,还有这里剪给黄毛做蝴蝶结……"她发现宛容玉帛在笑,"你——"她一把河水扬了过去,"你要我!"

宛容玉帛一身衣衫被她这一泼,再优雅的风度也没了,他自地上抓起一把河沙回敬了过去:"钟无射,你这野蛮人!我本要今天回去的,你弄得我这一身,怎么出去见人?"他边叫边笑,根本没有一点懊恼的样子。

无射再一把水泼了过去:"我看你根本就不想走!就喜欢欺负人!"

"欺负你?"宛容玉帛劈空掌力一吸一挥,河水倏然起浪,打了无射一头一身,"你不欺负人便不错了,谁敢欺负你?"

无射从头湿到脚,索性一脚踩入河中:"现在是谁的灾情比较惨?大少爷,你讲话也要有点谱啊!"她笑着,眼睛乌溜溜地转着,打着不好的主意。

宛容玉帛一看便知她心里有鬼:"钟无射,你可不能太过分,这几年是谁把谁骗得团团转?"

无射突然往下一蹲,抄起一团湿泥沙,往宛容玉帛白衫上砸去:"我不管!你弄得我一身,赶快赔给我!"她边砸边笑,那笑声扬得很高,却不再像落下三两朵小黄花,只会让人听了跟着笑出来。

"啪"的一声，那泥巴正中目标，宛容玉帛躲过了"飞泥扑面"，却躲不过"飞泥扑肩"，一件白衫就此彻底完蛋。

他素来重视仪容、喜爱整洁，此刻心下有些着恼，又不甘心这场泥水仗就此输了："钟无射，你小心了！"

他双袖一招地上冬末的枯叶，枯叶细屑被他的内力吸起，纷纷腾空，在空中翻转，煞是诡异。

无射见状，便知他下一个内力一吐，这残枝败叶便会向自己飞过来，不禁大叫一声，转身就逃。

她这一逃，宛容玉帛还真拿她没办法。他一口内力不能持久，吸起这枯枝败叶也只有片刻间，她一逃，他不免迟疑了一下，内力一松，那枯叶便纷纷坠地了。

无射武功不高，也就那么三脚猫架势，逃出去一丈，转过身来，见他一脸沮丧，不免心软："喂！你——"她还没说完，就看见宛容玉帛抬头向她笑得眉眼弯弯。她知道要糟，果然他双袖一动，那一地的枯枝败叶还是扑了她一头一身。

"我好端端一个美人，被你弄成了稻草人！"无射看着自己的样子，叹气。

宛容玉帛走过去，轻轻为她拨去她一头一身的乱草。

"你也算美人？"他咬着唇笑，"我来之前，见到了七公子的夫人，人家那才是真正的倾国之姿。你？"他摇头，做遗憾状。

无射并没有生气，反而怔了一怔。

"是——秦姑娘吗？"她低声问。

宛容玉帛有些惊讶："你认识秦夫人？"他怎么一点也看不出她们之间有什么共同之处。

无射默然，良久突然冷笑："我不可以认识秦夫人吗？我若说我非但认识秦夫人，还认识七公子，你岂不是要吃惊得去跳河？我不配吗，不配认识这样威名显赫的人物？"她嘴里在冷笑，身子却在发颤，整个身子都是凉的。

"无射！"宛容玉帛有些心惊地抱紧她发凉的身体，"不要这样说，你明明知道我不是这个意思。"

他也迟疑了一下，终于把一句压在心里多年的话说出了口："我觉得你配不配并不重要，重要的是你觉得自己配不配——无射，你是在看不起你自己。"

无射任他抱着,眼泪在眼眶里转。她没说什么,却缓缓把身体偎入宛容玉帛怀里。

这是一个要求保护的小动作,宛容玉帛揽着她,仍是不紧不慢地帮她拨身上的杂草。她从未要过人保护,这一个动作便表示了她信任他,至少,她尝试着信任他。

"我认识秦姑娘,也认识七公子。"无射终于开始慢慢说,"因为……因为我们是同一个戏班子的戏子。今日威名赫赫的七公子夫妻,当年也只是学戏的孩子。当然,他们和我不同,你也见过了,他们……他们是那么美,我怎么能和他们比?他们是班子里的台柱,我算什么?"她这样木然地说着,不知经历多少伤害,才养就了这样的木然。

"怪不得你扮什么像什么。"宛容玉帛轻笑,想岔开她的凄然。

"我虽然不算什么,"无射没有理他,径自往下说着,"但我当时真的好羡慕他们。他们太美,美得我连妒忌都不能够。我想接近他们——那时候,在我心中,他们就是最厉害的神仙,尤其是秦倦。"她笑了笑,仍是意犹未尽的慵懒娇媚,"你不能否认他对小女孩儿很有吸引力,我那时候好喜欢他。"

宛容玉帛颇有些不是滋味,无射从未说过爱他,却坦言喜欢过另一个男子。

无射睥了他一眼,唇角边似笑非笑:"我想尽办法,想和他们一起学戏、一起玩,扮凶蛮、扮可怜我都试过,但是,"她幽幽叹了一声,"我们是不同世界的人,无论我多么努力,他们眼里永远没有我。秦筝眼里永远只有秦倦,秦倦眼里永远只有他大哥秦遥,秦遥眼里却永远只有秦筝——他们从来不理我。"

宛容玉帛停下为她拨杂草的手,用他很漂亮的眸很专注地看着她,听着她说。他没有安慰什么,只是这样认真地听,却已是对她最好的安慰。

无射对着他轻轻一笑,主动伸手环住他的腰,把脸贴在他胸口:"他们自然不会记得当年那个老是胡搅蛮缠的小女孩。我和他们相处了两年七个月,便听说他们被卖入了敬王府,王爷看中了秦倦。我那时以为他这一辈子就此完蛋了,变成乌糟地里的金丝鸟,却不料几年之后,他竟然成了江湖中任何人提起来都会敬若神明的'七公子',世事真是讽刺。"

宛容玉帛拍拍她的背："七公子本来就不是你我常人可以预料的，否则他早毁在敬王府里了，不是吗？"他很温柔地笑了，"你呢？怎么后来跑出来做了璇玑教的'绣女'？"

"我？"无射附在他胸口笑，"我可就有福气了，他们一走，班子里我就成了台柱啊！那么十来年，不就那么弹弹唱唱、被人卖来卖去，很容易就过了。"

"卖来卖去？"宛容玉帛将她抱紧了一些，轻轻地问，"谁把你卖来卖去？"

"谁看中了我，出得起价钱，班主看在钱的分儿上，难道还会留着我和钱过不去？"无射吃吃地笑，"戏子本来就是给主子们玩的，你以为班子老板花那许多银子调养了你出来是放着好看的？何况，出得起钱的主子，多半也是不能开罪的。没有三分斤两，你以为那玩女人的闲钱从哪里来——老天爷给的？"

"无射！"宛容玉帛不忍再听下去，把她紧紧抓住，"不要说了！"

无射低低地苦笑："我不说，你就不知道你要的是个什么女人。她满身污点、自甘堕落、妖媚成性……"

"不许这么说！"宛容玉帛打断她，按住她的嘴，"你明明不是！不许这样说你自己！"他深吸一口气，平复激动的情绪，"你明明知道我没有勇气听这些，我从不是个坚强的男人……"

"是！"无射惨然，"你从没想过，我是个如何人尽可夫的女人……"

"我没有勇气去想象你受过的苦！你不要说，我不要听！"他把她自胸前推开，双手握着她的肩，"我没有你的坚强，可以忍受那样的痛苦，你明不明白？你受的伤害，比我受的伤害更让我无法忍受！我好害怕你受过那么多苦，这会让我……让我不知道该怎么去怜惜你、去保护你、怎么保证你快乐！你忘记了好不好？忘记了，也许一切都会好些……"

"忘记？"无射猛地一把推开他的手，倒退了几步，大笑，"你要我忘记？忘记我所有的污点，然后和你一起？我懂了，你要的，是那个没有污点、会作怪、会思想的奇怪女人，而不是这个一路被人践踏的脏女人！我怎么能忘记？这些脏，和钟无射是一起的，她永生永世都洗不掉！忘记？哈哈！这就叫作你爱我、你要我相信你？"

她指着宛容玉帛，直指着他的眉心："我告诉你，我当年也相信过一个男人，相信他真的会爱我、接受我，接受我所有的错！可是，你知道他把我卖了多少银子吗？"

她惨然，伸出双手比画了一个数："三十两银子！三十两银子啊！我钟无射全心全意的爱，只值三十两银子，还不够上翠羽楼吃一顿花酒！你要我相信谁、相信什么！"

宛容玉帛听得耳边"嗡嗡"作响，一口气哽在胸口，一个字也说不出来，只是直直地望着她。

"问我为什么和苏蕙搅到了一起？"无射大笑，"很简单啊——我的男人把我卖了三十两银子，我把我自己卖了三十万两黄金！苏蕙他看得中我、出得起钱，我就和他走！我帮他唱戏骗人，他给我银子，我钟无射至少身价三十万两黄金，说出去总胜过三十两银子！你懂吗，宛容公子！"

宛容玉帛看着这个大笑的女子，她站在那里，笑得满脸都是眼泪。

"我告诉你，你要我很容易，宛容家不是有钱嘛，"她大笑，"你给我三十万零一两黄金，我就跟你走！而且，你要我温柔我就温柔、你要我妩媚我就妩媚、要我唱《红绣鞋》绝不会唱成《滚绣球》……"

她说到这里，突然顿住了，瞪大了眼睛看着宛容玉帛。

他就那么怔怔地看着她，听着她说，然后唇角有一缕血丝溢了出来，随即更多的血涌了出来，而他似乎仍毫无所觉一样，就这么看着她。

无射停了下来，心里的一缕惊惶渐渐地往上冒，而那分激怒却陡然失去了踪影。她也直直地看着他，眼睛眨也不眨。

他抬起手，唇边溢出的血便滴落在手背上。

他把目光从她身上转到血上，又从血上转到她身上，像茫然不知道发生了什么事。

无射向前踏了一步，又顿住，心里的惊恐在逐渐扩大："你……"

宛容玉帛仍看着她，又转回去看那血，好像比她更加茫然。

她一步一步地走了回来，伸手小心翼翼地要去触碰他："你……你是不是哪里不妥？"

宛容玉帛看着她，终于展颜一笑："你不生气，不走了？"他的脸色在逐渐变得惨白，变得像她曾经见过的颜色。

"我不生气，也不走了。"无射惊骇地看着他唇边越溢越多的血，"你哪里不舒服？为什么……有血？"

宛容玉帛皱了眉,随即弯眉一笑:"我也不知道。只是听你说那些话,我这里好痛。"他伸手按向胸口的一个部位,眉眼如烟,那笑意有些朦胧,"像以为你死了的那一天一样痛。"

无射看着他指着的部位,近似心口的部位。她全身发凉,那一凉是没有见底的凉——那个部位,是当年她谋害他、苏蕙一记刀伤留下的部位,那个几乎要了他的命的伤!难道如今……如今……

"无射——"宛容玉帛拉着她的手,慢慢地坐了下来,"你先……不要生气……"

"我不生气!我没有生气!"她心惊胆战地握着他的手,他的手好凉,"你很痛吗?我……我去给你找大夫,你先不要说话,不要说话!"

"我不痛!"他固执地要拉她一同坐,"听我说!"

"我听!我听!"她怎么这样地在乎这一个男人?但她真的好害怕他又会离她而去,因为那个她当年一时犯下的错、因为那个伤!

"没有人会真的忘记了你。"宛容玉帛仍是那样眉眼如烟地笑,"你知道我是如何找到你的吗?是七公子。他不顾他那样孱弱的身体,来回奔波了六百余里,强迫我来的。"

他伸手抚上无射的脸颊,柔声道:"秦夫人把我骂了一个狗血淋头,说我既爱上一个爱了便要惊涛骇浪的女人,为什么又不敢爱、要拖着你一起下地狱?她……激我来爱你。她伤了我的自尊、激出我的勇气,她真是用心良苦……"

"他……他们……"无射颤声。

"他们并没有忘记你。我便奇怪,依我和他的交情,怎能让七公子亲自奔波六百里?原来,他们为的不是我,却是你。"宛容玉帛微笑,"他们夫妻真是天造地设的一对:一个逼我爱你,一个激我爱你,都是第一等的才智、第一等的苦心!你怎能说,没有人可以让你相信、没有人会记得你?你只是不幸遇上一个负心的男子,怎能认定,这世上所有男子都不值得相信?我不是不能接受你的错,只是舍不得你受苦……"

宛容玉帛看着她,慢慢地道:"我没有你坚强,可以忍受那些苦,你明白吗?"

无射伸出花花绿绿的衣袖,拭去他唇边的血:"我明白了,我明白了……"她颤声说着,终于忍不住,扑入他怀里放声大哭。

"我从不是个好人,你不要对我这么好,不要……"她哭得神志不清,"每回有人对我好,结果都会让我伤心、让我失望……"

宛容玉帛搂着她的肩,轻轻地拍拍,像哄孩子一样,有节奏地轻拍着她的背,反反复复地保证:"这一次不会了,不会了……"

她继续哭。

他便仍那样轻言轻语,温柔地哄着她。

她抬头看了他一眼,继续哭,像一个刚出世的小婴儿那样哭。

"无射不哭了,不哭了……"他在她额上轻吻了一下,"陪我回家好不好?"

无射抬起泪水莹然的脸,哽咽地问:"什么?"

她这满脸是泪的样子说不出的楚楚可怜,因为她纤细风流,含泪便分外柔弱动人。

宛容玉帛伸出袖子为她拭泪,温柔地叹息:"做我的勇气——你的男人不够坚强,需要你在旁边陪他。他怕他自己招架不住家里的责难,要你帮他,帮他……"

"不帮!"无射用哭得含混不清的声音道。

"帮他证明,你是一个值得他爱的女人,好不好?"宛容玉帛温柔地蛊惑她。

"不好!"无射边哭边道。

"帮他证明,你是不同寻常的女人……"

"不好!"

"帮他证明,你是个不值得他爱的女人?"宛容玉帛更温柔地笑。

"不好!"无射顺口便说,说完了便惊觉上当,"你——"

"我什么?"宛容玉帛无辜地轻笑。

"你骗人!"无射恼起来,恶狠狠地瞪着他。

"彼此彼此!"宛容玉帛乘她不备,轻吻了她的唇,"和你相处久了,不会骗人怎么行呢?"

无射咬了他一口,咬得不轻不重,俏脸一红:"你这无赖!"她又哭又笑,脸上泪痕未干,又是滑稽,又是可笑。

"不哭了?"宛容玉帛以牙还牙,在她粉颊上轻轻咬了一口,"嗯?"

无射哼一声:"不哭了。"

"陪我回家?"宛容玉帛低低地蛊惑。

"不陪！"她甩头，做绝情状。

宛容玉帛顺口接下去："不陪——不行！"

无射低下头，眸子里亮晶晶的，她抿着嘴在笑——终于，有一个男人，他真的把她当作骄傲，而不是糟粕啊！他没有把她收在见不得人的地方，而是要把她带回去给人看，看他爱上的，是多么令他骄傲的女人！

"我……我陪你回家。"她抬起头，看着宛容玉帛，郑重地道，"不过，我要你先陪我去见一个人。"

"什么人？"宛容玉帛皱眉。

"岑夫子。"她回答，不容他反驳争辩。

第六节　旧伤

宛容玉帛做梦也没想到，无射住在芦花村那样清苦的地方，而岑夫子竟然堂而皇之地在晋阳城里，他非但住在晋阳城里，而且成了城里最有钱的大老爷。如今他不叫"岑夫子"，而叫作"岑老爷"。

但这个"岑老爷"在无射面前一样吃不开，一样看到无射便像老鼠见到猫，只有发抖的份儿。

"钟……钟姑娘……"岑夫子坐在他金银山庄里最大、最漂亮的檀木椅上，声颤颤、胆惊惊地问，"不知有何贵干？"

"你放心，"无射依旧是一身满是补丁的花衣服，虽没昨日那般狼狈，却也一样寒酸，"我不是来向你要钱的。我答应了给你三十万两黄金，给了便是给了，绝不会赖账不认。"她把宛容玉帛拉到身前，"我只是要你帮他看看，当年的旧伤，到底是不是真的已经完全好了？"

宛容玉帛这才知道她把她卖身的三十万两黄金全给了岑夫子作条件，难怪她会一贫如洗。这个——他不知用什么言语来形容了——这个笨蛋！

岑夫子大大松了一口气，用他的怪眼上上下下地看宛容玉帛："我岑老爷治过的人，是万万不会出毛病的，你尽管放心。"他边说边为宛容玉帛把脉。

岑夫子便眉头一扬："咦？"

无射骇了一跳："怎么了？"

岑夫子闭起眼睛，思索了一会儿，嘴里念念有词。

宛容玉帛和无射面面相觑，却不懂他念的什么。

"娃儿，"岑夫子睁开眼睛，对宛容玉帛道，"你近一两个月和人动过手、受过伤是不是？"

宛容玉帛点头，和苏蕙一战，他伤得不轻。

岑夫子忽地跳了起来。他身子又矮又瘦，站起来不及宛容玉帛高，他跳到椅子上，居高临下地指着宛容玉帛的鼻子："娃儿，你以为你自己是什么东西？你是老子我从棺材里捞出来的死人！死人你知不知道？老子我辛辛苦苦、挖空心思把你救活过来，你竟然还敢跑去和人动手，还敢受伤？你问那狐媚子，她亲眼看见你身上那两刀是怎么捅进去的，你问她就知道老子把你那两个刀眼补起来有多么辛苦！你竟然当作没事人一样去动手打架？你身体的好多机能其实早被狐媚子那两刀给搞坏了，哪里还经得起受伤？你一受伤，牵动旧伤发作，老子我可不是神仙，不能救你第二次！"

他指手画脚，骂得神采飞扬，突然之间，他醒悟过来他说了些什么，一张脸顿时成了呆瓜，愣愣地看着宛容玉帛。

宛容玉帛却正呆呆地看着无射，岑夫子的话，他可是一个字一个字都听清楚了——岑夫子说"她亲眼看见你身上那两刀是怎样捅进去的"，"狐媚子那两刀"……

无射下意识地退了一步，她心惊胆战地看着他，那眉宇间的不知所措，恰恰证明了岑夫子说的是事实。

"无射？"宛容玉帛语音出奇镇定，"我身上这两刀，是你……"

"是我害了你！"无射侧过头避开了他的目光，"我说过，叫你不要对我这么好，"她闭着眼带着泪大叫，"是你信誓旦旦地说可以接受我所有的错！你……再善良再宽恕，也无法容忍一个谋害过你的女人吧？我太天真了，我不能要求一个男人接受像我这样的一个女人！那对你……太不公平！"她说完，踉跄着退了三五步，惨然而绝望地转身，拂袖而去。

"无射！"

宛容玉帛身法何等迅速，无射哪里跑得过他？岑夫子眼前一花，无射就被他拉了回来。

宛容玉帛："你想去哪里？"

"不关你的事！"无射倔强地一把挣开手去，"我不配碰你，我几乎害死过你，只是你忘记了，我却没有忘记！我不能昧着良心和你一起。你会恨我，恨我骗你！你放开我！放手放手！"

宛容玉帛咬牙："你又只顾着你自己胡思乱想，我哪有生过气、恨过你？你又哪里不配让我碰？你当我是笨蛋，不知道你害过我？自伤后醒来，你强迫岑夫子救我、对我冷言冷语，如不是因为你我情深义重，便是你在赎罪——否则，你为什么会救我？依你的脾气，你会良心发现救一个毫不相干的人？钟无射，你没那么好的闲心！我……一直知道是你害我，只是，我不愿想也不愿承认！"

他深吸一口气："就像七公子说的，我从未忘记，只是不愿想起！但就算承认了又如何？是！你害过我，几乎害死了我，但你又何尝不是费尽心机救活了我？我没有死，你便不必自责。你若依旧是'我不配我不配'才让我真的生气，真的生气——你竟然想逃！"

无射指着他的鼻子，倔强地咬着下唇，把它咬出血来："宛容玉帛，你不在乎，是你宽宏大量，你了不起、你厉害！我没有你宽宏大量，我不能原谅自己！因为，谋杀是太可怕的事情，你太善良、太光明，你可以体会害人的心情吗？你若真的忘记了，我或许可以自欺欺人地忘记这件事，但你没有忘记啊！一旦揭穿了，我不能当作没有发生过！"

宛容玉帛那样温柔的脾气也被她激出火来："那么你想怎么样？无射，你若觉得亏欠我，就不要这么任性好不好？你不能每回想要如何就如何，想来就来、想走就走，想对我好就对我好、想当缩头乌龟就当缩头乌龟。我不是你的玩偶，要如何便如何。我从未变过，只是你自己的心一直在反反复复、又阴又晴。你自己想清楚，是怎么样才叫作'不公平'？不是我爱了一个谋害我的女人，而是我爱她信她，她却从未相信过我！她从不相信我只是爱了她这样一个女人，不相信我可以爱她不变！你——真是存心气我、存心要我和你吵！"

两个人便像一对斗鸡，越说越是火气上扬，当真是公说公有理、婆说婆有理，一时之间，倒也争不出谁对谁错。倒是岑夫子隔岸观虎斗，看看左边，看看右边，颇为悠闲自在。

便在这时，门边"咚咚咚"三声轻响，有人走了进来，好奇地看着他们两个。

宛容玉帛与无射同时住嘴，错愕地看着来人。

那是一个纤柔而清秀的不太年轻的女子，发髻绾得有点零落，人也很有点倦意，还有七八分的病态。她并不是绝美之姿，论姿色远不及无射，但偏是那一身病态的柔柔倦倦，使她别有一番"江水苍苍，望倦柳愁荷，共感秋色"的味道和风韵。她拿着个托盘，上面是一碗热粥，犹自热气腾腾。

"老爷，我不知道你有客。"她把托盘端过去放在岑夫子身边的桌上，又把粥端出来，极是温柔体贴。

无射目瞪口呆："岑夫子，她是谁？"

岑夫子瞪着一双圆圆的斗鸡眼："我老婆。"

"你老婆？你也会有老婆？"无射惊愕之极。

宛容玉帛看看双脚临空、坐在高高的檀木椅上的干枯瘦小的岑夫子，又看看那婷婷娉娉、风姿如诗如画的女子，怎么看怎么不相配，但人家却偏偏柔情蜜意，相好得理所当然。

"岑夫子，你不会仗势欺人、强要人家做你老婆吧？"无射本来性子就变化多端，这下忘了刚才还和宛容玉帛吵得火冒三丈，反而怀疑起岑夫子来。

岑夫子气得猛拉胡子，两只脚凭空乱踢："老子为什么就不可以有老婆？老子高大威猛、心地善良、安贫乐道、英俊潇洒，哪一点不如你看上的这小子？我为什么强要人做我老婆？这晋阳城里里外外不知有多少女人想做我老婆，我呸！我还不要呢！"

"你高大威猛、心地善良、安贫乐道、英……英俊潇洒？"无射哭笑不得，懒懒地睨了他一眼，那娇媚而不屑的味儿，气得岑夫子哇哇怪叫。

那倦态的女子放下了粥碗，张开双手拦在岑夫子面前，很斯文有礼地道："这位姑娘，请不要对我家老爷这样说话，尊重他一点，好吗？"

那女人竟然在"保护"这个像蛤蟆一样的小老头？无射本是为她打抱不平，她不但毫不领情，竟还为岑夫子说话？无射本来一肚子火，被她一激，几乎发作出来。

一只手伸过来把无射拉到身后去，宛容玉帛也拦在她面前，向那女子微微点头："无射口气不好，我替她向夫人道歉。贵夫妇伉俪情深，无射指手画脚，本是她的不是，还请夫人大量，莫与她计较。"

岑夫人缓缓退回岑夫子身子身边，闻言淡淡一笑："公子言重了。"

这两个人在斗斯文，无射却躲在宛容玉帛身后，向岑夫子翻了个大白眼,岑夫子在岑夫人身后向她吹胡子瞪眼睛。而前面两人在文绉绉地说话,若有第五个人看见了,非当场笑死不可。

岑夫人退回岑夫子身后,耐心地等他把那碗粥喝完,收拾好东西,又慢慢出去了。

真是个奇怪的女人,比无射还要奇怪。宛容玉帛心下诧异,岑夫子有什么好,值得这一个女人为他如此?

他只是心想,无射却对着岑夫子嫣然一笑,笑得如水盈盈:"你从哪里弄来个这么厉害的老婆?"

岑夫子竟然老脸一红:"我……那个四十年前……"

"四十年前?"

无射与宛容玉帛面面相觑,相顾愕然。

"她今年五十八岁,我六十三岁,难道不是四十年前?"岑夫子瞪眼,"四十年前,我是她家里的治病大夫。她身体不好,我从小就给她治病,治了那么十来年,两个人也算什么梅什么马,就好上了。当年我还没这么老,她也年轻貌美,本来是一对神仙般的人儿,只可惜她老子嫌老子没钱娶不起他女儿,说老子要娶,行,等老子哪一天有了上百万两银子的身家,再回来娶他女儿。我一气之下,就开始跑江湖看病收银子。等我存够了银子,嘿嘿!"他神气地说,"老子当着他的面烧掉一沓几万两银子的银票,看他是什么嘴脸!只可惜……"

说到这里,岑夫子像斗败的公鸡一样,泄了气。

"怎么了?"无射皱眉。

"等老子拿到你那三十万两黄金,他早就死了。四十年了,娟娟也不年轻了,她也五十八岁了。"岑夫子叹气。

无射默然,这一对奇怪的夫妻!

"她就一直等着你?"她低声问。

"当然,我还笑她空自做了五十多年的'小姐',再没有比她做小姐做得更长的了吧?这年头,姑娘家年纪轻轻,十七八岁花朵似的就嫁了。"岑夫子理所当然地道。

一个女人,在家中做了五十多年的"小姐",在这样早嫁的世界中,是多么辛苦、多么困难的事?一个男人,为了他的女人,在江湖中劳劳碌碌、看尽人的脸色,像一条狗。可是为什么,他们不以为苦,反而视作当然?

"你就不怕她嫁了人，你这四十年的辛苦全都白费了？"无射语气苦涩，"换了是我，你走的第二天我就嫁了。"

"你又不是娟娟！"岑夫子丝毫不觉得管一个五十八岁的老太婆叫"娟娟"有什么不对，"娟娟不会。她说等我，就一定会等我。如果娟娟像你，送给我我都不要。"

"我有这么差劲？"无射幽幽叹息。

"你不差劲，只是没人消受得了你，"岑夫子耸耸肩，"只有那温吞吞、慢腾腾、好脾气的小子，才消受得了你这个变来变去的狐狸精！娟娟等我不稀奇，我会回去娶她的。这小子等你才稀奇，你说不定哪天拍拍屁股就跑了，他还傻不啦唧地等你，等到死都等不到你回心转意。真是可怜的小子！"他浑不介意自己说了些什么，"你害他他都不介意，他已经爱你爱到傻了，你还计较东、计较西的，真是！对了，他的伤你还治不治？不治你们继续吵，我要给娟娟挑花布去了。"

"治！当然治！"无射拉住岑夫子，"夫子，"她难得用这样诚恳的语气说话，"钟无射……给你道歉。这几年来无射对你不敬，是无射狗眼看人低，对你不起！"

岑夫子被她吓到了："喂喂喂！姑奶奶这回是想骗谁？老子可没什么东西让你骗！反正娟娟已娶到手了，钱可以还你。不过这三年老子花掉了一些，还有二十多万两吧，还给你就是……"

他在那里自言自语，宛容玉帛自后面揽住无射的腰，和她一同向岑夫子鞠了个躬。

"夫子用情极深，四十年不渝，我和无射本应该敬你的。"

宛容玉帛的话总有令人相信的力量，岑夫子呆了一呆，看了无射一眼，眼角有些湿。他行走江湖四十余年，很少有人尊敬过他，因为他太爱财，人们虽觉他医术了得，却都瞧他不起。为了掩饰自己要哭的丑样，岑夫子用他变调的声音，叫道："咱们治伤、治伤！"

宛容玉帛的伤倒没有岑夫子说得夸张，他只是新伤初愈，牵动旧伤，只要日后不要再伤上加伤，就必然无事。吃了岑夫子的药，再休养了那么十来天，也就无事了。

十来天过去，宛容玉帛和无射也要回宛容家，岑夫子反倒有些舍不得了。他一辈子没有朋友，好不容易遇见了两个谈得来的小辈，却又要匆匆分离。

"狐媚子，这小子家如果容不下你，你来金银山庄住，反正这钱原就是你的。"岑夫子和无射话别，老脸苦苦的。

无射嫣然一笑，风姿娇媚慵懒："容不下我？夫子，我是这样好欺负的吗？不过我承你的情，日后一定来你金银山庄坐坐，看你坐吃山空成什么样子。"

"呸呸呸！你就没几句好话！"岑夫子又开始瞪眼睛。

另一边，岑夫人向宛容玉帛微微一笑："公子姑娘好走。"她仍是那柔中带倦的意态，斯文有礼。

宛容玉帛自是笑得眉眼弯弯，拱手为礼，道："夫子夫人保重，我们走了。"

无射一掠风中的散发，拉了宛容玉帛上马，对着岑夫人流流落落地斜看了一眼，抿嘴而笑："不要假斯文了，难道还要念一句什么'远与君别者，乃至雁门关。黄云蔽千里，游子何时还'？岑夫人，就此别过了。"她一提马缰，当先而去，马上风起，衣袂飘飘。

宛容玉帛随后而去，他看到岑夫人眼中有一丝惊讶之意。无射随口念江淹《古别离》，看来让这位夫人受惊不轻，她只怕也当无射是只会矫揉造作的市侩女子，结果无射临行这一句，却是将了她的军！

他对着岑夫人一笑，无射本就是一肚子鬼肚肠的妖精，你看她不起，必是要自己吃亏。

岑夫人站在岑夫子身后，惊讶之色渐褪，对宛容玉帛报以一笑。这一笑可就不再是平日斯文的笑，笑中有了些许赞赏之意。

宛容玉帛策马而去，心中意气风发。这样一个女子，如何不令他为之骄傲？她是不同的，她多变，她聪明，她和其他所有的女子都不同，她就是她自己！

他策马，追着他前面灵动飘忽的女子，他不会变，但他决定要追，她便一定逃不了。

第七节 回家

宛容玉帛在外边这样浪荡了三年，做出了灭璇玑教这样的大事，名震天下，但对宛容家来说，却丝毫没有影响。他们重视的是，他终于回来了，大少爷回家了！

无射与宛容玉帛并骑而归,到了宛容书绣坊门前,远远便看见宛容家张灯结彩、红红绿绿,一派喜气洋洋。

　　"你家里有人成亲,还是有人中了状元?"无射突地放缓了奔马的速度,回头问。

　　宛容玉帛看着她懒洋洋媚眼如丝的样子,忍住笑道:"宛容家的人从来不考状元。"

　　无射似笑非笑:"那念那许多书干什么?"

　　宛容玉帛还是忍不住笑了:"不干什么。你这是拐着弯地要我赞你也念了许多书吗?宛容家念书和你一样,一半是喜欢念,一半是用来吓唬人的。"

　　"吓唬人?"无射无辜地眨眨眼睛,模样极俏,"我有吗?"

　　"你吓得岑夫人一愣一愣的,还说没有?"宛容玉帛轻笑,"其实读书人还不都一样,读的书多了,自觉是一种虚荣,可以拿出来卖弄。真正读了书不把它当作攀富贵的垫脚石、不把它拿来卖弄,真正读的是书的,世上又有几人?而这几人又往往念成了书呆,失却了灵性。"

　　无射嫣然一笑:"我不听你这些大道理。我觉得,读了书,想拿钱便拿钱、想卖弄便卖弄,做人何必做得这么假?反正我是读了书,你当我没有卖弄的本钱吗?我不管你君子修身养性,你也莫管我小人胡作非为。"

　　"我是伪君子,你是真小人。"宛容玉帛失笑,"只要你不胡作非为得离了谱,我自然不会管你。"他又微微一笑,"你胡作非为,总比你骗人骗鬼来得好。"

　　"我偏偏喜欢骗人,不可以吗?"无射扬鞭策马,笑声被她遗落在身后。

　　"你这不叫骗人骗鬼,你是胡搅蛮缠!"宛容玉帛摇头,这个稀奇古怪的女人!

　　无射策马狂奔,笔直地向宛容书绣坊正门冲去,马蹄狂奔,卷起一团尘土黄云。

　　宛容书绣坊门口本站着左右两行家仆,衣着枣红,显得既喜气又不失庄重;门前灯笼高挂,还有一群各色衣着的人站得层次分明,显是家中主子,正在等着自家少爷。

　　无射这样当面纵马而来,只见门前家仆齐声惊呼,"哎呀"之声四起,滚倒了一片。只怕要是被惊马踩上两脚,不免不用骑马便可"驾鹤西去"。

门前众人也为之变色,却是站着不动,显出了主人极其深湛的涵养功夫,虽未做到"惊马奔于前而面不改色",但至少没有落荒而逃。

无射纵马过来,见众人四下闪避,偏偏门前的主子站着不动,不免也暗暗佩服他们的硬脾气。可见,要这样顽固的一家子接受自己这样一个"媳妇",根本是近乎痴人说梦,而且说的还是噩梦。

怒马狂奔,无射在那马堪堪要撞倒那一堆显贵人物的前一刹那扬手勒马。那马惊嘶,人立而起,把马背上的无射整个甩了出去!而这狂奔之势也就险险避去,马蹄仅有毫厘之差就要落在门前一位妇人的头上,那妇人脸色煞白,不知是惊是气。

无射被甩了出去,宛容玉帛随形而起,将她接住,稳稳放下。见她一脸安然自在,不禁顿足:"你又搞的什么鬼?"

无射俏目流盼,笑吟吟地看着门前众人,悄声道:"我试试你家里有多少书呆子。反正我拉不住马,你会拉住;我跌下来,你会救我。有什么好怕的?"她今日一身新衣,是岑夫人特地招巧工做给她的,衣上浅缀流苏,本来甚是风雅秀致,但被她这样一跌,什么古雅风流全都被吓跑了。

宛容玉帛气为之结,当真哭笑不得。她的话是没错,他自是不会袖手不管惊马撞倒自家人;而宛容家家传武功,自也不会轻易为马所伤。但无射竟然拿他当筹码来试探他的家人,实在也胡闹得过分了些。

"你这是存心让我下不了台。"宛容玉帛在她耳边轻声细语,语气却并不轻松,"试出了我家多少书呆子?"

"全部,包括你。"无射叹气,神态娇媚,"奇怪,他们为什么不躲?万一你我都勒不住马,他们要逃也来不及了。颜渊问仁,子曰:'非礼勿视,非礼勿听,非礼勿言,非礼勿动。'可孔夫子并没有说'非礼勿逃',你宛容家讲究风度礼法、讲究涵养,真是讲究到家了,都不会变通的。"

这两人在那边窃窃私语,门前众人早已怒动颜色。当前那妇人文雅地笼起了袖子,走下台阶,冷冰冰地一眼也不看滚倒一地的家仆,向宛容玉帛道:"离家三年,回来不叩见亲长,站在门外成何体统?"她眼里竟是没有无射的,仿佛无射刚才策马撞人之举从来没有发生过。

无射并不生气,对着那妇人嫣然一笑,依旧是酥媚娇俏的笑。她没说什么，回过头笑吟吟地看着宛容玉帛。

"娘，"宛容玉帛把无射拉了过来，"她是玉帛中意的女子，今日玉帛带她回来见过家族父兄，择日便将成婚。"他心知事无善了，于是便先开口为强。

妇人凝目看着宛容玉帛，沉默良久，缓缓地道："禄伯！"

一个枣红衣衫的老者欠身道："在。"

妇人看着宛容玉帛，无甚表情地说道："少爷累了，你带他回房去休息。"

宛容玉帛闻言变色："娘！"

禄伯老态龙钟，慢慢走到宛容玉帛面前，有气无力地道："少爷，你不会让禄伯为难吧？夫人有令，少爷累了，请回房休息。"

宛容玉帛护着无射，退了一步："娘，你要软禁玉帛吗？"他的武功十有八九是和禄伯学的，娘要禄伯带他走，那根本于情理、于武力都不给他反抗的余地。

宛容夫人不理他，又淡淡地道："至于那个女子，立刻给我清理出家门！"

听宛容夫人这样下令，宛容玉帛又护着无射退了一步，皱眉道："娘！你怎么不分青红皂白……"

宛容夫人冷冷地打断他："这个女人目无礼法、不敬尊长、胡作非为，你竟敢为了她和娘顶嘴，可见这妖女为祸之深。禄伯，快带少爷回房去休息！"

她袖子一拂，回头便走，竟看也不再看自己儿子一眼。

站在门口的二老三男三女竟是纹丝不动地站在那里，直到宛容夫人折回，才有人缓缓地向宛容玉帛看来。

那是个一身紫袍的中年男子，长须威颜，只听他道："汝母所言甚是，痴儿回来。"语音沉稳，极有威仪。

宛容玉帛又道："爹——"

无射看看宛容玉帛他娘，又看看他爹，再看看门口那一群面无表情的人物，一双灵活的眼眸转来转去，忍不住轻轻一笑。

那一笑又像跌落了三两朵小黄花，宛容玉帛一听便知，这狐狸精又不知在打什么主意。他知道无射聪明狡诈，应变之能远高于己，于是他让开，让无射站了出来。

他这样让开，是他相信无射做事是有分寸的，她善变，但不会不明事理。

他一让开，门口众人的目光便集中在了无射身上。

一个风流的女子，黄裳素素，古妆宛窈，只可惜一双眼睛太灵活、太狡黠了一点，那一脸似笑非笑也太失闺秀风范，更不用说腰肢轻摆，还有一点风尘女子才有的妩媚与风情。

一个妖女！

无射明眸流转，看住了宛容玉帛的爹，见他一副不愿和自己这等妖媚女子一般见识的样子，突地正色道："夫子以为，曹子建《七哀》诗如何？"

宛容玉帛的爹宛容砚一生读书成痴，被她突然这样一句问出来，便不假思索地回道："吕向以为，子建为汉末征役别离，妇人哀叹，故赋此诗。"他脱口便答，言出便悔，和这等女子说话，实在是降低了他的格调。

"刘履《选诗补注》说：《七哀》比也，子建与文帝同母骨肉，今乃沉浮异势，不相亲与，故以孤妾自喻，而切切哀愁也……"她顺口便道，"夫子以为如何？"

"不然。"宛容砚情不自禁地答道，"诗情切切，比拟之说牵强，当是鸳鸯离情之苦、思妇之悲。"

无射嫣然而笑："夫子知鸳鸯离情两苦、思妇惨悲，如何又忍心棒打鸳鸯，迫玉帛于情苦、赐小女子以悲凄？"她绕了一个大圈，要说的本就是这一句，"莫不是曹子建之悲为悲，玉帛之悲便不为悲了？"

宛容砚被她一句话堵住了嘴，竟一时无词可辩，呆了一呆。

无射眼角轻轻向他人扫了一眼，幽幽地念道："明月照高楼，流光正徘徊。上有愁思妇，悲叹有余哀。"她本是戏子，这一念一叹，当真如泣如诉，几要赚人眼泪。

宛容玉帛心下好笑，且看她如何用她的才学，一一驳倒家中这一群老顽固。娇媚的无射、才情的无射，这样一个宜嗔宜笑的女子，他怎能不爱？

宛容玉帛的娘木岚也是洛阳才女，见夫君被这妖女几句话便说得哑口无言，不禁冷笑："诗书经卷，岂是你这等无知无觉、只识卖弄风骚的女子可以言的？不要以为识得一首《七哀》便是什么了不得的事！你看你眼耳口鼻处处风情,哪有一处是读书人家的样子？"

无射立刻反驳："读书人家岂是由人眼耳口鼻可以判断优劣？佛曰：'由是六根,互相为用。阿难,汝岂不知,今此会中,阿那律陀无目而视,跋难陀龙无耳而听,殑伽神女非鼻闻香,骄梵钵提异舌知味,舜若多神无身觉触。'依夫人所言,这些菩萨难道都不是好人,只因为他们眼耳口鼻残缺不全？读书本由心,岂可以计较他人容貌长短？"

木岚又是一呆,她不读佛经,不知道她说的是《大佛顶首楞严经》,一时之间也找不出话来反驳。

这时门口二老之中,一位白衣拄杖的老者微微点了点头,缓缓地道："小小女子,见识颇广,只可惜强解佛经,有口无心。我佛真言,不可应用于口舌之辩。"

无射小小地吐吐舌头,向宛容玉帛溜了一眼,知道自己卖弄得太过分了,遇到了高人。

宛容玉帛向她一笑,眉眼弯弯,表示无妨。

开口的是宛容玉帛的爷爷宛容释,他一开口,木岚和宛容砚立刻便闭了嘴,听他说话。

"玉帛,你这位小姑娘姓名？"宛容释语气平静地问。

此言一出,木岚和宛容砚大惊,宛容释言下之意,似乎打算接受这位媳妇。

宛容玉帛笑意盎然："她姓钟,叫无射。"

"原来是六丫头。"宛容释自言自语。

无射忍不住一笑："爷爷好聪明。"她自是识情识趣,打蛇随棍上,甜嘴甜舌地叫了爷爷。

宛容释不可否,又道："丫头出身歌舞之门？"

无射坦然承认："不错！"

宛容释这才微微点头。原来古乐十二律,阳为律,阴为吕。六律为黄钟、太簇、姑洗、蕤宾、夷则、无射。无射排行最末,所以宛容释说她是"六丫头";而以音律起名,自然是出身歌舞之门了。

"丫头平日读什么书？"宛容释又问。

这一问就大有学问了,已是宛容释在考验媳妇资格。木岚嫁入宛容家时,也经过这一问,此时不禁花容失色。

只见无射没有半点紧张的样子,仍是笑吟吟的："无射自幼歌舞,读得最多的仍是词。"

宛容释还未说话，木岚低声道："这等靡丽之音。"被宛容释厉眼一扫，骇得她不敢再说。

"丫头念一首给老夫听听。"宛容释道。

无射低声道："轻薄儿郎为夫婿，爱新人，宛窈颜如玉。千万事，风前烛。鸳鸯一旦成宿，最堪怜，新人欢笑，旧人哀哭。"她本是笑着念的，到了那一句"新人欢笑，旧人哀哭"，不知不觉，竟有泪掉了出来。

宛容释意味深长地看着她："丫头，这不是一首，而是一句。"

无射用手掩住了那泪，摇了摇头："我就念这一句。"她本不是容易哭的人，但宛容释有一种莫名的威严与慈和，让她不知不觉露出了真性情。

宛容释看了宛容玉帛一眼，缓缓地问："丫头受了很多苦吧？"

宛容玉帛点头："很多苦。"他摇了摇头，"换了是我，我受不起。她比我坚强太多。"

宛容释又看了宛容砚夫妇一眼："一生都住在这门里的人，却不知道什么是苦。嘿嘿！"

宛容释冷笑了一声，缓缓地道："玉帛，还不快扶你媳妇儿回你房间去休息！你娘说得对，你累了，想必丫头也累了。"

无射放下了掩泪的手，怆然叫道："爷爷！"她没想到这样就进了宛容家的门。

木岚和宛容砚大惊："爹！"

宛容玉帛却早已猜到了这样的结果，一揽无射的腰，轻轻易易地破门而入，回他的房间去。

"你爹是这样的，你娘也是这样的，为什么你爷爷却不是这样的？"收起了眼泪，无射看着宛容玉帛的寝室。

室内一剑一琴，自是有读书人"剑胆琴心"之意，此外一尘不染，干净得很。可见宛容家对宛容玉帛的关爱之情，并没有因为他离家三年而稍减。

"这样的是什么样的？"宛容玉帛与她一同游目四顾，看着自己的房间，语气温柔，眼神也很温柔。

"就是念书念傻了的样。"无射叹了一口气，"你看你爹你娘有多蛮横，若不是你爷爷，我真的掉头就走。谁还敢嫁给你啊？"

"他们生怕你骗了我，你这么……"他顿了一下，有点不知该怎么形容，自己倒先笑了。

"妖媚成性！"无射替他说了出来，忍不住好笑，"我知道你心里在骂我。"

宛容玉帛侧头看了她一眼，见她娇媚慵懒的样子，嘴角的那一抹似笑非笑，不禁叹气："我骂你？你比我娘还蛮横。我娘是贤淑女子，最多说你两句不中听的话；你蛮横起来，杀人放火什么都敢的，你当我不知道？"

无射突然不笑了，一双眼睛定定地看着他，宛容玉帛也就那么定定地回视着她。

良久良久，无射才道："我骗人，但这一辈子，我只害过一个人，杀过一个人。"

她目不转睛地看着他，慢慢地道："我害的那个人，叫作宛容玉帛；我杀的那个人，叫作钟无射。"

宛容玉帛笑了："那你是一个笨蛋，害的那一个没有害死，杀的那一个也没有杀死。"他温柔地叹了一口气，"无射，我一直知道你的本性是好的，你——不用怀疑。"

"我没有怀疑，我害怕！我害怕你也把我当成是妖娆淫荡的女人。我扮了这样的女人那么久，我不知道我改不改得过来，可是我不是的！我……我……"无射颓然放下手，转头，"我不是的。"

"你这样便很好。"宛容玉帛走过去，把她整个搂进怀里，"妖媚的也好，这样的也好，我从未要求你改，是不是？你已习惯了那样说话那样笑，别人也许不喜欢，可是我喜欢。"他在她耳边悄声道，"一个漂亮的女人，懂得表现她的美色，并不是件坏事，不像我娘……"

无射忍不住破涕为笑："你是在赞我还是在骂你娘？她听见了不气死……"她一句"才怪"还没说出来，"咔"的一声，大门洞开，木岚一张铁青的脸就在眼前。

宛容玉帛万万没有想到木岚真的便在门口，搂住了无射放也不是，不放也不是。

"你人还没进门，先让玉帛学会了背后骂娘？这样的女人，我……"木岚天性不会骂人，气得脸色铁青，却"我"不出个所以然来。

无射却对着她嫣然一笑,主动抱住了宛容玉帛。
"伤风败俗!伤风败俗!"木岚简直要气晕过去,颤抖着手指着无射,大叫一声,"砰"地关上门,往回跑去,"相公!相公!"
"她一定是去告状。"无射吃吃地笑。
"以后不要这样气我娘了,好不好?"宛容玉帛叹气。
"好。"无射乖乖地回答。

木岚被无射一激一气,一心一意要找宛容砚告状,要把无射赶出门去。但她回房,却没有看见宛容砚像平常一样在桌前看书。
桌上一张摊开的纸,纸上刚刚写了两个字"日见";一支上好羊毫放在一边,还因为墨汁淋漓而洒了几点在纸上,可见主人离开得匆忙。
宛容砚生性稳重,近乎木讷,他是绝对不会扔下笔就走的,除非,发生了什么大事。
木岚呆了一呆,顿了顿脚,转身往宛容家锦绣堂跑去。
宛容砚不在书房,定是被老爷子叫去了锦绣堂,一定是出了什么事!

第八节 充官

木岚往锦绣堂去,一路婢仆们纷纷招呼"夫人好",木岚充耳不闻,笔直地往锦绣堂去。
她被无射一激,浑然忘了自己原本知书达理,是万万不会这样莽撞冲动的。也许她本就是冲动的人,只是平日压在书经之下,无事触发,竟连她自己都不知道。
到了锦绣堂,她推门而入,耳边只听到宛容砚一句:"孩儿与绣坊同生同死,绣坊是宛容家祖业,岂可拱手送人?"
"吱呀"一声,门应声而开。
木岚一足踏入锦绣堂,赫然便看见宛容释手里拿着一张黄色锦缎,上有黑色一圈大字"告",上书:
"绣户十七人,经县陈词,论宛容家绣坊非理断人财路,毁坏织器,独卖绣品事。今两验其词,绣户十七共告宛容家倚财断货,求请公平处置,不求余财。故据本朝令'诸应备尝而无应贸之人者,理没官',

判宛容家绣坊充官，遇赦毋还。"

木岚脸色惨白："这……这是？"

"官府的判书告示。"宛容释气得冷笑，"有绣户十七人上告宛容家专卖绣品，宛容家竟到下了判书才知情，你说可不可笑？"

"诸应备尝而无应贸之人者，理没官，怎会是这个意思？宛容家纵使有罪，也只应赔偿绣户，为什么会绣坊充官？"木岚惊怒交加，手指着告示，"县太爷睁着眼睛说瞎话！我们哪里专卖绣品，又哪里毁坏织物？宛容家绣品无双，自然贾者多矣，有什么错？"

"莫说了，官府瞧中了绣坊，想要充官还怕找不到因由？"宛容释"啪"的一声收起了告示，"判绣坊充官，遇赦毋还——嘿嘿，他还想得周全，生怕皇上大赦，坏了他的好事！"

"爹，绣坊绝不能拱手让人！这是宛容家的基业、祖宗的心血，我宁愿死在绣坊，也不愿让官府糟蹋！"宛容砚"砰"的一声一手拍在案上，一张上好的檀木桌被他一拍而裂。他神色惨然，"便是官府来强夺，我情愿抗命！"

"砚儿说得有理，死也要死得有骨气！我已经通知你娘和你两位叔婶先行躲避，他们明天便会走，我们不走！我们是宛容氏的宗亲，这绣坊是宛容家的根，官府若来夺，那是逼民造反，难道，你我还有束手待毙的道理？"

"爹，那玉帛怎么办？他刚刚回来，难道就让他陪着咱们一起死？"木岚明知要守绣坊，那便是必死无疑的做法，但爱子心切，仍忍不住问。

"明天我就找个借口赶他走！"宛容释负手在堂里来回踱了几次，"宛容氏的血脉不能因此而绝，让他和他的小姑娘一起走！"

木岚虽然不愿，却也知此时无法计较其他，顿了一顿，终于还是忍不住颤声道："爹，可否让玉帛在家多住几日再走？他三年未归，我……我……"她舍不得亲儿，"反正官府敕令也没有这么快兑现，他刚刚回来，我想多……多……看他几天……"说到这里，眼泪终掉了下来。

"那就多留他三日，三日之后，我赶他走！"宛容释何尝舍得自己的孙儿，但义之所趋，却令他不得不做出决定。

宛容砚搂住饮泣的娇妻，热泪盈眶，却默然无语。

无射头一个觉得事情变得很奇怪。

她正在对镜梳头，在绾一个古髻，旁边放着一支珍珠簪子，却是木岚昨天拿来的。

宛容玉帛早早就来她暂住的厢房看她。

"玉帛，你不觉得你家这两天变得很奇怪吗？"无射梳了古髻，不佩首饰，却把那簪子拿在手里晃来晃去，"第一，你娘为什么突然对我这么好？她前几天不是还恨不得我立刻从家里消失？第二，爷爷反而不大理我了；第三，你家里有许多人不见了，连仆人都遣散了不少；第四，我竟然看到爹在哭！我有一种预感——"她神秘兮兮地回过头看着宛容玉帛，"你家要出大事了！"

宛容玉帛不置可否，只是微微一笑，拿过她手里的簪子，细心地为她插上。

"你这样笑，就是说，其实你已经知道，只是你不想说。"无射叹了口气，"其实你不必瞒我的，这是你家，连我都知道了不对劲，你又怎么会不知道？他们强装无事，到底想要骗谁？"

"说到骗人，自然谁也骗不过你。"宛容玉帛也叹了口气，"这回我倒希望你真能骗倒他们，让他们走。"他说得很落寞，却强作笑脸。

无射伸手，慢慢抚平他眉心的皱纹。

"出了什么事？"她平静地问。

只有坚强的女人，在面临剧变之前，才会有这样的平静，因为她清楚自己承受得起打击！

"官府要把绣坊充官，爹和娘他们……他们不愿出让绣坊，准备……准备……"宛容玉帛摇了摇头，没有说下去。

"准备以死相殉？"无射平静地问。

"是。"宛容玉帛慢慢地道，"他们已经作了准备，却不敢告诉我。我猜，过不了几天，他们就会把我们赶出去。娘这几天对你好，是不想我生气。"

"那你打算怎么办？"无射仍是平静地问，目光湛然地看着她的男人。

宛容玉帛抬起头来，仍是那样温柔地展颜一笑，慢慢地道："和你想的一样。"

无射看着他，看着他温柔的笑颜，挑衅地挑起了眉。

宛容玉帛轻轻地一个字一个字说："把他们搬走。"

无射笑了。

然后,他们就有了一个叫作"把他们搬走"的计划。

"无射,你到底会不会做饭?"宛容玉帛站在自家的厨房里,看着无射摆弄那些锅、碗、瓢、盘,实在看得有些惊心动魄。

他们是点倒了两名厨子之后才偷偷摸进厨房的,理由很光明正大:无射要洗手做汤——迷魂汤。

对几个老顽固,说道理是说不过他们的,如果可以把他们迷昏然后搬走,一切问题就解决了。

绣坊可以没有,但只要人还在,一切就可以重来,这么简单的道理,有些人却想破脑袋也想不出。

但是——

"小心!"宛容玉帛眼明手快,看着无射要把清水往沸油里倒,一手把她抱离了灶边。

"哗"的一阵爆响,锅里像放了一串爆竹,油星四溅,不知过了多久才平息。

无射惊魂未定,从宛容玉帛身后瞪着那锅,像瞪着个鬼。

"你究竟会不会做饭?"宛容玉帛也是余悸犹存,"这样下去,很危险。"

"有你在,有什么好怕的?"无射顺口回答。

"我不是说你危险,"宛容玉帛苦笑,"我是说我家的厨房危险。"

无射耸了耸肩,老老实实地道:"的确是有那么一点,我不会做饭。"

"那你又弄锅弄碗的,让我以为你是个下厨好手?"对于这个奇奇怪怪的女人,宛容玉帛只能苦笑。

"我好奇。"无射答了一句几乎会哽死所有人的话。

宛容玉帛摇了摇头:"这样下去,你这碗汤要到什么时候才做得出来?天要亮了,娘很早就会起身,为我爹和爷爷送参汤。"

"马上就好。"无射掠了一下鬓边的散发,抿嘴嫣然,"我需要一个工具。"

宛容玉帛自是知道她在想什么的,不禁失笑,顺手拍醒了一个厨子。

"少爷?"那厨子犹不知道发生了什么事,揉了揉眼睛,只当自己是在做梦。

无射暗中一脚把另一名厨子踢到柴火堆后面去，一面嫣然一笑："是我，少爷的那个姑娘。"

那厨子一呆，回过头看她，仍是呆呆的不知道状况。

宛容玉帛在一边微笑，看她如何自圆其说。

"你很尊敬你家少爷是不是？"无射笑得很动人。

"是。"厨子点头，宛容玉帛为人极好，他是自小便知道的。

"那你家少爷的事，你帮不帮忙？"无射问。

"帮，当然帮。"厨子有些昏头昏脑的，只知道点头。

"你知道夫人不喜欢我，你家少爷希望我为夫人做碗参汤，如果做得好，说不定夫人一高兴，便喜欢了我。但是，我知道夫人喝惯了你做的参汤，所以特地把你找来。你帮帮你家少爷的忙，帮我做参汤，然后我再稍微调一点味道，端去给夫人喝，好不好？我知道你厨艺很好的，帮帮忙，好不好？"无射笑吟吟地，说起话分外动听，"夫人最喜欢你的手艺了，我能不能讨夫人欢心，就看大哥你了。"

厨子被她的大帽子一盖，整个人都乐陶陶的，浑然忘记了自己是谁，只记得自己的手艺竟然关系到少爷娶媳妇，不禁受宠若惊："姑娘你说哪里话，我立刻去做，立刻去做。"他匆匆往灶边走去，一边低骂，"赵三这王八羔子，这时候去了哪里？"

宛容玉帛掠了一眼柴火堆后的"赵三"，又看看笑吟吟的无射，忍住了不敢笑。

不一会儿参汤便炖好了，果然香气清醇，比平时还多那么三分火候。

无射尝了一口，满意地点了点头："很好的手艺，只不过我要加点东西，去掉参汤的涩味，夫人才更喜欢。"

她堂而皇之地自袖中拿出装失心散的瓶子，老实不客气地当着厨子的面往参汤里倒了少许，以勺子搅了搅，笑了笑："这样就可以了。不过，过会儿夫人来端汤，先别告诉她我有这份心，等她喝过了，我再告诉她这是我的心意。如果一切合夫人的意，我就先谢过大哥的成全了。"

她盈盈拜倒："受无射一拜。"

厨子受宠若惊："姑娘用心良苦，夫人一定会体谅的。"

宛容玉帛咬着下唇，目中笑意盎然，看起来温柔可亲，有着两分婴儿般纯稚。

无射明知他在忍着笑，却偏偏要在他面前做戏，竟然眼圈一红，掉下两颗眼泪："真是多谢大哥了，无射感激不尽。"

厨子连连点头，像在那一瞬间成了掌握无射生杀予夺大权的神仙。

宛容玉帛实在看不下去，不知这个骗人精还会把人骗到什么地步，咳了一声："天快亮了，我们也该走了。"

无射拭泪而出。宛容玉帛随她出去，暗中一脚踢开赵三的穴道。

走出厨房不久，便听见赵三和厨子的惊呼：

"啊，我怎么会在这里？"

"啊，你怎么会在这里？"

但走出去的两人已经什么也不顾，大笑出声，笑得几乎连眼泪都出来了。

"无射，你真是……"宛容玉帛边咳边笑，他差点岔了气。

"真是什么？"无射在拭的是笑出来的眼泪。

宛容玉帛摇头："你怎么还哭得出？你当着他的面在参汤里下毒，还骗得他感激涕零。"

"我不是哭出的，是笑出的。"无射还在掉眼泪，"我已经好久好久没有这样开心过了。"

"呵呵，如果让娘知道了，不知是什么表情。"宛容玉帛轻笑。

"哪里还会有什么表情？她不被你这个逆子气死，已经不错了。宛容家温文尔雅的大少爷，竟然帮着外人给自己人下毒，这听起来都是耸人听闻的怪事。呵呵！"无射终于笑着缓了一口气过来。

"你下了什么药，爹娘和爷爷吃了不会有问题吧？"宛容玉帛想起来问。

无射用手指绕了颈际的散发两圈，似笑非笑道："这时才问？太迟了！我下了见血封喉、一吃便死的毒药，无色无味、无形无迹的，普通人闻一下就死，我给你宛容家倒了一堆。"

"听着怎么像你是个卖药的？"宛容玉帛失笑。

无射忍不住又笑："真的？"

"真的。"宛容玉帛正色道。

两个人这么正色地互看了半天，终于谁也装不下去。无射边笑边道："老天，你正经起来唬得倒一片人。我下了一点失心散，从前苏蕙给我用来害你的，这回用来害你爹娘。不过我下得轻微，只会让他们昏迷一阵，对身体不会有影响。不像对你，我毒得你记忆尽失，你却一点也不计较，还想娶我过门，大概是那时被我毒坏了脑子。"

宛容玉帛叹气，温柔地道："谁让我遇上了你？你是我前世的冤孽也好，今生的梦魇也好，我早就认了。"

"你还可以反悔，我不会生气的，"无射美目嫣然，"如果你找到另一个好姑娘，我……"

"再说我生气了。"宛容玉帛不笑了，"你还是对我没有信心，还是给自己留三分退路。"

无射怔了一下，也恍惚了一下。她是给自己留了退路，是准备好了随时抽身可以走，这样……是错的吗？男人不都希望自己的女人够洒脱、可以好聚好散，为什么他要生气？

她不自觉地抬头看着他漂亮的乌眸，侧着头看着像在研究什么，突然道："你……证明给我看，我就信你。"

"你要如何证明？一辈子？"宛容玉帛反问。

"不，你抱着我。"无射固执地道。

宛容玉帛把她搂入怀里，让她的头贴着他的胸口："这样？"

"是——"无射闭目，在他身上靠了一会儿，睁开眼睛，"我信了你了。"

她抬起头，目中有泪花在闪，看起来颇为楚楚可怜："我信了你，走不了了，你可以放心了。"

"我娘来了。"宛容玉帛一点浪漫情调都没有，抱着她闪到了一边花丛的后面。

无射立刻忘记了他刚才的心情，两个人躲在花丛后探头探脑，看着木岚从前面走过。

"玉帛，我在担心，万一你娘不小心洒了那碗参汤，我们怎么办？"无射边看边问。

"不知道。"宛容玉帛叹气。

不久，木岚端着参汤走了回去。

"走，我们跟着她去。"宛容玉帛一带无射，两个人捷若灵猫，如影随形，跟在木岚身后。

木岚端了参汤，先往绣堂去，宛容砚和宛容释在那里。

推开门，她先把一碗参汤递给了宛容释，又把一碗参汤递给了宛容砚："爹，你们先喝口参汤，休息一下。"

宛容玉帛在外听见，不禁怔了一怔。他不知道爹和爷爷竟是一夜未眠，心中泛起一阵歉然。他下药本是好意，如今却颇觉自己太胡闹了。

无射知道他在想什么，暗中一握他的手，让他记得自己在做什么。

这时，宛容释已经喝下那碗参汤，而宛容砚照例把参汤给娇妻喝，他并不是在乎这区区一碗汤水，而是在乎那一份体贴。

"当啷"一声，宛容释手中瓷碗跌碎，他年纪已老，一碗参汤喝下，几乎立刻就昏迷了过去。

木岚呆了一呆，陡然一阵眩晕，整个人都软了下去。

"木岚！"宛容砚一生从未经历过这样的剧变，惊怒交集，却不知如何是好，"爹！"

"点倒你爹！"无射在宛容玉帛耳边悄声道。

宛容玉帛也知此时千钧一发，点倒了宛容砚，一切依计行事；万一点不倒宛容砚，事情闹大了，一切就都完蛋了！

他放下无射，微一点头，自窗户中穿了进去，一指往宛容砚腰间点去。

宛容砚蓦然回身，正要叫人，却与宛容玉帛打了一个照面，这下子惊怒已达极点："你——你这逆子！"

宛容玉帛心中叫苦，一时之间也解释不清，只好闭嘴，只盼能够尽快点倒宛容砚。

宛容砚一掌往宛容玉帛左肩扣去。

宛容玉帛沉肩相避，他心中万分不愿父子相搏，但宛容砚势如拼命，他又不能不挡。

"你这逆子！"宛容砚耽于读书，武功不高，三招两式便落在下风，一气之下，提高声音，"禄……"

宛容玉帛知道他要叫禄伯，心知禄伯一来便会缚手缚脚，他一咬牙，猛地五指一张，往宛容砚的肩井穴抓去。

宛容砚拼着肩井穴被抓，一掌拼命，要将宛容玉帛伤在掌下，他是想一掌打死这个不孝子。

宛容玉帛骤不及防，他自然不能真的下重手伤了自己的爹，但宛容砚一掌当胸而来，要闪要挡都已来不及了，唯一的方法便是立刻卸去宛容砚的手臂。

掌风袭面。宛容砚武功不高，这一掌拼尽全力，却依旧足可致命。卸不卸宛容砚的手臂？

宛容玉帛暗自叹了口气，这是他爹，他认了！

宛容砚一掌击出，满以为自己的手臂不保，却见宛容玉帛放开了要扣他肩头的手，而自己这一掌全力而发，已堪堪到了宛容玉帛胸口。

这是亲儿——宛容砚突然惊醒，他儿子不愿伤害爹，做爹的却要一掌打死儿子！

"玉帛！"宛容砚脱口低呼。

宛容玉帛气凝于胸，准备硬接他爹的这一掌。

便在这时，有人一声惊呼，"啪"的一声，来人窜到了宛容玉帛身前，但宛容砚这一掌来势太快，终是一大半击在来人身上、一小半打在了宛容玉帛身上。

"砰"的一声巨响，两个人双双跌倒于地，宛容砚呆在当场，呆若木鸡。

窜过来的人自然是无射，宛容砚这一掌打得她口吐鲜血、内伤颇重，但她爬起来，什么也不顾，一头秀发披散，混着鲜血，但她什么也不知道，只是惊恐之极地伸手摸宛容玉帛的脸："玉帛，玉帛，你怎么样？我……我不该让你来的，你不可以受伤，不可以受伤的！"

宛容玉帛过了好一会儿才缓过气来，微笑了一下："傻瓜，我没有事的，有事的是你，不要说话了。我没事的，别担心。"

"不是不是！"无射拼命摇头，"岑夫子说你不可以再受伤，我没事，我有什么要紧的？要紧的是你，只是你！你明不明白？"她爬起来，跪着爬过去，伸手去摸他的人。

"我说了没事，就是没事。"宛容玉帛支地站起，把她扶了起来，"我只是被震动了气血，你被震伤了内腑，你知不知道？"他伸袖拭去她唇边的血，心下无限痛惜，"谁让你冲进来的？你痛不痛？"

无射目中惊恐之色未褪："我怎么能不冲进来？我不痛，你痛不痛？"

宛容砚这才吐出一口气："玉帛。"他不知多么庆幸没有一怒之下打伤儿子，看见无射可以为宛容玉帛舍命，不禁有些震动。这个女子，也许，并不像表面看起来那么令人厌恶。

"爹。"宛容玉帛为无射点了几个穴道，眉头紧蹙，"孩儿并不是存心冒犯。"

"你们两个，到底把你娘和爷爷怎么样了？"宛容砚此时已知宛容玉帛并无恶意，不禁长长地叹了一声。

"孩儿不愿爹娘和爷爷与绣坊玉石俱焚，所以才出此下策……"

宛容玉帛说了一半，无射咳了几声，抢话道："都是我的意思。是我要他下药迷倒你们三位，把你们带走，咳咳……"她苍白着脸，"之所以生此误会，都是因为我，你……你不要怪他。他是好意，绝不是有心要伤害你们……"

宛容玉帛一把掩住了她的嘴，他不要听无射这样虚弱的声音，他只喜欢听她平日明亮的嗓子，听她种种奇思妙想、奇谈怪论，不要听她这样的声音！

"不要说了，我先带你看大夫，先给你治伤，好不好？"

无射推开宛容玉帛的手，用力摇头："不好，一点也不好！你忘了，我们……我们租的马车……很快就要来了。现在去治伤，就走不了了。"

她抬头看宛容砚，脸色憔悴，但一双眼睛出奇明亮："伯父，绣坊没有了，还可以重建……咳咳……但是人死了，就真的什么都没有了。你若真的想保住宛容家的祖业……咳咳，你就应该走，带着绣品、绣工一起走，这个地方让给官府有何不可？我们可以在另一个地方重建一个新的璇玑书绣坊……咳咳……伯父，你想明白了没有？"

宛容砚震动了，真的震动了，当披头散发、遍身血迹的时候，这个女子非但没有丝毫妖媚之色，有的，只是一种关心、一种给予、一种明晰！她的关心是真的，是全心全意为你着想、为你打算，她的爱也是真的，是毫不犹豫地为玉帛去死！在伤重之际，她也没有想到自己，只是全心全意地在乎他是否愿意不死、愿意离开。

"伯父，你死在这里没有丝毫好处的。你想过没有，你死之后，官府依旧会强占绣坊，对结果会有什么影响吗？你们死了，苦的只是玉帛一个人。忠义是当不了饭吃的，只有对活人忠义，才是对祖宗最好的交代……"无射咳了一阵，拼尽全力叫了出来，"就像你不愿玉帛死在绣坊，你们的先祖怎么会希望他们的子孙死在绣坊？绣坊是死的，人命才是最重要的！"说完之后，她一口鲜血吐了出来，又剧咳起来。

宛容玉帛扶着她，眉宇间是混合着骄傲与凄凉的神色："爹，跟我们走吧。"

宛容砚看着一句话也说不出来的无射，又看看宛容玉帛清澈的眼眸，陡然之间觉得自己老了，孩子们大了，却又有无限的欣慰，混合着辛酸。

"玉帛，爹没有伤到你吧？"

"没有。"宛容玉帛一边为无射渡入一口真气，一边道，"我们已经遣散绣工，要他们到晋阳城金银山庄会合，今晚他们就会分批离开。我们假托了爹的名义，还请爹谅解。"

宛容砚自然知道绣工对绣坊的重要性，眼圈有些发热："你……"

"我们雇了四辆马车，再有半个时辰他们就会来了。我们原本预计迷倒了你们三位便可以叫禄伯收拾好细软离开，却没想到……差一点误伤了爹。"宛容玉帛眼圈亦有点发热，"爹，是玉帛不孝，对不起爹。"

"爹差一点杀了你，若不是多亏了无射，爹纵是自尽也换不回你。无射……是个好姑娘，是爹一直看错了她。"宛容砚拍了拍自己的儿子。二十多年来，他以严父自居，从未有如此真情流露的时候。

宛容玉帛咬了咬下唇，神色又悲又喜："爹！"他笑了，眉眼弯弯，无限光彩。

"我们快走吧！依计行事，叫禄伯收拾东西。无射的伤也要快些医治，咱们乘夜出城！"宛容砚抱起木岚，宛容玉帛抱起宛容释，无射倚着宛容玉帛，当先而出。

第九节　冰释

木岚醒来，首先便感到身处之地不断摇晃震动，似乎正身处马车之中。她睁开眼睛，看到的是马车朱红的封顶。

"娘，你醒了？"入耳是宛容玉帛温柔的声音。

木岚转过头来，神智尚未全复，只见宛容玉帛一身白衣上鲜血点点，眉目之间带着疲倦之色；无射斜靠在他身上，闭着眼睛，更是一身血迹斑斑，有更多的血正从她咬紧的牙关之间溢出来。木岚发现自己躺在厚厚一沓锦缎之上，那是自家积存的绣品。

木岚惊愕之极，自锦缎上坐了起来："这是……"她四下张望，的的确确是身在马车之中,她绝不是在做梦!

"我们已经离开绣坊二百余里了。"宛容玉帛低声为她解释,"爷爷和爹在前一辆马车里,家里的财帛绣品都在车上。官府若要封查宛容书绣坊,只留下一个空壳,家里已什么都没有了。"

木岚一时间不知他还说了些什么,呆了一呆之后:"你是说,宛容家逃了?就这样连夜逃了?"她气得脸色铁青,"你这逆子!这传扬出去,宛容家名望何存?我宁愿为祖宗家业而死,也不愿这样像丧家之犬一样苟活!你……"她激动起来,失心散余毒犹在,她一阵眩晕,跌坐回锦缎上,"你跟着那小妖女,简直气节丧尽、人品败坏……"

"伯母……失心散的药力还没有散,先不要激动……无论你骂玉帛什么都好,他要的,只是你活着……人品气节……不能代替一个好母亲……咳咳……"

无射昏昏沉沉地闭着眼睛道:"不要激动,那对你身体不好。你应该……调息一下……恢复……精神……体……力……"她说到后来,实已气若游丝,但她偏偏要撑着一口气说完,说完之后,又吐了一口血。

木岚见她情状惨烈,不禁呆了一呆。

"无射,不要睡,不要睡!"宛容玉帛明明心焦如焚,却要强作镇定,"你忍耐一下,很快就到了。岑夫子会给你治伤,不要睡,好不好?"

无射闭着眼睛笑了笑:"有你这样关心我……我死了也甘愿……"

"不许说这个字,你不会死的。"宛容玉帛抑住激动的情绪,压低声音,声音因此哑了,"你若敢死了,我恨你一辈子!"

"我……开玩笑的。"无射伤重垂危,却依旧显出她猫一般慵懒娇媚,"有你这样的大傻瓜肯要我……我又怎么甘心把你让给另一个女人?我不甘心的……咳咳……"她说了太多话,猛地又咳出许多血出来。

宛容玉帛扶着她,着实不忍她受苦,一手按着她的背心,渡了一口真气给她。

过了一炷香时间,无射的气色微微好了一些,宛容玉帛却更添了三分疲倦。

"不要再传真气给我,"无射睁开眼睛,一双原本灵动明亮的眼睛如今黯淡无光,"你自己保重,你身上有旧伤,岑夫子交代了你不要耗损真气,要保重身体。我答应你不死,这一点伤死不了人,你不要再传真气给我。"她笑了一下,"你叫你娘看看你的脸色,你把自己弄成什么样子了?不漂亮了。"

"你还有心情说笑。"宛容玉帛低声埋怨。

木岚一边看着,惊奇地看着无射,似从没有见过这样的女人。在最狼狈的时候,她也有谈笑自若的平静,还有心思关心别人,还有一肚子理论可以侃侃而谈,还可以笑,她的确脱不了她那种妖媚味儿,但若肯放下心去接受她的妖媚,她其实……并不讨厌!她有许多缺点,妖媚、任性、善变、胡作非为,但她也从不掩饰她的缺点,这是不是也是一种优点?

无射又闭上眼睛,她的脸本就白皙,失血之后更显苍白,长长的睫毛垂了下来,在苍白的脸颊上投下一排阴影。

"谁……打伤了她?"木岚忘记了她刚才的激愤,低声问。

宛容玉帛无限怜惜地轻轻为无射拭去唇边的血,她是那样爱漂亮。

"我和爹动手,爹失手几乎伤了我,无射扑了过来,结果……"他习惯地抿起了嘴,却没有笑意,"伤重的便是她,不是我。"

木岚眨了一下眼睛,看着无射:"你和你爹动手?"她低声问。

宛容玉帛摇了摇头:"我——我知道是我不好,但爹是不听人劝的,我不想他陪着绣坊死。"

"你爹呢?"木岚长长地吐出一口气。

"在照顾爷爷。爷爷功力精湛,早已醒了,爹在向他解释。"宛容玉帛撩起车帘。外面一辆马车,宛容砚与宛容释并肩坐在车座上,并没有坐在车内,竟似交谈甚欢,脸上都有笑容。

"你爹是不听人劝的,谁有这么大本事让他回头?"木岚苦笑。

"无射。"宛容玉帛温柔地看着依偎着自己的女子,微微一笑,"她是有很大本事,娘你还没有发觉吗?"

看着自己儿子眉眼弯弯的笑颜,又是那一份不容伤害的温柔。木岚只有叹气:"看来,娘不能怪她胡作非为,反而要感激她了?"

"她是不要人感激的。"宛容玉帛笑得会发光一般,"她只是要被人好好地对待而已,不存鄙夷地对待,这不算奢求吧?"

木岚轻轻吐了口气:"看来,的确不算。"

她四下看了看,离家已远,而家的感觉却像被搬到了这马车上一般,竟也不觉得生疏。触目皆是自家的东西,而自己爱的人,也都个个安然。

希望从心底油然而生——也许，一切真的可以重新开始：新的家，新的绣坊，新的……儿媳。

钟无射，果是一个奇异的女人。

过了一日一夜，众人到了晋阳金银山庄。岑夫子自然骇了一跳，无射伤重，他又少不了一顿好忙，而宛容一家子要安顿下来，也忙活了那么三五日。等一切整理清楚，已是七天后了。

金银山庄之中还暂住着两位大人物：秦倦、秦筝。

出了千凰楼，四下兜了一圈，两人便到岑夫子这里让他为秦倦看病，住了几天，结果又巧遇宛容玉帛，这倒是秦倦始料未及的。

"能让七公子意料不到，还真是宛容玉帛的荣幸呢！"宛容玉帛轻笑。

金银山庄，元宝亭下。

宛容玉帛扶着重伤初愈的无射，和秦倦、秦筝夫妇对坐品茶。

秦倦仍是微微苍白的脸色、一双黑不见底的眼睛，闻言，淡淡一笑："宛容公子过誉了，秦倦是人非神，如何能事事洞烛先机？莫被江湖传言蒙蔽了眼睛。"他还是有他的尊贵之气，雍容优雅，微微低柔，略略中气不足的声音听在耳中，便是全然不同的感受。

宛容玉帛的笑意温柔，不同于秦倦的幽冷犀利："无论如何，公子告知无射下落，玉帛感激……"

秦倦眉心微蹙，截口道："只怕不是感激，而是好奇吧？"他目中光彩闪动，一字一句慢慢地道，"你好奇我为何会知道无射的下落，是不是？"

宛容玉帛耸了耸肩，笑吟吟道："我说，七公子就是七公子。"

秦倦看了他一眼，浅浅一笑："很简单，千凰楼做的金钱生意，晋阳城突然多了这样一位财气十足的大老爷，少不了要和千凰楼做些珠宝生意。不查清楚他是何方神圣，千凰楼怎么放心？一查便知道他和无射的关系，再查，便知道无射和你的关系，如此一来，我还有什么想不明白？"

宛容玉帛轻叹："她是为了我……"

秦倦不以为意："她本是这样的人，做出这样的事，我并不奇怪。"他浅呷了一口茶，姿态很是优雅从容。

"在七公子心中，无射是什么样的女人？"宛容玉帛微微一笑，也呷了口茶。

"很聪明，很任性。"秦倦看了无射一眼，沉吟了一阵，"也许是太聪明了一点，她有点不容于世。她的聪明，偏向旁门左道。"

宛容玉帛哑然失笑：一语中的！

"七公子果然是七公子。"他低笑。

秦倦浅笑不语。当初，宛容玉帛的生灵前去找他求助的时候，说的也是这一句"七公子果然是七公子"，只是宛容玉帛已经全然忘怀了。

男人们一本正经地交谈，女人们便不同，更何况，这两个都是与众不同的女人。

无射气色还是苍白的，但眼神已经很灵动，她悄声问："岑夫子说他怎么样了？"

秦筝当然知道无射问的是秦倦，不由得叹了口气："还不是和肖飞说的一样！他身子底子太差、积毒太深、血气太虚弱，又喜欢劳神，也说不上什么病，只是丝毫经不起累的。我常恨不得替他病，只可惜病不病又由不得我。"她越说越恼，"偏偏他又喜欢逞强，人不到累倒决计不说，有时候真是气死我了！"

她气起来的样子分外明媚鲜艳，无射懒懒地道："我倒是有个办法，你可以列张单子，上面计划七公子何时休息、何时吃药、决计不准出门，他若不听你的，你便拿起刀来抹脖子。反正他又拗不过你，怎么样？"

秦筝斜睨了无射一眼："你以为我没想过？"她艳极地扬起了眉，"他知道他若没死，我绝对不想死，他根本就不受人威胁！"

秦筝伸出漂亮的指甲，在桌上划着，十分懊恼地道："像这一回出门，我少说也有一千种理由不让他出门，但一和他辩起来，无论黑的白的，条条都是我输。"

无射低目看着平静的茶水，突然收起了她玩世不恭的神色："因为他有太多的正义感和怜悯的心肠，所以弄得自己很辛苦。"

无射幽幽地道："从小我就知道，他和别人不同。他的才智太高，所以他容易怜悯、容易给予，也容易伤害自己，爱这样的男人……很辛苦，我庆幸玉帛没有这样的才慧，所以他会活得快乐些，我爱他也爱得容易些。"

秦筝"砰"地一弹那杯茶，水面被激起层层涟漪："他不容易快乐。"

她低声道，"因为他总有太多事要做。他太聪明，所以想的事也太多，但是，我爱的就是这样一个容易怜悯别人而劳累自己的男人。我怜惜他的辛苦，所以宁愿陪他一起辛苦。他本不容易快乐，如果没有我，他就永远都不会快乐，而这就是我最大的幸福，你明不明白？他——太完美，而他竟然懂我的心、认我的情，我无怨无悔啊！"

"我——和你不同。"无射幽幽地道，"换了我是你，我会怨他，怨他不能给我快乐。"

秦筝奇异地看了无射一眼："那是因为，两个人之中，你不是付出的那一个。你和他一样，都吃过了太多的苦、都不容易快乐，所以，就像我给予他快乐，给予你快乐的，是他。"她指向宛容玉帛："你明不明白，是他在给予你快乐，在体贴你、关心你、给予你爱。"她难得温柔地叹息，"他知道我的付出，所以我们爱得幸福，甚至骄傲。而你，知不知道他的付出？"

无射默然。她想起了在芦花村，他曾说过："你说我从来没有爱过你，只是等着你爱，那么从现在开始，我爱你，你等着我爱好不好？"她怎么能忘怀呢？他真的做到了，他没有骗她，他真的没有骗她！她的泪突然滑过面颊掉入茶中，狼狈得让她来不及掩饰。对面一双明眸，正定定地盯着她。

"我不是在哭，"无射侧过头去，"戏子的眼泪……不值钱……"

"谁说的？"秦筝坚决地拉起她的手，走向男人坐的那一边，"我要看看值不值钱。"

宛容玉帛和秦倦不知道在谈什么，正相谈甚欢，突然看到秦筝拉着无射直冲冲地走了过来，都有些惊讶。

宛容玉帛看见无射脸上的泪，"为什么哭？"他柔声问，"为什么事难过吗？"

他张开双手，无射便扑入他怀里，她摇头："不是难过。"她的声音哑哑的，"是太高兴了，突然觉得你好，你太好、太好了！"

"嗯？"宛容玉帛轻轻拍着她，询问地看着秦筝。

秦筝只嫣然一笑，便只是关切地看着秦倦："累吗？要不要先回去休息？"

秦倦摇头，微笑道："不累。"他站起来，把地方留给相拥的两个人，他指指不远处的竹林，"我们到那边走走。"

秦筝走过去道："今天你精神很好。"她声音有点掩不住的兴奋，"如果长此下去……"

秦倦微笑："那是归功于你做红娘的喜气了。"

"你又知道？"秦筝微嗔。

而另一边，却浑然不觉其他的变化。

无射自宛容玉帛怀中抬起头来："明天我嫁给你好不好？"她问得楚楚可怜。

"当然好——"宛容玉帛习惯地她要什么便给什么，应了一声才醒悟过来她在说什么，"啊"的一声叫了起来，"无射你……"

"我什么，我不知羞耻？"无射无限委屈地问。

宛容玉帛脸上晕红："不是——"他咬了咬唇，"只是……"

无射看了他半日，终于醒悟："只是你害羞而已。"她又哭又笑地指着他的鼻子，"你竟然脸红了！"

遇到了这样的女人，宛容玉帛只能苦笑。

第十节 服众

宛容玉帛真的第二天就娶了无射，无射果然第二天嫁给了宛容玉帛，成了宛容家的媳妇。

他们已开始张罗新的绣坊，为防引起官府注意，改了个名字，叫作"夭桃"。不知内情的人只当是取自《诗经·桃夭》，有"桃之夭夭，灼灼其华"的灿烂宝贵之意，却不知道宛容释老爷子大笔一挥，取其谐音"要逃"。

这一家"要逃"绣坊，果是逃出来的，它的希望和幸福也是逃出来的，指使的是一个很会逃的女人，叫作无射。

"娘，用茶。"无射乖乖地把媳妇茶端给木岚，扮着一个好媳妇。

木岚接过茶，上上下下看了无射两眼，微笑道："无射，你是真心这么规矩呢，还是假的这么规矩？"

木岚接受了这个媳妇，就越看越能看出无射的优点，例如，她是个真小人，虽然扮得惟妙惟肖，但你问她是不是假的，她也会老老实实地回答。

无射敬了茶，闻言嫣然一笑："是玉帛叫我不可以再气娘的。"

她眼角向宛容玉帛瞟了一眼，有点似笑非笑的媚："不过娘现在对无射这么好，我怎么舍得再气娘？"

木岚啐了无射一口："油嘴滑舌！"她知道无射这句话三分假七分真的，听在耳中，明明高兴，却要板起脸。

"娘真是越来越会骂气了。"无射叹气，无限哀怨似的。

木岚正色道："娘几时越来越会骂人？"她自认书香世家，哪里会常常骂人？

"好嘛，娘——嗯，娘越来越不会骂人了，可以了吧？"无射一双乌眸转来转去，光华流转，灵动之极。

"胡说！娘从来不骂人的。"木岚拿起茶杯在桌上轻轻一敲，做出威严的姿态。

"好嘛好嘛，娘从来不骂人，只是常常教训媳妇而已。"无射委屈地道。

"我几时教训过你？"木岚板起脸。

"刚才，"无射反射性地回答，"娘教训我油嘴滑舌！"

"娘只是在说一句俗语，哪里有教训的字眼？"木岚和她强辩。

无射咕哝了一句："骂人不带脏字！"

"你说什么？"木岚心里暗笑，装得一脸冷冰冰的。

无射耸耸肩："我在说一句俗语而已，没说什么。"

木岚瞪了她一眼。

"娘真的生气了吗？"无射委屈地看着木岚，娇弱怜人的样子，动人之极。

木岚板着脸："没有。"她怀疑地看着无射，"我生不生气，你有这么在乎，用得着这么委屈？"

"没有，我骗你的。"无射乖乖地回答。

两个女人相视大笑，木岚很少笑得这么欢畅："你这个小狐狸精！"她指着无射，一点名门闺秀的样子都没有，又笑又骂的。

"娘又骂我！"无射溜到宛容玉帛身后去，拉着宛容玉帛的袖子，无辜地看着他。

"娘只是被你教坏了而已。"宛容玉帛了然地看着她，"不用来骗我，你的眼神太天真了，你不是可怜兮兮的小女人，不用来骗我。"

无射泄气地叉起腰来看着他："你知不知道，男人都比较喜欢天真的妻子?"

"我不知道,"宛容玉帛笑了笑,眉眼弯弯,温柔无限,"也许是。"

无射的反应是挥挥袖子:"少来骗我。你只不过被我骗到了手,还作深情,吓死我了。"

三个人都笑了,连一旁看的宛容砚也莞尔。自从有了无射,这个家有生气太多了。

"公子,外面有你的朋友找你。"岑夫子的下人对暂住金银山庄的这几位读书人很是尊敬。

宛容玉帛有些惊讶:"快请。"他想不出他有什么朋友会知道他在金银山庄。

木岚与宛容砚对视一眼:"既然玉帛的朋友要来,他们年轻人说话,咱们老朽的还是先回房去吧。"

"多谢爹和娘。"宛容玉帛还没回答,无射先回答了,一双眼睛滴溜滴溜地转,看着木岚。

世上竟有这样的恶媳妇!木岚摇头苦笑,但为何自己却并不嫌恶她?因为她率直,这岂不是很奇怪?她又是这样骗死人不赔命的女人!

木岚和宛容砚走后,进来的却是"红绫四义"那三人:颜非、段青衣和常宝纹。

"大哥!"一进来之后,常宝纹先对着宛容玉帛叫了一声。

宛容玉帛报以一笑:"各位好久不见,别来无恙?"

他一笑,段青衣和颜非登时瞪大了眼睛,常宝纹更是以手掩口,几乎发出一声尖叫。

从来没有见过宛容玉帛笑,更从来没有见过这样漂亮的笑:一双眼睛弯了起来,与眉毛一样弯,抿出了一流漂亮的晶光,那笑意并非灿烂,而是温柔,无限包容的、善良的温柔。

"大哥,你……你……"常宝纹指着他,好半天才说出一句,"你竟是会笑的!"

段青衣更是从未见过宛容玉帛毫无表情之外的其他表情,原来宛容玉帛非但不是冷漠的人,反而是这样温柔的人!

而令他变回温柔的女子——三个人的目光同时转向了无射。

无射反而皱着眉看着宛容玉帛的脸:"他们为什么以为你不会笑?"她困惑地道,"我从来没见过比你更爱笑的人。"

宛容玉帛笑了："也许是我从前对他们太不关心，都是我不好。"

无射哼了一声，直截了当地下结论："你骗我！你对着什么小猫小狗、小花小草都会笑啦，没有大事，怎么会让你笑不出来？"

"那时候，"宛容玉帛低低地道，"我以为……你死了。"

无射怔了一怔，她既没有被感动，也没有流下眼泪，只是骂了一声："傻瓜！"

她叉着腰站在宛容玉帛面前，样子很野蛮，也很媚很俏，瞪着眼："我如果真的死了，你不笑难道是要陪我去死吗？不好好讨一门比我好千百倍的媳妇，好好过你的日子，死什么死！你爹娘养活了你二十几年，是可以这样胡闹、说死就死的？"

她还没有骂完，宛容玉帛已经很习惯地一把捂住她的嘴，把她搂入怀里，低声埋怨："你说到哪里去了！哪里有刚过门没几天的人，就为相公打算一旦成了鳏夫如何再娶的事？谁要死了，你咒的谁啊？"

无射脸上一红，咕哝道："人家生气……"

旁边三个人看着他夫妻二人若无旁人地说话，那女子娇媚如燕，和秦筝一般瞪起眼来生气十足，但脸一红、人一软下来，又娇媚无限，没有秦筝那样性烈而犀利，却是一丝丝的媚、一丝丝的笑、一丝丝的情。

说完了话，无射突然记起还有三个人，笑吟吟地赖在宛容玉帛怀里，笑吟吟地看着常宝纹："好漂亮的小姑娘！玉帛，是你的小妹妹吗？"

她何等聪明，常宝纹虽然和段青衣神态亲密，但看宛容玉帛的眼神却是不同。她是女人，还是个聪明得近乎狡狯的女人，如何不明白？

常宝纹看不惯无射笑眉笑眼、又娇又媚的样子，心中暗骂：莫怪大哥说你像翠羽楼的头牌红倌！是大哥好脾气，否则娶了这样的妻子，不一巴掌打过去才怪！

但她脸上也是笑吟吟的："好漂亮的姐姐，姐姐过了门，就不要让大哥再吃苦了。"

言下之意就是她让宛容玉帛吃尽了苦头！

无射眼睛转了两转："这个当然，譬如有什么喜欢缠着我家玉帛不放的小美女、小姑娘，我会替玉帛赶了出去，不会让他吃苦的。你说是不是，小妹妹？"她这样笑吟吟地说着，还带了一点"天真无邪""聪明可爱"的样子。

常宝纹既不能说是，也不能说不是，只好恶狠狠地瞪着她：这个抢走大哥的坏女人！

　　无射便歪着头很有趣地看着常宝纹，仍是笑吟吟的。

　　段青衣不忍常宝纹被无射欺负，当下轻咳了一声："嫂夫人好。"

　　"好。"无射转过头来看他，心知有人要英雄救美。

　　段青衣自背囊取出一卷书画："听闻大哥成婚，小弟无甚大礼相送，这一卷徽宗的字，就送与大哥了。"他展开书卷，上面果是徽宗自成一家的"瘦金体"。只见上面写的是：

　　"无言哽噎，看灯记得年时节，行行指月说行行，愿月常圆，休要暂时缺；今年华市灯罗列，好灯争奈人心别，人前不敢分明说，不忍抬头，羞见旧时月。"

　　"这一首《醉落魄》，是徽宗赏景尤门的时候，追悼明节皇后作的。"无射看着那字，突然之间，失去了玩笑的心情，轻轻地叹息道。

　　谁都知道，这一幅字画让她想起了她诈死，宛容玉帛那三年哀戚的心情。

　　段青衣一怔，不禁惶恐："我……"

　　他可没这个意思。徽宗的字千金难求，他只是因为宛容玉帛喜欢读书，所以才送这一幅字画。他不知这一首《醉落魄》的来历，奇怪的是无射却知道，这样一说，果是大大的不吉利——人家新婚，送悼亡之词，算什么意思？

　　"你什么你？"无射抬起头来嫣然一笑，"你送这幅字画来，玉帛天天看到岂不天天都要怪我骗他？你害死我了！只恨这字又这么漂亮，我要把它还给你都舍不得！"她说完了就抿着嘴笑，一半调侃，一半娇媚。

　　段青衣才知道她没有生气，不禁长舒了一口气："那是嫂夫人通情达理。"

　　他这一句是真心的，只有足够豁达的女人，才会不在乎新婚之时，被人送了这么不吉利的东西。

　　宛容玉帛只是拥着无射，任着她说，脸上一直带着淡淡的微笑，满面都是纵容之意。

　　无射谈到词，就有一些眉飞色舞："徽宗的词，有'家山何处，忍听无笛，吹彻梅花'的凄清之句，也有'从宸游，前后争趋，向金銮殿'的富丽之句，倒也不是句句不吉，又何况皇帝的字嘛，总是比较福气的。你不用内疚了,下次送徽宗的画来给我,算是你给我赔罪好了。"她伸出手,摊开手掌,笑眯眯的,"记住了。"

段青衣又是一呆,徽宗的画价值万金是一回事,这种东西却是未必有钱就买得到的,更何况他又没钱。

"这个……"段青衣不禁尴尬之极。

"青衣你莫理她。"宛容玉帛终于开口说了一句话,"你信了她,事情便没完没了,你嫂夫人说话,这里是没有人信的,千万莫当真了。"他知无射又在骗人,在耍着段青衣玩。

无射斜睨了他一眼:"你帮谁啊?"

"你欺负老实人,我当然不帮你。"宛容玉帛温柔地道,"青衣一诺千金,你以为像你说话,十句有八句可以随时翻脸不认的吗?"

无射也不生气,只是叹了一口气:"你和娘一样,都喜欢教训我,我好后悔嫁给了你。"

"真的?"宛容玉帛轻笑。

"假的。"无射嫣然一笑,向着颜非道:"干吗不说话?"

颜非摸摸头顶,无可奈何地道:"嫂子伶牙俐齿,我怕一开口就要被当猴耍。"

他何等精明,无射的灵动变幻和聪明世故,他如何看不出来?只有他才真正在心里暗赞宛容玉帛娶了一个了不起的女人。

无射将颜非上下打量了半天,摇了摇头:"我不敢要你。"她补了一句,"你是聪明人。"

颜非真的有些吃惊,他就这样被一眼看穿了?这一个半疯半癫的女人,竟有这样明利的眼神?

"小弟身无长物,只在外面酒肆买了一瓶二锅头来送礼。共计三斤,花了十钱银子。"颜非拎出一个小酒坛子,大大方方的,也不觉得自己寒酸。

无射自然更加不会嫌弃礼物的轻贱,她绝不是看礼不看情的女人。颜非这一坛酒和段青衣那一幅字画是一样的心意,她自然明白。

无射:"我唱段曲子给你们听。"

她以指甲轻敲着那酒坛,发出"叮叮咚咚"的轻响,应声唱道:"浙右茶亭,物价廉平,一道会买个三斤。打开瓶后,滑辣光馨,教君霎时饮、霎时醉、霎时醒。听得渊明,说与刘伶:这一瓶莫约三斤,君还不信,把秤来称：有一斤酒、一斤水、一斤瓶。"

她一唱完，一伙人全笑弯了腰，只有颜非在那里苦笑，又摸摸头顶："嫂子还说不敢耍我？我这三斤，是货真价实的三斤酒，没有兑水，也没有算瓶，嫂子取笑了。"

"我们来喝酒啊！"无射不以为意，一手揭破了酒坛的封口，"叫小云拿茶杯茶点来，咱们喝酒！"她从宛容玉帛怀里跳出来，忙忙地摆桌子、找凳子。

"干吗不叫酒杯，要叫茶杯？"常宝纹不解。

无射嘘了一声，在她耳边悄声道："要是让娘知道我在这里开酒会，她不知要说我多久才肯罢休。出去了要说我们喝茶，不是喝酒！"

常宝纹这才明白，不禁有些哭笑不得。她与段青衣都是比较死板的人，不同无射的善变，但一份羡慕却油然而生——这才是一个活得很"真"的女人，善变是因为她并不做作。而这一份真，是因为她曾经活得太"假"了吗？常宝纹并不能理解，她还太年轻，少了磨炼、少了吃苦。

"茶点要花生、豆干，可以下酒的东西。"无射拉着小云窃窃私语。

不多久，几个人便在酒香弥漫的房中开"茶会"。

无射一边啃花生，一边细述她和宛容玉帛的初遇。这一段连宛容玉帛都完全忘怀了，所以所有的人都在聚精会神地听她讲。

"那天，是春天，有一点雪，我到宛容家门外的古梅林去，想折一枝梅花。"她以茶杯喝了一口酒，双颊晕红，眉飞色舞，"我本是存心骗他去的，折枝梅花，是想迷得他晕头晕脑，我好趁机问他要璇玑图。但刚刚进了梅林，哇——"她拿着豆干指向宛容玉帛，"他就冲着我笑！"

所有的人便转头去看宛容玉帛，宛容玉帛仍是一脸温柔的笑意，如明月照白荷的单纯和晚风凉如水的柔和。

"你看你看！他就这样冲着我笑，我当时就傻了，脑子里想着一句话。"无射咬了一口豆干，又喝了一口酒，"我想，古人云'一笑倾人城，再笑倾人国'，古人诚不我欺！"

段青衣忍不住好笑："嫂夫人是被大哥一笑笑得嫁入了宛容家？"他斯斯文文地吃着花生，不像无射那般随便。

"才不是！"无射向宛容玉帛抛了个媚眼，"他那时拿着水给梅花洗尘，我看了，心想，这样的男人——"

"如何？"

众人异口同声地问。

无射一拍桌子："善良！"

"喔！"

听者纷纷点头。

"又笑得这么好看，这样的男人——"无射半真半假地看着宛容玉帛。

"如何？"

众人又纷纷凑趣。

"单纯！"无射很肯定地道。

"嗯！"

众人表示同意。

"所以，既善良又单纯的男人——"无射半醉半醒、半真半假地拖长声音。

常宝纹忍不住接了下去："值得托付终身——"

"好骗！"无射重重地放下酒杯，发出"砰"的一声，打断常宝纹的话。

众人笑得打跌，仍随着她起哄："不错！"

宛容玉帛的笑开始有了些无奈的神色："无射，你喝醉了。"他抱过无射，轻轻拍哄着她的背，"你喝醉了。"

无射只是笑，歪着头看着他："好漂亮的眼睛喔！"她定定地看着宛容玉帛，软软地叹息，"眼睛里面的东西，全都是真的，不是假的，你知道……那有多难得吗？我看过那么多人、那么多的男人，没有一个……"她的眼神很肯定，"没有一个……有这样干净的眼睛。他们看着我，眼睛里都瞄着那张床！只有你肯这样看着我笑。你知不知道，你这样看着我，我可以替你去死的！真的，我不骗你！"

无射笑了起来："这样好的你，竟然肯爱我，我好害怕、好惭愧你知道吗？我不配的，不配的！不用他们来骂我，我也知道，我不配，不配！可是你不让我逃，你……强迫我爱你、强迫我信你，你这么好、这么好地对我，我信你，我信了你，我没了路可逃！嫁给你，这一回，如果你再卖了我，我……"

她还没说完，又被人一把捂住了嘴，宛容玉帛已喑哑地接口："那便不等我卖了你,你害死我,好不好?"

他漂亮的乌眸灿灿发光,一半是深情,一半微微有泪,映出无射失神的眼睛。

无射看了他半晌,突地一拍桌面,"砰"的一响,她大叫一声:"好!这句话说得好,当浮一大白!"

她自己倒酒,自己一饮而尽:"钟无射这一辈子卖给你,你若敢对我不起,拿命来赔!"说完用力一掷,"砰"的一声,那茶杯应声被掷碎了。

颜非低声赞道:"好一个嫂子!"

常宝纹这才深深明白,无射这一团毒火,是毒得何等妖艳!若不是宛容玉帛这一潭静水,只怕谁都会被她一同烧毁;而宛容玉帛这一潭静水,若不是无射这一团毒火,当真谁也烧不起来!在这一火一水之间,她算什么?她原本什么也不算啊!

她悄悄回眸看了段青衣一眼,却发现他始终以温柔的眼神看着她,不同于宛容玉帛的温柔。

无射真的醉了,躺在宛容玉帛怀里,突然轻轻唱起歌来:

"剑倚青天笛倚楼,云影悠悠,鹤影悠悠,好同携手上瀛洲,身在阎浮,业在阎浮。一段红云绿树愁,今也休休,古也休休。夕阳西去水东流,富又何求,贵又何求!"

人生至此,当真富贵无求!

因为,她知道,这个干净的男人,会认认真真陪她走过这一辈子,不怕她脏,不怕她错!

她会快乐的。

番外——无诗

情锁

千凰楼。

时是春季，楼里花卉碧草，全都笼在雨雾之中。

秦筝站在五凤阁二楼的阑干上远眺。秦倦还在休息，近日阴雨连绵，难得天晴，原本她都比常日晚起，但这一日不知为何，她却起得很早。

站了一会儿，她看见肖飞陪着一个白衣人从院门走了进来。

那白衣人是一个女子。

她本以为是慕容执，但又不知为何在看了一眼以后，便知不是。

那是一个梨花般的女子。

她看到第一眼的时候，心里泛起的便是一句莫名的断句："欲黄昏，雨打梨花深闭门。"

那是谁？

肖飞陪同着白衣女子走入了五凤阁门，她转过身等待，片刻之后，两个人已经登楼。

"江陵季姑娘。"肖飞负手登楼，在秦筝面前略一点头，便算是介绍了。

她点了点头，露出一个明媚的微笑："季姑娘好。"

白衣女子亦是微微一笑，施了礼："秦夫人好，无诗有礼了。"

季无诗！

秦筝目不转睛地看着此人——这位就是为江陵岳家凶案杀县尉、得罪武当少林两派、千里奔波直上千凰楼的"季无诗"！

她本以为能做出这等事的人，应是一个血气方刚、初出茅庐的少年人，却竟是这样一个女子……

"倦还在休息，季姑娘有要事，我去叫他起来。"

"夫家事急，打扰了。"季无诗一抱拳，她并不作矫情女态，而是做了男子礼，以示郑重。

很潇洒的女子。

秦筝心里默默地评价，撩开帘幕，进入房间。

秦倦半坐在床上，正自闭目养神。

她正要低声开口说明情况，季无诗已朗朗开口："在下季无诗，江陵岳秋晴之妻，见过七公子。"说着深深一礼。

秦倦睁开眼睛看了季无诗一眼，淡淡一笑："季姑娘为夫家杀江陵县尉、得罪武当少林，引起轩然大波、身为朝廷要犯，我知道。"

季无诗眉心一蹙："那是……"

秦倦截口打断："起因江陵连发凶案，本地唯有岳家习武，江陵知县一意指认岳家杀人，把岳家少爷关入牢中。"

他顿了一顿，目光缓缓移向季无诗，低柔地道："便在这时，江陵县尉死了。"

季无诗目中泛起一层淡淡的惊讶之色："不错。"

秦倦的声音幽冷："岳家是武当门下，江陵县尉为少林出身，他一死，武当震怒岳家杀官、少林震怒弟子被杀，岳家便不容于两方武林泰斗。"

季无诗在此时微微一笑，语气却已不如方才急促："不错。"

秦倦也在此时笑笑："季姑娘……岳夫人女中豪杰……咳咳……"他轻咳了一声，住嘴不言。

肖飞站在一边，见状接口："季姑娘远上千凰楼，想请本楼为她证明一事，此事我已答应。"他那语气，便是说他已做主，不过是通知秦倦知晓，秦倦并无拒绝的余地。

"什么事？"秦倦咳了一声，人显得有点疲惫，淡淡带笑问道。

"什么事……"季无诗径直道，"七公子想必早已清楚。"她一字一句地道，颈项挺直，卓然而立，"秋晴被冤杀人。身为人妻，即使有能，也必追查凶手，岂会杀害县尉？江陵县尉一死，岂非显得我岳家畏罪杀人、于理有亏？江陵县尉，不是我季无诗所杀。"她直视秦倦的眼睛，"七公子方才说'便在这时，江陵县尉死了'，难道不是不肯断言江陵县尉是为我季无诗所杀吗？"

"便在那时，江陵县尉死了。"秦倦缓缓地重复了一遍，语气竟无半点变化,"我只知便在那时,江陵县尉死了。"他淡淡地道,"我既不知是季无诗所杀,也不知不是季无诗所杀。"

"就凭七公子一句'不知',季无诗感激。"季无诗深深一礼,"无诗求千凰楼为岳家证明一事。"

"肖楼主既已答应,便是答应了。"秦倦慢慢地道,"不必问我。"

"无诗请千凰楼以七公子之名证明一事,杀害江陵四人包括江陵县尉的凶手,并非岳秋晴。"季无诗坦然说。

秦筝笑笑,秦筝眉头一扬,瞪了肖飞一眼,一个"你"字还没出口,秦倦已经应了一声:"嗯……"

"肖楼主答应了,就有他的道理。"秦倦缓缓闭上眼睛,"筝,你要信他。"

秦筝一时哑口,转而怒视季无诗:这个远在千里之外的女子,一件毫无新意的麻烦事,究竟有什么值得肖飞为她破例、引见秦倦又答应为她查凶的?

"秦夫人。"肖飞淡淡地道,"季姑娘的医术,在我之上。"

此言一出,秦筝张口结舌,竟是像一堆火被浇上了一盆冷水,心里说不出是怒是幸、是高兴是难过,只觉自己快被这个叫季无诗的女子堵死在心口了,而她,却一点错也没有。

季无诗是一个做事很大胆的女人。

比如说,她敢求助七公子查案;比如说,她敢直视肖飞和秦倦的眼睛;比如说,她敢挖坟盗尸,把第一个凶案的死者埋于石灰之中,不远千里运到了千凰楼;又比如说,她画了江陵县尉死后的图像,还画得惟妙惟肖。

江陵岳秋晴,武当第四代弟子,寂寂无名,有妻如此,不能不说是件很奇怪的事。

秦筝一双明眸眨也不眨地盯着她,季无诗却很仔细地看着秦倦。

秦倦只看着那具在石灰中放得灰白的尸体。

他看了很久。

肖飞淡淡地道:"你该休息了。"

秦倦充耳不闻,仍然目不转睛地看着那具尸体。

那是一具很普通的尸体,被一剑穿心而死,没有什么奇特之处,但秦偕却看了很久。

肖飞眉头一皱,沉声道:"你——"

"你有没有觉得,这伤痕很奇怪?"秦偕缓缓地问,打断了他的话。

"一剑穿心之伤,任何门派的剑法,都有这白虹贯日一式。"肖飞淡淡地道,"并没有什么稀奇的。"

"我不是说武功,"秦偕眼眸微闭,"你看到翡翠了吗?"

肖飞微微一怔,翡翠?

他凝目往棺材里看去,尸体的胸前挂着一块翡翠。

死者是个年老女子,那是死者的玉佩,佩上一道清晰的划痕,划痕之下便是胸口的剑痕。

"伤痕?"肖飞低声道。

"不错。"秦偕的语调低幽,"这剑伤无论是谁都能刺上一剑,但要在翡翠上击出伤痕,无论是什么剑都做不到。"他缓缓地道,"你我都清楚,翡翠极硬,能在上面划出伤痕的东西少之又少。此人因为胸前玉佩挡了一下,这一剑穿心才没有把她刺个对穿,不过一样是死了。"

季无诗闻言,凝视着那玉佩:"这并非好玉。"

"并非好玉,却是翡翠。"秦偕低低地道,他顿了一顿,"而且,若非家财万贯,也是有家传之宝。"

"愿闻其详。"季无诗缓缓地道。

"世上能在翡翠上划出伤痕的东西,不过三数种。"秦偕幽冷地道,缓缓闭上了眼睛,"肖楼主,拿小月匕。"

肖飞手腕一翻,自袖底翻出一柄极短的匕首。奇异的是那匕首全身透明,一头橙黄、一头碧绿,十分好看。肖飞一拔出手,麻利地在死者的翡翠上划了一下,匕首划过,翡翠丝毫无损。

"这翡翠硬逾碧玺。"秦偕睁开眼睛看了一眼,"能在其上划出伤痕的东西,不过黄玉、紫牙乌、红蓝宝石、猫眼、祖母绿和钻石六种。翡翠被伤,死者伤口却是剑痕,难道世上竟有人以这六种东西之一做剑,岂有如此昂贵之剑?"

顿了一顿,他又淡淡地道:"就算有人有心造剑,材质也是不足。"

"难道不可能是剑尖镶上宝石……"季无诗忍不住插言。

秦偕似笑非笑地看了她一眼,缓缓地道:"剑尖镶上宝石岂非很是奇怪？岳夫人，有件东西比宝石刃剑或者剑尖宝石更平常……"

"什么？"秦筝也忍不住脱口问。

"剑鞘。"秦倦淡淡地道，"杀人的不是剑刃，而是剑鞘，镶了珠宝的剑鞘。"

季无诗怔了一下，有些自嘲地笑笑："是我糊涂。"

"能在剑鞘上镶上这六种珠宝之一的人，若非家财万贯，也必是有家传之宝。在江陵一地，应该不难寻访。"秦倦低低道，"再说夫人所画的这张图……"

季无诗画的江陵县尉死亡之图，江陵县尉也是被这样一剑穿心，仰面躺倒在房里，胸口上是干脆清楚的一个剑痕，连血也没溅出多少，模样和棺材里的死者并没有什么不同。肖飞眼瞳微微一动："季姑娘，死者四人，人人都是这副模样？"

季无诗颔首："不错。"

肖飞冷冷道："那凶手既然能以剑鞘杀人，又能分毫不差地刺中人的檀中重穴，武功不弱。"

秦倦缓缓道："既然武功不弱，何以会刺中玉佩？"

肖飞脸色微白，"嘿"了一声："除非他经验不足，或者这死者亦是武林中人。"

"岳夫人，这位死者，是谁？"秦倦低低地问。

"是江陵府的青楼老鸨。"季无诗眉头微蹙，"从来不知她是否身怀武功。"

"要明真相，看来定要到江陵走走。"秦倦淡淡一笑，"肖楼主，备车。"

肖飞一怔，秦筝怒目尚未向他瞪过来，季无诗已经截口道："七公子能指点杀人之物可能是剑鞘，已助无诗多矣，要下江陵车马劳顿，无诗不敢，请回。"

她一双眼睛清澈地看着秦倦："只要寻不到那剑鞘，官府就不能判秋晴杀人之罪，无诗相求之事已经……"

"岳夫人。"秦倦淡然道，"你是想要我去，还是不想我去？"

季无诗真的怔住了。

"不许去！"秦筝厉声道，"你身子稍微好了一点便要胡闹，江陵远在千里之外，你……"

秦倦充耳不闻，只淡淡地看着季无诗："你是想要我去，还是不想我去？"

季无诗突然从那张微微苍白的脸颊上看到了力量，那双眼睛中充满了坚强有力的东西，他的人是那么荏弱，身体里却有比钢铁更坚定的东西在涌动，那是"义"！

知不可为而义当所为者为之！她听过这句话，但从来没有见过！

突然之间浑身的血液热了起来，她的血液已经很久很久没有热过。她平静地一笑："我想要你去。"

"砰"的一声，秦筝拍案而起，秦倦却缓缓闭上眼睛："筝，收拾行囊，去江陵。"

肖飞眉头微蹙，他答应季无诗的时候，并没有想到此事会变得如此复杂。

肖飞："季姑娘！"

"七公子的病体，无诗必当尽心尽力，"季无诗微微一笑，"绝无二话。"

一行人到江陵的时候，第五件命案已在江陵传得沸沸扬扬。

第五件命案，是岳秋晴自杀狱中，江陵人都说他是畏罪自杀。

得知消息的那一夜，季无诗什么也没说，在秦倦的马车外静静站了一夜。

那一夜，下着大雨。

秦筝过去给她遮雨，两个女人，在倾盆大雨和黑夜闪电之间站了一夜。

从那一夜开始，秦筝突然觉得，季无诗其实并不是太令人讨厌。

秦筝本觉得她是像梨花般的女子，后来觉得她比梨花坚强，如今发现，原来她还是梨花。

她在大雨里流泪，秦筝看见了。

快天亮的时候，季无诗轻咳了一声："天气冷，我该去给七公子熬药了，以免风寒。"她离开秦筝的伞，走入大雨，临走的时候，居然还能微微一笑。

她的背影，依然笔挺洒脱，即使那雨水顺着衣裙往下直坠，仿佛要把她的身子拖到地上，她却依然站得平稳、站得安定。

如有一道道、一道道的重量。

她先带着秦倦一行住进了岳家。

岳秋晴的父母都还健在，却都不过是一介贫民，父母二人抱头痛哭。

季无诗先下厨做了饭菜，又熬了秦倦的汤药，再匆匆去整理千凰楼一行、秦倦夫妻二人和蓝衫十三杀的住处。岳家贫苦，安排不下许多人的住处，蓝衫十三杀宁可席地而坐，也不肯离开秦倦住进客栈，顿时客房里坐满了人。

秦筝看着季无诗忙碌，没想过一个女人可以做这么多事，也没想过这样一个一拱手比男子还有气概的女人过的居然是这样的日子。

她为什么要嫁给岳秋晴？岳秋晴又是什么样的人？

秦倦在岳家陪着岳家二老闲谈。他想说话的时候，没有人能够不听，尤其是他想说给你听的时候。岳家二老本自伤心欲绝，在秦倦慢慢的谈话之中，丧子之痛好似也淡了一些，说起了命案的经过。

死者五人毫无关系：一个是青楼老鸨，一个是屠夫，一个是教书先生，一个是县尉，还有最后一人是岳秋晴。

岳秋晴是武当弟子，武功不弱，怎会轻易死于人手、不留痕迹地被人摆布成自杀的模样？江陵此地难道潜藏着绝顶高手？

"岳夫人！"秦倦听完了命案的经过，缓缓地问，"你的武功，高于岳秋晴吗？"

季无诗摇头："秋晴是武当嫡传，虽然不曾行走江湖，却在我之上。"

"那么，"秦倦一双眼睛盯在季无诗身上，"你为何会嫁与岳秋晴？"

此言一出，秦筝一怔。

季无诗却是平静地回答："我本是京城出身……秋晴收留了我。"

京城出身……那是权贵之女吧？秦筝吃了一惊。秦倦却不惊讶，缓缓道："岳夫人一看便知绝非平常妇人，聪明贤惠、一身武艺，如果杀岳秋晴是为了掩饰真相，怎能不连你一起杀了？不杀你的理由：其一，岳秋晴确是畏罪自杀；第二，岳秋晴确是被人所害，但凶手的目的是你……"顿了一顿，他说得语气很平淡，"一个武功不弱、出身富庶、脾气暴躁、倾慕你的男人，年纪不大、个子不高、江湖经验不足、视人命如草芥。"

岳家父母惊呼了一声："王公子？"

季无诗平静地问："何以见得脾气暴躁、个子不高？"

"杀人还是退了剑鞘来得快,"秦倦缓缓道,"青楼老鸨个子不高,人若太高,刺不到她胸口的檀中的,不是吗?"

季无诗轻轻地弹了弹衣裙:"张家常来的王公子,你们知道他是谁吗?"

"皇亲国戚,追随你而来?"秦倦慢慢地问。

"敬王爷。"季无诗缓缓道。

"当"的一声,秦筝的茶盏跌在地上砸得粉碎,秦倦脸色微微变得苍白:"敬王爷?"

"我在京城之时,和敬王府毗邻而居……"季无诗轻声道,"我们一起长大,他的确……脾气暴躁、个子不高……好色多欲。不过我从没有想过他能做出这种事——毁了秋晴的名声,再杀了他……"说罢她还能微笑,甚至微笑得很得体,眼泪在眼眶里微微闪烁,"秋晴实在是……太冤了,他什么都不知道……"

听到和敬王府毗邻,秦筝"啊"了一声:"你是苏……"她立刻住了嘴。

季无诗不知秦筝为何会知道自己的本名,轻轻地叹息:"过去的,早已过去,季无诗,只是季无诗……"

秦筝突然听懂了她的名字:这是一个一季无诗的女人,她的生命里,再也没有诗了……

秦筝心里泛起一层淡淡的怜悯惋惜:她本是那么杰出的奇女子啊。

敬王爷!秦倦想的却是正事。万万没有想到,转来转去,他再次遇上了敬王爷。他不担心自己被发现,只怕敬王爷由此得知秦遥未死,不免会后患无穷。

秦倦眉心微蹙,刚想说什么,未料口齿微张,"啊"的一声,一口气呵了出来。他有些喘不过气来,心口微痛,郁结得很,有些话却不得不说:"你可要报仇吗?"他微微咬牙道。

"等我安顿好了爹娘,季无诗何惧敬王爷!"她淡淡道。

"你不惧,不代表能报仇。"秦倦幽冷地道,"你莫忘了,他能杀岳秋晴,当然就能杀你。他——"他眉心微蹙,淡淡垂下眼睑,"这等酒色之徒,杀之无碍……岳夫人!"

他这么低声一唤,季无诗为之一震:"你……"她突然泛起一种心神颤抖的震撼,那是一种无法表达的颤抖,仿佛那一声"岳夫人"

的余波波纹一直传入了她心底深处去。

"敬王爷现在是'王公子',"秦倦淡淡一笑,"'王公子'若是凶手,自有官府来拿,不是吗?"

"可是他是堂堂王爷,江陵知县本就是个狗官,又无切实证据……"岳家老翁失声道,"我儿的冤屈,昭雪无望啊!"

秦倦眉心再蹙,人缓缓地往椅后靠,眼瞳微闭,声调却很淡定:"王公子就是王公子,"他缓缓道,"蓝衫律。"

蓝衫十三杀中有人肃然应声。

"你——陪同岳夫人到街上走走,买些珠花胭脂给她。"秦倦淡淡道,"请她吃馆子。"

"是!"

秦倦的目光转到季无诗脸上:"你不妨……多些眼泪。"

他究竟是在说希望她流泪,还只是希望她找借口和蓝衫律亲热些?季无诗淡淡一笑,笑意到了唇边,变成了一丝丝凄凉:"是。"

"我们在这里休息,你们傍晚回来吃饭。"秦倦人已经靠在了椅子上,完全闭上了眼睛。

季无诗突然说:"你……"

他立刻睁开眼睛,眼神清明:"什么事?"

"没什么。"她挺起了脊梁,深吸了口气,走出门去。

蓝衫律紧随其后。

她走在街上,街上众多的街坊都没能入她的眼,秦倦……为何肖飞治不好他,她终于明白了……他是一个不能休息的人,他休息了以后,别人应该怎么办呢?

她不曾被人保护过,只是的短短几日相处,她那么潇洒的女子,也有了瞬间的茫然。她看出了他很疲惫,想开口说"你该去躺下休息",可这句话却说不出口。他要是休息了,自己应该怎么办呢?遇到了事情要问谁呢?

为什么会有这样的想法……

她走出去很久很久以后,才想到她是太久不曾被人保护过了,能依靠别人、信任别人、知道他会把你的一切安排得很好,那是多么幸福的事……

突然很想哭,她却微笑了,不知他们是如何幻想秋晴的?

岳秋晴是一个习武过度，伤到脑子的傻子，善良的傻子。

她从京城出走，被他收留，嫁与他为妻，感激他，却不曾爱过他。有人知道吗？她不曾爱过他。

"季姑娘，买朵花吧。"蓝衫律在脂粉摊边停步，给她一朵珠花。

她站得很直，微笑着问："你家夫人收到过公子送的花吗？"

蓝衫律一怔："没有。"

却看见在把珠花戴上她发髻的瞬间，她眼中的清泪直直地滑了下来。她仍是微笑："我也没有，这一朵……算不算你家公子送的？"

"当然……"蓝衫律一时间怔住了，"这是公子说的……"

一朵蝴蝶在她发髻上飞。

傍晚。

季无诗和蓝衫律回来的时候，秦倦和原来一样，正靠在椅子上缓缓地和岳家父母聊天。

秦筝人在厨房，看样子是在熬第二炉汤药了。

"有动静？"秦倦见蓝衫律的表情，一笑问道。

蓝衫律抬手举起一枚暗镖："路上就有。"

秦倦淡然垂下手指，拾起被风吹落的一片花叶："生擒！"

"是！"蓝衫十三杀低声应诺。虽然低微，却听得人浑身一凛，杀气掠肤生寒。

岳家父母哆嗦起来，不知这位模样柔弱的公子爷究竟要拿他岳家的命运如何。

季无诗眸子微微一亮："你……"

秦倦低幽地道："天子无道，锄暴夫而已。弑者无刀，何妨借刀杀人？"他淡淡道，眼眸之中缓缓透出一股彻肌冰雪的寒意来。

她懂了，不知为何却觉得一阵凄凉——这个人，在过往的那么多年里，常常要做这样的决定吗？为何，这样的事要他亲手……为何没有人能为他抵挡罪孽？

她的目光茫然地望着秦筝：你……懂吗？如果你懂的话，请不要让他做最坚强的一个，好不好？

"我会折寿。"他淡淡道，目望远方。

"我替你折。"她轻声说。

秦倦不答，就如他没有听见般。

晚上没过多久，五六个黑衣人越墙轻轻落入岳家院内——正如秦倦所料，是敬王爷和他的几个护卫。

"拿下！"他闭着眼睛，连看也不看，低声喝令。

屋内爆起十来道蓝影，黑衣人猝不及防，一照面便倒了三个。其中一人身材不高、相貌堂堂、眼神混浊，正是敬王爷。

蓝衫河和蓝衫律默不作声地联手合击，十五招内占得上风，敬王爷不过怒喝了几声，便被身后欺来的一人点中穴道，顿时僵硬。那人顺手拉了一把，敬王爷腰间剑鞘被一扯而下，剑鞘上明晃晃地镶了硕大祖母绿，这正是杀害那青楼老鸨的凶器！

群斗在五十招内纷纷结束，倒不是蓝衫十三杀技艺比敬王爷几人高出很多，只是他们久练合击，十三人一拥而上，威力无疑强了几倍，即使左凤堂也未必能招架得住，何况是敬王爷。

拿下了敬王爷，秦倦轻咳了几声："点散经络，毁了嗓子。"

听到这句话，季无诗微微一颤。蓝衫河出手如风，一下封死了敬王爷的哑穴。

秦倦手指微微一松，一件东西跌落在敬王爷身上，正是那青楼老鸨的玉佩。整理干净敬王爷一行身上可以证明身份的东西，一把火烧成了灰。从怀里摸出的其他几样值钱东西，他却用钻石簪子划了死者名字在上面，一起塞在敬王爷怀里。

嫁祸……

众人静静地看着他嫁祸凶手，心里不知是什么滋味。

做这样的事，究竟是功、是德、是罪、是孽？

在县城小地方，要嫁祸一个人，越是简单越好，即使是看出嫁祸，为免追查之苦，若是不相干的人，知县也必会草草了案，何况他早就被这连环杀人案给整惨了。

"唔……"秦倦把"罪证"塞入敬王爷口袋里之后，站直身子的时候猛一捂嘴，手指间沁出血丝来。

季无诗大吃一惊，一把扶住了他。

秦倦可以感觉到季无诗的手指温热而坚定有力，把他扶得很稳，他轻轻咳了一声清了嗓子："放手。"

她听到秦筝惊呼奔来的声音，立刻放了手，连退了好几步。

他只习惯给某些人扶,即使他觉得他们并不是最能照顾他。但习惯就是习惯,就像一只蝴蝶习惯哪一种花。那是没有办法的事。

他无法在别人面前脆弱,若是面对着像她这样的人,他一定会被逼死,一定会被逼死……

无论她多么想伸手,都没有用。

"倦?"秦筝奔过来,"倦?"

秦倦缓了一口气,拿出白帕来擦嘴角,动作熟练得很:"没事。"顿了一顿,他手按胸口,另一只手指门外,"你们……把他们丢到乱坟岗上……"

蓝衫十三杀扛起敬王爷一群,幽灵般潜入黑暗之中。

我会折寿。

季无诗耳边仿佛不停地响着秦倦淡淡的言语。

在他二十多年的时光里,究竟有多少次毫不怀疑地对自己说过"我会折寿"?

她当然明白,敬王爷被点散经脉、毁去声音,只是个瘫痪的废人,若是以"王公子"之名死于知县铡刀之下,绝不会有人把敬王爷之死算在其他人头上。

这就是"借刀杀人"!

弑者无刀,何妨借刀杀人?

杀人之音,寒逾铁石。

那心呢?

秦筝,那个被他宠得娇艳明媚的女子,能不能让他宽恕自己、善待自己?

你的病,肖飞治不好、我也治不好,那有一半,是心病。

你自己知道吗?知道吗?

那一夜还是春天,夜里岳家庭院的梨花开了满树,像雪一样白。

第二天,县衙果然起了一阵喧哗,把出现在乱坟岗的"王公子"一行扛了回去。一查发现凶器和不少写着死者名目的贵重物品,顿时又起一阵轩然大波。

一时谣言四起,又说岳疯子是无辜的,鬼来显灵抓凶云云。

"王公子"一行被判了斩立决,不几日就被处斩了。

秦倦就要离开江陵了。

这一日，下着大雨。

岳家的梨花昨夜开了，今夜打得满地都是，一地的斑斑雪白。

她依然挺直颈项，带着微笑目送他们远去，而后缓缓关门。

天下着大雨，他们一行渐行渐远，直至消失不见。

她在雨中的影子仿佛很朦胧，映着木门，就如这泥地里一斑一斑的雪白。

"嘎吱"一声，门关上了，她上了门闩。

"无诗啊，烧饭了……"婆婆在厨房喊。

"欸，来了！"她冒雨跑过庭园，蹲在灶边和婆婆一起生火。

她嫁给岳秋晴的那年春天，梨花满地，冷雨深院，一季无诗。

今年春天，依旧梨花满地，冷雨深院，依然无诗。

她是个不再有诗的女人。

也许只会在苍老的时候，一个人坐着藤椅看天的时候，才会抚摸着鬓上的一只蝴蝶想起，曾经听一个人说过"我会折寿"。

而她说过"我替你折"，他却并没有听见。

大雨，此刻下着大雨，天地间白花花一片。

她什么也没想，努力地生着火。

雨打梨花，无诗，只有寒。